Anton Čechov

Ein unnötiger Sieg

Frühe Novellen und Kleine Romane

Aus dem Russischen von Beate Rausch und Peter Urban

Herausgegeben, mit Anmerkungen und einem Nachwort von Peter Urban

Diogenes

Nachweis der Erzählungen
am Schluß des Bandes
›Zelënaja Kosa‹ und ›Späte Blumen‹
übersetzten Beate Rausch und Peter Urban,
alle übrigen Erzählungen
übersetzte Peter Urban
Umschlagfoto:
Anton Čechov im Alter von 24 Jahren

Deutsche Erstausgabe

www.diogenes.ch
20/01/8/3
ISBN 3 257 06258 3

Inhalt

Die Herrin

I

Auf die Hütte Maksim Žurkins kam, raschelnd und knisternd im verdorrten, staubigen Gras, eine Kalesche zugefahren, bespannt mit zwei hübschen Vjatkaer Pferdchen. In der Kalesche saßen die Herrin Elena Egorovna Strelkova und ihr Verwalter Feliks Adamovič Rževeckij. Der Verwalter sprang gewandt aus der Kalesche, ging auf die Hütte zu und klopfte mit dem Zeigefinger an die Scheibe. In der Hütte flackerte ein Licht auf.

– Wer da? – fragte die Stimme einer alten Frau, und im Fenster zeigte sich das Gesicht von Maksims Frau.

– Großmutter, komm auf die Straße heraus! – rief die Herrin.

Eine Minute später kamen Maksim und seine Frau aus der Hütte. Sie blieben am Tor stehen und verbeugten sich schweigend erst vor der Herrin, dann vor dem Verwalter.

– Sag uns gefälligst, – wandte Elena Egorovna sich an den Alten, – was soll das alles bedeuten?

– Sie meinen?

– Was? Du weißt es nicht? Ist Stepan zu Hause?

– Nein. Er ist zur Mühle gefahren.

– Was macht er nur? Ich kann diesen Menschen einfach nicht begreifen! Warum ist er vor mir weggelaufen?

– Wir wissens nicht, Herrin. Woher solln wir das wissen?

– Das ist furchtbar ungezogen von ihm! Er läßt mich ohne Kutscher! Dank seiner Gnade muß Feliks Adamovič die Pferde jetzt selbst einspannen und lenken. Es ist furchtbar dumm! Begreift doch, daß es dumm ist, schließlich und endlich! War ihm der Lohn zu wenig, ja?

– Das weiß nur der Herr Christus! – antwortete der Alte und schielte nach dem Verwalter, der zu den Fenstern hineinschaute. – Uns sagt ers nicht, und in seinen Kopf können wir nicht hineinschaun. Er ist weggelaufen, und fertig! Sein eigener Wille! Man sollte meinen, daß ihm der Lohn zu wenig war.

– Und wer liegt da unter den Ikonen auf der Bank? – fragte Feliks Adamovič, zum Fenster hineinschauend.

– Semën, Väterchen! Stepan ist nicht da.

– Es ist dreist von ihm! – fuhr die Herrin fort und steckte sich eine Zigarette an. – Mssjö Rževeckij, wieviel Lohn hat er bekommen?

– Zehn Rubel im Monat.

– Wenn ihm zehn zu wenig waren, ich hätte ihm doch fünfzehn geben können! Kein Wort hat er gesagt und ist weggelaufen! Ist das ehrlich? Gewissenhaft?

– Ich sage doch immer, man darf keine Umstände machen mit diesem Volk! – sprach Rževeckij, jedes Wort einzeln artikulierend und bemüht, nicht jedes auf der vorletzten Silbe zu betonen. – Sie haben diese Schmarotzer verwöhnt! Man zahlt den Lohn nicht auf einen Schlag! Wozu das? Und wozu wollen Sie ihm mehr Lohn zahlen? Er kommt von alleine wieder! Er hat es zugesagt, er ist eingestellt! Sag du ihm, – wandte sich der Pole an Maksim, – er ist ein Schwein, und sonst nichts.

– Finissez donc!

– Hörst du, Bauer? Er ist eingestellt, also soll er auch seine Arbeit machen und nicht weglaufen, wann es ihm gefällt, dem Teufel! Soll er morgen bloß nicht kommen! Dem werde ich zeigen, nicht zu gehorchen! Und ihr kriegt euer Fett auch ab! Hast du gehört, Alte?

– Finissez, Rževeckij!

– Ihr alle kriegt euer Fett ab! Dann komm bloß nicht zu mir ins Kontor, alter Hund! Umstände mit euch machen? Seid ihr denn Menschen? Begreift ihr denn, wenn man euch gut zuredet? Ihr begreift erst, wenn man euch ins Genick schlägt und Unannehmlichkeiten macht. Daß er morgen bloß kommt!

– Ich werds ihm sagen. Wieso sollt ichs ihm nicht sagen? Sagen kann ich es ihm…

– Sag ihm, ich gebe ihm mehr Lohn, – sagte Elena Egorovna. – Ich kann doch nicht ohne Kutscher sein. Wenn ich einen andern finde, dann kann er ja gehen, wenn er möchte. Morgen früh soll er wieder bei mir sein! Sagt ihm, ich sei tief beleidigt durch sein unhöfliches Benehmen! Auch Sie, Großmutter, sagen Sie es ihm! Ich hoffe, er wird kommen und mich nicht zwingen, nach ihm zu schicken. Komm mal her, Großmutter! Hier, nimm, Liebste! Ist es denn so schwer, mit so großen Kindern auszukommen? Nimm, Liebste!

Die Herrin zog ein hübsches Porte-Cigares aus der Tasche, zog unter den Zigaretten ein gelbes Scheinchen hervor und gab es der Alten.

– Und wenn er nicht kommt, – fügte die Herrin hinzu, – dann werden wir uns verzanken müssen, was ich am wenigsten wünsche. Aber ich hoffe, Sie werden ihm gut raten. Fahren wir, Feliks Adamyč! Leben Sie wohl!

Rževeckij sprang in die Kalesche, nahm die Zügel in die Hände, und die Kalesche rollte über den weichen Weg davon.

– Wieviel hat sie gegeben? – fragte der Alte.

– Ein Rup!

– Gib her!

Der Alte nahm den Rubel, strich ihn mit beiden Handflächen glatt, faltete ihn sorgsam und steckte ihn in die Tasche.

– Stepan, sie ist weg! – sagte er und ging in die Hütte. – Ich hab sie angelogen, du wärst zur Mühle gefahren. Sie hat einen furchtbaren Schrecken! …

Kaum war die Kalesche weggefahren und den Blicken entschwunden, zeigte Stepan sich am Fenster. Bleich wie der Tod, zitternd kletterte er zur Hälfte aus dem Fenster und drohte mit seiner großen Faust dem dunklen Garten in der Ferne. Es war der Garten der Herrin. Als er sechsmal gedroht hatte, murmelte er etwas, zog sich in die Hütte zurück und ließ krachend den Fensterrahmen heruntersausen.

Eine halbe Stunde nachdem die Herrin weggefahren war, gab es in Žurkins Hütte Abendessen. In der Küche unmittelbar neben dem Herd saßen am fettglänzenden Tisch Maksim und seine Frau. Ihm gegenüber saß der ältere Sohn Maksims – Semën, auf Zeit entlassen, mit einem roten, ausgezehrten Gesicht, einer langen pockennarbigen Nase und öligen Äuglein. Semën war im Gesicht dem Vater ähnlich, nur war er noch nicht grau, kahlköpfig und hatte nicht die listigen Zigeuneraugen, über die der Vater verfügte. Neben

Semën saß Maksims zweiter Sohn, Stepan. Stepan aß nicht, sondern schaute, seinen schönen blondgelockten Kopf in die Fäuste gestützt, zur rußgeschwärzten Hüttendecke auf und dachte angespannt über etwas nach. Das Abendessen trug Stepans Frau auf, Marja. Die Suppe wurde schweigend gegessen.

– Nimm weg! – sagte Maksim, als die Suppe gegessen war. Marja nahm die leere Schüssel vom Tisch, brachte sie aber nicht wohlbehalten zum Herd zurück, obwohl der Herd nahe war. Sie schwankte und fiel auf die Bank. Die Schüssel entglitt ihren Händen und fiel von ihren Knien zu Boden. Schluchzen war zu hören.

– Wer weint da? – fragte Maksim.

Marja schluchzte lauter. Etwa zwei Minuten vergingen. Die Alte erhob sich und trug die Kaša selber auf. Stepan krächzte und stand auf.

– Schweig! – murmelte er.

Marja weinte weiter.

– Schweig, sage ich dir! – schrie Stepan.

– Weibergeplärr kann ich auf den Tod nicht ausstehn! – murmelte Semën mutig und kratzte sich den harten Nacken. – Heult, und weiß selber nicht worüber! Wie es im Buche steht – das Weib! Soll sie draußen heulen, solange sie will!

– Weiberträne ist ein Wassertropfen! – sagte Maksim. – Gut, daß man Tränen nicht kaufen braucht, die gibt es umsonst. Na, was heulst du? Hör auf! Man nimmt dir deinen Stëpka schon nicht weg! Verwöhnt ist sie! Verzärtelt! Komm her, iß Kaša!

Stepan beugte sich über Marja und stubste sie gegen den Ellbogen.

– Na, was ist? Schweig! Dich meine ich! Ä-ä-äch … Luder!

Stepan holte aus und schlug mit der Faust auf die Bank, auf der Marja lag. Über seine Wange kroch eine große, glitzernde Träne. Er wischte die Träne ab, setzte sich an den Tisch und machte sich über die Kaša her. Marja erhob sich und setzte sich schluchzend hinter den Ofen, möglichst weit weg von den Menschen. Die aßen Kaša.

– Marja, den Kvas! Tu deine Arbeit, junge Frau! Schäm dich, hier Rotz und Wasser zu heulen! – schrie der Alte. – Du bist kein Kind mehr!

Marja kam mit bleichem, verweintem Gesicht hervor und gab dem Alten, ohne jemanden anzusehen, den Krug. Der Krug ging von Hand zu Hand. Semën nahm den Krug, bekreuzigte sich, nahm einen Schluck und räusperte sich.

– Was lachst du?

– Nichts … Nur so. Hab an was Komisches gedacht.

Semën warf den Kopf zurück, öffnete den großen Mund und fing an zu kichern.

– War die Herrin da? – fragte er, nach Stepan schielend. – Ja? Und was hat sie gesagt? Na? Ha-ha!

Stepan warf Semën einen Blick zu und errötete tief.

– Fünfzehn in Silber zahlt sie, – sagte der Alte.

– Sieh an! Und sie gäb ihm auch hundert, wenn er nur wollte! Strafe mich Gott, sie würde sie geben!

Semën zwinkerte Stepan zu und reckte sich.

– Ach, hätte ich so ein Weib! – fuhr er fort. – Aussaugen würde ich die Satansbraut! Den Saft aus ihr rausdrücken! Www …

Semën erschauderte, schlug Stepan auf die Schulter und fing laut an zu lachen.

– So ist das, Bruder! Du wirst zu leicht komfus! Unsereiner darf nicht komfus werden! Du bist ein Dummkopf, Stëpka! Uch, was für ein Dummkopf!

– Ein Dummkopf, wohl wahr! – sagte der Alte.

Wieder war Schluchzen zu hören.

– Heult schon wieder, dein Weib! Ist also eifersüchtig, hat Angst vor der Elster! Ich mag kein Weibergeplärr. Es geht einem wie n Messer durch und durch! Ach, Weiber, die Weiber! Zu welchem Gegenstand hat Gott euch erschaffen? Zu welchem Anlaß? Merci für das Essen, ehrenwerte Herrschaften! Ein Weinchen sollten wir jetzt trinken, damit wir schöne Träume haben! Deine Herrin hat solchen Wein sicher in rauhen Mengen! Trink davon, aber du – ich will nicht!

– Du bist ein fühlloses Rindvieh, Senjka!

Mit diesen Worten seufzte Stepan, nahm die Bettdecke in beide Arme und ging aus der Hütte nach draußen. Ihm folgte Semën.

Draußen war es still, ungetrübt brach die russische Nacht an. Hinter den fernen Kurganen ging der Mond auf. Ihm entgegen schwammen zerzauste Wölkchen mit silbrigen Rändern. Das Himmelsrund erbleichte, und über seine ganze Weite ergoß sich ein bleiches, angenehmes Grün. Die Sterne funkelten schwächer und zogen, wie vor dem Mond erschrocken, ihre kleinen Strahlen ein. Vom Fluß her drang von allen Seiten die nächtliche, die Wangen liebkosende Feuchtigkeit. In der Hütte Vater Grigorijs schlug die Uhr scheppernd, im ganzen Dorf hörbar, neun. Der jüdische Schankwirt schloß krachend die Fenster und hängte die fettglänzende Laterne über die Tür. Auf der Straße und in den Höfen keine Menschenseele, kein Laut... Stepan breitete die Bettdecke im Gras aus, bekreuzigte sich und legte sich hin, den Ellbogen unter dem Kopf. Semën krächzte und setzte sich ihm zu Füßen.

– Tjaa... – sagte er.

Nach kurzem Schweigen setzte Semën sich bequemer, steckte sein kleines Pfeifchen an und sagte:

– Ich war heute bei Trofim... Hab Bier getrunken. Drei Flaschen habe ich getrunken. Willst du rauchen, Stëpa?

– Nein, will ich nicht.

– Ein guter Tabak. Tee würde ich jetzt gerne trinken! Hast du bei der Herrin Tee getrunken? Guten? Sicher sehr guten? Sicher fünf Rubel das Pfund. Es gibt einen Tee, der kostet hundert Rubel. Wirklich, den gibts. Auch wenn ich ihn nicht getrunken habe, ich weiß es. Als ich in der Stadt im Laden gearbeitet habe, da hab ich ihn gesehn... Eine Gnädige trank ihn. Allein der Geruch! Ich hab dran gerochen. Gehn wir morgen zur Herrin?

– Laß mich in Ruhe!

– Was wirst du denn böse? Ich spotte doch nicht, ich rede nur. Brauchst nicht böse werden. Wieso willst du bloß nicht gehen, du Kauz! Ich verstehs nicht! Du kriegst viel Geld, gutes Essen und kannst trinken, so viel die Seele will... Ihre Zigaretten wirst du rauchen, guten Tee trinken...

Semën schwieg eine Weile und fuhr fort:

– Und hübsch ist sie auch. Sich mit einer Alten einlassen ist schlimm, aber mit der – ist doch ein Glück! (Semën spuckte aus und schwieg eine Weile.) Das Weib hat Feuer! Feurigstes Feuer! Und einen schönen Hals, so mollig...

– Und wenn es für die Seele Sünde ist? – fragte Stepan plötzlich, an Semën gewandt.

– Sü-ünde? Woher denn Sünde? Für den Armen ist nichts eine Sünde.

– Zum Teufel in die Hölle kommt auch der Arme, wenn er... Und bin ich arm? Ich bin nicht arm.

– Was soll das denn für eine Sünde sein? Du gehst doch nicht zu ihr, sie kommt zu dir! Eine Vogelscheuche bist du!

– Der Räuber denkt wie ein Räuber...

– Ein dummer Mensch bist du! – sagte Semën seufzend. – Ein dummer! Siehst du nicht dein Glück? Spürst es nicht? Sicher hast du viel Geld... Du brauchst also keins.

– Doch, aber kein fremdes.

– Du stiehlst es ja nicht, sie gibts dir eigenhändig. Aber was rede ich noch mit dir Dummkopf! Es ist wie Erbsen gegen die Wand... Ist nur Essig mit dir.

Semën stand auf und reckte sich.

– Du wirsts noch bereuen, aber dann ist es zu spät! Nach all dem kenne ich dich nicht mehr. Du bist nicht mein Bruder. Zum Teufel mit dir... Dann bleib bei deiner dummen Kuh...

– Marja eine Kuh?

– Allerdings.

– Hm... Du bist den Dreck nicht wert, den diese Kuh unterm Schuh hat. Geh!

– Du hättest es gut, und ... wir hättens gut. Trrottel!

– Geh!

– Ich gehe ja schon... Schlagen sollte man dich!

Semën drehte sich um und schlenderte pfeifend zur Hütte. Fünf Minuten später raschelte neben Stepan das

Gras. Stepan hob den Kopf. Marja kam auf ihn zu. Marja kam näher, blieb stehen und legte sich neben Stepan.

– Geh nicht, Stëpa, – flüsterte sie. – Geh nicht, mein Guter! Sie richtet dich zugrunde! Der Pole ist ihr zu wenig, sie braucht auch noch dich. Geh nicht zu ihr, Stepunjka!

– Misch dich nicht ein!

Auf Stepans Gesicht tropften wie ein kleiner heißer Regen Marjas Tränen.

– Richte mich nicht zugrunde, Stepan! Lade keine Sünde auf deine Seele. Lieb mich allein, geh nicht zu anderen! Gott hat mich dir zur Frau gegeben, also lebe auch mit mir. Ich bin eine Waise... Ich hab nur dich allein.

– Laß mich in Ruhe! Aah... Ssatanas! Ich habe dir gesagt, ich gehe nicht!

– Eben... Dann geh auch nicht, Liebster! Ich bin guter Hoffnung, Stepuška... Bald werden Kinder dasein... Verlaß uns nicht, Gott wird dich strafen! Dein Vater und Sëmka drängeln, daß du zu ihr gehst, aber geh nicht... Hör nicht auf sie. Das sind Tiere, keine Menschen.

– Schlaf!

– Ich schlafe, Stëpa... Ich schlafe.

– Marja! – war Maksims Stimme zu hören. – Wo bist du? Komm her, die Mutter ruft nach dir.

Marja sprang auf, richtete die Haare und lief zur Hütte. Langsam kam Maksim auf Stepan zu. Er hatte sich schon ausgezogen und ähnelte im Unterzeug einem Toten. Der Mond spielte auf seinem Kahlkopf und leuchtete in seinen Zigeuneraugen.

– Gehst du morgen zur Herrin oder übermorgen? – fragte er Stepan.

Stepan gab keine Antwort.

– Wenn du gehst, dann geh morgen, und so früh du kannst. Sicher sind die Pferde nicht geputzt. Und vergiß nicht, fünfzehn hat sie versprochen. Für zehn gehst du nicht.

– Ich gehe überhaupt nicht, – sagte Stepan.

– Wieso nicht?

– Einfach so... Ich will nicht...

– Wieso das nicht?

– Das wissen Sie selber.

– Soso... Sieh dich vor, Stëpa, daß ich dich nicht noch schlagen muß auf meine alten Tage!

– Schlagen Sie mich doch.

– Darfst du so mit deinen Eltern reden? Mit wem redest du? Sieh dich vor, du! Die Milch ist noch nicht trocken auf den Lippen, und schon sagst du deinem Vater Frechheiten.

– Ich gehe nicht, das ist alles! Ihr geht in die Kirche und fürchtet nicht die Sünde.

– Dir Dummkopf will ich mal was sagen! Muß eine neue Hütte gebaut werden oder nicht? Wie ist das, deiner Meinung nach? Bei wem willst du das Holz holen? Doch wohl bei der Strelčicha? Bei wem willst du dir Geld borgen? Bei ihr doch, oder bei wem? Sie gibt dir beides, Holz und Geld. Zur Belohnung!

– Soll sie andere belohnen. Ich brauche das nicht.

– Ich schlage dich windelweich!

– Tun Sies doch, schlagen Sie mich!

Maksim lächelte und streckte eine Hand vor. In seiner Hand hielt er die Peitsche.

– Ich schlage dich windelweich, Stepan.

Stepan drehte sich auf die andere Seite und gab sich den Anschein, als störe man ihn beim Schlafen.

– Du also gehst nicht? Ist das sicher?

– Ja. Gott strafe meine Seele, wenn ich gehe.

Maksim hob die Hand, und Stepan verspürte auf Schulter und Wange einen heftigen Schmerz. Stepan sprang auf wie ein Wahnsinniger.

– Schlag mich nicht, Papa! – schrie er auf. – Schlag mich nicht! Hörst du? Schlag mich nicht!

– Sondern?

Maksim dachte nach und schlug ein zweites Mal. Er schlug ihn auch ein drittes Mal.

– Gehorch deinem Vater, wenn er befiehlt! Du gehst zu ihr, Mistkerl!

– Schlag mich nicht! Hörst du?

Stepan fing an zu heulen und sank auf die Bettdecke.

– Ich gehe! Gut! Ich gehe ... Nur merke dir! Du wirst des Lebens nicht mehr froh! Du wirst es verfluchen!

– In Ordnung. Mach mir Angst. Red du nur!

– Gut ... Ich gehe ...

Stepan hörte auf zu heulen, drehte sich auf den Bauch und weinte leiser.

– Da zuckt er mit den Schultern! Und flennt! Heul nur weiter! Morgen in aller Frühe gehst du. Nimm für einen Monat im voraus. Und auch für die Tage, die du schon bei ihr warst. Das gibt ein Tuch für deine Stute. Und für die Peitsche sei nicht böse. Ich bin der Vater ... Will ich – dann schlage ich, will ich – begnadige ich. So ist das ... Schlaf jetzt!

Maksim strich sich den Bart und ging zur Hütte zurück. Stepan schien es, als habe Maksim beim Betreten der Hütte gesagt: »Ich hab ihn windelweich geschlagen!« Das Lachen Semëns war zu hören.

In Vater Grigorijs Hütte begann kläglich ein verstimmtes Klavier zu spielen: in der neunten Stunde befaßte sich die Frau des Popen mit Musik. Leise, sonderbare Klänge zogen durch das Dorf. Stepan stand auf, kletterte über den Zaun und ging die Straße hinunter. Er ging an den Fluß. Der Fluß funkelte wie Quecksilber und spiegelte in sich den Himmel mit dem Mond und den Sternen. Es herrschte Grabesstille. Nichts bewegte sich. Nur manchmal zirpte eine Grille... Stepan setzte sich ans Ufer, unmittelbar über dem Wasser, und stützte den Kopf in die Faust. Finstere Gedanken drängten sich, einer nach dem anderen, in seinem Kopf.

Jenseits des Flusses ragten hohe, schlanke Pappeln in die Höhe, die den Garten der Herrin umstanden. Zwischen den Bäumen hindurch leuchtete ein Licht aus einem der Fenster des Herrenhauses. Die Herrin schlief also nicht. Stepan dachte und dachte, am Ufer sitzend, bis die ersten Schwalben über dem Fluß flogen. Er erhob sich, als im Fluß nicht mehr der Mond, sondern die aufgehende Sonne leuchtete. Er erhob sich, wusch sich, betete gen Osten und schritt entschlossenen Schrittes am Ufer entlang bis zur Furt. Er durchquerte die seichte Furt und begab sich zum Herrenhof...

II

– Ist Stepan gekommen? – fragte, am andern Tag erwacht, Elena Egorovna.

– Ja! – antwortete das Dienstmädchen.

Die Strelkova lächelte.

– A-a-ah… Das ist gut. Wo ist er gerade?

– Im Pferdestall.

Die Herrin sprang aus dem Bett, kleidete sich rasch an und ging ins Speisezimmer, um Kaffee zu trinken.

Die Strelkova war äußerlich noch jung, jünger als nach Zahl ihrer Jahre. Nur ihre Augen verrieten, daß sie den größeren Teil ihres Weiberlebens schon hinter sich hatte, daß sie schon über dreißig war. Ihre Augen waren grau, tief, mißtrauisch, eher männlich denn weiblich. Hübsch war sie nicht, wußte aber zu gefallen. Ihr Gesicht war voll, sympathisch, gesund, der Hals, von dem Semën gesprochen hatte, und der Busen herrlich. Wenn Semën den Wert hübscher Füßchen und Händchen zu schätzen gewußt hätte, so hätte er auch die Füßchen und Händchen der Gutsbesitzerin nicht verschwiegen. Gekleidet war sie schlicht, leicht, sommerlich. Die Frisur höchst einfallslos. Die Strelkova war faul und machte nicht gern Toilette. Der Landsitz, auf dem sie lebte, gehörte ihrem Bruder, der in Petersburg lebte und sehr selten an seinen Landsitz dachte. Sie lebte hier, seit sie sich von ihrem Mann getrennt hatte. Ihr Mann, Oberst Strelkov, ein sehr anständiger Mensch, lebte ebenfalls in Petersburg und dachte an seine Frau noch seltener als ihr Bruder an seinen Landsitz. Sie hatte sich von ihrem Mann getrennt, ohne auch nur ein Jahr mit ihm gelebt zu haben. Sie hatte ihn am zwanzigsten Tag nach der Hochzeit betrogen.

Noch während sie Kaffee trank, befahl sie, Stepan zu rufen. Stepan erschien und blieb an der Tür stehen. Er war bleich, unfrisiert und blickte drein wie ein gefangener Wolf:

böse und finster. Die Herrin warf ihm einen Blick zu und errötete leicht.

– Guten Morgen, Stepan! – sagte sie und schenkte sich Kaffee ein. – Sage mir bitte, was soll dieser Hokuspokus? Warum bist du weggelaufen? Hast vier Tage hier gelebt und bist weggelaufen! Weggelaufen, ohne darum zu bitten. Du hättest darum bitten müssen!

– Ich habe drum gebeten, – blökte Stepan.

– Wen hast du darum gebeten?

– Feliks Adamyč.

Die Strelkova schwieg kurz und fragte:

– Du bist mir böse, ja? Antworte, Stepan! Ich frage! Bist du mir böse?

– Wenn Sie nicht so Wörter gesagt hätten, wäre ich nicht weggelaufen. Ich bin für die Pferde eingestellt, aber nicht für…

– Darüber wollen wir nicht sprechen… Du hast mich mißverstanden, das ist alles. Darüber böse zu werden lohnt nicht der Mühe. Ich habe nichts Besonderes gesagt. Und selbst wenn ich etwas gesagt haben sollte, dann hast du… dann hast du… habe ich immer noch… Ich habe das Recht, auch dummes Zeug zu sagen… Hm… Ich erhöhe deinen Lohn. Und hoffe, es wird zwischen uns jetzt keine Mißverständnisse mehr geben.

Stepan drehte sich um und ging zurück.

– Halt, halt! – hielt die Strelkova ihn zurück. – Ich habe noch nicht alles gesagt. Sieh mal, Stepan… Ich habe eine neue Kutscheruniform für dich. Die nimmst du und ziehst sie an, die du anhast, taugt nicht mehr viel. Meine Uniform ist schön. Ich schicke sie dir mit Fëdor.

– Zu Befehl.

– Was machst du für ein Gesicht?... Schmollst du immer noch? War es denn so kränkend? Hör schon auf... Ich hab doch nichts... Du wirst ein gutes Leben bei mir haben... Du wirst mit allem zufrieden sein. Sei nicht böse... Bist du noch böse?

– Darf unsereins denn böse sein?

Stepan winkte ab, zwinkerte mit den Augen und wandte sich ab.

– Was hast du, Stepan?

– Nichts... Darf unsereins denn böse sein? Wir dürfen es nicht...

Die Herrin erhob sich, machte ein besorgtes Gesicht und trat auf Stepan zu.

– Stepan, du... du weinst?

Die Herrin nahm Stepan am Ärmel.

– Was hast du, Stepan? Was hast du? Sprich doch endlich? Hat dich jemand gekränkt?

Der Herrin stiegen Tränen in die Augen.

– Nun sag schon!

Stepan winkte ab, zwinkerte schneller mit den Augen und fing an zu heulen.

– Herrin! – murmelte er. – Ich werde dich lieben... Ich werde alles tun, was du willst! Einverstanden! Nur gib diesen Verfluchten nichts! Keine Kopeke, keinen Kienspan! Ich bin mit allem einverstanden! Ich verkaufe meine Seele dem Bösen, nur denen gib nichts!

– Wem, denen?

– Vater und Bruder! Keinen Kienspan. Verrecken sollen sie vor Wut, die Verfluchten!

Die Herrin lächelte, rieb sich die Augen und lachte laut auf.

– Gut, – sagte sie. – Dann geh! Ich schicke dir gleich deine Uniform.

Stepan ging.

»Wie gut, daß er dumm ist! – dachte die Herrin, indem sie ihm nachsah und sich an seinen breiten Schultern weidete. – Er hat mich jeglicher Erklärung enthoben... Er hat als erster von ›Liebe‹ gesprochen...«

Gegen Abend, als die untergehende Sonne den Himmel mit Purpur und die Erde mit Gold überzog, rasten vom Dorf über die unendliche Steppenstraße pfeilschnell die Pferde der Strelkova, dem Horizont entgegen... Die Kalesche hüpfte wie ein Bällchen und riß unterwgs unbarmherzig den Roggen ab, dessen schwer gewordene Ähren sich auf die Straße neigten. Auf dem Bock saß Stepan, der wütend den Pferden die Peitsche gab und, so schien es, bemüht war, die Zügel in tausend Stücke zu zerreißen. Er war mit großem Geschmack gekleidet. Man sah, daß auf seine Toilette nicht wenig Zeit und Geld verwandt worden war. Teurer Samt und Kattun umschlossen fest seine kräftige Gestalt. Über der Brust hing eine Kette mit Berlocken. Die Harmonikastiefel waren mit echter Wichse geputzt. Der Kutscherhut mit der Pfauenfeder berührte kaum seine wehenden blonden Haare. In sein Gesicht geschrieben standen die dumpfe Ergebenheit und zugleich die wilde Raserei, deren Opfer die Pferde waren... In der Kalesche saß, mit allen Gliedern dahingegossen, die Herrin und atmete die gesunde Luft mit weiter Brust. Auf ihren Wangen spielte junges Rot... Sie spürte, daß sie das Leben genoß...

– Richtig, Stepan! Richtig! – rief sie. – Ja, so! Gibs ihnen! Wie der Wind!

Gerieten Steine unter die Räder, zerstoben die Steine zu Funken... Das Dorf entfernte sich mehr und mehr... Es verschwanden die Hütten, verschwanden die Scheunen des Herrenhofs... Schließlich verwandelte das Dorf sich in einen Streifen Rauchs und versank in der Ferne. Und Stepan trieb und trieb die Pferde noch immer. Er wollte so weit wie möglich davonrasen von der Sünde, vor der er sich so fürchtete. Aber nein, die Sünde saß ihm im Nacken, hinter seinen Schultern, in der Kalesche. Stepan sollte ihr nicht entkommen. An diesem Abend wurden Steppe und Himmel Zeugen dessen, wie er seine Seele verkaufte.

Etwa in der elften Stunde rasten die Rosse zurück. Das Beipferd lahmte, das Zugpferd war mit Schaum bedeckt. Die Herrin saß mit halbgeschlossenen Augen in einer Ecke der Kalesche und hüllte sich schaudernd in ihren Umhang. Auf ihren Lippen spielte ein zufriedenes Lächeln. Es atmete sich für sie so leicht, so ruhig! Stepan fuhr und dachte, er würde sterben. In seinem Kopf war alles leer, neblig, in der Brust nagte die Schwermut...

Jeden Tag wurden gegen Abend frische Pferde aus dem Pferdestall gebracht. Stepan spannte sie vor die Kalesche und fuhr zur Gartenpforte. Aus der Gartenpforte kam strahlend die Herrin, stieg in die Kalesche, und wieder begann die rasende Fahrt. Kein einziger Tag blieb frei von dieser Fahrt. Zum Unglück Stepans gab es nicht einen regnerischen Abend, an dem er nicht hätte fahren müssen.

Nach einer dieser Fahrten ging Stepan, aus der Steppe zurück, vom Hof weg, um am Fluß auf und ab zu gehen. In seinem Kopf war wie gewohnt Nebel, war kein einziger Gedanke, in der Brust schreckliche Schwermut. Die Nacht war schön, still. Feine aromatische Gerüche durchzogen die Luft und spielten zärtlich auf seinem Gesicht. Stepan dachte an das Dorf, das jenseits des Flusses vor seinen Augen dunkelte. Er dachte an die Hütte, den Grabgarten, sein Pferd, die Bank, auf der er mit seiner Marja geschlafen hatte und so zufrieden gewesen war... Ihm wurde unerträglich weh...

– Stëpa, – hörte er eine schwache Stimme.

Stepan blickte sich um. Marja kam auf ihn zu. Sie hatte eben die Furt durchquert und hielt die Schuhe in der Hand.

– Stëpa, warum bist du weggelaufen?

Stepan schaute sie stumpf an und wandte sich ab.

– Stepuška, für wen hast du mich Waise verlassen?

– Laß mich in Ruhe!

– Gott wird dich dafür strafen, Stepuška! Dich wird er strafen! Er schickt dir einen schlimmen Tod, ohne Reue. Du wirst an meine Worte denken! Onkel Trofim hat mit einer Soldatenfrau gelebt – weißt du noch? – und wie ist er gestorben? Herrgott, behüte!

– Was klammerst du dich an mich? Ääch...

Stepan machte zwei Schritte nach vorn. Marja faßte mit beiden Händen nach seinem Rock.

– Ich bin doch deine Frau, Stepan! Du kannst mich nicht einfach wegwerfen! Stepuška!

Marja fing laut an zu schluchzen.

– Liebster! Ich werde dir die Füße waschen und das Wasser trinken! Komm mit nach Hause.

Stepan riß sich los und schlug Marja mit der Faust; er schlug sie nur so, aus Kummer. Der Schlag traf sie in den

Bauch. Marja stöhnte, faßte sich an den Bauch und setzte sich auf die Erde.

– Ooch! – stöhnte sie.

Stepan zwinkerte mit den Augen, faßte sich mit der Faust an die Schläfe und ging, ohne sich umzublicken, zum Hof zurück.

Bei sich im Pferdestall angekommen, fiel er auf die Bank, legte sich das Kissen auf den Kopf und biß sich schmerzhaft in die Hand.

Währenddessen saß die Herrin bei sich im Schlafzimmer und versuchte zu erraten: gibt es morgen abend schönes Wetter oder nicht? Die Karten sagten, es gebe schönes.

III

Früh am Morgen fuhr Rževeckij nach Hause zurück, von einem Nachbarn kommend, bei dem er zu Gast gewesen war. Die Sonne ging noch nicht auf. Es war vier Uhr morgens, nicht später. In Rževeckijs Kopf rauschte es. Er lenkte das Pferd und schwankte leicht. Die Hälfte des Weges hatte er durch Wald zu fahren.

»Was zum Teufel ist das? – dachte er, als er auf den Landsitz zufuhr, wo er Verwalter war. – Da schlägt doch jemand Holz!«

Aus dem Fichtengehölz drangen an Rževeckijs Ohren ein Pochen und das Knacken von Ästen. Rževeckij spitzte die Ohren, dachte nach, fluchte, sprang ungelenk aus der Renndroschke und ging ins Fichtengehölz.

Semën Žurkin saß auf dem Boden und schlug die grünen

Äste ab. Um ihn her lagen drei gefällte Erlen. Abseits stand, vor einen Bauernwagen gespannt, das Pferd und weidete im Gras. Rževeckij sah Semën. Rausch und Schläfrigkeit waren im Nu verflogen. Er erbleichte und sprang auf Semën zu.

– Was machst du da? he? – schrie er.

– Was machst du da? he? – antwortete das Echo.

Aber Semën antwortete nichts. Er steckte die Pfeife an und setzte seine Arbeit fort.

– Was machst du da, Schurke, frage ich dich?

– Siehst du doch. Oder sind dir die Augen ausgefallen?

– Wa-a-a-as? Was hast du gesagt? Wiederhole das!

– Ich habe gesagt, du sollst weitergehn!

– Was, was, was?

– Geh weiter! Hier gibts nichts zu schreien…

Rževeckij errötete und zuckte die Schultern.

– Wer bist du? Und wie kannst du es wagen?

– Sehr einfach. Ich wags. Und du? Hast wohl Schiß? Wieviel seid ihr schon! Wenn du jeden beglücken wolltest, dann bräuchte es mehr…

– Wie kannst du es wagen, hier Holz zu schlagen? Gehört es dir?

– Dir gehörts auch nicht.

Rževeckij hob die Nagajka und schlug Semën nur deshalb nicht, weil der ihm seine Axt zeigte.

– Und weißt du Taugenichts, wem dieser Wald gehört?

– Weiß ich, Panie! Der Strelčicha, und mit der Strelčicha werd ich auch reden. Ihr Wald, also steh ich ihr auch Rede und Antwort. Aber du? Lakai! Fizjant! Dich kenne ich nicht. Geh weiter, Mann, hau ab!

Semën klopfte die Pfeife an der Axt aus und lächelte.

Rževeckij lief zu seiner Renndroschke, schlug mit den Zügeln und flog pfeilschnell ins Dorf. Im Dorf rief er die Ordnungsleute zusammen und eilte mit ihnen an den Ort des Verbrechens. Die Ordnungsleute trafen Semën bei der Arbeit. Im Nu kochte die Sache hoch. Der Starost erschien, der Unterstarost, der Schreiber, Schutzleute. Sie schrieben einige Papiere voll. Rževeckij unterschrieb, man zwang auch Semën zu unterschreiben. Semën lachte nur höhnisch...

Vor dem Abendessen erschien Semën bei der Herrin. Die Herrin wußte bereits von dem Holzdiebstahl. Ohne zu grüßen, begann er davon, daß man das Leben nicht habe, daß der Pole prügle, daß es nur drei Bäumchen gewesen seien usw.

– Wie kannst du es wagen, in einem fremden Wald Holz zu schlagen? – kochte es in der Herrin über.

– Es ist die reine Qual mit ihm, – blökte Semën, sich weidend am Zornesausbruch der Herrin und im Wunsch, den Polen, koste es, was es wolle, zu erledigen. – Ein einziges Wort, und Batsch! Ist so was denn möglich? Und mischt sich in alles ein! Das geht so nicht... Wir sind doch auch Menschen.

– Wie kannst du es wagen, in meinem Wald Holz zu schlagen, frage ich dich? Taugenichts!

– Er hat Sie doch belogen, Herrin! Ich habe, stimmt schon... Holz geschlagen... zugegeben... Aber wieso schlägt er mich?

In der Herrin frohlockte das Herrenblut. Sie vergaß, daß Semën Stepans Bruder war, vergaß ihre gute Erziehung, alles auf der Welt und schlug Semën auf die Wange.

– Schaff sofort deine Bauernfresse hier raus! – schrie sie. – Raus! Augenblicklich!

Semën wurde verlegen. So einen Skandal hatte er keinesfalls erwartet.

– Leben Sie wohl! – sagte er und seufzte tief. – Was kann man machen! Was schon!

Semën murmelte noch etwas und ging hinaus. Sogar die Mütze vergaß er aufzusetzen, als er auf den Hof trat.

Eine oder zwei Stunden später erschien bei der Herrin Maksim. Sein Gesicht war angespannt, seine Brauen gerunzelt. Seinem Gesicht war anzusehen, daß er gekommen war, um etwas Freches zu sagen oder zu tun.

– Was willst du? – fragte die Herrin.

– Guten Abend! Herrin, ich komme vor allem, um Sie um etwas zu bitten. Um Holz, Herrin. Ich will für Stepan eine Hütte bauen und habe kein Holz. Wenn Sie mir Bretter geben würden.

– Ja nun? Bittesehr.

Maksims Gesicht strahlte.

– Ich muß eine Hütte bauen und habe kein Holz. Ist doch zu dumm! Sich zur Suppe setzen und keine Suppe im Topf haben. He-he. Bretterchen, gehobelt... Semënka hat hier Frechheiten gesagt... Seien Sie nicht böse, Herrin. Lassen Sie den Dummkopf. Dem ist die Dummheit noch nicht aus dem Kopf. Und er merkts nicht. Die Leute sind so. Also befehlen Sie, Herrin, um Holz zu kommen?

– Komm.

– Dann belieben Sie, es Feliks Adamyč zu sagen. Gott schenke Ihnen Gesundheit! Jetzt wird auch Stëpka seine Hütte haben.

– Aber ich verkaufe es teuer, Žurkin! Ich verkaufe, wie du selbst weißt, kein Holz, ich brauche es selbst, und wenn ich welches verkaufe, dann teuer.

Maksims Gesicht zog sich in die Länge.

– Wie meinen?

– Na so. Erstens das Geld auf die Hand, und zweitens ...

– Für Geld will ich keins ...

– Und wofür dann?

– Das ist doch bekannt ... Sie wissens doch selber. Was hat der Bauer heute schon für Geld? Groschen, und nicht mal die hat er.

– Umsonst geb ich keins her.

Maksim zerknüllte die Mütze in der Faust und schaute zur Zimmerdecke auf.

– Ist das gewiß? – fragte er, nach einer Pause.

– Das ist es. Hast du sonst noch etwas zu sagen?

– Was soll ich sagen? Sie geben mir kein Holz, was soll ich dann mit Ihnen reden? Leben Sie wohl. Nur tun Sie unrecht, mir kein Holz zu geben ... Sie werden es bereuen ... Ich kann drauf pfeifen, aber Sie werdens bereuen ... Stepan ist im Pferdestall?

– Ich weiß nicht.

Maksim warf der Herrin einen bedeutsamen Blick zu, räusperte sich, bückte sich und ging hinaus. Es drehte ihn innerlich um vor Wut.

»So ist sie also, die Spitzbübin!« – dachte er und begab sich in den Pferdestall. Im Pferdestall saß um diese Zeit Stepan auf der Bank und putzte träge, im Sitzen, die Flanke eines vor ihm stehenden Pferdes. Maksim betrat den Pferdestall, blieb aber in der Tür stehen.

– Stepan! – sagte er.

Stepan gab keine Antwort, sah den Vater nicht an. Das Pferd wurde unruhig.

– Komm nach Hause! – sagte Maksim.

– Ich will nicht.

– Kannst du so was zu mir sagen?

– Ich kann, wenn ich es sage.

– Ich befehle es dir!

Stepan sprang auf und schlug Maksim die Tür des Pferdestalls vor der Nase zu.

Am Abend kam zu Stepan ein Junge aus dem Dorf gelaufen und erzählte ihm, Maksim habe Marja aus dem Haus gejagt, und Marja wisse nicht, wo sie übernachten solle.

– Sie sitzt jetzt vor der Kirche und weint, – erzählte der Junge – und um sie hat sich das Volk versammelt und schimpft auf dich.

Am andern Tag, früh morgens, als man im Herrenhaus noch schlief, zog Stepan seine alten Kleider an und ging ins Dorf. Man läutete zur Frühmesse. Es war ein Sonntagmorgen, hell und heiter – man wollte nur leben und sich freuen! Stepan ging an der Kirche vorbei, sah dumpf zum Glockenturm hinauf und ging zur Schenke. Die Schenke öffnete leider früher als die Kirche. Als er die Schenke betrat, saßen an der Theke schon Trinker.

– Vodka! – kommandierte Stepan. Man schenkte ihm Vodka ein. Er trank, saß da und trank noch einen. Stepan wurde betrunken und ließ mehr auftragen. Ein rauschendes Besäufnis begann.

– Kriegst du viel Lohn bei der Strelčicha? – fragte Sidor.

– Soviel mir zusteht. Trink, Esel!

– Ein gutes Werk! Auf den Feiertag, Stepan Maksimyč! Auf den Sonntag! Und Sie?

– Ich auch ... Ich trinke ja auch ...

– Sehr angenehm ... All das ist ja, im Grunde genommen, sehr schön und schmeichelhaft, Stepan Maksimyč! Tjaa ... Aber gestatten Sie, daß ich frage: bekommen Sie zehn Rubel im Monat?

– Ha-ha! Als könnte ein gnädiger Herr von zehn in Silber leben! Was glaubt denn ihr? Hundert kriegt er!

Stepan schaute auf den, der das gesagt hatte, und erkannte in ihm seinen Bruder Semën, der in einer Ecke saß und trank. Hinter ihm schaute die betrunkene Physiognomie des Küsters Manafuilov hervor und lächelte boshaft.

– Gestatten Sie, mein Herr, daß ich frage, – fuhr Semën fort, – hat die Herrin gute Pferde oder nicht? Gefallen sie Ihnen?

Stepan schenkte sich schweigend Vodka ein und trank schweigend aus.

– Sind sicher sehr gut, – fuhr Semën fort. – Nur schade, daß sie keinen Kutscher hat. Ohne Kutscher ist das nicht mehr das ...

Manafuilov trat auf Stepan zu und schüttelte den Kopf.

– Du ... du ... bist ein Schwein! – sagte er. – Ein Schwein! Und du findest das nicht Sünde? Rechtgläubige! Er findet das nicht Sünde! Und was steht in der Schrift geschrieben, was?

– Laß mich in Ruhe! Dummkopf!

– Dummkopf ... Aber du bist dafür klug. Ein Kutscher, und nicht bei seinen Pferden. He-he ... Gibt sie Ihnen vielleicht auch Kaffe?

Stepan holte aus und schlug Manafuilov die Flasche auf den großen Kopf. Manafuilov schwankte und fuhr fort:

– Liebe! Was ist das für ein Gefühl… Fff… Schade, dich hätte man nicht verheiraten sollen. Dann wärst du jetzt ein gnädiger Herr! Aus dem wär ein guter Herr geworden! Ein strenger Herr, so gebildet!

Gelächter war zu hören. Stepan holte aus und schlug Manafuilov ein zweites Mal auf eben jenen Kopf. Manafuilov schwankte, und diesmal fiel er zu Boden.

– Warum schlägst du ihn? – schrie Semën, auf den Bruder eindringend. – Heirate, dann darfst du schlagen! Leute, warum schlägt er um sich? Warum schlägst du, frage ich dich?

Semën runzelte die Brauen, nahm Stepan an der Brust und schlug ihn unterhalb der Herzgrube. Manafuilov erhob sich und fuchtelte mit seinen langen Fingern Stepan vor den Augen herum.

– Leute! Eine Schlägerei! Weiß Gott, eine Schlägerei! Die Fäuste hoch!

In der Schenke fing es an zu rumoren. Gerede und Gelächter mischten sich.

Vor der Schenkentür scharte sich das Volk. Stepan packte Manafuilov am Kragen und schleuderte ihn zur Tür hinaus. Der Küster winselte und flog wie ein Ball die Stufen hinab. Das Volk drängte in die Schenke. Sidor mischte sich in fremde Angelegenheiten und schlug, ohne selbst zu wissen warum, Stepan in den Rücken. Stepan packte Semën an der Schulter und schleuderte ihn zur Tür. Semën schlug mit dem Kopf gegen den Türpfosten, lief die Stufen hinab und fiel mit nassem Gesicht in den Staub. Der Bruder sprang auf ihn zu und fing auf seinem Bauch an zu hüpfen. Er hüpfte vertiert, mit Genuß, hüpfte hoch. Er hüpfte lange…

Man läutete zum »Würdig«. Stepan schaute in die Runde. Um ihn her ragten lachende Fratzen, eine betrunkener als die andere. Eine Menge Fratzen! Von der Erde erhob sich Semën, zerzaust, blutverschmiert, mit geballten Fäusten und viehischem Gesicht. Manafuilov lag im Staub und weinte. Der Staub verklebte ihm die Augen. Ringsum und rundumher war der Teufel los!

Stepan schüttelte sich, erbleichte und rannte davon wie ein Wahnsinniger. Man jagte ihm nach.

– Fangt ihn! Fangt ihn! – riefen sie ihm hinterdrein. – Haltet ihn! Er hat gemordet!

Stepan packte das Entsetzen. Ihm schien, daß, wenn man ihn einholen würde, man ihn bestimmt totschlagen würde. Er lief schneller.

– Fangt ihn! Haltet ihn!

Er lief, ohne es selbst zu bemerken, bis zu seinem Vaterhaus. Das Tor stand weit offen, und beide Flügel schlugen im Wind… Er lief auf den Hof.

Auf einem Haufen von Kienspänen und Abfall saß, drei Schritte vom Tor entfernt, Marja. Die Beine untergeschlagen und die entkräfteten Arme ausgestreckt, blickte sie unverwandt zu Boden. Beim Anblick Marjas blitzte in Stepans aufgewühltem und betrunkenem Hirn ein heller Gedanke auf…

Von hier fliehen, fliehen so weit wie möglich mit dieser totenbleichen, erniedrigten, heißgeliebten Frau. Fliehen so weit wie möglich vor diesem Auswurf, an den Kuban, zum Beispiel… Und wie schön ist es am Kuban! Wenn man den

Briefen von Onkel Pëtr glauben durfte, was für ein herrlich freies Leben in den Steppen des Kuban! Das Leben freier, der Sommer länger, das Volk verwegener… In der ersten Zeit würden sie, Stepan und Marja, sich als Knechte verdingen, dann sich ihr eigenes Stück Land anlegen. Dort würde es keinen kahlköpfigen Maksim mit seinen Zigeuneraugen geben, keinen boshaften und betrunken höhnenden Semën…

Mit diesen Gedanken trat er auf Marja zu und blieb vor ihr stehen… Doch ging ihm dabei vom vielen Trinken der Kopf im Kreis, vor den Augen blinkten bunte Flecken, im ganzen Körper verspürte er Schmerzen… Er konnte sich kaum auf den Beinen halten…

– An den Kuban… den… – stieß er hervor und spürte, daß seine Zunge die Fähigkeit zu sprechen verloren hatte… – An den Kuban… zu Onkel Pëtr… Weißt du? Der Briefe schreibt…

Aber nichts da! Der Kuban versank in Staub und Asche… Marja hob ihren flehentlichen Blick auf sein bleiches, tolles, zur Hälfte vom lang nicht mehr frisierten Haar bedecktes Gesicht und erhob sich… Ihre Lippen zitterten…

– Bist du es, Räuber? – schluchzte sie laut auf. – Du? Haben sie dir die Fresse in der Schenke aufgeschlagen? Verfluchter! Du mein Henker! Soll dir im Jenseits dasselbe geschehen, wie du mich ausgesaugt hast! Du hast mich ermordet, mich Waise!

– Schweig!

– Grausame! Ihr habt kein Mitleid mit der Christenseele! Zu Tode habt ihr mich gequält, ihr Räuber… Du bist ein Mörder, Stëpka! Die Gottesmutter möge dich bestrafen!

Halt, bleib stehn! Aber das hast du nicht umsonst getan! Du denkst, nur ich quäle mich? Denk das nicht … Auch du sollst dich quälen …

Stepan zwinkerte mit den Augen und schwankte.

– Schweig! Um Christi willen schweig!

– Trunkenbold! Ich weiß, von wessen Geld du dich betrunken hast! Wars aus Freude? Wars lustig?

– Schweig! Maška! Nun laß …

– Und weshalb kommst du jetzt? Was willst du? Dich großtun? Das wissen wir auch ohne Großtun … Alle Welt weiß es … In die Augen solls dich stechen, den ganzen Tag, Verfluchter …

Stepan stampfte mit dem Fuß auf, schwankte und gab Marja einen Stoß mit dem Ellbogen. Seine Augen blitzten …

– Schweig, sage ich dir! Reiß mir nicht das Herz aus dem Leib!

– Ich werde sprechen! Du willst mich schlagen? Na gut … Schlag zu … Schlag eine Waise … Damit es ein Ende hat … Was für Freundlichkeiten habe ich noch zu erwarten? Schlag schon zu … Schlage mich tot, Räuber … Was brauchst Du noch mich? Du hast Deine Gnädige … Reiche … Schöne … Ich bin vom dummen Volk, sie ist eine Adelige … Was schlägst du nicht zu, Räuber?

Stepan holte aus und schlug mit aller Kraft die Faust in Marjas zornentstelltes Gesicht. Der betrunkene Schlag traf die Schläfe. Marja schwankte und stürzte, ohne einen Laut von sich zu geben, zur Erde. Während sie fiel, schlug Stepan sie noch einmal in die Brust.

Der Ehemann beugte sich über den warmen, aber schon leblosen Körper seiner Frau, schaute mit stumpfem Blick in ihr Gesicht, das ausgelitten hatte, und setzte sich, ohne etwas zu begreifen, neben den Leichnam.

Schon erhob sich die Sonne über den Hütten und brannte. Der Wind wurde heiß. In der hitzigen Luft hing bedrückende Schwermut, während das Volk, dicht gedrängt, Stepan und Marja umstand … Alle sahen, begriffen, daß hier ein Mord geschehen war, und trauten ihren Augen nicht. Stepan ließ den trüben Blick über die Menge schweifen, knirschte mit den Zähnen und murmelte zusammenhanglose Wörter. Niemand nahm es auf sich, Stepan zu fesseln. Maksim, Semën und Manafuilov standen in der Menge und drückten sich aneinander.

– Warum hat er sie … – fragten sie, bleich wie der Tod.

Die Mutter lief in der Nähe umher und schluchzte laut …

Man meldete den Vorfall der Herrin. Die Herrin stöhnte auf, griff nach dem Riechfläschchen, aber in Ohnmacht fiel sie nicht.

– Ein entsetzliches Volk! – flüsterte sie. – Ach was für ein Volk! Taugenichtse! Aber gut! Ich werde es ihnen zeigen! Jetzt sollen sie mich kennenlernen!

Um sie zu trösten, erschien Rževeckij. Er tröstete die Herrin und trat seinen Posten wieder an, dessen ihn die launische Herrin zugunsten Stepans enthoben hatte. Ein einträglicher Posten, warm und bestens für ihn geeignet. Zehnmal im Jahr wurde er dieses Postens enthoben, und zehnmal im Jahr zahlte man ihm ein Abstandsgeld. Man zahlte nicht wenig.

Zelënaja Kosa

Kleiner Roman

I

Am Ufer des Schwarzen Meeres, an einem Fleckchen, das in meinem Tagebuch und in den Tagebüchern meiner Helden und Heldinnen »Zelënaja Kosa« heißt, steht eine wunderschöne Villa. Aus der Sicht des Architekten, der Liebhaber alles Strengen, Gesetzmäßigen, Stilvollen mag diese Villa nirgendwohin passen, aus der Sicht des Poeten, des Künstlers dagegen ist sie einfach wunderschön. Sie gefällt mir in ihrer bescheidenen Schönheit, darin, daß sie weder die Kälte von Marmor verströmt noch die Gewichtigkeit von Säulen. Sie blickt einladend, warm, romantisch drein... Hinter schlanken Silberpappeln blickt sie mit ihren Türmchen, Spitzen, Zacken, Säulchen irgendwie mittelalterlich hervor. Wenn ich sie anschaue, denke ich an sentimentale deutsche Romane mit ihren Rittern, Schlössern, Doctores der Philosophie, geheimnisvollen Gräfinnen... Diese Villa steht auf einem Berg; rings um die Villa ist ein dichter-dichter Garten mit Alleen, kleinen Springbrunnen, Orangerien, und unten, unterhalb des Berges – das rauhe blaue Meer... Eine Luft, in der beständig ein leichter, feuchter, koketter Wind weht, alle möglichen Vogelstimmen, der ewig klare Himmel, das durchsichtige Wasser – ein wunderschönes Fleckchen!

Die Besitzerin der Villa, Marja Egorovna Mikšadze, ist die Ehefrau eines kleinen georgischen oder tscherkessischen Fürsten, eine Dame um die 50, groß, füllig, und war zu ihrer Zeit zweifelsohne als Schönheit berühmt. Sie ist eine gutherzige, liebe, gastfreundliche, aber etwas zu strenge Dame. Übrigens nicht streng, sondern launisch… Sie gab uns ausgezeichnet zu essen, vorzüglich zu trinken, lieh uns aus vollen Händen Geld und quälte uns gleichzeitig furchtbar. Die Etikette ist ihr Steckenpferd. Daß sie Ehefrau eines Fürsten ist – ist ihr anderes Steckenpferd. Auf diesen beiden Steckenpferden reitend, übertreibt sie ewig und furchtbar. Sie lächelt zum Beispiel nie, wahrscheinlich deshalb, weil sie das für sich und überhaupt für grandes-dames für unschicklich hält. Wer auch nur um ein Jahr jünger ist als sie, ist ein Milchbart. Angesehen zu sein ist ihrer Meinung nach eine Tugend, der gegenüber alles übrige der unsinnigste Blödsinn ist. Sie ist eine Feindin von Unbesonnenheit und Leichtsinn, liebt das Schweigen usw. usw. Manchmal konnten wir diese Herrin kaum ertragen. Wäre ihre Tochter nicht gewesen, so würden wir heute die Erinnerungen an Zelënaja Kosa kaum genießen. Die gute Frau ist in unseren Erinnerungen der graueste Fleck. Die Zierde von Zelënaja Kosa ist – Marja Egorovnas Tochter, Olja. Olja ist ein kleines, schlankes, hübsches Blondinchen von 19 Jahren. Sie ist lebhaft und nicht dumm. Sie zeichnet schön, befaßt sich mit Botanik, spricht ausgezeichnet Französisch, schlecht Deutsch, liest viel und tanzt wie Terpsichore persönlich. Musik hat sie am Konservatorium studiert und spielt nicht übel. Wir Männer liebten dieses blauäugige Mädchen, wir waren nicht »verliebt«, sondern liebten es. Sie war für uns alle etwas

Vertrautes, zu uns Gehörendes... Zelënaja Kosa ohne sie wäre für uns undenkbar. Ohne sie wäre die Poesie von Zelënaja Kosa unvollständig gewesen. Sie ist die hübsche weibliche Gestalt in wunderschöner Landschaft, und ich mag keine Bilder ohne menschliche Gestalten. Das Plätschern des Meeres und das Flüstern der Bäume sind an und für sich schön, aber wenn sich damit, zur Begleitung unserer Bässe, Tenöre und des Flügels, noch Oljas Sopran vereinigt, dann werden Meer und Garten zum Paradies auf Erden... Wir liebten die Prinzessin; anders konnte es gar nicht sein. Wir nannten sie die Tochter unseres Regiments. Und Olja liebte uns. Es zog sie zu unserer Männergesellschaft hin, und nur unter uns fühlte sie sich in ihrem Element. Wenn wir nicht in ihrer Nähe waren, magerte sie ab und hörte auf zu singen. Unsere Gesellschaft besteht aus Gästen, sommerlichen Bewohnern von Zelënaja Kosa und Nachbarn. Zu ersteren gehören: Doktor Jakovnin, der Odessaer Zeitungsmann Muchin, der Magister der Physik Fivejskij (inzwischen Dozent), drei Studenten, der Maler Čechov, ein Baron und Jurist aus Charkov und ich, Oljas ehemaliger Repetitor (der ihr beigebracht hat, schlecht Deutsch zu sprechen und Stieglitzküken zu fangen). Wir trafen uns jedes Jahr im Mai in Zelënaja Kosa und belegten für den ganzen Sommer die überzähligen Räume des mittelalterlichen Schlosses und alle Nebengebäude. Jeden März luden uns nach Zelënaja Kosa zwei Briefe ein: ein bedeutungsvoller, strenger, voller Ermahnungen – von der Fürstin, ein anderer sehr langer, heiterer, voll mit allen möglichen Plänen – von der sich nach uns sehnenden Prinzessin. Wir kamen und blieben bis September zu Gast. Die Nachbarn, die täglich zu uns kamen, waren der verabschiedete Leutnant der Artillerie Egorov, ein junger Mann, der zweimal das Examen zur Akademie abgelegt hatte und zweimal durchgefallen war, ein sehr gebildeter, belesener Mensch; der Medizinstudent Korobov mit seiner Ehefrau Ekaterina Ivanovna, der Gutsbesitzer Aleutov und eine Unmenge von Gutsbesitzern, Verabschiedeten, Nichtverabschiedeten, Lustigen und Langweiligen, Faulenzern und Herumtreibern... Die ganze Bande aß, trank, spielte, sang, brannte Feuerwerk ab, riß Witze ohne Ende, Tag und Nacht, den ganzen Sommer hindurch... Olja liebte diese Bande besinnungslos. Lauter als alle schrie sie, wirbelte umher und lärmte. Sie war die Seele der Kompanie.

Jeden Abend versammelte uns die Fürstin im Salon und warf uns mit purpurrotem Gesicht »gewissenloses« Benehmen vor, beschämte uns und schwor, dank unseren Bemühungen Kopfschmerzen zu haben. Sie liebte es, uns zu ermahnen; sie tat dies aufrichtig und war zutiefst davon überzeugt, daß uns ihre Ermahnungen zum Nutzen gereichten. Am meisten bekam Olja von ihr ab. Ihrer Meinung nach war an allem Olja schuld. Olja füchtete die Mutter. Sie vergötterte sie und lauschte ihren Ermahnungen stehend, schweigend, errötet. Die Fürstin hielt Olja für ein kleines Kind. Sie stellte sie in die Ecke, ließ sie ohne Frühstück, ohne Mittagessen stehen. Olja in Schutz zu nehmen bedeutete, Öl ins Feuer zu gießen. Wäre es ihr möglich gewesen, sie hätte auch uns in die Ecke gestellt. Sie schickte uns zur Abendmesse, befahl uns, die »Leben der Heiligen« vorzulesen, kontrollierte unsere Wäsche, mischte sich in unsere Angelegenheiten... Immer wieder hatten wir ihre Schere verschleppt, vergessen, wo ihr Riechfläschchen stand, konnten ihren Fingerhut nicht finden.

– Schlafmütze! – rief sie immer wieder. – Hast es im Vorbeigehen runtergeworfen und hebst es nicht auf! Hebs auf! Heb es sofort auf! Gestraft hat mich der Herrgott mit euch… Laß mich in Frieden! Steh nicht im Durchzug!

Manchmal läßt sich einer von uns zum Spaß etwas zuschulden kommen und wird zum Rapport zu der Alten gerufen.

– Warst du das, der auf die Rabatte getreten ist? – beginnt die Gerichtsverhandlung. – Wie konntest du es wagen?

– Es war aus Versehen…

– Schweig! Wie konntest du es wagen, frage ich dich?

Die Gerichtsverhandlung endete immer mit Begnadigung, mit Handküssen und, nach Verlassen der Gerichtsstube, mit homerischem Gelächter. Liebevoll war die Fürstin zu uns nie. Liebevolle Worte sagt sie nur zu alten Frauen und kleinen Kindern.

Ich habe sie nicht ein einziges Mal lächeln sehen. Dem alten General, der an Sonntagen zu ihr gefahren kam, um Piquet zu spielen, versicherte sie flüsternd, daß wir, Doktoren, Magister, teilweise Barone, Maler, Schriftsteller, ohne ihren Verstand und Beistand verloren wären… Wir gaben uns auch keine Mühe, sie eines Besseren zu belehren… Lassen wir ihr doch ihren Spaß, dachten wir… Die Fürstin wäre erträglich gewesen, wenn sie nicht von uns verlangt hätte, spätestens um acht Uhr aufzustehen und spätestens um 12 schlafen zu gehen. Die arme Olja legte sich um 11 Uhr schlafen. An Widerspruch war nicht zu denken. Aber wir machten uns ja auch lustig über die Alte wegen dieses unrechtmäßigen Eingriffs in unsere Freiheit! In Scharen gingen wir zu ihr, um Vergebung zu erflehen, verfaßten für sie Glückwunschgedichte im Stile Lomonosovs, zeichneten den Stammbaum der Fürsten Mikšadze usw. Die Fürstin nahm alles für bare Münze, und wir lachten schallend. Die Fürstin liebte uns. Sie seufzte tief und sehr aufrichtig, wenn sie uns ihr Bedauern darüber ausdrückte, daß wir keine Fürsten seien. Sie war an uns gewöhnt wie an die eigenen Kinder.

Lediglich Leutnant Egorov liebte sie nicht. Sie haßte ihn mit ganzer Seele, hegte gegen ihn die unmöglichste Antipathie. Sie empfing ihn nur, weil sie in Geldangelegenheiten mit ihm zu tun hatte und die Etikette wahrte. Der Leutnant war einmal ihr Liebling gewesen. Er ist hübsch, macht gelungene Witze, schweigt viel und ist Militär (das schätzte die Fürstin sehr). Aber manchmal überkommt es Egorov... Er setzt sich hin, stützt den Kopf in die Fäuste und fängt an, furchtbar zu lästern. Er lästert über alles und jeden, verschont weder die Lebenden noch die Toten. Die Fürstin geriet jedesmal außer sich und scheuchte uns aus dem Zimmer, wenn er anfing, boshafte Dinge zu sagen.

Einmal beim Essen stützte Egorov den Kopf in die Faust und hielt, aus heiterem Himmel, eine Rede auf die kaukasischen Fürsten, dann zog er die »Strekoza« aus der Tasche und besaß die Frechheit, in Anwesenheit der Fürstin Mikšadze folgendes vorzulesen: »Tiflis ist eine hübsche Stadt. Zu den Vorzügen der schönen Stadt – wo ›Fürsten‹ sogar die Straßen kehren und in den Hotels putzen – gehört...« usw. Die Fürstin stand vom Tisch auf und ging schweigend hinaus. Sie begann Egorov noch heftiger zu hassen, als er in ihr Merkbüchlein neben unsere Vornamen unsere Familiennamen eintrug. Dieser Haß war um so unerwünschter und unpassender, als der Leutnant von einer Heirat mit Olja träumte und Olja in den Leutnant verliebt war. Der Leutnant träumte schrecklich davon, auch wenn er kaum an die Erfüllung seiner Träumereien glaubte. Olja liebte ihn insgeheim, im stillen, für sich, schüchtern, kaum spürbar... Liebe war für sie Konterbande, ein Gefühl, über das ein grausames Veto verhängt war. Ihr war nicht gestattet zu lieben.

II

In dem mittelalterlichen Schloß hätte sich beinahe eine jener dummen mittelalterlichen Geschichten abgespielt.

Vor sieben Jahren, als Fürst Mikšadze noch lebte, kam Fürst Čajchidzev nach Zelënaja Kosa zu Gast, Gutsbesitzer aus Ekaterinoslav, ein enger Freund Mikšadzes. Er war ein sehr reicher Mann. Er hatte sein Leben lang gelumpt, bis zur Raserei gelumpt, und war ungeachtet dessen bis ans Ende seiner Tage ein reicher Mann geblieben. Mikšadze war seinerzeit sein Saufkumpan gewesen. Zusammen mit Mikšadze hatte er das Mädchen aus dem Elternhaus entführt, das später zur Fürstin Čajchidzeva wurde. Dieser Umstand hielt beide in fester Freundschaft verbunden. Čajchidzev kam zu Gast mit seinem Sohn, einem glupschäugigen, schmalbrüstigen, schwarzhaarigen Knaben, der auf das Gymnasium ging. Čajchidzev gedachte, als erster Pflicht, der guten alten Zeiten und begann mit Mikšadze zu saufen, der Jüngling machte Olja den Hof, damals ein Mädchen von dreizehn. Das Hofieren wurde bemerkt. Die Väter zwinkerten einander zu und bemerkten, der Knabe und Olja würden kein übles Pärchen abgeben. Die betrunkenen Fürsten befahlen den Kindern, sich zu küssen, drückten einander die Hände und küßten sich ebenfalls. Mikšadze brach sogar in Tränen der Rührung aus. – Gott hat es so gefallen! – sagte Čajchidzev. – Du hast eine Tochter, ich habe einen Sohn ... So hat es Gott gefallen!

Den Kindern gaben sie Ringe und verewigten beide auf einem Photo. Dieses Photo hing im Saal und ließ Egorov lange keine Ruhe. Es war Zielscheibe ungezählter Witze. Fürstin Marja Egorovna hatte die künftigen Eheleute bedeutungsvoll gesegnet. Ihr hatte die Idee der Väter aus Langeweile gefallen. Einen Monat nach Abreise der Čajchidzevs erhielt Olja per Post ein sehr kostbares Geschenk. Solche Geschenke erhielt sie später jedes Jahr. Der junge Čajchidzev nahm die Sache, wider Erwarten, ernst. Er war ein ziemlich beschränkter Bursche. Jedes Jahr kam er nach Zelënaja Kosa und blieb eine Woche lang zu Gast, wobei er die ganze Zeit schwieg und Olja von seinem Zimmer aus Liebesbriefe schrieb. Olja las die Briefe und wurde verlegen. Das kluge Mädchen wunderte sich, wie ein so großer Mann so dummes Zeug schreiben konnte! Und er schrieb dummes Zeug ... Vor zwei Jahren war Mikšadze gestorben. Auf dem Sterbebett hatte er zu Olja folgendes gesagt: »Sieh dich vor, daß du nicht irgendeinen Trottel heiratest! Heirate Čajchidzev. Er ist ein kluger und würdiger Mann.« Olja kannte Čajchidzevs Klugheit, widersprach dem Vater aber nicht. Sie gab ihm ihr Wort, daß sie Čajchidzev heiraten werde.

– Es ist Papas Wille! – sagte sie uns oft und sagte es mit einem gewissen Stolz, so als würde sie eine ungeheure Heldentat vollbringen. Sie war stolz darauf, daß der Vater ihr Versprechen mit ins Grab genommen hatte. Dieses Versprechen war so ungewöhnlich, so romantisch!

Aber Natur und Verstand forderten das Ihre: der verabschiedete Leutnant scharwenzelte vor ihren Augen herum, und Čajchidzev wurde in ihren Augen mit jedem Jahr dümmer und dümmer…

Als der Leutnant es eines Tages wagte, ihr eine Anspielung auf seine Liebe zu machen, bat sie ihn, nicht weiter von Liebe zu sprechen, erinnerte an das dem Vater gegebene Versprechen und weinte die liebe lange Nacht. Die Fürstin schrieb jede Woche einen Brief an Čajchidzev nach Moskau, wo er an der Universität studierte, und befahl ihm, das Studium so schnell wie möglich abzuschließen. »Ich habe nicht solche Rauschebärte wie dich zu Gast; die, die hier sind, haben ihr Studium längst abgeschlossen«, – schrieb sie ihm. Čajchidzev antwortete ihr ehrerbietigst auf rosa Papier und wies auf zwei Seiten nach, daß das Studium vor Ablauf eines bestimmten Zeitraums nicht abgeschlossen werden könne. Auch Olja schrieb ihm. Oljas Briefe an mich waren bei weitem besser als ihre Briefe an diesen Bräutigam. Die Fürstin glaubte fest daran, daß Olja Čajchidzevs Frau werden würde, sonst hätte sie nicht zugelassen, daß ihre Tochter sich herumtreibt und »mit Lappalien abgibt« in der Gesellschaft von Händelsuchern, Windbeuteln, Gottlosen und »Nicht-Fürsten«… Darüber konnte sie keinen Zweifel aufkommen lassen… Der Wille ihres Mannes war ihr heilig… Olja glaubte ebenfalls, daß sie irgendwann als Čajchidzeva unterschreiben würde…

Aber daraus wurde nichts. Die Idee beider Väter platzte unmittelbar vor ihrer Durchführung. Čajchidzevs Roman ging nicht gut aus. Diesem Roman war bestimmt, als Vaudeville zu enden.

Im vorigen Jahr war Čajchidzev Ende Juni nach Zelënaja Kosa gekommen. Dieses Mal kam er nicht mehr als Student, sondern als Wirklicher Student. Die Fürstin empfing ihn mit bedeutungsvollen feierlichen Umarmungen und einer überaus langen Ermahnung. Olja trug ein teures Kleid, eigens zum Empfang des Bräutigams geschneidert. Aus der Stadt wurde Champagner gebracht, Feuerwerk wurde abgebrannt, und am andern Tag sprach, vom frühen Morgen an, ganz Zelënaja Kosa wie aus einem Munde von der Hochzeit, die, so hieß es, auf Ende Juli festgesetzt worden sei. »Arme Olja! – flüsterten wir, ziellos von einer Ecke in die andere gehend, und schauten böse zu den Fenstern auf, die aus dem Zimmer des uns verhaßten Orientalen in den Garten blickten. – Arme Olja!« Olga ging durch den Garten, bleich, mager, halbtot. »So hat es Papa und Mama gefallen!« – sagte sie, als wir anfingen, ihr unsere freundschaftlichen Ratschläge aufzudrängen. »Aber das ist doch töricht! Unzivilisiert!« – schrien wir sie an. Sie zuckte die Schultern und wandte ihr kummervolles Gesicht von uns ab; der Bräutigam saß in seinem Zimmer, schickte Olja durch Lakaien zärtliche Briefe und wunderte sich, wenn er aus dem Fenster sah, über die Kühnheit, mit der wir mit Olja sprachen und uns ihr gegenüber benahmen. Er verließ sein Zimmer nur zum Essen. Er aß schweigend, ohne jemanden anzusehen, antwortete spröde auf unsere Fragen. Nur einmal wagte er, einen Witz zu erzählen, aber selbst der war so alt, daß der Bart schon zum Fenster hinaushing. Nach dem Essen setzte die Fürstin ihn neben sich und brachte ihm bei, Piquet zu spielen. Čajchidzev spielte voller Ernst, nachdenklich, mit hängender Unterlippe und verschwitzt... Diese Einstellung zum Piquet gefiel der Fürstin.

Einmal nach dem Essen entwischte Čajchidzev dem Piquet und lief Olja nach, die sich in den Garten begeben hatte.

– Olga Andreevna! – begann er. – Ich weiß, Sie lieben mich nicht. Unsere Hochzeitsvorbereitungen sind wirklich, zugegeben, sonderbar und töricht. Aber ich, aber ich hoffe, Sie werden mich einmal lieben...

So sagte er, wurde furchtbar verlegen und schlich sich unsicher aus dem Garten auf sein Zimmer.

Leutnant Egorov saß auf seinem Gut und zeigte sich nirgends. Er konnte Čajchidzev nicht leiden.

Am Sonntag (dem zweiten nach Čajchidzevs Ankunft), ich glaube, es war der 5. Juli, erschien frühmorgens bei uns im Nebengebäude ein Student, ein Neffe der Fürstin, und überbrachte uns einen Befehl. Der Befehl der Fürstin bestand darin, daß wir uns gegen Abend alle in ordentlichem Zustand zu befinden hätten: ganz in Schwarz gekleidet, weiße Halsbinden, Handschuhe; wir hätten ernst, klug, geistreich, gehorsam und gelockt wie die Pudel zu sein; keinen Lärm zu machen; in unsern Zimmern hätte es anständig auszusehen. Auf Zelënaja Kosa wurde so etwas wie eine Verlobung geplant. Aus der Stadt wurden Weine, Vodka, Zakuski gebracht... Unsere Dienstboten wurden uns entzogen und zum Küchendienst eingeteilt. Nach dem Essen begannen Gäste einzutreffen, und sie trafen bis zum späten

Abend ein. Um acht Uhr, nach dem Bootfahren, begann der Ball.

Vor dem Ball hatten wir, die Männer, eine Zusammenkunft. Auf dieser Zusammenkunft beschlossen wir einstimmig, Olja, koste es, was es wolle, von Čajchidzev zu erlösen, sie zu erlösen, selbst wenn wir den größten Skandal vom Zaun brechen sollten. Nach der Zusammenkunft stürzte ich los, um Leutnant Egorov aufzusuchen. Er lebte auf seinem Gut, 20 Verst von Zelënaja Kosa entfernt. Ich raste zu ihm und traf ihn zu Hause an, aber in welchem Zustand ich ihn antraf! Der Leutnant war sturzbetrunken und schlief wie ein Toter. Ich rüttelte den Leutnant wach, wusch ihn, kleidete ihn an und brachte ihn, seinem Sträuben und Geschimpf zum Trotz, nach Zelënaja Kosa.

Um zehn Uhr war der Ball in vollem Gange. Man tanzte in vier Räumen zum Spiel zweier schöner Flügel. In den Entr'acten spielte im Garten auf einer Anhöhe ein dritter Flügel. Sogar die Fürstin war von unserem Feuerwerk entzückt. Feuerwerk brannten wir im Garten ab, am Ufer und weit draußen auf dem Meer in den Booten. Auf dem Schloßdach wechselten bunte bengalische Feuer einander ab und beleuchteten ganz Kosa. Getrunken wurde an zwei Buffets: ein Buffet war in der Gartenlaube, das andere im Haus. Held des Abends war offensichtlich Čajchidzev. Mit rosa Flecken auf den Wangen, schweißnasser Nase, in einen zu engen Frack gezwängt, tanzte er mit Olja, lächelte wehmütig und spürte, wie ungeschickt er war. Er tanzte und beobachtete dabei jeden seiner »pas«. Er wollte leidenschaftlich gern mit wenigstens irgend etwas glänzen, aber er hatte nichts zum Glänzen. Olja sagte mir später, an diesem Abend habe ihr der arme kleine Fürst sehr leid getan. Sie fand ihn erbärmlich. Er schien zu ahnen, daß man ihm seine Braut wegnehmen würde, an die er ständig gedacht hatte, bei jeder Vorlesung, beim Zubettgehen und beim Aufwachen… Wenn er uns ansah, blickten seine Augen flehentlich. Er ahnte in uns mächtige und gnadenlose Rivalen.

Aus dem Auftragen hoher Champagnerkelche und den Blicken der Fürstin zur Uhr schlossen wir, daß der feierlich-offizielle Augenblick nahe bevorstand, daß Čajchidzev aller Wahrscheinlichkeit nach um 12 Uhr die Erlaubnis erhalten würde, Olja zu küssen. Es mußte gehandelt werden. Um halb zwölf puderte ich mich, um bleich zu wirken, schob die Halsbinde zur Seite und trat mit besorgtem Gesicht und zerzaustem Haar auf Olja zu.

– Olga Andreevna, – begann ich und ergriff ihre Hand, – um Gottes willen!

– Was ist denn?

– Um Gottes willen… Erschrecken Sie nicht, Olga Andreevna… Es mußte ja so kommen. Das war zu erwarten…

– Worum geht es?

– Erschrecken Sie nicht… Sozusagen… Um Gottes willen, meine Teure! Evgraf…

– Was ist mit ihm?

Olga erbleichte und hob ihre großen, vertrauensvollen, freundschaftlichen Augen zu mir auf…

– Evgraf liegt im Sterben…

Olga taumelte und fuhr sich mit den Fingern über die erbleichte Stirn.

– Es ist geschehen, was ich erwartet habe, – fuhr ich fort. – Er liegt im Sterben… Retten Sie ihn, Olga Andreevna!

Olga ergriff meine Hand.

– Er... er... wo ist er?

– Hier im Garten, in der Laube. Schrecklich, meine Teure! Aber... man schaut auf uns. Gehen wir auf die Terrasse... Er gibt Ihnen keine Schuld... Er hat gewußt, daß Sie ihn...

– Was... was ist mit ihm?

– Schlimm steht es, sehr schlimm!

– Gehen wir... ich gehe zu ihm... Ich will nicht, daß er meinetwegen... meinetwegen...

Wir traten auf die Terrasse hinaus. Olja knickten die Knie ein. Ich tat so, als wischte ich mir eine Träne ab. An uns vorbei liefen immer wieder bleiche, aufgeregte Mitglieder unserer Bande mit besorgten, erschreckten Gesichtern.

– Der Blutfluß ist gestillt... – flüsterte mir der Magister der Physik zu, so daß Olja es hörte.

– Gehen wir! – flüsterte Olja und hakte sich unter.

Wir gingen die Terrasse hinab... Die Nacht war still, hell... Die Klänge des Flügels, das Flüstern der dunklen Bäume, das Zirpen der Grillen schmeichelten dem Ohr; unten plätscherte leise das Meer.

Olja konnte kaum gehen... Die Beine knickten ihr ein und verhedderten sich in dem schweren Kleid. Sie zitterte und drückte sich vor Angst an meine Schulter.

– Aber ich bin doch nicht schuld... – flüsterte sie. – Ich schwöre Ihnen, ich bin unschuldig. Papa hat es so gewollt... Er muß das verstehen... Ist es gefährlich?

– Ich weiß nicht... Michail Pavlovič hat sein möglichstes getan. Er ist ein guter Arzt und liebt Egorov... Wir sind gleich da, Olga Andreevna...

– Ich... ich werde nichts Schreckliches sehen müssen? Ich

habe Angst... Ich kann nicht sehen... Was hat er sich nur dabei gedacht?

Olja war in Tränen aufgelöst.

– Ich bin unschuldig... Er muß das verstehen. Ich werde es ihm erklären.

Wir waren bei der Laube angekommen.

– Hier, – sagte ich.

Olja schloß die Augen und klammerte sich mit beiden Händen an mich.

– Ich kann nicht...

– Erschrecken Sie nicht... Egorov, bist du noch nicht gestorben? – rief ich, zur Laube gewandt.

– Bis jetzt noch nicht... Wieso?

Am Eingang der Laube zeigte sich, vom Mond beschienen, der Leutnant, zerrauft, bleich vom Suff, mit aufgeknöpfter Weste.

– Wieso? – wiederholte er.

Olja hob den Kopf und erblickte Egorov... Sie sah mich an, dann Egorov, dann wieder mich... Ich fing an zu lachen... Ihr Gesicht erstrahlte. Sie schrie vor Freude auf, machte einen Schritt nach vorn... Ich hatte gedacht, sie würde böse auf uns werden... Aber dieses Mädchen konnte nicht böse werden... Sie machte einen Schritt nach vorn, dachte nach und stürzte auf Egorov zu. Egorov knöpfte rasch seine Weste zu und breitete die Arme aus. Olga flog ihm an die Brust. Egorov fing vor Vergnügen an zu lachen, drehte den Kopf beiseite, um Olja nicht anzuhauchen, und murmelte irgendeinen Blödsinn.

– Sie haben nicht das Recht... Ich bin unschuldig, – stammelte Olja. – So haben Papa und Mama es gewollt.

Ich wandte mich um und schritt rasch auf das illuminierte Schloß zu.

Im Schloß war das Publikum inzwischen bereit, Bräutigam und Braut zu gratulieren, und blickte ungeduldig auf die Uhr... In den Vorzimmern drängten sich Lakaien mit Tabletts; auf den Tabletts standen Flaschen und Sektkelche. Čajchidzev knetete ungeduldig die rechte Hand in der linken und suchte mit den Augen nach Olja. Die Fürstin lief durch die Räume und suchte nach Olja, um ihr vorzuschreiben, wie sie sich zu benehmen, was sie der Mutter zu antworten habe usw. Die Unsern lächelten.

– Weißt du nicht, wo Olja ist? – fragte mich die Fürstin.

– Nein.

– Geh und such sie.

Ich trat in den Garten hinaus und ging, die Hände auf dem Rücken, zweimal ums Haus. Unser Maler fing an, Trompete zu spielen. Das bedeutete: »Halt sie fest, laß sie nicht gehen!« Egorov antwortete aus der Laube mit dem Ruf des Käuzchens. Das bedeutete: »In Ordnung! Ich halte sie fest!«

Nach meinem Rundgang betrat ich das Haus. In den Vorzimmern setzten die Lakaien die Tabletts auf den Tischen ab und schauten, nun mit leeren Händen, stumpfsinnig ins Publikum. Das Publikum seinerseits schaute mit Befremden auf die Uhr: der große Zeiger zeigte bereits ein Viertel. Die Flügel verstummten. In allen Räumen herrschte tiefe, quälende, dumpfe Stille.

– Wo ist Olja? – fragte mich die Fürstin, purpurrot.

– Ich weiß es nicht... Im Garten ist sie nicht.

Die Fürstin zuckte die Schultern.

– Weiß sie denn nicht, daß es längst Zeit ist? – fragte sie, mich am Ärmel zupfend.

Ich zuckte die Schultern. Die Fürstin wandte sich von mir ab und flüsterte Čajchidzev etwas zu. Čajchidzev zuckte ebenfalls die Schultern. Die Fürstin zupfte auch ihn am Ärmel.

– Trottel! – brummte sie und lief durchs ganze Haus. Dienstmädchen und Gymnasiasten, die Verwandten der Fürstin, alle liefen sie lärmend die Treppen hinab und begaben sich tief in den Garten, um die verschwundene Braut zu suchen. Ich ging ebenfalls in den Garten. Ich fürchtete, Egorov würde Olja nicht festhalten können und den von uns ausgeheckten Skandal verderben. Ich begab mich zur Laube. Ich fürchtete umsonst! Olja saß neben Egorov, fuhr ihm mit ihren Fingerchen vor den Augen herum und flüsterte, flüsterte ... Wenn Olja zu flüstern aufhörte, begann Egorov zu murmeln. Er flößte ihr ein, was die Fürstin »Ideen« nennt ... Jedes Wort versüßte er mit einem Kuß. Er sprach, suchte sie alle Augenblicke zu küssen und wandte gleichzeitig den Mund ab, weil er befürchtete, Olja könne die Vodkafahne riechen. Beide waren glücklich, hatten offensichtlich alles auf der Welt vergessen und achteten nicht auf die Zeit. Ich blieb ein wenig am Eingang der Laube stehen, freute mich im Geist und ging, um die glückliche Ruhe nicht zu stören, zum Schloß zurück.

Die Fürstin war außer sich und roch an ihrem Riechfläschchen. Sie verlor sich in Vermutungen, ärgerte sich, schämte sich vor den Gästen, dem Bräutigam ... Sie wird nie handgreiflich, gab aber dem Dienstmädchen eine Ohrfeige, als dieses ihr meldete, die Prinzessin sei nirgends zu finden.

Die Gäste warteten nicht länger auf Champagner und Gratulation, fingen an zu lächeln, Klatschgeschichten zu erzählen und machten sich wieder ans Tanzen. Es schlug ein Uhr, Olja zeigte sich nicht. Die Fürstin platzte vor Wut.

– Das sind alles eure Scherze! – zischte sie, wenn sie an einem von uns vorbeiging. – Die kann was erleben! Wo ist sie?

Schließlich fand sich ein Wohltäter, der ihr mitteilte, wo Olja war… Als dieser Wohltäter erwies sich ein kleiner, dickbäuchiger Gymnasiast, ein Neffe der Fürstin. Der kleine Gymnasiast kam wie von der Tarantel gestochen aus dem Garten gelaufen, sprang auf die Fürstin zu, setzte sich ihr auf die Knie, zog ihren Kopf zu sich herab und flüsterte es ihr ins Ohr… Die Fürstin erbleichte und biß sich die Lippe blutig.

– In der Laube? – fragte sie.

– Ja.

Die Fürstin erhob sich und erklärte den Gästen mit einer Grimasse, die einem offiziellen Lächeln ähnlich sah, Olja habe Kopfschmerzen, sie bitte zu entschuldigen usw. Die Gäste äußerten ihr Bedauern, nahmen auf die Schnelle das Souper und begannen, sich auf den Heimweg zu machen.

Um zwei Uhr (Egorov hatte sich ins Zeug gelegt und Olja bis zwei festgehalten) stand ich am Aufgang zur Terrasse hinter einer Mauer aus Oleanderbäumchen und wartete auf Oljas Rückkehr. Ich wollte Oljas Gesicht sehen. Ich liebe weibliche Gesichter, die glücklich sind. Ich wollte sehen, wie sich die Liebe zu Egorov und zugleich die Angst vor der Mutter auf ein und demselben Gesicht vereinbaren ließen; und was stärker sei: die Liebe oder die Angst? Nicht lange atmete ich Oleanderduft. Olja zeigte sich bald. Ich verschlang ihr Gesicht mit den Augen. Sie ging langsam, das Kleid ein wenig geschürzt und ihre kleinen Schühchen zeigend. Ihr Gesicht war gut beleuchtet vom Mond und den Lampions, die in den Bäumen hingen und mit ihrem Geflacker den Mondschein verdarben. Ihr Gesicht war ernst, bleich. Nur die Lippen lächelten ein wenig. Die Augen blickten nachdenklich zu Boden; mit solchen Augen löst man gewöhnlich schwierige Aufgaben. Als Olja die erste Stufe betrat, wurden ihre Augen unruhig, huschten hin und her: sie dachte an die Mutter. Olja berührte mit der Hand leicht die zerdrückte Frisur, stand einige Zeit unschlüssig auf der ersten Stufe, schüttelte den Kopf und ging tapfer auf die Tür zu... Und hier war mir beschieden, ein Bild zu sehen... Die Tür öffnete sich, und Oljas bleiches Gesicht wurde von grellem Licht beleuchtet. Olja fuhr zusammen, machte einen Schritt zurück und duckte sich leicht... als drücke sie etwas nieder... Auf der Schwelle stand, hoch erhobenen Hauptes, die Fürstin, bebend vor Zorn und Scham... Wohl an die zwei Minuten dauerte das Schweigen.

– Die Tochter eines Fürsten, – begann die Fürstin, – und die Braut eines Fürsten geht zum Stelldichein mit einem Leutnant?! Und dann noch mit diesem Evgraška! Widerliche!

Olja krümmte sich, schlüpfte bebend, wie eine kleine Schlange an der Fürstin vorbei und flog hinauf in ihr Zimmer. Sie setzte sich auf ihr Bett und ließ die Augen, voller Entsetzen und Besorgnis, die ganze Nacht nicht vom Fenster.

Gegen drei Uhr nachts hatten wir wieder eine Zusammenkunft. Auf dieser Zusammenkunft lachten wir über den glücktrunkenen Egorov und schickten den Juristen-Baron aus Charkov zu Čajchidzev. Der Fürst schlief noch nicht. Der Juristen-Baron aus Charkov sollte Čajchidzev »in aller Freundschaft« auf die Peinlichkeit seiner, Čajchidzevs, Lage hinweisen, ihn bitten, er, der Fürst, als gebildeter Mensch möge die Mühe auf sich nehmen, sich über diese Peinlichkeit klarzuwerden, und ihn unter anderem bitten, er möge uns unsere Einmischung vergeben, vergeben »in aller Freundschaft«, als gebildeter Mensch... Čajchidzev antwortete dem Baron, er »verstehe das alles sehr wohl«, er messe dem väterlichen Vermächtnis keinerlei Bedeutung bei, aber er liebe Olja und sei deshalb auch so hartnäckig gewesen... Gefühlvoll drückte er dem Baron die Hand und versprach, noch morgen abzureisen.

Am nächsten Morgen erschien Olja zum Tee – bleich, zerschlagen, erfüllt von den verzweifeltsten Erwartungen, sie hatte Angst und schämte sich auch... Aber ihr Gesicht erstrahlte, als sie im Speisezimmer uns sah und hörte. Wir standen in versammelter Kompanie vor der Fürstin und schrien. Schrien alle gleichzeitig. Wir hatten unsere kleinen Masken abgeworfen und flößten der alten Fürstin lauthals »Ideen« ein, denen sehr ähnlich, die Egorov gestern Olja eingeflößt hatte. Wir sprachen von der Persönlichkeit der Frau, von der Rechtmäßigkeit der freien Wahl usw. Die Fürstin hörte uns schweigend, mürrisch zu und las einen Brief, den Egorov ihr geschickt hatte, – dieser Brief war von der gesamten Bande abgefaßt und vollgestopft mit Worten wie: »wegen Unmündigkeit«, »aus Unerfahrenheit«, »mit Ihren Segenswünschen« usw. Die Fürstin hörte uns bis zu Ende an, las Egorovs langen Brief bis zu Ende und sagte:

– Nicht euch Milchbärten steht es zu, mir, einer alten Frau, Belehrungen zu erteilen. Ich weiß, was ich tue. Trinkt euren Tee aus und fahrt von hier weg, um anderen die Köpfe zu verdrehen. Ihr könnt mit mir alter Frau nicht leben… Ihr seid klug, und ich bin dumm… Gott befohlen, meine kleinen Herrchen!… Mein Leben lang werde ich euch dankbar sein!

Die Fürstin warf uns raus. Wir schrieben ihr einen Dankesbrief, küßten ihr ehrerbietig die Hand und reisten noch am selben Tag schweren Herzens auf Egorovs Gut. Mit uns reiste auch Čajchidzev ab. Bei Egorov waren wir ausschließlich damit beschäftigt herumzulumpen, uns nach Olja zu sehnen und Egorov zu trösten. Wir verbrachten etwa zwei Wochen bei ihm. In der dritten Woche erhielt unser Juristen-Baron einen Brief von der Fürstin. Die Fürstin bat den Baron, nach Zelënaja Kosa zu kommen und irgendein Papier für sie aufzusetzen. Der Baron fuhr hin. Drei Tage nach seiner Abreise fuhren auch wir hin, unter dem Vorwand, den Baron abzuholen. Nach Zelënaja Kosa kamen wir vor dem Essen. Das Haus betraten wir nicht, sondern schlichen durch den Garten und schauten zu den Fenstern auf. Die Fürstin sah uns durchs Fenster.

– Seid ihr da gekommen? – rief sie.

– Ja, wir sinds.

– Habt ihr etwas vor, oder was?

– Den Baron abholen.

– Der Baron hat keine Zeit, sich mit euch Galgenstricken herumzutreiben! Er schreibt.

Wir zogen die Hüte und traten unters Fenster.

– Wie ist Ihr Befinden, Fürstin? – fragte ich.

– Was schleicht ihr hier ums Haus? – antwortete die Fürstin. – Kommt herein!

Wir gingen ins Innere und verteilten uns artig auf die Stühle. Der Fürstin, die sich schrecklich nach unserer Kompanie gesehnt hatte, gefiel diese Artigkeit. Sie behielt uns zum Essen da. Beim Essen beschimpfte sie einen von uns, der einen Löffel hatte fallenlassen, als Schlafmütze und warf uns vor, wir könnten uns bei Tisch nicht benehmen. Wir gingen mit Olja spazieren, blieben über Nacht... Wir blieben auch die folgende Nacht und saßen auf Zelënaja Kosa fest bis Ende September. Die Welt hatte sich von selbst wieder eingerenkt.

Gestern erhielt ich von Egorov einen Brief. Der Leutnant schreibt, er habe sich den ganzen Winter bei der Fürstin »lieb Kind gemacht« und es sei ihm gelungen, den Zorn der Fürstin in Gnade umzuwandeln. Er versichert, im Sommer werde seine Hochzeit stattfinden.

Bald darauf sollte ich zwei Briefe erhalten: der eine streng offiziell, von der Fürstin, der andere lang, heiter, voller Pläne, von Olja. Im Mai fahre ich wieder nach Zelënaja Kosa.

Eine miese Geschichte

Etwas Romanähnliches

Die Sache hatte im Winter begonnen.

Es war Ball. Es dröhnte die Musik, es brannten die Lüster, die Kavaliere langweilten sich nicht, und die jungen Damen genossen das Leben. In den Sälen gab es Tanz, in den Kabinetten Kartenspiel, am Buffet Getränke, in der Bibliothek verzweifelte Liebeserklärungen.

Lëlja Aslovskaja, eine rundliche rosige Blondine mit großen blauen Augen, mit sehr langen Haaren und der Ziffer 26 im Passeport, saß dennoch allein, hadernd mit sich und der Welt, und ärgerte sich. An ihrer Seele kratzten Katzen. Der Grund war, daß sich die Herren ihr gegenüber geradezu schweinisch benahmen. Vor allem in den letzten zwei Jahren war ihr Benehmen schrecklich gewesen. Sie hatte bemerken müssen, daß sie ihr keine Aufmerksamkeit mehr schenkten. Sie tanzten nicht mehr gern mit ihr. Nicht genug damit. Geht einfach vorbei, die Canaille – und schaut nicht einmal her, so als sei sie keine Schönheit mehr. Und wenn sie mal jemand versehentlich anschaut, dann nicht voll Bewunderung, nicht platonisch, sondern so, wie man vor dem Essen die appetitlichen Piroggen oder das Spanferkel anschaut.

In den vergangenen Jahren dagegen…

– Und so geht es jeden Abend, auf jedem Ball!! – ärgerte sich Lëlja und biß sich auf die Lippen. – Ich weiß, warum sie mich nicht bemerken, ich weiß! Sie rächen sich! Sie rächen sich an mir dafür, daß ich sie verachte! Aber... aber wann werde ich endlich heiraten? Kommt man so denn ans Ziel? Die Zeit wartet nicht, sie wartet nicht! Taugenichtse, die ihr seid!

An dem zu beschreibenden Abend gefiel es dem Schicksal, sich Lëljas zu erbarmen. Als Leutnant Nabrydlov, statt, wie versprochen, die dritte Quadrille mit ihr zu tanzen, sich sternhagelvoll betrunken hatte und, als er an ihr vorbeiging, irgendwie blödsinnig mit den Lippen schmatzte und ihr damit seine ganze Mißachtung zeigte, hielt sie es nicht mehr aus... Ihr Ärger hatte das Apogäum erreicht. Ihre blauen Augen überzogen sich mit Feuchtigkeit, ihre Lippen zitterten. Tränen drohten hervorzustürzen... Um den Profanen ihre Tränen nicht zu zeigen, wandte sie sich nach den dunklen, beschlagenen Fenstern um, und – o wunderbarer Augenblick, da bist du! – sie erblickte an einem der Fenster einen schönen Jüngling, der kein Auge von ihr ließ. Der Jüngling bot ein rührendes Bild, das geradewegs zu Herzen ging. Seine Haltung war sicher, die Augen voller Liebe, Bewunderung, voller Fragen, Antworten; sein Gesicht traurig. Lëlja lebte augenblicklich auf. Sie nahm die entsprechende Haltung ein und machte sich an die entsprechende Beobachtung. Letztere zeigte, daß der Jüngling nicht einfach so hersah, zufällig, sondern ohne den Blick abzuwenden, trunken und entzückt.

»Mein Gott! – dachte Lëlja. – Wenn es doch jemandem einfiele, ihn vorzustellen! Was ein frischer Mann doch bedeutet! Er hat mich sofort bemerkt!«

Bald wurde der Jüngling umtriebig, ging durch die Säle und fing an, die Herren anzusprechen.

»Er will mich kennenlernen! Bittet, mich ihm vorzustellen!« dachte Lëlja, sich verschluckend.

Und tatsächlich. Zehn Minuten später hatte der Liebhaberdarsteller mit seinem glattrasierten Faulenzergesicht die Bitten des Jünglings erhört und stellte ihn, unter lebhaften Kratzfüßen, Lëlja vor. Der Jüngling erwies sich als einer »der Unsern«, als ein verteufelt begabter Künstler namens Nogtev. Nogtev ist ein Jüngling von 24, brünett, mit leidenschaftlichen Georgieraugen, mit hübschem Schnurrbart und mit bleichen Wangen. Er schreibt nie etwas, sondern ist Künstler. Er trägt lange Haare, ein spanisches Bärtchen, hat eine goldene Palette am Uhrkettchen, goldene Paletten anstelle der Manschettenknöpfe, ellbogenlange Handschuhe und maßlos hohe Absätze. Er ist ein netter Kerl, aber dumm wie ein Ganter. Er hat einen edlen Herrn Papa, eine ebensolche Frau Mama und eine reiche Großmutter. Ist ledig. Er drückte Lëlja schüchtern die Hand, setzte sich schüchtern und begann, als er saß, Lëlja mit seinen großen Augen zu verschlingen. Er fing erst nach und nach schüchtern an zu sprechen. Lëlja schnatterte drauflos, was das Zeug hielt, doch er sagte nur: »Ja... nein... ich, wissen Sie...«, sprach es kaum atmend, antwortete aufs Geratewohl und rieb verlegen das linke Auge (das eigene, nicht Lëljas)... Lëlja applaudierte im Geiste. Sie hatte entschieden, der Künstler habe angebissen, und triumphierte.

Am andern Tag, nach dem Ball, saß Lëlja in ihrem Zimmer am Fenster und blickte triumphierend auf die Straße. Auf der Straße, unter ihren Fenstern, irrte Nogtev auf und ab. Nogtev irrte auf und ab und schaute kuhäugig zu ihren Fenstern hinauf. Er blickte wie einer, der sich anschickt zu sterben: traurig, schmachtend, zärtlich, voll Feuer. Am dritten Tag – dasselbe. Am vierten regnete es, und er war nicht unter ihren Fenstern. (Jemand hatte Nogtev eingeredet, ein Regenschirm passe nicht zu seiner Figur.) Am fünften Tag richtete er es so ein, daß er im Hause von Lëljas Eltern erschien, um seine Aufwartung zu machen. Die Bekanntschaft verwickelte sich zum Gordischen Knoten: sie verwickelte sich bis zur Unmöglichkeit, ihn zu lösen.

Vier Wochen später war wieder Ball. (Siehe den Anfang.)

Nogtev stand an der Tür, mit der Schulter an den Türpfosten gelehnt, und verschlang Lëlja mit Blicken. Lëlja, die seine Eifersucht wecken wollte, kokettierte von fern mit Leutnant Nabrydlov, der betrunken war, wenn auch nicht sternhagelvoll, sondern nur leicht, im ersten Stadium.

Auf Nogtev trat von der Seite ihr Papa zu.

– Sie zeichnen ständig? – fragte der Papa. – Beschäftigen sich mit der Kunst?

– Ja.

– Tjäh... Eine schöne Sache... Gebs Gott, gebs Gott... Hm... Gott hat Ihnen also dieses Talent gegeben. Tjä... So hat jeder sein Talent...

Papa schwieg und fuhr fort:

– Und Sie, junger Mann, wissen Sie, sollten das machen, wenn Sie... ständig so zeichnen. Kommen Sie im Frühjahr zu uns aufs Land. Hochinteressante Plätze gibt es da! Aussichten, sage ich Ihnen, einfach herrlich. Nicht mal Rachfael hat solche gezeichnet. Wir würden uns sehr freuen. Und auch meine Tochter hat sich so mit Ihnen... angefreundet... Ehem... hem... Die Jjugend, die Jjugend. He-he-he...

Der Künstler verbeugte sich und fuhr am ersten Mai dieses Jahres mitsamt seinen Habseligkeiten aufs Gut der Aslovskij. Seine Habseligkeiten bestanden aus einem nutzlosen Kasten mit Farben, einer Piqué-Weste, einem leeren Porte-Cigares und zwei Hemden. Empfangen wurde er mit offenen Armen. Man stellte ihm zwei Zimmer zur Verfügung, zwei Diener, ein Pferd und alles, was er wünschte, wenn er nur zu Hoffnung Anlaß bot. Er nutzte seine neue Stellung, wie es besser nicht ging: er aß schrecklich viel, trank viel, schlief lange, war von der Natur entzückt und ließ kein Auge von Lëlja. Lëlja war überglücklich. *Er* war ihr nahe, war jung, hübsch, war so schüchtern, liebte sie so sehr! Er war so schüchtern, daß er sich ihr nicht zu nähern vermochte, sondern sie aus immer größerer Entfernung ansah, versteckt hinter einer Portière oder hinter einem Busch.

»Schüchterne Liebe!« – dachte Lëlja und seufzte...

An einem schönen Morgen saßen ihr Papa und Nogtev im Garten auf einer Bank und unterhielten sich. Papa verbreitete sich über die Wonnen des Familienglücks, Nogtev vernahm es geduldig und suchte mit den Augen Lëljas Torso.

– Sind Sie der einzige Sohn Ihres Vaters? – fragte unter anderem Papa.

– Nein, ich habe noch einen Bruder, Ivan... Ein feiner Kerl! Ein Prachtstück von einem Menschen! Sie sind nicht mit ihm bekannt?

– Ich habe nicht die Ehre...

– Schade, daß Sie nicht mit ihm bekannt sind. Er ist so witzig, wissen Sie, so lustig, eine Seele von einem Menschen! Er arbeitet literarisch. Alle Redaktionen laden ihn zur Mitarbeit ein. Schreibt im »Šut«. Schade, daß Sie nicht bekannt sind. Er würde Sie gern kennenlernen... Wissen Sie was?

Wenn Sie wollen, schreibe ich ihm, er soll hierherkommen? Ja? Wirklich! Das wird lustiger!

Papa war von diesem Vorschlag das Herz wie in einer Tür eingeklemmt, aber – es war nichts zu machen! – er mußte sagen: »Freut mich sehr!«

Nogtev hüpfte zum Zeichen seiner guten Laune auf und ab und schrieb unverzüglich die Einladung an seinen Bruder.

Bruder Ivan zögerte nicht mit seinem Erscheinen. Er erschien nicht allein, sondern zusammen mit seinem Freund, dem Leutnant Nabrydlov, und einem riesigen zahnlosen alten Hund namens »Turka«. Er hatte beide mitgenommen, damit er, wie er sich ausdrückte, unterwegs nicht von Räubern überfallen würde und jemanden hätte, mit dem er trinken konnte. Ihnen wurden drei Zimmer zugewiesen, zwei Diener und ein Pferd für beide.

– Sie, meine Herrschaften, – sagte er zu den Gastgebern, – brauchen sich nicht um uns zu sorgen! Ihre Sorge um uns ist nicht nötig. Wir brauchen weder Federbetten noch raffinierte Saucen, noch Fortepianos – nichts brauchen wir! Wenn Sie sich dagegen, was Bier und Schnaps angeht, erbarmen wollen, dann ... ist das was anderes!

Wenn Sie sich einen riesigen dreißig Jahre alten Kerl vorstellen, mit breitem Maul, in Segeltuchbluse, mit einem räudigen Bärtchen, vorquellenden Augen und der Krawatte über der Schulter, so erlösen Sie mich von der Beschreibung Ivans. Er war der unerträglichsten einer auf Erden.

Wenn er nüchtern war, war er noch einigermaßen erträglich: er lag auf dem Bett und schwieg. Betrunken aber war er ebenso wenig zu ertragen wie eine Klette auf dem nackten

Körper. Wenn er betrunken ist, spricht er ohne Punkt und Komma, wobei er unflätige Wörter gebraucht, ohne sich an der Anwesenheit von Frauen und Kindern zu stören. Er spricht über Läuse, Wanzen, Unterhosen und weiß der Teufel worüber noch. Andere, neuere Themen hat er keine. Papa, Maman und Lëlja wußten nicht, was sie machen sollten, und erröteten, wenn Ivan bei Tisch anfing, Witze zu reißen.

Unglücklicherweise gelang es ihm während seines gesamten Aufenthaltes auf dem Gut Aslovskij kein einziges Mal, nüchtern zu sein. Nabrydlov, der kleine, zu kurz geratene Leutnant, bemühte sich nach Kräften, Ivan nachzueifern.

– Wir beide sind keine Künstler! – sagte er. – Von wegen! Wir sind Bauern!

Als erstes zogen Ivan und Nabrydlov aus dem Herrenhaus, wo es ihnen zu schwül schien, ins Nebengebäude zum Verwalter, der einem anständigen Schluck unter anständigen Menschen nicht abgeneigt war. Als zweites zogen sie die Röcke aus und gingen im Garten und auf dem Hof ohne Röcke. Lëlja stieß im Garten ständig auf den deshabillé unter einen Baum hingeflätzten Bruder oder Leutnant. Der Bruder und der Leutnant tranken, aßen, fütterten den Köter mit Leber, rissen Witze über die Gastgeber, machten auf dem Hof Jagd auf die Köchinnen, badeten laut, schliefen wie tot und segneten das Schicksal, das sie an einen Platz verschlagen hatte, wo man sichs wohl sein lassen konnte wie die Made im Speck.

– Hör zu, du! – sagte Ivan einmal zum Künstler und zwinkerte mit einem betrunkenen Auge zu Lëlja hinüber. – Wenn du hinter ihr her bist… dann zum Teufel mit dir. Wir rühren sie nicht an. Wer zuerst kommt, mahlt zuerst. Alle Achtung und Verehrung! Wir sind Aristokraten… Und wünschen dir Erfolg!

– Wir werden sie dir nicht ausspannen, o nein! – bekräftigte Nabrydlov. – Das wäre eine Schweinerei von uns.

Nogtev zuckte die Achseln und richtete seine begierigen Blicke auf Lëlja.

Wenn einem die Stille lästig fällt, will man Sturm; wenn einem lästig fällt, still und ehrenhaft dazusitzen, will man einen Skandal vom Zaun brechen. Als Lëlja die schüchterne Liebe lästig fiel, wurde sie wütend. Schüchterne Liebe – das ist eine Fabel für die Nachtigall. Zu ihrem großen Ärger war der Künstler im Juni immer noch so schüchtern wie im Mai. Im Herrenhaus nähte man an der Mitgift; Papa träumte Tag und Nacht davon, sich Geld für die Hochzeit zu borgen, ihre Beziehungen hatten jedoch noch nicht die bestimmte Form angenommen. Lëlja zwang den Künstler, tagelang mit ihr zu angeln. Aber es half nichts. Er stand neben ihr, die Angel in Händen, schwieg, stotterte, verschlang sie mit den Augen – mehr nicht. Kein einziges süß-verstörendes Wort! Kein einziges Geständnis!

– Nenn mich… – sagte einmal Papa zu ihm. – Nenn mich… Du mußt entschuldigen… daß ich »du« zu dir sage… Ich meine es gut, weißt du… Nenn mich Papa… Das mag ich.

Der Künstler redete Papa nun mit Papa an, aber auch das half nichts. Er war wie früher stumm an Stellen, wo man über die Götter hätte murren sollen, daß sie dem Menschen nur eine Zunge gegeben haben, und nicht zehn. Ivan und Nabrydlov machten bald Anmerkungen zu Nogtevs Taktik.

– Der Teufel soll aus dir schlau werden! – murrten sie. – Frißt selber das Heu nicht, und läßt keine anderen ran! So ein Rindvieh! Beiß zu, du Tropf, wenn dir der Bissen von selbst in den Mund fliegt! Wenn du nicht willst, nehmen wir ihn uns! Jawohl!

Doch alles auf dieser Welt hat ein Ende. So auch diese Geschichte. Ein Ende fand auch die Unbestimmtheit der Beziehungen zwischen dem Künstler und Lëlja.

Die Lösung des Knotens in ihrem Roman geschah Mitte Juni.

Es war ein stiller Abend. In der Luft roch es. Die Nachtigall sang aus Leibeskräften. Die Bäume flüsterten untereinander. In der Luft, um mich in der langatmigen Sprache russischer Romanschriftsteller auszudrücken, hing Zärtlichkeit... Der Mond, versteht sich, war auch da. Zur Vollkommenheit dieser paradiesischen Poesie fehlte nur Hr. Fet, der, hinter einem Strauch stehend, laut und für alle vernehmlich, seine fesselnden Gedichte vorträgt.

Lëlja saß auf einer Bank, hüllte sich in ihren Schal und blickte nachdenklich zwischen den Bäumen hindurch auf den Fluß.

»Bin ich denn so unnahbar?« – dachte sie, und in ihrer Einbildung erschien sie sich selbst majestätisch, stolz, überheblich... Ihre Überlegungen unterbrach der herzugetretene Papa.

– Na, was ist? – fragte Papa. – Immer noch dasselbe?

– Immer noch.

– Hm... Ttteufel... Wann wird das alles ein Ende haben?

Denn mich, Mütterchen, kommt es teuer an, diese Lotterbuben durchzufüttern! Fünfhundert im Monat! Das ist kein Scherz! Allein auf den Köter entfallen dreißig Kopeken am Tag für die Leber! Wenn er um dich anhalten will, soll ers tun, wenn nicht, dann zum Teufel auch mit seinem Bruder und dem Köter! Was sagte er denn zumindest? Hat er mit dir gesprochen? Hat er sich erklärt?

– Nein, Papa, er ist so schüchtern!

– Schüchtern... Diese Schüchternheit kennen wir! Er streut dir Sand in die Augen. Warte, ich schicke ihn jetzt gleich hierher. Mach ein Ende mit ihm, Mütterchen! Und keine Ziererei... Es ist Zeit. Bitte, Mütterchen... Du bist nicht mehr jung, du kennst schon all die Kunststücke!

Papa verschwand. Zehn Minuten später erschien, sich schüchtern durch die Fliederbüsche zwängend, der Künstler.

– Sie haben mich rufen lassen? – fragte er Lëlja.

– Ja. Kommen Sie her! Sie sind mir lang genug ausgewichen! Setzen Sie sich.

Der Künstler trat schüchtern auf Lëlja zu und setzte sich still ans Ende der Bank.

»Wie hübsch er im Dunkeln ist!« – dachte Lëlja und wandte sich an ihn.

– Erzählen Sie doch etwas! Warum sind Sie so verschlossen, Fëdor Panteleič? Warum schweigen Sie ständig? Warum öffnen Sie mir nie Ihre Seele? Womit habe ich dieses Mißtrauen verdient? Es kränkt mich wirklich... Man könnte meinen, wir seien keine Freunde... Nun sprechen Sie endlich!

Der Künstler räusperte sich, seufzte tief und sagte:

– Ich hätte Ihnen viel zu sagen, sehr viel!

– Und woran hängt die Sache?

– Ich fürchte, es könnte Sie kränken. Elena Timofeevna, werden Sie nicht gekränkt sein?

Lëlja kicherte.

»Der Augenblick ist gekommen! – dachte sie. – Wie er zittert! Wie er zittert! Zappelst du endlich im Netz, mein Süßer?«

Auch Lëljas Kniegelenke zitterten. Es ergriff sie das jedem Romanschriftsteller willkommene Beben.

In zehn Minuten würde es losgehen mit den Umarmungen, Küssen, Schwüren… Ach! – träumte sie und berührte, um Öl ins Feuer zu gießen, den Künstler mit ihrem entblößten heißen Ellbogen.

– Also? Worum handelt es sich? – fragte sie. – Ich bin nicht so ein Rührmichnichtan, wie Sie meinen… (Pause) Sprechen Sie schon!… (Pause) Schnell!!

– Sehen Sie… Ich, Elena Timofeevna, liebe nichts im Leben so sehr wie das Künstlertum… die Kunst, sozusagen. Meine Kollegen finden, daß ich Talent habe und daß aus mir kein schlechter Künstler werden würde…

– Oh, das ist gewiß Sans doute!

– Nun ja… Also schön… Ich liebe meine Kunst… Das heißt. Ich bevorzuge das Genre, Elena Timofeevna! Die Kunst… Die Kunst, wissen Sie… Eine wunderbare Nacht!

– Ja, selten schön! – sagte Lëlja und erschauderte, sich windend wie eine Schlange, in ihrem Schal und schloß halb die Augen. (Junge Frauen sind in amourösen Details schrecklich große Meisterinnen!)

– Ich, wissen Sie, – fuhr Nogtev fort, seine weißen Finger

ringend, – habe schon lange mit Ihnen sprechen wollen, aber immer … habe ich mich gefürchtet. Ich dachte, Sie könnten böse werden … Aber wenn Sie mich verstanden haben, dann … werden Sie nicht böse werden. Sie lieben die Kunst doch auch!

– Oh … Aber ja! Und ob! Es ist doch die Kunst!

– Elena Timofeevna! Wissen Sie, weshalb ich hier bin? Können Sie es nicht erraten?

Lëlja wurde sehr verlegen und drückte, wie aus Versehen, ihre Hand an seinen Ellbogen …

– Es ist wahr, – fuhr Nogtev nach einer Pause fort. – Es gibt unter den Künstlern Schweine … Das ist wahr … Sie setzen keinen Groschen auf das weibliche Schamgefühl … Aber ich … bin nicht so einer! Ich habe Feingefühl. Das weibliche Schamgefühl ist … ein Schamgefühl, das man nicht negligieren darf!

»Wozu sagt er mir das?« – dachte Lëlja und hüllte ihre Ellbogen in den Schal.

– Ich bin nicht so wie die … Für mich ist die Frau – ein Heiligtum! Sie haben nichts zu befürchten … Ich bin nicht so … Ich werde es nicht zulassen, daß sie Unfug treiben … Elena Timofeevna! Sie gestatten? Hören Sie mich an, bei Gott, ich meine es ehrlich, denn es ist ja nicht für mich, es ist für die Kunst! Für mich steht die Kunst im Vordergrund, nicht die Befriedigung tierischer Instinkte!

Nogtev ergriff ihre Hand. Sie gab ein wenig in seine Richtung nach.

– Elena Timofeevna! Mein Engel! Mein Glück!

– N … nun?

– Darf ich Sie um etwas bitten?

Lëlja fing an zu kichern. Ihre Lippen formten sich bereits zum ersten Kuß.

– Darf ich Sie bitten? Ich flehe Sie an! Bei Gott, es ist für die Kunst! Sie haben mir so gefallen, so gefallen! Sie sind diejenige, die ich brauche, zum Teufel mit den anderen! Elena Timofeevna! Meine Freundin! Werden Sie mein…

Lëlja richtete sich auf, bereit, ihm in die Arme zu fallen. Ihr Herz klopfte.

– Werden Sie mein…

Der Künstler ergriff ihre andere Hand. Sie lehnte ergeben das Köpfchen an seine Schulter. Tränen des Glücks glitzerten an ihren Wimpern.

– Meine Teure! Werden Sie mein… Aktmodell!

Lëlja hob den Kopf.

– Was?!

– Werden Sie mein Aktmodell!

Lëlja erhob sich.

– Wie? Was?

– Mein Aktmodell… Werden Sie es!

– Hm… Und sonst nichts?

– Sie würden mich zu großem Dank verpflichten! Sie gäben mir die Möglichkeit, ein Bild zu malen… und was für ein Bild!

Lëlja erbleichte. Die Tränen der Liebe verwandelten sich auf einmal in Tränen der Verzweiflung, der Wut und anderer unguter Gefühle.

– Das also… war es? – stieß sie, am ganzen Körper zitternd, hervor.

Der arme Künstler! Hellroter Feuerschein färbte eine seiner weißen Wangen, als das Klatschen einer schallenden

Ohrfeige, mit dem eigenen Echo vermischt, durch den dunklen Garten flog. Nogtev rieb sich die Wange und erstarrte. Er verfiel in einen Starrkrampf. Er spürte sich durch das gesamte Universum versinken... Seine Augen sprühten Blitze...

Lëlja, bebend, bleich wie der Tod, halb von Sinnen, machte einen Schritt vorwärts, sie schwankte. Sie fühlte sich wie gerädert. Alle ihre Kräfte zusammennehmend, begab sie sich unsicheren, kranken Schrittes zum Haus. Die Beine knickten ihr ein, ihre Augen sprühten Funken, ihre Hände griffen in die Haare in der offenkundigen Absicht, sich in jene zu verkrallen...

Bis zum Hause blieben nur wenige Schritte, als sie noch einmal erbleichen sollte. Auf ihrem Weg stand vor der von wildem Wein umrankten Laube, weit die Arme ausgebreitet, der betrunkene, breitmäulige Ivan, unfrisiert, mit aufgeknöpfter Weste. Er blickte Lëlja ins Gesicht, grinste sardonisch und verpestete die Luft mit einem mephistophelischen »Ha-ha«. Er ergriff Lëljas Hand.

– Scheren Sie sich fort! – zischte Lëlja und entriß ihm ihre Hand...

Eine miese Geschichte!

Ein unnötiger Sieg

Erzählung

I

Die Sonne war auf halbem Weg nach Westen, als Zwibusch und Ilka Hundezahn von der großen Straße abbogen und ihre Schritte zum Garten der Grafen von Goldaugen lenkten. Es war heiß und schwül.

Im Juni gibt sich Ungarns Steppe zu erkennen. Der Erdboden reißt, und die Straße verwandelt sich in einen Fluß, in dem anstelle von Wasser grau der Staub wogt. Der Wind, wenn welcher weht, ist heiß und trocknet die Haut aus. In der Luft ist es vom Morgen bis zum Abend still. Diese Stille stürzt den Reisenden in Trübsinn. Nur die prächtigen, in aller Welt berühmten ungarischen Gärten und Weinberge verwelken nicht, vergilben und verdorren nicht unter den brennenden Strahlen der Steppensonne. Von Hand des kultivierten Menschen an den Ufern zahlreicher Flüsse und Bäche ausgestreut, erstrahlen sie vom ersten Frühjahr bis in den Herbst mit ihrem Grün, locken den Wanderer herbei und dienen jedem Lebewesen als Zuflucht, das vor der Sonne Schutz sucht. In ihnen herrschen Schatten, Kühle und eine wunderbare Luft.

Zwibusch und Ilka gingen eine lange Allee entlang. Diese Allee war die kürzeste Entfernung zwischen dem Gartentor, das in die Steppe hinausführte, und dem Gartentor, das in den gräflichen Garten blickte. Sie durchschnitt den Garten in zwei gleich lange Teile.

– Diese Allee erinnert mich an das Lineal, mit dem man früher, in der Schule, deinem Vater auf die Finger klopfte, – sagte Zwibusch beim Versuch, das Ende der Allee auszumachen, das sich in der grünen Ferne verlor und mit ihr verfloß. Sonne drang nicht in sie vor. Sie war nicht breiter als ein Klafter, und die Bäume, die zu ihren beiden Seiten standen, schickten ihre Zweige einander entgegen. Es war ein Tunnel, von der Natur gebildet aus den Zweigen von Ölbäumen, Buchen, Linden und Erlen. Zwibusch und Ilka traten ein wie unter ein Dach. Dem dicken und kurzbeinigen Zwibusch rann der Schweiß. Sein Gesicht war rot wie gekochte Rote Beete. Ständig wischte er sich mit dem Ärmel seiner kurzen Jacke das feuchte Kinn. Er keuchte und ächzte wie ein schlecht geschmierter Dampfhammer.

– Das ist eine göttliche Kühle, mein Buchfink! – murmelte er, während er mit seinen fetten Fingern Weste und Hemd aufknöpfte. – Ich schwöre bei meiner Geige. Findest du nicht, daß wir aus der Hölle ins Paradies gelangt sind?

Ilkas Gesicht war nicht bleicher als ihre rosigen Lippen. Auf ihrer hohen Stirn und der Nasenwurzel glitzerten Schweißtröpfchen. Das arme Mädchen war schrecklich erschöpft und konnte sich kaum auf den Beinen halten. Der Riemen der Harfe schnitt ihr in die Schulter, und die scharfe Kante stieß sie immer wieder unsanft in die Seite. Der Schatten ließ sie einige Male lächeln und seufzen. Sie zog die Halbschuhe aus und lief barfuß weiter. Die kleinen bloßen Füße patschten mit Vergnügen über den kalten Sand.

– Wollen wir uns nicht ein Weilchen setzen? – schlug Zwibusch vor. – Die Allee ist lang wie die Zunge einer alten Jungfer. Es sind sicher noch drei Verst!

– Nein, Papa! Wenn wir uns hinsetzen, wird nachher das Aufstehen um so schwerer. Gehn wir lieber bis ans Ende, dort können wir ausruhen.

– Tja... Heute, mein Buchfink, ist dein Geburtstag. Etwas wird das Schicksal dir schenken, nur was für ein Geschenkchen wohl?

– Ich wünsche mir vom Schicksal heute ein warmes Essen...

– A-ha-ha! Und hast du sonst noch Wünsche? Wird dir das nicht vielleicht zu fett, mein Mädchen? Möchtest du nicht auch noch zu Abend dinieren?

– Ich habe schon so lange nichts Warmes mehr gegessen... Du kannst dir nicht vorstellen, Papa, wie mir die Kehle ausgetrocknet ist von dem vielen trockenen Brot und der Räucherwurst! Wenn mich das Schicksal heute vor die Wahl stellte: zehn Jahre meines Lebens oder eine Tasse Bouillon – ich würde mich, ohne zu überlegen, für das zweite entscheiden.

– Und du tätest recht daran. Die schlechteste Bouillon ist um vieles besser als dieses unser idiotisches Leben.

– Ich würde mich für das zweite entscheiden und sie essen, und mit was für einem Appetit! Ich habe schrecklichen Hunger.

Zwibusch warf Ilka einen teilnahmsvollen Blick zu, seufzte und stieß mit seinen dicken Lippen einen Pfeifton aus. Er stieß immer abgehackte Pfeiftöne aus, wenn ihn etwas beunruhigte oder zum Nachdenken veranlaßte. Nach einem kurzen Schweigen wandte er Ilka seine dichten Brauen zu, unter denen lächelnde Augen hervorschauten, und sagte:

– Warte noch, hab Geduld… Ich ahne, daß das Geschenk, das dir das Schicksal heute darbringen wird, unsere Aufmerksamkeit verdient… He-he… Ich ahne, daß wir nicht umsonst den Hof der edlen Grafen von Goldaugen ansteuern! He-he… Wenn wir auf den Hof kommen und anfangen zu spielen, wird man uns überschütten mit dem verachtenswerten Metall. Wir werden uns die Taschen mit Geld vollstopfen. Und Ilka wird man ein Essen vorsetzen… He-he… Träume davon, Ilka! Was gibt es nicht alles auf der Welt? Vielleicht ist alles, was ich sage, wahr!

Ilka rückte an ihrer Schulter den Riemen der Harfe zurecht und mußte lachen.

– Der Herr Graf persönlich wird uns zuhören! – fuhr Zwibusch fort. – Und plötzlich kommt dem Herrn Grafen der Gedanke, uns nicht vom Hof jagen zu lassen! Plötzlich hört Graf von Goldaugen persönlich zu und lächelt… Und wenn er betrunken ist, das schwöre ich bei meiner Geige, dann wirft er dir ein Goldstück zu! Ein Goldstück! He-hehe. Plötzlich sitzt er am Fenster und ist, zu unserem Glück, betrunken wie die vierzigtausend Brüder! Das Goldstück ist dir sicher, Ilka! Hoh-ho-ho…

– Aber warum nur, wenn er betrunken ist? – fragte Ilka.

– Weil, betrunken ist er gütiger und klüger als nüchtern. Betrunken liebt er die Musik mehr als nüchtern. Oh, süßgestimmte Quinte! Wenn es auf dieser Welt keine Betrunkenen gäbe, wäre es mit der Kunst nicht weit her! Bete zum Himmel, daß die, die uns zuhören werden, betrunken sind!

Ilka wurde nachdenklich. Ja, Zwibusch hatte ein bißchen

recht. Bis heute hatten ihr Münzen vor allem Betrunkene zugeworfen. Wenn es keine Betrunkenen gäbe, müßten sie und ihr Vater öfter hungern, viel öfter. Gespielt hatten sie öfter in Schenken und Kneipen als vor den reinlichen Treppen der nüchternen Bürger. Zugehört hatten ihnen mehr die Männer, deren kennzeichnender Zug das aufgedunsene Gesicht, die rote Nase und zusammenhanglose Wörter sind. Ilka dachte über dieses unerfreuliche Thema nach und wurde dabei bitter, ärgerlich. Sie begriff jetzt, weshalb der Ziegenstimme und den faden Scherzen ihres Vaters mehr Aufmerksamkeit geschenkt wurde als ihrem Gesang, weshalb so oft gewünscht wurde, daß sie tanzte, statt zu singen. Nicht selten war ihr Lied in der Mitte abgebrochen worden und fortgesetzt mit einem unsinnigen Tanz zum Gewinsel der väterlichen Geige. Bis heute hatte sich noch kein einziger Zuhörer dafür interessiert zu erfahren, wer die Lieder verfaßt hatte, die sie mit so viel Gefühl singt. Das »Lied von den drei Rittern« und das Gehopse ohne Sinn und Verstand riefen gleich großes Interesse hervor.

– Die Nüchternen verachten uns, weil sie zudringliche Bettler in uns sehen, die Betrunkenen lassen uns zu sich, weil wir mit unserer Musik ihre Kopfschmerzen ein wenig übertönen.

Mit diesen Worten brachte Zwibusch die verärgerte Ilka in Verzweiflung. Sie wollte weinen und sich irgend etwas brechen… die Finger, zum Beispiel. Aber Finger brechen nicht, so sehr man sie auch knickt und drückt; sie konnte sich nur auf Tränen beschränken.

– Ich grüße das Haus der ehrenwerten Grafen von Goldaugen! – murmelte Zwibusch.

Er hatte das Gartentor gesehen, das aus Draht geflochten und mit blühenden Erbsenranken bewachsen war.

– Ich grüße dich! Ein Mensch, der keine Vorväter hat, betritt die Höhle von Menschen, die Vorväter haben, Schurken von Vorvätern! Lieber nichts, als so etwas! Im siebzehnten Jahrhundert ist Graf Karl von Goldaugen, der eine Nichtadelige geheiratet hatte, an Gewissensbissen gestorben, sein Bruder Moritz dagegen tanzte einen ganzen Monat lang vor Freude, als ihm der Heilige Vater erlaubt hatte, sich von der Frau scheiden zu lassen, die er, Moritz, ausgeraubt und in die Schwindsucht getrieben hatte. Siehst du, mein Vögelchen, dieses Haus? Wenn es dir möglich wäre, die Geschichte dieses Hauses aufzuschlagen und hineinzuschauen, würdest du rufen: »Ein Schwein ist der Mensch!« – und du, die du kein einziges unflätiges Wort kennst, würdest so zu fluchen anfangen, wie… wie wohl nur die Russen fluchen! Weißt du noch, Liebste, die Russen? Ihr Wort ist so stark wie die Kälte bei ihnen. Laß uns die Instrumente stimmen!

Zwibusch stimmte die Geige. Ilka wischte mit der Schürze den Staub von der Harfe.

– Schicksal, wir fordern dich heraus! Heb den Handschuh auf, den wir nicht haben!

Zwibusch und Ilka richteten sich auf, machten heitere Miene und betrachteten wie Recken den gräflichen Hof. Trotz der Tageshitze war der Hof nicht leer. Auf ihm wurde schwunghaft gearbeitet. Etwa zwanzig Knechte in blauen Blusen, staubig, rußbeschmiert und schweißüberströmt, deckten den Hof mit Asphalt. Aus drei Küchen stieg bleigrauer Rauch.

Zwibusch und Ilka gingen raschen Schrittes auf das Haus

zu. Sie suchten mit dem Blick die Fenster ab und sahen im größten Fenster eine große menschliche Physiognomie... Die Physiognomie war rot.

– Der Graf! – murmelte Zwibusch. – Mir scheint, er ist es! Meine Prophezeiung geht in Erfüllung! Und betrunken ist er auch noch... Spiel!

Ilka schlug die Harfe an. Zwibusch stampfte mit dem Fuß auf und führte die Geige ans Kinn. Die Knechte, die Musik hörend, drehten sich um. Die rote Physiognomie im Fenster öffnete die Augen, runzelte die Stirn und richtete sich auf. Hinter der roten Fresse blinkte ein weibliches Gesicht, blinkten Hände... Das Fenster wurde aufgerissen...

– Zurück, zurück! – hörte man aus dem Fenster. – Runter vom Hof! Ihr! Musikanten, daß euch der Teufel holt mit eurer Musik!

Die rote Physiognomie lehnte sich aus dem Fenster und schwenkte den Arm.

– Spielt, spielt! – rief eine weibliche Stimme.

Die Knechte ließen die Arbeit liegen und traten, sich kratzend, auf die Musikanten zu. Sie nahmen vor ihnen Aufstellung, um Ilka besser sehen zu können.

»Es gibt auf Erden viele Länder, – fing Ilka zu singen an, indem sie in die Saiten griff, – so schöne, und reich wie die Sonne; das schönste aber – das ist Ungarn. Mit seinen Gärten, Weiden, seinem Klima, mit seinem Wein und seinen Stieren, die Hörner haben länger als ein Klafter. Wie inniglich liebt Ilka dieses Land. Und auch die Menschen, die hier leben.«

Die rote Physiognomie lächelte und richtete die öligen Äuglein auf Ilka.

»Die Menschen hier sind gut, – fuhr Ilka fort zu singen.

– Sie sind so schön, so tapfer, und sie haben schöne Fraun. Es gibt die Menschen nicht, die sie besiegen könnten, im Krieg nicht und auch nicht im Wortgefecht. Deshalb beneiden sie die Völker. Nur einen Makel haben sie: sie kennen keine Lieder. Ihr Lied ist arm und taugt nicht viel. Es hat den Funken nicht, und seine Klänge erheischen Mitleid mit dem schönen Ungarn …«

– Herr Pichterstein, Oberverwalter Seiner Durchlaucht, befiehlt euch, etwas Fröhlicheres zu singen! – hörte Ilka den Baß eines rotberockten Lakaien.

– Etwas Fröhlicheres? Hm … Sagen Sie Seiner Durchlaucht dem Herrn Pichterstein, daß sein Wunsch getreulich erfüllt werden wird. Übrigens nehme ich mir die Ehre, mit ihm persönlich zu sprechen.

Mit diesen Worten nahm Zwibusch den Hut ab, trat unter das große Fenster und machte einen Kratzfuß.

– Sie befehlen, – fragte er, ehrerbietig lächelnd, – etwas Fröhlicheres?

– Ja.

– Befehlen Sie nicht vielleicht ein diplomatisches Lied? Von mir selbst verfaßt! Dieses Lied löst eine der wichtigsten Fragen, die Schicksalsfrage Europas. Sie haben die Ehre, Magyare zu sein, Euer Durchlaucht?

Die rote Physiognomie stieß eine Wolke von Tabakrauch aus und nickte gnädig mit den Lippen.

– Ich darf die Herren Patrioten um Aufmerksamkeit bitten! Kann ich mich verbürgen für Ihre Bescheidenheit, meine Herrschaften? Ist nicht jemand unter Ihnen …

Zwibuschs Blick schweifte über die Arbeiter, die nickten und traten, interessiert, noch näher.

»Was bitte ist schon Österreich? – hob Zwibusch mit Ziegenstimme an zu singen. – Politiker, Ihr Landesfürsten, sagt mir, was ist Österreich? Ist Österreich nicht ein Salat, den alle Nachbarn gern verschlingen würden? Sie würden ihn verschlingen, wäre nicht in dem Salat ein goldner Barsch, an dem sie all ersticken würden. Und dieser Barsch ist Ungarn.«

– Bravo, bravo! – murmelte der Dickbauch.

»Österreich, das ist ein Vogel, und sein Gefieder, das hat hundert bunte Farben! – fuhr Zwibusch zu singen fort. – Und er hat Hunderte von Gliedern. Hat viele Beine, viele Flügel, viele Mägen, jedoch er hat nur einen Kopf. Und dieser Kopf ist Ungarn. Welch wildes Tier den Vogel angreift, wie viele Glieder es verschlingt, den Kopf, den beißt es ihm nicht ab! Der Kopf ist fest und hart wie Elfenbein.«

– Bravo, bravo!

»Es gibt die Sprache der Franzosen, es gibt die deutsche, die der Russen, die der Ungarn. Der Ungarn Reichtum macht die Weisen staunen. Fahrt ihr nur hin nach Wien und fragt: wo wohnt die Sphinx, die österreichsche Sprache?«

– Bravo, bravo! Hier, nimm!

Eine große Silbermünze flog glitzernd aus dem Fenster und rollte klirrend Zwibusch zu Füßen. Ebenso eine Münze traf Ilkas Halbschuh. Zwibusch hob die Münze auf und rief:

– Tausendfach Dank! Ich werde trinken auf das Wohl Euer Durchlaucht! Ich werde trinken und, ich schwörs bei meiner dicken Schnauze, ich werde atmen! Auf Euer Wohl werd ich mit zwei Kehlen trinken: mit der zum Schlucken und mit der zum Atmen! Es wird mir nicht nach Atemholen sein!

Zwibusch schwenkte den Hut. In diesem Moment geschah im Fenster etwas Unverhofftes. Die rote Physiognomie lief purpurrot an, das Mädchen schrie auf, und das Fenster wurde plötzlich zugeschlagen. Die Knechte wichen zurück und stellten sich in einer Reihe auf, Zwibusch holte mit dem Hut nach hinten aus und spürte den Hut gegen ein gewisses Hindernis stoßen. Er drehte sich um und duckte sich. Vor ihm stand, die Vorderhufe in der Luft, erschrocken vor dem speckigen Hut, ein wunderschöner Rappe. Auf dem Rappen saß eine großgewachsene, schlanke, in ganz Ungarn berühmte Schönheit, die Ehefrau des Grafen von Goldaugen, geborene Baronesse von Heylenstrahl. Zwibusch sah eine der schönsten Frauen vor sich, voll der Schönheit, Jugend, Würde und … des Zorns. Sie beruhigte das Pferd, schleuderte, bleich und bebend vor Zorn, Blitze aus den Augen und holte mit der Peitsche aus.

– Elender! – flüsterte sie und wäre beinahe aus dem Sattel gestürzt, als Zwibusch, von dem Schlag betäubt, schwankte und, im Fallen, mit seinem schweren verschwitzten Körper gegen die Vorderbeine des Rappen stieß. Er konnte nicht anders als fallen.

Der Hieb hatte ihn an Schläfe, Wange und Oberlippe getroffen. Die Gräfin hatte mit aller Kraft zugeschlagen.

Ein anderes weibliches Gesicht, das Gesicht von Goethes Gretchen und das Ilkas, umrahmt von Milliarden blondgelockter Haare, jung und schön, war entstellt von Zorn und unsagbarer Verzweiflung. Es erbleichte, verzerrte sich … Krämpfe zuckten in ihm. Ilka entblößte wie ein Hund die weißen Zähne, trat einen Schritt vor und warf, da sie auf dem Boden keinen Stein fand, nach der Gräfin von Goldaugen mit der Silbermünze. Die Münze streifte aber nur den im

Winde wehenden Schleier und flog auf das Haus zu. Ein seltsames, lastendes Schweigen trat ein. Die Gräfin und das blondgelockte Köpfchen verbissen sich ineinander mit Blicken. Das Schweigen dauerte eine Minute. Die Gräfin hob die Peitsche, aber da sie das bleiche, unglückliche, verzerrte Gesicht sah, ließ sie langsam den Arm sinken und ritt langsam zum Haus. An der Freitreppe angekommen, drehte sie sich zweimal um.

– Fortscheren sollen sie sich! – schrie sie.

Zwibusch erhob sich, schüttelte den Staub ab und lächelte durch das Blut, das ihm das Gesicht hinablief, hindurch und ging auf die versteinerte Ilka zu.

– Du staunst, Freundin? – sagte er. – Ho-ho! Man hat deinen Vater geschlagen? Staune nicht. Das war nicht das erste Mal, sondern das einundvierzigste! Es wird langsam Zeit, sich daran zu gewöhnen!

Ilka nahm ihren Vater bei der Hand und fiel ihm, am ganzen Körper zitternd, entgegen.

– Oh, wie bin ich glücklich! – sagte Zwibusch und gab sich Mühe, daß das Blut von seinem Gesicht Ilka nicht auf den Kopf tropfte. – Wie bin ich glücklich! Wie soll ich Ihrer Durchlaucht nur danken! Meine Geige ist ganz geblieben! Meine Geige ist noch heil!

Und mit dem einen Arm die Harfe packend, mit dem anderen Ilkas Schultern umfassend, schritt er schnell zurück zur Allee.

II

An der Stelle, wo sich das Ende der Allee zeigte, die in die Steppe hinausführte, muß man linker Hand anfangen, die Stämme der Buchen zu zählen. Zwischen der achten und neunten Buche erkennt das erfahrene Auge die Spuren eines heute verwilderten Weges. Dieser Weg windet sich in Schlangenlinien auf eine Kapelle zu, in deren Nähe man Wasser finden kann. Zwibusch wußte von der Existenz dieses Weges. Er zählte bis acht und bog nach links ab. Ilka folgte ihm. Sie mußten sich durch das dichte Gestrüpp von Kletten, wildem Hanf, Schierling und Brennesseln kämpfen. Die Brennesseln bissen ihnen unbarmherzig in Hände, Hals und Gesicht, während der schwere Geruch von wildem Hanf und Schierling das Atmen unmöglich machte. Zwibuschs und Ilkas Schultern bedeckten sich mit Spinnweben. In den Spinnweben krabbelten und verhedderten sich kleine Spinnen, große Fliegen und Heuschrecken. Die großen Spinnen vollführten einen ungewohnten Salto mortale von ihren Schultern ins Gras hinab. Unsere Wanderer mußten die Ruhe Tausender von Lebewesen stören.

Die Kapelle stand auf einer Lichtung, die von hohem Gras umwuchert war, etwa eine Viertelstunde von der Allee entfernt. Es war eine schüchtern das Gras überragende, verwitterte, mit Moos, Melde und Efeu bewachsene kleine Kirche. Auf ihrem von der Sonne rot angelaufenen, glatten, kegelförmigen Dach stand ein hohes Bronzekreuz. Dieses Kreuz war es, das Zwibusch als Wegweiser diente.

– Wenn der Bach versiegt ist, – sagte Zwibusch, – dann wird das Geschenk des Schicksals noch viel böser als das, das uns Ihre Durchlaucht dargebracht hat. Mein Inneres ist trocken wie Pergament.

Aber der Bach war nicht versiegt. Als Zwibusch und Ilka die Kapelle erreicht hatten und ihre Schultern von den Spinnweben befreiten, umfing sie der Geruch von Frische, und sie hörten ein Plätschern. Zwibusch lächelte breit, legte Harfe und Geige auf die Stufen der Kapelle und lief mit raschen Schritten um die Kapelle herum, wobei er mit seinen kurzen Beinen eine Spirale beschrieb.

– Er rauscht… aber auf welcher Seite, zum Teufel? – lachte er. – Bach, wo bist du? Wo finde ich dich? Oh, mein idiotisches Gedächtnis! Ein, zwei Male habe ich von dir getrunken, Bach, und Undankbarer, der ich bin, habe ich vergessen, wo du bist! Ich erkenne in mir den Menschen! Wir vergessen nichts, außer denen, die uns wohlwollen! Oh, Menschen, Menschen! Ha-ha…

Ilka, die über ein feineres Gehör verfügte, hätte ihm zeigen können, auf welcher Seite der Bach rauschte, wäre da nicht die schreckliche Beleidigung gewesen, die man vor so kurzer Zeit ihrem alten und, wie sie meinte, kranken Vater zugefügt hatte. Sie war ihrem Vater automatisch gefolgt, ohne etwas zu sehen, zu hören und zu begreifen. Sie spürte weder Erschöpfung noch Durst. Gewichen war alles einem starken, jungen und gerechten Zorn. Sie ging, blickte zu Boden und biß sich auf die Oberlippe.

Auf dem einen Ohr taub, beschrieb Zwibusch eine Spirale, bis er endlich an die Stelle gelangte, wo das zornige Gemurmel bereits deutlich zu hören und unter den Füßen die weiche, feuchte Erde zu verspüren war.

– Der Bach muß unter den Linden sein! – sagte Zwibusch.

– Da ist sie, eine Linde! Aber wo sind die beiden anderen? Es waren genau drei, als ich hier, vor zehn Jahren, Wasser getrunken habe… Man hat sie gefällt! Die armen Lindenbäume! Auch sie hat jemand gebraucht. Da ist der Gesuchte… Meine Verehrung! Trinken wir, Ilka, auf dein Wohl.

Zwibusch sank auf die Knie, warf den Hut beiseite und schmiegte sein flammendrotes Gesicht an die kalte glitzernde Oberfläche… Ilka sank automatisch auf die Knie und folgte dem Beispiel ihres Vaters. Zwibusch trank mit Mund und Augen. Er sah im Wasser sein blutüberströmtes Gesicht und dachte, beim Anblick der blutunterlaufenen Stellen und Hautabschürfungen, über einen passenden Scherz nach. Aber der Scherz verflog, und das Wasser ergoß sich aus dem Mund zurück, als er auf der spiegelnden Oberfläche, neben dem eigenen Gesicht, das Gesicht Ilkas erblickte. Er hörte auf zu trinken und hob den Kopf.

– Ilka! – sagte er, die Stirn gerunzelt. – Hörst du mich, Mädchen? Hör auf, die Zähne zu fletschen! Du bist kein Hund! Ich mag das nicht! Laß die Dummheiten!

Ilka hob den Kopf und fuhr sich mit der nassen Hand über die Stirn.

– Ich mag das nicht! – fuhr Zwibusch fort. – Laß diese dumme Angewohnheit, wegen jeder Kleinigkeit die Zähne zu fletschen! Sei klug! Warum bist du böse? Du bist totenbleich und zitterst! Paß auf, du Dummchen, daß du nicht mal an deiner Wut erstickst! Hör auf! Komm schon!…

– Ich kann nicht… Niemand hat das Recht, Papa Zwibusch, dir ins Gesicht zu schlagen. Niemand!

– Wirklich nicht? Und meinst du, ich wüßte das nicht?

Das weiß ich auch ohne dich. Nicht ins Gesicht, nicht auf den Rücken und nicht in den Bauch… Aber was willst du denn?

– Ich will, daß niemand es wagt, dich zu schlagen. Ich will… ich will mich an ihr rächen.

Zwibusch stieß Pfeiftöne aus, beugte sich über das Wasser und begann, sich das Gesicht zu waschen. Als er fertig war, trocknete er es mit den Hemdsärmeln ab und sagte:

– Unsinn, Ilka! Trink, wenn du dich noch nicht satt getrunken hast, und gehen wir zurück zu unseren Instrumenten. Schluß mit den Dummheiten!

Zwibusch zog Ilka an der Hand in die Höhe, strich sich über den Bauch und ging zur Kapelle.

– Komm, schauen wir uns, statt böse zu sein, lieber die Kapelle an! – schlug Zwibusch vor.

Eine Vielzahl grüner und grauer Eidechsen huschte in Spalten und ins Gras, als Zwibusch und Ilka auf die Kapelle zugingen. Die Kapellentür mit ihren verrosteten Beschlägen war dicht mit Brettern vernagelt. Über der Tür, auf einer glatten Holztafel, waren Metallbuchstaben eingeschlagen. Die Buchstaben waren, versteht sich, lateinische. Zwibusch las und übersetzte Ilka folgendes: »Franziskus Goldaugen – 1806. Wanderer, bete, auf daß die heiligen Engel seine Seele für das Paradies behüten!« Die Scheiben an zwei Fenstern waren eingeschlagen. Ihre Scherben, die in den halbverrotteten Rahmen staken, spielten in den Farben des Regenbogens. Das dritte Fenster war mit einer Garbe Gerste zugestopft. Die Fenster waren ein Reich der Spinnweben und des Staubs.

– Franziskus Goldaugen! – rief Zwibusch zum Fenster hinein.

– Goldaugen! – antwortete das Echo.

– Franziskus Goldaugen ist der Bruder des Großvaters des jetzigen Grafen, – sagte Zwibusch, an Ilka gewandt. – Im Jahre 1806 wurde er, auf der Rückkehr von einem Stelldichein, an dieser Stelle von seinem alten Kammerdiener erschlagen, der sich für seine Tochter rächen wollte. So sagen die einen; die anderen sagen, er habe sich mit seinem Neffen wegen irgendeines Mädchens duelliert und sei gefallen. Wie auch immer, der Kammerdiener wurde an derselben Stelle gehenkt. »Du sollst nicht töten«, sagt Gottes Gebot, in den Häusern, den Wäldern und Gärten derer von Goldaugen aber wollte man nichts wissen von den göttlichen Geboten. Schau mal durchs Fenster, Ilka... Siehst du den hl. Franziskus? Das gelbgrüne schreckliche Gesicht... Heute ist die Darstellung verblichen, zu jener Zeit aber war sie gut sichtbar und flößte dummen Menschen und Frauen Entsetzen ein. Besonders furchteinflößend war dieses Gesicht, ich erinnere mich wie heute, wenn davor das blaue Lämpchen brannte... Es lief mir kalt den Rücken herunter, als ich dieses Gesicht anschaute. Die Sache ist die, mein Mädchen, daß der Künstler, der diese Ikone gemalt hat, weggelaufen ist, ohne seine Arbeit zu beenden. Er hat das linke Auge nicht zu Ende gemalt, deshalb trat das rechte so stark hervor und stach in unsere abergläubischen Augen. Das Gesicht hat er auch nicht zu Ende gemalt. Es war nur die Grundierung, wie die Maler sagen. Weggelaufen ist der Künstler, weil er sich in die Gräfin verliebt hatte. Der Kauz hielt sie für eine uneinnehmbare Festung. Der Tropf! Er hätte ihr nur einen Wink zu geben brauchen, und sie hätte sich ihm an den Hals geworfen. Frauen waren immer wetterwendisch. Sie verlassen die Männer, wenn sich die Sache um etwas dreht, von dem du noch nichts wissen sollst, meine Unschuld.

Zwibusch schwieg und schaute Ilka an. Ilka hörte ihm nicht zu. Sie blickte zu Boden, flüsterte tonlos und bewegte die Finger, als denke sie im stillen über etwas nach. Zwibusch stieß Pfeiftöne aus und wurde nachdenklich.

– Hör zu, Rotschopf! – sagte er, die Stirn gerunzelt. – Ich mag das nicht! Du fängst schon wieder an, die Zähne zu fletschen! Komm, setzen wir uns.

Zwibusch und Ilka setzten sich auf die heißen Stufen der Kapelle.

– Wo hast du deinen Kopf, mein Mädchen? – fuhr Zwibusch fort und blickte ins bleiche Gesicht seiner Tochter. – Wieso denkst du nicht logisch? Aus Holz läßt sich kein Stahl schmieden, aus Lumpen keine Glocke gießen. Eine Ratte gebiert keinen Schwan. Von einer Frau, die in einem berühmten Menschengeschlecht geboren wurde, kannst du keine Engelstaten erwarten. Ihre Großväter und Väter waren Wölfe; kann denn sie, entgegen den Naturgesetzen, als Lamm geboren werden? Auch sie ist eine Wölfin! Wölfin von Kopf bis Fuß! Und eine Wölfin, die sie ist, konnte nicht anders handeln… Was also willst du? Die Wölfe lehren, Gras zu fressen, ist unsere Sache nicht… Denk logisch! Sie ist eine geborene Baronesse von Heylenstrahl; und wer sind die von Heylenstrahl? Dasselbe wie die von Goldaugen. Der erste Heylenstrahl war ein unehelicher Sohn Arthurs von Goldaugen. Die Baronswürde erhielt er im Dreißigjährigen Krieg, nur dank seiner Verwandtschaft mit denen von Goldaugen. Später heirateten die von Goldaugen die von Heylenstrahl, die von Heylenstrahl ehelichten die von

Goldaugen usw. Im Endeffekt ergab das zwei Geschlechter, die sich in nichts voneinander unterscheiden. Was also willst du? Du willst doch nicht, daß in dem Augenblick, wo ein von Goldaugen dich schlägt, ein von Heylenstrahl auf dich zukommt und dich küßt? Hm… Nein, mein Liebes! Den Wölfen zürnen, weil die Natur ihnen scharfe Zähne geschenkt hat, können nur solche Dummchen wie du.

Zwibusch schwieg einen Augenblick und fuhr fort:

– Und welch wichtige Rolle die Natur hier spielt, sieht man sehr schön aus der Geschichte derer von Goldaugen. Der erste von Goldaugen wird erwähnt am Ende der Kreuzzüge. Man nannte ihn den goldäugigen Vampir. Sein Haupthaar und sein Bart waren kohlpechrabenschwarz, die Augenbrauen und Wimpern dagegen blond. Diesem Spiel der Natur verdankte er auch seinen Namen.* In seinen goldenen Augen, sagt die Geschichte, blitzte, neben einem bemerkenswerten Verstand, ein Gemisch aus der List und Geschmeidigkeit des Luchses und der Blutrünstigkeit des hungrigen Schneeleoparden. Er war ein tollwütiger Hund im schlimmsten Sinne dieses Wortes. Er trank das Blut der Menschen, wie wir Wasser, er kaufte und verkaufte Menschen mit der Skrupellosigkeit eines Judas. Ein Dorf niederzubrennen fiel ihm leichter als uns, eine Zigarre zu rauchen. Er legte Feuer und weidete sich an den Flammen. Als die Sieger, mit Gottfried von Bouillon an der Spitze, zum ersten Mal am Grab des Herrn beteten, wütete er in der Umgebung Jerusalems und reihte die Köpfe der Sarazenen auf seine Lanzen. Selbst in diesem großen Augenblick blieb er sich

* Goldaugen bedeutet, in die russische Sprache übersetzt: Goldene Augen.

treu! Er, sagt das Archiv, hatte das leidenschaftliche Verlangen zu beten, aber der Instinkt des tollwütigen Hundes trieb ihn in die andere Richtung, in die Richtung der Zerstörung, hin zum Blutvergießen. Das ist eine schreckliche Abartigkeit, mein Liebes! Man darf nicht glauben, daß der Goldäugige an dieser seiner Abartigkeit schuld gewesen wäre. Ein Mensch kommt nicht von selbst auf solch schreckliche Grausamkeiten, ebensowenig, wie man sich einen sechsten Finger an der Hand vorstellen kann. Schuld ist die Natur. Sie hatte ihm ein Wolfshirn geschenkt. Der Goldäugige bekam einen Sohn, der sich von seinem Vater nur darin unterschied, daß er die goldenen Augen nicht hatte... die Abartigkeit aber war auf ihn übergegangen; der Enkel hatte die goldenen Augen und dieselbe Abartigkeit. Voriges Jahr ist sein Sohn gestorben, ein kleiner Junge mit goldenen Augen. Also, die goldenen Augen vererben sich auf die Enkel, die Abartigkeit ist Enkeln wie Söhnen im gleichen Maße Schicksal. Die von Goldaugen haben es, wie du siehst, mein Liebes, im gleichen Maße schwer, das Wolfshirn loszuwerden wie die goldenen Augen. Und nun urteile selbst, mein Liebes, konnte die schöne Frau wirklich anders, als mir die Lippe zu spalten? Die Natur hat über den Verstand gesiegt, sie konnte nicht anders handeln!

– Du redest Unsinn, Vater! – winselte Ilka, mit dem Fuß aufstampfend. – Das ist Unsinn! Deine Lippen haben nichts zu tun mit ihrer Abartigkeit, mit ihrer Natur! Wir haben nichts damit zu tun! Du sagst das alles nur, damit ich nicht mehr zornig bin, weil mir das schadet. Aber ich werde es ihr zeigen! Ich werde ihr das... nicht verzeihen! Strafe mich Gott, wenn ich ihr diese Kränkung je verzeihe!

– Andere können den Tapferen spielen, nicht du, Lämmchen! Wenn ein Lämmchen vor dem Wolf den Tapferen spielt, heißt das nur, unnütz Worte verlieren... Schweig lieber still!

Ilka erhob sich, legte den Riemen der Harfe um die Schulter und wies mit dem Kinn zu dem Pfad.

– Willst du dich nicht noch ausruhen? – fragte sie der Vater.

Ilka schwieg. Zwibusch stand auf, klemmte die Geige unter den Arm, räusperte sich krächzend und ging in Richtung der Allee. Er war es gewohnt, Ilka zu gehorchen.

Eine Stunde später gingen sie bereits, kaum daß die ermüdeten Beine sie trugen, über die staubige, heiße Straße. Vor ihnen, über einem Streifen blauender Wälder und Gärten, erstrahlten weiß die Kirchtürme und das Rathaus einer ungarischen Kleinstadt. Linker Hand leuchtete bunt das schöne Dorf Goldaugen.

– Wo gibt es hier einen Richter? Hier oder dort? – fragte Ilka, auf Stadt und Dorf zeigend.

– Einen Richter? Hm... Einen Richter gibt es hier wie dort. In der Stadt, mein Goldkind, richtet er über die Städter, auf dem Dorf über die Goldaugenschen...

Ilka blieb stehen und schlug, nach einigem Überlegen, die Straße ein, die ins Dorf führte.

– Wohin? Was willst du dort? – fragte Zwibusch. – Was willst du dort machen? Bewahre dich Gott, dich an diese Bauern zu wenden!

– Ich, Papa Zwibusch, gehe dorthin, wo man die Goldaugenschen richtet.

– Aber wozu? Um Gottes willen! Du bist verwirrt, mein

Liebes! In der Stadt könnten wir etwas essen und Bier trinken, aber was sollen wir hier machen?

– Was wir machen werden? Sehr einfach! Wir werden diese gewissenlose Schurkin verklagen!

– Du bist ein dummes Kind, Tochter! Du bist wahnsinnig! Du hast alles Urteilsvermögen verloren, Herzchen! Oder willst du etwa scherzen?

– Ich scherze nicht, Vater! Ich muß sogar staunen, wie du, bei deinem Stolz, diese Beleidigung so gleichgültig hinnehmen kannst! Wenn du willst, geh in die Stadt! Ich gehe hier vor Gericht und werde verlangen, daß sie bestraft wird!

Zwibusch blickte Ilka ins Gesicht, zuckte die Achseln und folgte seiner ungehorsamen Tochter, brummelnd, gestikulierend und Pfeiftöne ausstoßend.

– Dumm bist du, Ilka! – sagte er seufzend, als sie die über den Fluß geschlagene Brücke überquerten. – Dumm! Nenne mich einen glatzköpfigen Teufel, wenn du aus diesem Dorf mit heiler Nase herauskommst! Entschuldige, Tochter, aber Ehrenwort, du bist heute dumm wie Bohnenstroh!

Sie überquerten die Brücke und kamen ins Dorf. Auf den Straßen keine Menschenseele. Alles war mit den Arbeiten auf den Feldern und in den Gärten beschäftigt. Lange mußten sie das Dorf durchstreifen und es mit den Augen absuchen, ehe ihnen eine kleine, alte Frau begegnete, verrunzelt wie die Rinde eines vertrockneten Kürbisses.

– Darf ich Sie fragen, – wandte sich Ilka an die Alte, – wo hier der Richter wohnt?

– Der Richter? Wir haben drei, Fräulein, – gab die Alte zur Antwort. – Der eine ist schon lang nicht mehr im Amt, er liegt, vom Schlag gelähmt, zehn Jahre liegt er schon. Der andre macht Geschäfte und ist Gutsbesitzer. Hat eine Reiche geheiratet und als Mitgift Land bekommen, wie hätt er da noch Zeit zu richten. Aber auch der ist schon alt… geheiratet hat er vor fünfzehn Jahren, als mein Sohn gestorben ist, der älteste, Gott sei seiner Seele gnädig…

– Und der dritte? Wo wohnt der dritte?

– Der dritte? Der dritte ist noch im Amt… Aber er taugt nicht viel… Ein alter Mann! Der sollte längst im Grabe ruhen und keinen Streit mehr schlichten… Er wohnt… Sehen Sie das grüne Häuschen dort? Sehen Sies? Da wohnt er…

Zwibusch und Ilka dankten der Alten und gingen zu dem grünen Häuschen. Den Richter trafen sie zu Hause an. Er stand auf seinem Hof, unter einem weitverzweigten Maulbeerbaum, und schlug mit einem Stock die schwarzen, überreifen Beeren herunter. Seine Lippen und sein Kinn waren lila, dunkelblau und karminrot gefärbt. Der Mund voll. Der Richter kaute träger als ein Stier, der des Wiederkäuens überdrüssig ist.

Zwibusch zog den Hut und verbeugte sich vor dem Richter.

– Ich habe die Kühnheit, Euer Ehren mit einer Frage zu behelligen, – sagte er. – Belieben Sie der Richter zu sein?

Der Richter ließ den Blick über die ungebetenen Gäste schweifen, schluckte den Bissen herunter und sagte:

– Ich bin Richter, aber nur vor dem Essen.

– Und haben Sie schon zu speisen geruht?

– Nun ja… Ich esse um halb drei… Das müssen Sie wissen. An Feiertagen um halb zwei.

– Plenus venter non studet libenter, Euer Ehren! He-he-he ... Sie belieben die Wahrheit zu sagen. Aber keine Regel ohne Ausnahme, Euer Ehren!

– Bei mir schon ... Ich erkenne im gegebenen Fall keine Ausnahme an ... Ich richte über Menschen nur mit nüchternem Magen, Alter, wenn ich am wenigsten zu Sentimentalitäten neige. Vor zehn Jahren habe ich es einmal nach dem Essen versucht ... Und was kam dabei heraus? Weißt du, was herausgekommen ist, Alter? Ich sprach zur Strafe mildere Urteile ... Und das ist nicht immer gerecht! Aber du bist dick wie ein Hundertliterfaß! Du ißt wahrscheinlich zu viel? Und ist dir nicht zu heiß, so viel überflüssiges Fleisch mit dir herumzuschleppen? Und wer ist dieses Mädchen?

– Das, Euer Ehren, ist meine Tochter ... Sie hat eine Bitte an Euch.

– Hm ... So ... Komm näher, schönes Kind! Was willst du?

Ilka trat auf den Richter zu und erzählte ihm mit zitternder Stimme alles, was auf dem Hof der Grafen von Goldaugen geschehen war. Der Richter hörte sie an, warf einen Blick auf Zwibuschs Lippen, lächelte und fragte:

– Also, was willst du, schönes Kind?

– Ich will, daß Sie diese Frau bestrafen! ...

– Hm ... Schön ... Oh, mit dem größten Vergnügen! Wir werden sie unverzüglich ins Gefängnis stecken ... Hör zu, Alter, – wandte sich der Richter an Zwibusch. – Wo hast du dieses Mädchen in die Welt gesetzt, auf dem Mond oder auf der Erde?

– Auf der Erde, Euer Ehren! Auf dem Mond gibt es keine Frauen, folglich wird man dort kaum ein Glas auf das Wohl der Wöchnerin leeren können!

– Wenn auf der Erde, wieso weiß sie dann nicht, daß… Was seid ihr bloß für Dummköpfe, Leute! Ach, was für Dummköpfe! Ihr seid Dummköpfe und Narren!

– Wieso? – fragte Ilka.

– Wahrscheinlich, weil ihr kein Hirn habt… Die von Goldaugen geben mir zu essen und zu trinken, und ich soll sie verurteilen?! Ha-ha-ha! Die von Goldaugen sind Grafen, und Sie die Tochter eines Zigeuners, eines schlechten Geigers, den man dafür auspeitschen müßte, daß er so schlecht Geige spielt! Narren! Nein, ihr seid nicht von dieser Welt! Würde sie mit dir überhaupt vor Gericht gehen wollen? Sie wird auf die Anzeige, die ich ihr schicke, eine Fratze mit einer dicken Nase kritzeln und sie in den Papierkorb werfen! Und wo sind deine Zeugen? Die Knechte? Bilde dir das bloß nicht ein! Die sind keine Millionäre, als daß sie auf das Stückchen Brot verzichten könnten! Ha-ha-ha! Da hast du dir die Richtige ausgesucht! Komisches Mädchen! Nein, laß die Dummheiten, schönes Kind! Es tut weh, das stimmt schon… aber was will man machen? Gottes Welt wirst du nicht ändern!

– Aber was soll ich denn tun?

– Deinem Vater einen Lappen geben, damit er sich die Lippe verbindet. Gegen die Fliegen… Kauf ihm einen Bleiwasserumschlag… Nur das kann ich dir raten… Soll ich dir noch einen Rat geben, schönes Kind? Bittesehr. Nimm deinen dicken Herrn Papa an der Hand und geh… ich kann dumme Menschen nicht ausstehn! Entledigt ihr euch der Gesellschaft eines ungerechten Richters, und mir gebt die Möglichkeit, nicht länger mit euch zu reden.

– Aber was soll ich denn machen? – fragte Ilka noch einmal, die Hände ringend.

– Hm… Willst du einen dritten Rat? Bittesehr! Werd eine Gräfin wie sie. Dann hast du alles Recht, sie zu verklagen! Alles Recht! Ha-ha-ha! Werd Gräfin! Ehrenwort! Dann kannst du gegen sie prozessieren, solange du Lust hast! Niemand und nichts wird dich daran hindern! Aber… lebt wohl! Ich habe keine Zeit! Laßt mich in Ruhe. Bevor du nicht Gräfin bist, habe ich noch das Recht, dich unsanft fortzujagen von meinem vollen Bauch und meiner trägen Zunge! Marsch, Alter! Vergiß den Bleiwasserumschlag nicht!

Der Richter drehte sich um und wandte sich den Beeren zu. Zwibusch und Ilka verließen den Hof und gingen zur Brücke. Zwibusch wollte im Dorf bleiben, um auszuruhen, wollte aber nicht gegen Ilkas Willen handeln… Er stapfte ihr hinterdrein, den Hunger verfluchend, der in seinem Magen wütete. Der Hunger hinderte ihn am Denken…

– Gehen wir in die Stadt, Tochter? – fragte er.

Ilka antwortete nicht. Als sie an ein Wäldchen kamen, das den Bauern derer von Goldaugen gehörte, fragte Zwibusch:

– Ilka, bist du böse? Warum antwortest du nicht auf meine Frage?

Statt einer Antwort torkelte Ilka plötzlich und faßte sich an den Kopf.

– Was ist dir, Tochter?

Die Tochter blieb stehen und wandte ihrem Vater das Gesicht zu. Ihr Gesicht war verzerrt von einem miesen, bösen Lächeln. Die Zähne waren nach Hundeart gefletscht.

– Um Gottes willen, was ist dir?

Ilka hob die Arme in die Luft, warf den Kopf zurück und öffnete weit den Mund…

Ein jäher Schrei aus tiefer Brust gellte durch das Wäldchen. Große Tränen entströmten wie ein Bach den blauen Augen der Tochter des beleidigten Vaters… Ilka schluchzte und lachte.

– Was hast du? Kann man denn so böse sein?

Zwibusch brach in Tränen aus und überhäufte seine Tochter mit Küssen.

– Wie kann man nur? Setz dich, Ilka! Um Gottes willen, setz dich hin! Nun setz dich schon!

Zwibusch legte seine großen verschwitzten Hände auf Ilkas hüpfende Schultern und drückte sie nieder.

– Setz dich hin! Wir wollen hier ein Weilchen sitzen bleiben, bis du dich beruhigt hast. Gehn wir unter diese Weide! Da ist auch ein Bach! Möchtest du Wasser? Weiden wachsen immer am Wasser. Wo Weiden wachsen, soll man Wasser suchen! Setzen wir uns!

Zwibusch trug Ilka zu der Weide, beugte ihre Knie und setzte sie ins Gras. Das Schluchzen wurde stärker und stärker…

– Laß gut sein, meine Tochter! Haben wir denn das Recht, so gekränkt zu sein? Beleidigen wir etwa nie jemanden? Kannst du dich dafür verbürgen, daß dein Vater nie jemanden ungestraft beleidigt hätte? Doch, ich habe! Und erst heute hab ich dafür meinen Lohn erhalten.

Ein Schuß ertönte. Sich in die Äste verkrallend, raschelnd und mit den Flügeln schlagend, flog ein Vogel von der Weide herab und fiel in Ilkas Schürze. Es war ein junges Adlerweibchen. Eine Schrotkugel hatte das Auge getroffen, eine zweite den Schnabel zertrümmert.

– Sieh mal, Liebste! Im Gesicht dieses Vogels ist die Natur aufs schwerste beleidigt… Diese Beleidigung wiegt manchmal schwerer als unsere… Die Natur erduldet sie… Sie straft nicht, sinnt nicht auf Rache…

Es knackte im Gebüsch, und Zwibusch erblickte vor sich einen großgewachsenen, stattlichen, im höchsten Grade schönen Mann mit dichtem Vollbart und braungebranntem Gesicht. In der einen Hand hielt er ein Gewehr, in der anderen einen breitkrempigen Strohhut. Als er sein Wildbret auf den Knien eines hübschen, schluchzenden Mädchens liegen sah, blieb er wie angewurzelt stehen.

– Dieser Mann zum Beispiel ist schon bestraft! – sagte Zwibusch. – Schwer bestraft! Seine Sünden verblassen angesichts der Strafe, an der er zu tragen hat! Darf ich dir vorstellen, Ilka, das ist Graf Wónicz, Baron von Saynitz. Seien Sie gegrüßt, Graf und Baron! Was sind Sie eher, Graf oder Baron? Ihre verteufelt schöne Gestalt hat viel vom einen wie vom andern… Hier ist sie, Ihre Beute! Meine Tochter hält ihr soeben die Seelenmesse.

Baron Arthur von Saynitz ist ein Mann von etwa achtundzwanzig Jahren, nicht älter, wirkt aber wie etliches über dreißig. Sein Gesicht ist noch schön, frisch, aber Sie finden in diesem Gesicht um die Augen und an den Mundwinkeln Fältchen, denen man in Gesichtern von Menschen begegnet, die gelebt und viel durchgemacht haben. Über das schöne, sonnenverbrannte Gesicht hat sich die Furche der Jugend gelegt, mit all ihren Mißerfolgen, Freuden, Kümmernissen, Trinkgelagen und Lastern. In den Augen – Sattheit, Langeweile… Die Lippen – zu einem ergebenen, zugleich aber spöttischen Lächeln verzogen, das zur Angewohnheit geworden ist… Die schwarzen Haare des Barons von Saynitz sind lang und in Locken gewellt. Sie erinnern an die Haare einer Institutsschülerin, die ihr Haar noch nicht zum Zopf geflochten hat. Arthur badet selten, deshalb sind seine Haare und der Hals schmutzig und glänzen in der Sonne. Gekleidet ist er unauffällig und schlicht... Sein Anzug ist wenig einfallsreich und äußerst undefinierbar... Die Kragenspitzen seines schmutzigen Hemds verraten, daß der Baron nicht mit der Mode geht. Solche Hemdkragen wurden vor vier Jahren getragen. Die Krawatte ist schwarz, abgewetzt und wie ein schmales Bändchen; ihr Knoten, häßlich und nachlässig gebunden, sitzt zur Seite gerutscht und droht sich zu lösen... Jackett und Weste elegant; sie sind mit Flecken bedeckt, aber neu. Geschneidert aus einem teuren grauen Stoff von feinster Ziegenwolle. Die abgewetzten und längst ausgetragenen Seidenhosen umschließen fest die muskulösen Oberschenkel und verlieren sich sehr schön unterhalb der Knie in den hohen glänzenden Stiefelschäften. Die Absätze der Stiefel sind schiefgetreten und zur Hälfte abgelaufen. Auf der Weste aus grauem Tuch ruht ein Kettchen aus einem neuartigen Metall. An dem Kettchen hängen sechs goldene Medaillons, ein goldener Storch mit Augen aus Brillanten und ein kleines, kunstvoll geschmiedetes Gewehr mit goldenem Lauf und einem Kolben aus Platin. Auf dem Kolben dieses Miniaturgewehrs kann man die folgende Inschrift lesen: »Dem Baron von Saynitz. Die Jagdgesellschaft von Vajstav und Solenogor.« Fragen Sie den Baron nicht, wie spät es ist: am Ende der Uhrkette hängen statt einer Uhr ein Schlüssel und eine bleierne Trillerpfeife.

Das Geschlecht der Barone von Saynitz kann sich seines Alters nicht rühmen. Es führt seinen Ursprung nur auf das erste Jahrzehnt unseres Jahrhunderts zurück. Arthur besitzt die »Geschichte der Barone von Saynitz«, eine dünne Broschüre, die seinerzeit sein Vater Karl bei einem zugereisten studierten schwedischen Pastor in Auftrag gegeben hatte. Der dienstgefällige Pastor nahm dafür viel Geld und schonte, während er den Stammbaum der gnädigen Barone abfaßte, weder Papier noch die Wahrheit. Er führte den Stammbaum bis in das elfte Jahrhundert zurück. Dieser Broschüre glaubten selbstverständlich viele; es glaubten ihr insbesondere diejenigen, die keine Notwendigkeit darin sahen, den Pastor zu kontrollieren. Aber die von Saynitz sollten über diese Broschüre erröten, als eine dienstgefällige illustrierte Zeitung ihr Wappen und ihren Stammbaum druckte, der der Wahrheit näher kam als der, für den man den Pastor bezahlt hatte. Der erste Baron von Saynitz war ein einfacher Adeliger, verheiratet mit der Tochter eines Bankiers und getauften Juden. Er war eine in jeder Hinsicht unbedeutende Person, ein Speichellecker, Hungerleider, der Geld über alles in der Welt liebte. Er verlebte seine Zeit unscheinbar und unbemerkt und wäre für immer aus dem Gedächtnis der Menschheit verschwunden, wäre nicht Fortuna gewesen, die ihm sowohl gnädig als auch beständig zulächelte... Der erste von Saynitz hatte zwei Brüder. Der eine von beiden war Jesuit, las Physik an irgendeiner Universität und bahnte sich aus eigener Kraft den Weg zur Kardinalswürde. Der andere Bruder war Hofdichter und Schwager des Leibarztes. Dank eifriger Protektion dieser beiden Brüder und dem Geld des Schwiegervaters, der in der Finanzwelt über gute Verbindungen verfügte, waren Urkunde und Baronstitel leichter zu bekommen als für jenen ersten von Saynitz, über den der schwedische Pastor so viel zusammengelogen hatte. Der zweite von Saynitz, Arthurs Großvater, schlug sich bei Austerlitz und starb als Professor der Militärakademie. Dieser von Saynitz war das genaue Ebenbild seines Onkels, des Kardinals, und war, ihm auch darin ähnlich, eher ein Mann des Schreibtischs denn Soldat oder Gutsherr. Arthurs Vater wiederum erinnerte an den ersten von Saynitz. Auch er eine unbedeutende, unansehnliche, nichtswürdige Person. Kaum gebildet, beschränkt, physisch und moralisch schwach, hatte er sich zum Ziel gesetzt, alles in Staub und Asche zu treten, was die lächelnde Fortuna seinem Vater und Großvater in die Hände gelegt hatte. Diese Aufgabe erwies sich jedoch als nicht so leicht. Der Besitz der Barone von Saynitz umfaßt keine geringe Ausdehnung. Die Eisenbahn durchschneidet ihn an zwei Stellen. Er gilt, dank seinen Gärten, Weinbergen und dem Grund und Boden, als einer der reichsten und schönsten Besitztümer. Das auf ihm befindliche Gestüt und die Tuchfabrik, beide zusammengenommen, brachten den Baronen zweitausendvierhundert Franken pro Tag ein, vom übrigen gar nicht zu reden. Einen solchen Reichtum durchzubringen, war keine leichte Aufgabe, aber Karl von Saynitz standen hervorragende Helfer zur Seite. Ihm halfen seine Genußsucht, sein Unvermögen zu denken, seine Güte und… sein Sohn. Bis ans Ende seiner Tage liebte er die Frauen. Er liebte verzweifelt, rasend, ohne zu denken und ohne auch nur vor irgendeinem Hindernis haltzumachen. Frauen bildeten den größten Posten in seinen Ausgaben, ohne sie wäre es ihm wohl kaum gelungen, *alles* durchzubringen. In Wien hatte er eine Zeitlang eine Geliebte. Zu dieser Geliebten fuhr er im eigenen Sonderzug, begleitet von einer vielköpfigen Menge von Schmarotzern und Schnorrern, die nichts als Champagner tranken. Bei jeder Reise zur Geliebten wurden Geschenke mitgeführt, die vor lauter Luxus sprachlos machten und nur zu beredt den Wahnsinn des Barons zum Ausdruck brachten. Die Geschenke bestanden aus Wertsachen der Familie, aus teuren Pferden, Geld... Die Zofe seiner Wiener Geliebten erhielt tausend Franken im Monat und hatte, für alle Fälle, eigene Pferde und einen eigenen Wagen. Zur Ankunft und vor der Abreise des Sonderzugs wurden lukullische Diners gegeben. In Prag hatte er eine andere Geliebte, in Budapest eine dritte usw. Die Frauen beteten ihn selbstverständlich an, mehr wegen seiner Freigebigkeit als aus irgendeinem anderen Grund. Die ungezählten Anekdoten, die bis auf den heutigen Tag über Karl von Saynitz erzählt werden, charakterisieren diese Anbetung besser als alles andere. Eine dieser ungezählten Anekdoten wollen wir hier anführen.

In einem der besten deutschen Theater gab eine junge, eben erst von der Schauspielschule gekommene Schauspielerin ihr Debüt. (Heute ist sie eine sehr berühmte Schauspielerin aus dem Fach der dramatischen und tragischen alten Mütter.) Sie war jung, hübsch und spielte großartig. Das Theater bebte vor Applaus. Nach dem ersten Akt überbrachte man ihr ein Blumenbouquet, geschmückt mit einem unerhört wertvollen Geschmeide der verstorbenen Baronesse von Saynitz, der Mutter Karls. Der Baron verschenkte dieses Geschmeide, weil er es in der Brusttasche trug und ihn die spitzen Enden des Medaillons in die Seite stachen. Nach dem zweiten Akt begaben sich einige hochgestellte

Persönlichkeiten, die sich dieses Mal im Theater befanden, hinter die Kulissen, um die Debütantin ihrer Bewunderung zu versichern. Unter den hochgestellten Persönlichkeiten befand sich auch von Saynitz. Hinter den Kulissen fühlte er sich wie zu Hause. Nachdem er in der Garderobe des ersten Liebhabers ein Glas Champagner getrunken hatte, begab er sich zur Garderobe des aufgehenden Sterns. Die Tür der Garderobe war verschlossen. Er klopfte.

– Was tun Sie da!? – empörten sich die Hochgestellten ... – Sie vergessen sich! Sie vergessen, daß das hier nicht der Zirkus ist, nicht die Operette ... Nicht der Salon von Madame Deleaux! Sie sind verteufelt dreist, Baron!

– So? Ich bin nur ungeduldig ... – antwortete der Baron.

– Aber sie kommt gleich heraus! Haben Sie nicht die Geduld, zwei, drei Minuten zu warten?

– Nein.

– Aber das ist doch ungehörig! Vielleicht ist sie gerade im Begriff, sich umzukleiden?

– Vielleicht, – antwortete der ungeduldige Baron und klopfte wieder an die Tür.

– Wer ist da? – hörte man aus der Garderobe eine junge weibliche Stimme.

– Ich! – antwortete der Baron.

– Wer sind Sie?

– Einer der Verehrer Ihres Talents. Im Grunde habe ich von Ihrem Talent nicht die leiseste Ahnung, aber man sagt mir, Sie spielten wundervoll, und ich bin es gewöhnt, aufs Wort zu glauben. Schließen Sie auf!

– Merkwürdig ... Ich bin in meiner Garderobe! In eine Garderobe geht man nicht. Wer sind Sie denn?

– Ich bin der Baron von Saynitz. Ich habe geschäftlich mit Ihnen zu reden.

Die Stimme aus der Garderobe sprach plötzlich leiser und nicht mehr so entschlossen:

– Sehr angenehm, Baron... Aber ich bin nicht angekleidet... Warten Sie fünf Minuten.

– Ich habe keine Zeit zu warten. In zwei Minuten reise ich ab. Jetzt oder nie!

– Das geht nicht!

– Ihre Sache... Leben Sie wohl! Wer zum Teufel zupft mich da am Ärmel?

Um den Baron scharte sich die Menge der Verehrer der Debütantin. Die Menge war aufs äußerste empört über das dreiste Benehmen des Barons. Sie verlangte vom Baron, daß er von der Tür zurücktrete. Der Bräutigam der Debütantin, der sich in selbiger Menge befand, hatte ihn am Ärmel gezupft.

– Treten Sie von der Tür zurück! – riefen die Verehrer.

– Und wenn ich es nicht tue, was dann? – fragte der Baron und klopfte nicht mehr mit dem Zeigefinger an die Tür, sondern mit der Faust.

– Sie, Mademoiselle, wollen vermutlich, daß mir diese Herren hier einen Skandal machen! – sagte er durch die Tür zur Debütantin. – Öffnen Sie! In anderthalb Minuten reise ich ab... Jetzt oder nie! Ich, der Baron von Saynitz, tue alles jetzt oder nie! Werden Sie den Baron von Saynitz empfangen, der geschäftlich mit Ihnen zu reden hat?

Die Debütantin schien zu schwanken.

– Was wünschen Sie?

– Ach, hols doch der Teufel! Was kann ich schon wünschen wollen?! Ich habe keine Zeit für langes Gerede! Also, ich zähle bis drei. Wenn Sie nicht aufgeschlossen haben, wenn ich »drei« sage, dann gehe ich, und Sie werden mich nie wiedersehen... Aber wie viele Verehrer Sie haben! Ich merke das an den Nadeln, die sie mir von hinten und von der Seite in den Körper stechen... Also, ich beginne... eins... zwei... Na... na...

In der Garderobe hörte man flinke Schritte zur Tür.

– Drei! – sagte der Baron.

Das Schloß schnalzte. Die Tür öffnete sich leise. Vor der Nase des Barons huschte die hübsche, lächelnde Garderobiere aus der Tür. Der Baron trat einen Schritt nach vorn, und sein Geruchssinn versank in den feinen Düften der Garderobe. Sie stand am dunklen Fenster, in einen breiten Schal gehüllt. Neben ihr lag das Kleid, das sie hätte anziehen sollen... Ihre Wangen waren gerötet. Sie brannte vor Scham...

»Mein Gott, wie unschuldig sie noch ist!« – dachte der Baron und sagte, mit einer Verbeugung:

– Ich bitte um Verzeihung! In einer Minute reise ich ab, und deshalb...

Die Debütantin hob die Augen zum Baron auf. Ihre Augen waren voller Neugierde. Sie sah ihn zum ersten Mal, aber sie hatte schon auf der Schauspielschule so viel von ihm gehört! Sie hatte ihn schon lange angebetet, vom Hörensagen.

– Sie wünschen, Baron? – fragte sie nach einem dumpfen, einminütigen Schweigen.

– Sie müssen meine Insistenz entschuldigen, Mademoiselle, aber... Ehrenwort, Sie gefallen mir!

Die Debütantin schlug die Augen nieder. Ihre Wangen röteten sich noch mehr.

– Ich mag keine Komplimente, – sagte sie.

»Mein Gott, ist sie unschuldig!« – dachte der Baron und sagte:

– Wieviel Gage hat Ihnen die Direktion bewilligt?

– Das hat sie noch nicht, sie wird es erst… Wieviel, weiß ich nicht… Für den Anfang vermutlich nicht über zweitausend Taler…

– Hm… Ein guter Preis… Für den Anfang genug.

Der Baron schwieg und verschlang die Debütantin mit den Augen. Die Debütantin wäre vor Scham und Erwartung am liebsten im Erdboden versunken.

– Wenn Sie zu mir kommen, – sagte nach kurzer Pause der Baron, – bekommen Sie einhundertfünfzigmal soviel.

Die rosigen Wangen der Debütantin wurden weiß wie das linnene Hemd des Barons… Die Debütantin schrie auf, schlug die Hände zusammen und fiel, wie betäubt von hundertfachem Kanonendonner, in den samtbezogenen Sessel. Sie bekam einen hysterischen Anfall. Von Saynitz verbeugte sich und ging. Als die Garderobiere hereinkam, schluchzte die Debütantin. Das Schluchzen war stoßartig, von Lachkrämpfen unterbrochen… Die Garderobiere erschrak, floh aus der Garderobe, und eine Minute später teilte sich die gesamte Truppe in Häuflein. Die Häuflein flüsterten untereinander, schielten zur Garderobentür und wußten nicht, was sie tun sollten: empört sein über das dreiste Benehmen des Barons oder neidisch sein auf das Glück der schluchzenden Debütantin. Der Bräutigam stürzte wie wahnsinnig in die Garderobe, fiel ihr zu Füßen und schrie:

– Nicht weinen, Liebste! Diese Beleidigung hat er Ihnen nicht umsonst zugefügt! Aber … warum, zum Teufel, haben Sie diesem Dämon die Tür geöffnet?

Die Debütantin legte ihr verweintes Gesicht auf das weiße Vorhemd des Bräutigams, legte ihre Hände auf seine Schultern und flüsterte:

– O Georges! Wie bin ich glücklich! Wie sind wir beide glücklich! Er hat mir einhundertundfünfzigmal mehr versprochen, und auf der Schauspielschule haben wir doch gelernt, daß Baron von Saynitz Wort hält! Schade nur, daß er so häßlich ist! Aber … einhundertfünfzigmal mehr!! Geh bitte, mein Freund, und laß dem Publikum sagen, daß ich wegen Erkrankung nicht weiterspielen kann!

Am darauffolgenden Tag erhielt die Debütantin vom »anzubetenden« von Saynitz die Gage für drei Monate im voraus …

Diese Anekdote scheint wahrscheinlich, für ihren Wahrheitsgehalt verbürge ich mich aber nicht.

Der zweite Ausgabenposten des Barons waren die Karten. Von Saynitz spielte sehr selten. Er langweilte sich am Kartentisch. Aber saß er einmal daran, so verlor er aus Langeweile Unsummen. Aus Langeweile hatte er auch sein eigenes Spiel erfunden. Sein Spiel war denkbar einfach. Es hieß »Rot und Schwarz«.

– Rot oder schwarz? – fragte von Saynitz seinen Partner, indem er auf den Talon zeigte. – Wenn Sie die Farbe erraten, haben Sie gewonnen, wenn nicht, habe ich gewonnen.

Etwas Intelligenteres hätte von Saynitz kaum erfinden können. Aber er brachte es fertig, mit diesem Spiel an zwei Abenden die Grafschaft Wónicz zu verspielen, die Arthurs

Großvater einst in Galizien gekauft hatte. Die Grafschaft Wónicz war sein erster empfindlicher Verlust.

Sein zweiter Verlust war seine Frau, die Baronesse von Saynitz, die er durch sein Benehmen unter die Erde brachte. Der dritte Verlust war seine Tochter, eine Frömmlerin und Idiotin, die er, um seine ruinierten Geschäfte in Ordnung zu bringen, einem jüdischen Bankier zur Frau geben mußte, der den Adelstitel erworben hatte. Den Besitz derer von Saynitz ereilte jedoch ein beklagenswertes Los. Er wurde für einen Spottpreis verpfändet, und zwar von dem Bankier, seinem Schwiegersohn, der das Gut auf der Versteigerung als sein eigenes erwarb. Karl endete damit, daß er nach einem mißglückten Selbstmordversuch (die Kugel blieb in der Schulter stecken) in den Armen der Tochter und ihrer Patres starb, nicht ohne dem Bankier »für alle Fälle« einige Wechsel über beträchtliche Summen ausgestellt zu haben.

Sein Sohn Arthur wurde nach dem Tode der Mutter, als er zwölf Jahre alt war, nach Wien geschickt, wo er in eine Pension gegeben wurde. Nach Verlassen der Pension, wo er drei Sprachen zu sprechen gelernt hatte, studierte er an der Universität Philologie. Bald aber gab er die Philologie auf und wechselte an die mathematische Fakultät. An dieser Fakultät ging es ihm gut. Er erhielt einen Preis für die beste studentische Arbeit über Differentialrechnung. Nach Abschluß des Studiums der Mathematik befaßte er sich wieder mit den philologischen Wissenschaften. Dieses Schwanken und Umherirren von einem Hafen zum anderen hätte wohl dennoch ein gutes Ende genommen, wären da nicht die Tausender gewesen, die er monatlich auf der Post und von den Anwälten seines Vaters in Empfang nehmen mußte. Diese

Tausender verdrehten ihm den Kopf. Als er keine Lust mehr hatte, seine Bibliothek zu vervollständigen, auf die er seit Beginn des Studiums viel Geld verwandt hatte, verlor er den Boden unter den Füßen und wandelte fortan in den Fußspuren seines Vaters … Er reiste nach Paris. Tausende von Briefen flogen aus Paris zum väterlichen Gut mit der Bitte um Geld. Karl hatte ein gutes Herz, und deshalb blieb keiner dieser Briefe unbeantwortet; jede Antwort bestand aus einem Scheck. Zu Arthurs Glück jedoch wurden die Geldsendungen, die er aus der Heimat empfing, mit jedem Monat magerer und magerer, kamen immer seltener und seltener in Paris an … Hunderter verdrängten mehr und mehr die Tausender. Mit der Nachricht vom Tode des Vaters erhielt Arthur eintausend Franken und einen Brief des Schwagers und Bankiers. Der Bankier schrieb, die eintausend Franken bildeten den gesamten Besitz des Barons Arthur von Saynitz, und er, Arthur, habe auf Weiteres nicht zu hoffen … Arthur las den Brief und errötete zutiefst.

Er schämte sich schrecklich für sich selbst und für seinen Vater. Er begann ernstlich nachzudenken und bekam Angst um seine Zukunft, die er so geliebt und so gehegt hatte, als er noch im Hörsaal saß. Er riß den Brief des Schwagers in kleine Fetzen und schlug sich mit voller Kraft die Faust ins Gesicht … Die tausend Franken wollte er zum Fenster hinauswerfen, aber … er tat es nicht. Und er tat gut daran. Diese tausend kamen ihm wie gerufen. Sie wurden ausgegeben für die Flucht aus Paris, die Flucht vor dem Schuldturm. Seine Gläubiger waren Hotelbesitzer, Wucherer und, was am schmachvollsten war, Kokotten … Seine letzten Tage in Paris hatte er auf Kosten von Kokotten zubringen müssen … Er floh aus Paris – ausgezehrt, in Lumpen und erschöpft, aber glücklicherweise nicht ganz. Seine Gesundheit war noch nicht gebrochen, und bewußt zum Schurken geworden war er noch kein einziges Mal. Zum Glück hatte Arthur eine geschmeidige Natur. In Wien befaßte er sich wieder mit den Wissenschaften, und zwar mit größerem Eifer als zuvor. Um das Stück Brot zu verdienen und die Verwandten nicht um Geld angehen zu müssen, wurde er Algebralehrer in einer der militärischen Lehranstalten und Korrespondent zweier großer Pariser Zeitungen. Außerdem verdiente er ein wenig mit dem Schreiben von Gedichten, die er in französischen Zeitungen unterbrachte. (Wie Friedrich der Große konnte er die deutsche Sprache nicht ausstehen.) Das Leben verlief still, bescheiden, erträglich, dem Pariser Leben diametral entgegengesetzt, aber das blieb nicht lange so ... Es wurde an einem interessanten Punkte unterbrochen, nämlich in jenem goldenen Jahr, als Arthur zum Doktor der Philosophie und zum Magister der mathematischen Wissenschaften promoviert wurde. Auf breiter Straße stellte ihm das Schicksal ein Bein. Er hatte, ohne es zu bemerken, Schulden gemacht. Wer einmal reich war und jetzt arm ist, der wird dieses »ohne es zu bemerken« verstehen. Außerdem hatte Arthur eine hübsche, in ihn verliebte, arme Adelstochter geheiratet. Er hatte aus Liebe und Mitleid geheiratet. Die Hochzeit hatte seine Ausgaben in die Höhe getrieben. Nolens volens mußte er sich an seine Schwester wenden. Arthur schrieb seiner Schwester einen Brief, in dem er sie um Mitteilung bat über das Schicksal des Besitzes ihrer Mutter und sie ferner bat, ihm, falls der Besitz nicht schuldenhalber verkauft worden sei, einen geringen Teil der daraus erwirtschafteten Einkünfte zukommen zu lassen. Bei dieser Gelegenheit bat er seine Schwester unter anderem, ihm seine Bibliothek nach Wien zu schicken, die sie damals in Verwahrung genommen hatte. Als Antwort auf diesen Brief erhielt Arthur von seinem Schwager ein Telegramm, in dem man Arthur bat, unverzüglich nach Saynitz zu kommen. Arthur fuhr hin.

Als er in Saynitz eintraf, bat man ihn, zu Fuß zu kommen.

– Die Herrschaften Pelzer, – wurde ihm gesagt, – mögen das Rattern von Rädern nicht. Belieben Sie, zu Fuß zum Haus zu gehen.

Im Salon empfingen Arthur der Schwager und die Schwester. Die Schwester saß im Sessel und weinte. Der Schwager steckte, als er eintrat, die Nase in eine Zeitung...

– Ich bin es! – sagte Arthur zu ihnen. – Erkennt ihr mich nicht?

– Wir sehen es, – antwortete der Bankier. – Sie haben gut daran getan, zu gehorchen und hierher zu kommen... Wir sind sehr froh, Baron, daß Sie die Fähigkeit zu gehorchen noch nicht verloren haben... Das Wort »gehorchen« riecht zwar irgendwie nach Sklave, aber Sie müssen schon entschuldigen... Für Herrschaften wie Sie ist Gehorsam etwas Unabdingbares...

– Ich verstehe Sie nicht, – sagte der Baron verwundert. – Schwester, worüber weinst du? Dein Bruder Arthur ist gekommen, und du weinst... Antworte doch irgendwie auf meinen Gruß! Hör auf zu weinen!

– Ihre Schwester, gnädiger Herr, – sagte der Bankier, – hat zu weinen angefangen, kaum daß man uns Ihre Ankunft gemeldet hat... Setzen Sie sich... Ihre Schwester besitzt gottlob noch Sessel. Nicht alles haben Sie und Ihr Vater durchzubringen vermocht. Sie, meine Frau, weint, weil sie Sie noch liebt…

Arthur riß die Augen auf und fuhr sich mit der Hand über die Stirn. Er begriff nicht.

– Jawohl, – fuhr der Bankier fort, ohne den Blick von der Zeitung zu heben, – sie kann sich nicht so schnell mit dem Gefühl abfinden, das, zugegeben, unnatürlich ist, denn faktisch hat sie aufgehört, Ihre Schwester zu sein… Hm… Sie sind nicht mehr ihr Bruder. Sie steht unermeßlich viel höher als Sie. Sie stehen zu niedrig, um Bruder dieser Frau zu sein… Gnädiger Herr! Bedanken Sie sich bei dieser Frau! Wenn sie nicht wäre, hätten Sie die Schwelle dieses Hauses nicht überschritten!

– Erklär mir, Schwester, – wandte sich Arthur, erbleicht, an sie, – was habe ich zu verstehen unter den Worten deines Mannes… Pelzer? Ich begreife nicht! Und deine Tränen… Ich begreife nicht!

Die Bankiersfrau nahm das Taschentuch vom Gesicht, sprang auf und begann, mit ihrem schweren Kleid raschelnd, im Salon auf und ab zu gehen. Tränen, wirklich echte, große, tropften aus ihren Augen auf den Boden.

– Du begreifst nicht? – schrie sie mit winselnder Stimme. – Begreife endlich, daß du uns mit deinem Benehmen unter die Erde bringst! Deine Sittenlosigkeit empört uns! Ich bin empört, als Schwester und als Christin!

– Sprich dich aus, Schwester! – sagte Arthur. – Ich begreife nicht im mindesten, was ihr mir sagen wollt.

– Schweig still! Ich will deine Stimme nicht hören! Was hast du dort für eine Schlampe geheiratet?

– Jawohl, Baron! – fiel der Bankier in scheppperndem Tenor ein. – Mit der Heirat dieser nichtswürdigen Person haben Sie den Namen der Barone von Saynitz und derer geschändet, die sich zu ihren Verwandten zählen!

Die Lehne des Sessels, an der der Baron sich festhielt, krachte.

– Sylvia! – sagte er, an seine Schwester gewandt. – Ich habe dir kein Wort gesagt, als du diesen Schurken Pelzer geheiratet hast. Ich habe deinen Willen respektiert, und du? Du erlaubst dir, unter dem Diktat von Pelzer, mir diese Beleidigung zuzufügen! Vergiß dich nicht!

– Ich ein Schurke!? – schrie Pelzer. – Ich verzeihe Ihnen diesen Ausdruck, Baron! Ich verzeihe Ihnen!

Sylvia stampfte mit dem Fuß auf und ging einen Schritt auf ihren Bruder zu.

– Ich weiß alles über dich! – zischte sie, die Tränen herunterschluckend. – Alles! Nicht genug, daß du eine Straßendirne geheiratet hast, eine Bettlerin, nein, es war dir nicht genug! Du bist auch noch ein Gottloser! Du gehst nie in die Kirche! Du hast Gott vergessen! Du hast vergessen, daß deine Seele jeden Augenblick bereit ist, den Körper zu verlassen und sich in die Arme des Teufels zu begeben!

– Geb Gott, daß alle solche Schurken seien wie ich! – schrie Pelzer unterdessen. – Oh! Dann ginge es diesem Lande anders! Dann gäbe es in diesem Lande keine Menschen, denen alles gleichgültig ist: Namen, Ehre … Dann gäbe es diese Frauen, diese Straßendirnen nicht, die …

Pelzer verstummte plötzlich. Er sah Arthur ins Gesicht und bekam es mit der Angst.

– So wie du handeln nicht einmal Lutheraner! – rief

Sylvia. – Wir haben dich gerufen, um dir zu verstehen zu geben, wie tief du gefallen bist! Tu Buße! Laß dich von ihr scheiden und... ändere deinen Lebenswandel! Unverzüglich! Hörst du? Verstehst du?

– Wenn ihr an der ständischen Tradition festhaltet, – sagte Arthur mit dumpfer Stimme, – dann nehmt zur Kenntnis, daß es einem Baron Arthur von Saynitz nicht ansteht, sich auf irgendwelche Wortwechsel mit einem jüdischen Emporkömmling aus Russisch-Polen und mit seiner Ehefrau einzulassen! Aber... ich übe Nachsicht und stelle euch eine Frage. Die will ich stellen, dann gehe ich. Was sagt ihr mir bezüglich des Besitzes meiner verstorbenen Mutter?

– Er gehört Sylvia, – sagte Pelzer, – ihr allein.

– Nach welchem Recht?

– Ja kennen Sie denn nicht das Testament Ihrer Frau Mutter?

– Sie lügen! Es hat nie ein Testament gegeben! Das weiß ich!

– Es gibt eins!

– Wenn es eins gibt, dann ist es gefälscht! Wo ist meine Bibliothek?

– Sie ist für die eintausend Franken verkauft worden, die wir Ihnen nach Paris geschickt haben...

– Sie ist nicht eintausend, sondern zweihunderttausend wert!

Pelzer zuckte die Achseln und grinste.

– Sosehr ich es mir auch gewünscht hätte, teurer habe ich sie nicht verkaufen können.

– Wer hat sie gekauft?

– Ich, Boris Pelzer...

Arthur spürte, daß er keine Luft mehr bekam. Er faßte sich an den Kopf und floh aus dem Salon.

– Komm zurück, Bruder! Komm zurück! – rief Sylvia ihm nach.

Arthur wollte nicht zurück, aber er konnte nicht widerstehen. Noch liebte er seine Schwester.

– Tu Buße, Arthur! – sagte Sylvia zu ihrem zurückgekehrten Bruder. – Tu Buße, solange noch Zeit ist!

Arthur floh erneut aus dem Salon und eilte, eine Minute später, schwer atmend und zitternd vor Zorn, zum Bahnhof.

Eingeschlossen in ein Abteil zweiter Klasse, legte er sich mit dem Gesicht auf das Banksofa und fuhr in dieser Stellung bis nach Wien. In Wien stellte ihm das Schicksal ein zweites Mal ein Bein. Zu Hause angekommen, traf er seine Frau nicht an. Seine heißgeliebte Frau war, während seiner Abwesenheit, zu ihrem Liebhaber gezogen… Sie hatte ihm einen Brief hinterlassen, in dem sie um Vergebung bat. Arthur war von diesem Verrat wie vom Donner gerührt…

Eine Woche später kehrte seine Frau, vom Liebhaber rausgeworfen, zu ihm zurück, um sich auf der Schwelle seiner Wohnung zu vergiften und zu sterben… Als Arthur, nach der Beerdigung seiner Frau, vom Friedhof nach Hause zurückkehrte, empfing ihn der Lakai mit einem Brief. Der Brief war von seiner Schwester Sylvia und enthielt folgendes:

»Mein lieber Bruder! Wir wissen alles… Der heimliche Mord, den du begangen hast, um die Spuren Deines Verbrechens vom Erdboden zu tilgen, mit dem Du unseren Namen geschändet hast, ist Gott nicht wohlgefällig… Was wir von

Dir gefordert haben, war Reue, doch sie, Deine Ehefrau, hätte am Leben bleiben sollen. Ihr Tod war unnötig. Nötig war die Trennung von ihr. Aber verzweifle nicht. Wir beten für Dich, und sei versichert, unsere Gebete werden nicht vergeblich sein. Bete auch Du.

Deine Sylvia.«

Arthur zerriß den Brief in kleine Fetzen. Seine Füße schritten über die Fetzen, auf denen von frömmlerischer Hand der Name Gottes geschrieben stand... Arthur schluchzte auf und stürzte fühllos zu Boden...

Lehrerberuf, Philosophie, Mathematik, französische Gedichte – alles hatte Arthur hingeworfen und vergessen. Als er schließlich zu sich kam, betrank er sich furchtbar, und seit dieser Zeit durchstreifte er, die Doppelflinte geschultert, als der »wilde Saynitz« die Umgebung von Saynitz, Goldaugen und anderer Dörfer, wobei er fabelhafte Mengen Alkohols trank und Wildbret erlegte. Er begann, ein merkwürdiges Leben zu führen... Die Leute sahen ihn nur in den Schenken und Wirtshäusern, die in ihrer einfallsreichen Buntheit die Straßenkreuzungen zieren. Ihn sahen und kannten alle Förster und ein großer Teil der Hirten.

Wo er wohnte, wovon er sich ernährte, wußte niemand. Man hätte ihn für wahnsinnig gehalten, hätte er nicht so klug mit denen gesprochen, denen er über den Weg lief. Man wußte nicht, was man von ihm halten sollte. Man nannte ihn den »wilden Saynitz«, der als Einsiedler die Gegend durchstreifte, und den »unglücklichen Baron Arthur«. Die Boulevardpresse begann über ihn zu schreiben, über einen gigantischen Prozeß, den von Saynitz gegen die Pelzer zu führen beabsichtigte, über die Schwester, die ihren Bruder auf legalem Wege ausgeraubt hatte; aus heiterem Himmel begannen Anekdoten und Geschichten aus dem Leben Arthurs von Saynitz oder dem seines Vaters zu erscheinen. Es fand sich sogar eine Gazette, die das Aussterben des Geschlechts derer von Saynitz beklagte...

Arthur durchstreifte meist Wälder und Gärten. In den Wäldern und Gärten gab es mehr Wild als auf den Feldern und an den Flüssen. Die Besitzer der Gärten verboten ihm das Jagen nicht. Sie haßten seine Schwester und sahen in ihm den schlimmsten Feind Pelzers. Die Frauen der Besitzer freuten sich sogar und waren stolz, daß von Saynitz ihre Wälder und Gärten aufsuchte.

– Man kann nicht sagen, – meinten sie, – er wäre der König der Wälder, nein! Dazu ist er ein wenig zu jung. Er ist eher der Kronprinz!

Wenn er Menschen begegnete, verbeugte sich der Kronprinz der Wälder gewöhnlich überaus höflich. Als er jedoch auf Zwibusch und Ilka stieß, erstarrte er. Ihn als Künstler verblüffte die Schönheit und die Wirklichkeit der Gruppe, bestehend aus Zwibusch, Ilka, Harfe, Geige und Vogel.

Als er Ilkas Schluchzen vernahm, runzelte Arthur die Stirn und räusperte sich zornig.

– Warum weint sie? – fragte er.

Zwibusch lächelte schief und zuckte die Achseln.

– Sie weint, – sagte er, – wahrscheinlich, weil sie eine Frau ist. Wenn sie ein Mann wäre, würde sie nicht weinen.

– Hast etwa du sie beleidigt?

– Ja, Baron! Und ich bereue es...

Der Baron betrachtete angewidert Zwibuschs fette, glänzende Physiognomie und ballte die rechte Faust.

– Und womit hast du sie beleidigt, altes Schwein?

– Damit, Euer Durchlaucht, daß ich eine Schnauze habe, in die man ungestraft mit der Peitsche schlagen darf … Sie ist meine Tochter, Baron, und in Gegenwart von Töchtern erlauben sich wohlerzogene Menschen nicht, deren Väter zu beschimpfen …

– Wofür hast du sie beleidigt, Canaille? Weine nicht, Mädchen. Ich nehme ihn mir gleich vor, den Schurken! Du hast sie geschlagen, ja?

– Sie haben es erraten, Baron, aber nur teilweise … geschlagen ja, nur nicht sie und nicht ich … Ihre Anteilnahme für meine Tochter rührt mich, Graf! Ich danke Ihnen!

– Witzbold! – sagte der Baron, winkte ab und beugte sich über Ilka.

– Was hast du, Liebes? – fragte er. – Worüber weinst du? Wer hat dich gekränkt? Sage mir, wer dich gekränkt hat, und ich … werde ihn so beleidigen, daß es weh tut!

Der Baron fuhr Ilka mit seiner großen, sonnenverbrannten Hand übers Haar. In seinen Augen flackerte ein gutes Licht.

– Wir Männer müssen für die Frauen eintreten, denn die Starken haben die Pflicht, die Schwachen zu beschützen. Worüber weinst du?

Und während er das mit nassen Fingern und aufgelösten Haaren bedeckte Gesicht genauer betrachtete, sank von Saynitz auf die Knie und hockte sich vorsichtig neben Ilka. Er fand für seine Stimme einen Ton, in dem er lange nicht mehr gesprochen hatte. Ilka hörte eine zärtliche Stimme, die direkt aus der Seele kam, eine Stimme, der man vertrauen konnte …

– Worüber weinst du? Sag mir deinen Kummer! Neben dir sitzt gerade ein intelligenter Witzbold, ein alter, aber starker Mann. Du kannst dich auf mich verlassen… Ich bin stark und kann alles tun… Worüber weinst du? Nun?

Kinder, die man nach den Gründen fragt, weshalb sie weinen, fangen noch heftiger an zu weinen. Genauso ist es mit Frauen. Ilka fing heftiger an zu weinen…

– So heftig, wie du weinst, mußt du einen großen Kummer haben… Den mußt du mir erzählen… Du erzählst ihn mir doch? Mir gegenüber kannst du offen sein. Ich frage dich nicht aus purer Neugier. Ich will dir helfen… Ehrenwort, Mädchen!

Arthur beugte sich und küßte Ilka auf den Scheitel.

– Hörst du jetzt auf zu weinen? Ja? Es reicht doch, Liebes! Um seinen Kummer zu erleichtern, muß man sich nur mal aussprechen…

– So schnell wird sie nicht aufhören zu weinen, – sagte Zwibusch. – Ihre Nerven sind dünn wie die Fasern eines Hemds, das man fünf Jahre getragen hat. Lassen wir sie sich ausweinen, Baron… Es ist nicht gut, Ilka! So viel Tränen, wie du vergießt, da wirst du bald wieder Durst bekommen.

– Aber ja! Wasser muß man ihr geben! – sagte der Baron. – Wasser ist hier ganz in der Nähe… – Der Baron stand auf und verschwand im dichten Laub; trockenes Geäst und Zweige knackten unter dem Ungestüm seines schweren Körpers.

– Er ist ein Mensch, dieser Baron! – kicherte Zwibusch. – Zartfühlend, höflich, zuvorkommend! Ha-ha-ha! Wer würde glauben, daß er tatsächlich so ein guter Kerl ist. Du kannst ihm vertrauen, Ilka, aber nur so obenhin. Er ist ein feiner Kerl, aber steck ihm ja nicht den Finger in den Mund. Er beißt dir den Arm ab bis zum Ellbogen. Von der Geschichte bei denen von Goldaugen erzähl ihm nichts. Er ist verwandt mit diesen Blutsaugern und wird dich auslachen wie die letzte dumme Gans. Hörst du endlich auf zu weinen?

Erneut knackte das Geäst, und aus dem Laub erschien Arthur mit einem silbernen Jagdbecher in Händen. Der Becher war voll Wasser.

– Trink… Wie heißt du? Ilka? Trink, Ilka!

Der Baron sank auf die Knie und führte den kalten Becher an Ilkas Lippen. Ilka nahm die Hände vom Gesicht und trank den halben Becher leer…

– Wie unglücklich ich bin! Ach, wie unglücklich ich bin! – murmelte sie.

– Ich glaube es dir, ich glaube es dir gern! – sagte der Baron und befeuchtete ihr die Schläfen mit kaltem Wasser. – Ich würde dich, mein Liebes, glatt eine Lügnerin nennen, wenn du gesagt hättest, du seist glücklich. Trink noch was!

– Um Gottes willen, ich flehe Sie an, schimpfen Sie nicht mit meinem Vater! – flüsterte Ilka. – Auch er ist sehr, sehr unglücklich!

– Schon gut… Ich habe ihn beschimpft, weil ich leicht aufbrause. Ich dachte im ersten Augenblick, er hätte dich gekränkt. Ich nehme meine häßlichen Worte zurück. Aber er nimmt deinen Kummer so gleichgültig, wie es sich nicht gehört für einen anständigen Vater.

– Es fehlte noch, daß Sie auch mir die Schläfen befeuchten! – lachte Zwibusch. – Ich habe verlernt zu heulen, als ich an die Rutenhiebe meines Vaters gewöhnt wurde. Aber was sind Sie heute so zart besaitet, Baron! Ich erkenne in Ihnen den Baron Arthur von Saynitz nicht wieder, der vor sechs Jahren im Restaurant »Schwarzer Rappen« in Prag dem Marqueur zwei Zähne ausschlug... Erinnern Sie sich, Euer Durchlaucht? Den einen Zahn beliebten Sie mit dem Queue auszuschlagen, den andern mit der Faust...

– Was war nicht alles vor sechs Jahren! – murmelte von Saynitz. – Da war so vieles, und auch Dinge, an die man heute ungern erinnert wird. Also, Ilka, erzähl! Du hast dich jetzt ein bißchen beruhigt, und um endgültig zu dir zu kommen, mußt du dich nur noch aussprechen... Nun? Wer hat dich beleidigt?

– Mich hat niemand beleidigt, sondern meinen Vater!

– Ach so! Du weinst also um deinen Vater?

– Man hat ihn schrecklich beleidigt! Sie wären entsetzt gewesen, hätten Sie gesehen, wie man den Ärmsten beleidigt hat!

– So ist das also! Hm... Aber was bist du doch für ein gutes Mädchen! Alter, du hast eine gute Tochter! Eine Seltenheit! Aber egal, erzähl... Ich werde für ihn ebenso gerne eintreten wie für dich.

– Das werden Sie nicht, Baron! – sagte Zwibusch.

– Und warum nicht?

– Weil es unmöglich ist... Ich hatte die Ehre, eine Ohrfeige nicht von einem kleinen Menschen zu erhalten, sondern von einem großen Tier. Keine Kugel erreicht diesen Menschen im Fluge. Und warum dafür eintreten! Meine Tochter hat Launen!

– Unfug! Mir ist gleichgültig, wer Sie beleidigt hat! Und

meine Kugel erreicht, wenn sie muß, jeden… Erzähl, Ilka. Ich helfe dir.

Schluchzend, unter tiefen Seufzern und sich ständig wiederholend, vertraute Ilka Arthur von Saynitz ihren Kummer an. Als sie in ihrer Erzählung zur Gräfin von Goldaugen kam, die die Peitsche hob, runzelte er die Stirn.

– Es war also… eine Frau? – fragte er.

– Ja, die Gräfin von Goldaugen…

– Hm… Weiter…

Der Baron wurde furchtbar bleich und rieb sich die Stirn.

– Weiter, weiter… Ich höre… Also eine Frau hat ihn geschlagen, kein Mann?

– Eine Frau, Baron!

– Hm… Ja… Wieso erzählst du nicht weiter?

Als Ilka erzählte, wie ihr Vater dem Pferd vor die Füße gefallen war, wie er über und über geblutet hatte, sah der Baron zu Zwibusch hinüber…

– Die Lippe hat sie dir gespalten? – fragte er.

– Ach, ist doch nicht der Rede wert! Sprechen wir lieber über Politik, Herrschaften!

– Ich frage dich, alter Trottel, ob *sie* dir die Lippe gespalten hat oder nicht? – rief der Baron und schlug mit der Faust ins Gras. – Die Tochter leidet seinetwegen, und er macht Witze! Ich mag keine Narren!

– Sie war es, sie! – sagte Ilka.

– Ich stülpe dem alten Trottel ein junges Fell über und gebe ihn seinem Besitzer zurück! – brummte Zwibusch. – Ich mache keine Witze, sondern sage die Wahrheit! Politik ist besser als alle Gespräche, bei denen doch nichts Vernünftiges herauskommt…

Ilka zeigte mit den Händen, wieviel Blut ihr Vater etwa verloren hatte, wie er gehinkt hatte, als er sich zu der Kapelle schleppte. Als sie von dem Richter erzählte und alles bis aufs letzte Wort wiedergegeben hatte, lächelte der Baron verächtlich und spuckte zur Seite hin aus. Die Spucke flog zwei Klafter weit.

– Die Schweine! – brummte er. – Ja, er hat recht! Die Canaille hat recht! Er kann nichts machen. Dieser goldäugige Aristides ist genauso ein Sklave derer von Goldaugen wie der Gaul, der um ein Haar diesen Shakespeareschen Narren, deinen Vater, totgetrampelt hätte!

– Mich ärgert nicht so sehr, – sagte Ilka zum Schluß, – wenn meinen Vater Betrunkene oder Polizisten schlagen. Die Polizei, Baron, verbietet uns, in Großstädten zu spielen. Aber es ärgert, es kränkt, es beleidigt mich... wenn eine Frau es tut, die gebildet ist, die schön ist, ein zartes Gesicht hat... Und welches Recht hat sie, uns so überheblich anzuschauen, so verächtlich? Niemand hat das Recht, uns so anzuschauen!

Ilka führte die Finger ans Gesicht und brach in Tränen aus...

– Und hat sie das wirklich umsonst getan? ... Ach, mein Gott, mein Gott!! Wenn diese Beleidigung ungestraft bleibt, dann sterbe ich... dann will ich sterben! Dann soll mein Vater allein spielen! Soll er meine Harfe verkaufen!

Ilka verbarg ihr Gesicht in der Schürze und weinte leise weiter. Zwibusch blickte zu Boden und stieß Pfeiftöne aus. Der Baron wurde nachdenklich...

– Eine schwere Beleidigung, – sagte er nach langem Nachdenken. – Aber... zuerst muß man hören, worum es geht, erst dann kann man etwas versprechen. Ich habe dich belogen, mein Liebes. Ich bin nicht so stark, wie ich eben noch sagte. Ich kann für dich nichts tun…

– Und warum nicht?

– Weil sie eine Frau ist… Ich kann sie ja nicht zum Duell fordern! Eine miese Geschichte, meine Liebe. Du mußt dich damit abfinden…

– Das kann ich nicht! Wie kommen Sie darauf, daß ich mich damit abfinden könnte?

– Deine Ohnmacht zwingt dich dazu. Du bist ohnmächtig, weil du die Tochter eines Bettelmusikanten bist, und ich bin ohnmächtig, weil sie eine Frau ist, zum Teufel…

– Was soll ich also tun? – fragte Ilka. – Glauben Sie um Gottes willen meinem Vater nicht! Er kann diese Beleidigung selbst nicht ertragen! Er gibt sich nur den Anschein, aber in Wirklichkeit… Ich gehe nach Budapest oder Wien! Ich werde einen Richter finden.

– Das wirst du nicht…

Ilka sprang auf und lief im Kreis um Zwibusch und den Baron herum.

– Doch, ich werde einen finden! – rief Ilka. – Außerdem, Sie sind doch Baron, ein angesehener kluger Mensch, Sie kennen jeden, und jeder angesehene Mensch kennt Sie… Sie sind nicht irgendein einfacher Mann! Warum schreiben Sie nicht einen Brief an einen Richter, der die Gesetze auf sie anwendet? Sie bräuchten es doch nur zu sagen oder zu schreiben, und alles würde getan.

– Hör auf, Ilka! – sagte Zwibusch mit Nachdruck. – Dem Herrn Baron wird langweilig, deinen Unsinn anzuhören! Du mißbrauchst seine Aufmerksamkeit.

– Du redest, Ilka, – sagte der Baron, – weil du das Leben nicht kennst. Du hast mir eben erklärt, du seist unglücklich, aber der Blick auf das Leben, den du hast, ist wie der einer Sybaritin, die Kupfer nicht von Eisen unterscheiden kann. Wie alt bist du? Siebzehn? Dann wird es Zeit zu wissen, wie das Leben ist, meine Schöne! Das Leben ist ein so widerwärtiger, ekelhafter, sich dahinschleppender Unsinn, ein so banaler, sinnloser, unerklärlicher Quatsch, daß er selbst den Vergleich mit einer Müllgrube nicht aushält, die gegraben wurde, nur um mit allem möglichen Unrat gefüllt zu werden. Das solltest du allmählich wissen! Was willst du denn vom Leben? Daß es dir zulächelt, dir Blumen streut, Geld? Ja? Willst du das?

Von Saynitz errötete und steckte die Hand in seine große Jagdtasche.

– Wenn du das willst, dann willst du Unmögliches! Auf Erden möglich ist nur ein unerträgliches Leben… Willst du das unerträgliche Leben – lebe es, willst du es nicht – dann fahr ins Jenseits. Gift steht dir immer zu Diensten… Ein Kind bist du! Dumm bist du!

Aus der Tasche kam eine Korbflasche zum Vorschein. Der Baron führte sie schnell an die Lippen und nahm ein paar gierige Schlucke.

– Das Leben ist widerwärtig! – fuhr er fort. – Gemeinheit ist sein Gesetz, sein unwandelbares, ehernes Gesetz!… Das Leben ist dem Menschen gegeben als Strafe für seine Banalität… Meine liebe kleine Schönheit! Wenn ich mir meiner Banalität nicht so tief bewußt wäre, ich hätte mich längst ins Jenseits befördert. Kugeln habe ich genug… Quäl dich, Arthur, sage ich zu mir! Du bist dieser Qualen würdig! Nimm das Verdiente an, Arthur! Lerne auch du, Mädchen, mit dir auf diese Art zu philosophieren... Es lebt sich leichter, wenn mans kann...

Arthur nahm noch zwei Schlucke.

– Es gibt im Universum ein Element, das den Menschen ein wenig mit seinem Leben aussöhnen kann. Dieses Element hat angeblich der Teufel erfunden, aber... seis drum! Es zieht mir die Dornen aus der Seele. Dieses Element ist – hier in meiner Flasche... Trink, Ilka! Nimm einen Schluck! Es ist ein guter Schnaps...

Ilka schüttelte den Kopf. Zwibusch blickte nach der Flasche, schmatzte und schlug schüchtern die Augen nieder.

– Nun trink schon, komisches Mädchen! – fuhr von Saynitz fort. – Es wird dir leichter. Probier mal!

– Trink, Ilka! – riet ihr auch Zwibusch.

Ilka packte die Flasche mit beiden Händen, nahm einen kleinen Schluck und runzelte die Stirn.

– Jetzt du, – wandte sich Arthur an Zwibusch. – Du auch, alter Schinken!

Lächelnd und grimassierend, strahlte Zwibusch, als sei ihm ein lang nicht gesehener Freund begegnet... Er nahm die Flasche in beide Hände und führte sie feierlich an seine fetten Lippen. Nach zwei, drei vorsichtigen Schlucken stellte er die Flasche ins Gras.

– Trink aus! – sagte der Baron. – Zier dich nicht. Ich hab noch eine zweite Flasche.

Der Dicke führte den Befehl binnen einer Sekunde aus.

– Irgendwo, irgendwann habe ich dich schon einmal gesehen, Alter! – sagte von Saynitz. – Dein Gesicht kommt mir bekannt vor... Wo habe ich dich gesehen?

– Ich, Baron, bin der unglückliche Marqueur, dem Sie, Euer Durchlaucht, in Prag zwei Zähne auszuschlagen beliebten.

– Kann sein, kann sein... Ja... In solchen Dingen war ich ein Meister... Tut mir leid, daß ich sie dir nicht wieder einsetzen kann...

Der Baron holte die zweite Flasche und etwas in Papier Eingewickeltes aus der Tasche. In dem Paket befanden sich Piroggen, Käse und Wurst. Von Saynitz schnitt die Wurst in zwei Hälften; die eine Hälfte gab er Zwibusch, die andere teilte er in zwei Teile, deren eines er Ilka reichte, das andere behielt er für sich.

– Darf ich bitten, meine Herrschaften! – sagte er. – Eßt und ziert euch nicht. Iß, Mädchen! Der Käse gehört ganz deinem Magen. Den rühren wir nicht an.

Hungrig, wie sie waren, ließen Zwibusch und Ilka sich nicht lange bitten. Mit der Gier hungriger, schlecht erzogener Kinder machten sie sich über das Essen her und hatten binnen fünf Minuten alles vernichtet, bis auf ein kleines Stück Wurst. Dieses Stückchen hob Zwibusch auf für nach dem Schnaps.

Der getrunkene Schnaps wirkte auf Arthur sofort. Sein Gesicht rötete sich und erstrahlte. Die Augen huschten hin und her wie gefangene Mäuse und blitzten. Er streckte die Beine aus, legte die Fäuste unter den Kopf und lächelte. Auf Zwibusch hatte der Schnaps keine Wirkung. Sein Kopf blieb in demselben Zustand wie zuvor. Auf Ilka wirkte der Schnaps bedrückend. Sie setzte sich abseits, stützte den Kopf in beide Hände und verfiel in Nachdenken.

– Trink, Alter! – lud Arthur ihn ein. – Besser betrunken

und heiter als nüchtern und langweilig. Ein guter Schnaps ist unsere Rettung... Wenn es den nicht gäbe, wäre der Mensch verloren! Trinken wir auf den Schnaps! Auf daß es ihn gibt! Warum habe ich dir bloß die Zähne ausgeschlagen? Weißt du es noch?

– Und ob ich es noch weiß!... Sie waren ein wenig angeheitert und verlangten von mir, daß ich eine Billardkugel, die Sie mir zuwerfen wollten, mit dem Mund auffange. Als ich wenig Neigung zeigte, Ihren Befehl auszuführen, haben Sie die strengen Maßnahmen ergriffen...

– Schwein! – knurrte Arthur.

– Wer?

– Hör zu, schönes Kind! – wandte sich von Saynitz plötzlich an Ilka. – Du erinnerst mich schrecklich an ein junges Mädchen, in das ich als Kind verliebt war. Dieses Mädchen hat es nicht gegeben, es hat gar nicht existiert, aber meine Amme hat mir jeden Abend von ihm erzählt. Ich stellte sie mir so vor, wie du aussiehst. Dieses Mädchen wohnte, nach den Worten meiner Amme, in einem großen Reich, in einem Königreich, in einer großen Tulpe. Sie saß auf dem Stempel und schaute durch die Blütenblätter hindurch auf Gottes schöne Welt. Sie hatte die verschiedensten Aufgaben. Sie hegte und pflegte die Blumen. In einer Flasche sammelte sie Tau, den sie zum Baden und Trinken brauchte, sie sang Lieder. Dieses Mädchen, vergaß ich zu sagen, war nicht größer als dein kleiner Finger. Sie ernährte sich ausschließlich von Honig, den ihr die Bienen brachten. Als Kleid trug sie die roten Blütenblätter des Klatschmohns. Ihre Spezialität war die Medizin. Sie besprach Zahnweh, verband Wunden, bereitete Tropfen zu usw. Einen Grashüpfer, der sich bei einer

Prügelei mit dem Kanker ein Bein gebrochen hatte, operierte sie mit solcher Kenntnis und solchem Geschick, daß sogar Bilroth vor Neid erbleicht wäre. Obwohl die Medizin ihr Beruf war, war sie sich auch für anderes Handwerk nicht zu schade. Sie nähte Kleider für arme Insekten, flickte die Kammerherrenuniformen der Marienkäfer, die Seelenwärmer der Gottesanbeterinnen... Die Insekten verehrten sie wie die eigene Mutter und liebten sie über alles auf der Welt. Wie sollten sie auch nicht! Sie verausgabte sich völlig für die Bettelwürmer, die um Almosen von allen Seiten auf sie zukrochen; sie verlor die Stimme, wenn sie den Insekten Predigten hielt. Ihre Predigten waren der Gipfel der Redekunst. Aus zuverlässiger Quelle ist bekannt, daß zehn Drohnen, die ihre Predigt »Über die Faulheit« gehört hatten, vor Gewissensbissen in Tränen ausbrachen und ins Freie flogen, um Blütenstaub zu sammeln. Sie stiftete Ehen unter den Schmetterlingen und schenkte ihnen als Mitgift die schönsten Tüllkleider. Sie verheiratete Grillen, denen sie aufs strengste verbot, die Ehefrauen nachts mit ihrem Zirpen zu belästigen... Sie war eine echte, eine wahre Mutter! Eines Tages erscheint bei dem Mädchen in der Tulpe der Kanker mit der Bitte, ihm die wehen Zähne zu besprechen. Das Mädchen besprach die Zähne, und augenblicklich schwand der Schmerz aus dem Gesicht des Kankers. »In Ordnung, – sagte der Kanker. – Danke. Ich werde dir für deine Mühen irgendwann ein Fliegenmus schicken... Hör zu, ich hatte eben eine geniale Idee! Heirate mich! Hm? Willst du mich heiraten?« Das Mädchen lachte und sagte, es könne nie und nimmer die Frau eines Kankers werden. »Ich liebe dich nicht, – sagte der Kanker, – du gefällst mir nicht, aber ich will Tribut nehmen von den Insekten, die du heilst, die du bekleidest und denen du Lesen und Schreiben beibringst… Ich brauche Geld. Du willst nicht? Na schön! Wenn du nicht binnen dreier Tage deine Einwilligung gibst, dann werde ich dich mit ebendiesen Zähnen töten!« Der Kanker zeigte dem Mädchen seine schrecklichen Zähne und ging. Das Mädchen erzählte von der Drohung des Kankers all ihren Protégés. Die flogen und krochen von allen Seiten herbei und stellten sich um sie herum in Verteidigungsposition: »Eher sterben wir, als daß wir dich hergäben!« – riefen sie. Der Kanker erschien. »Bist du einverstanden?« – fragte er das Mädchen. – »Nein. Und stifte hier keinen Aufruhr, Kanker! Schau, wie viele Beschützer ich habe!« Der Kanker schaute hin und sah keine Beschützer, sondern Feiglinge, bleich und am ganzen Leibe zitternd. Der Kanker lachte laut auf und biß vor Augen der gesamten Insektenwelt mit seinen gräßlichen Zähnen das arme Mädchen tot. Danach ging er seelenruhig nach Hause. Die Bienen schreinerten aus Wachs einen Sarg und legten das Mädchen hinein… Die Ameisen übernahmen es, das Grab auszuheben. Dem Sarg folgten die Mücken, die wundervoll sangen und Trompete bliesen. Der Marienkäfer hielt die Grabrede… Mit einem Wort, ein Begräbnis erster Klasse. Noch großartiger wurde der Leichenschmaus. Alle Insekten aßen und tranken, bis ihnen die Bäuche weh taten. Nach dem Leichenschmaus schliefen die Insekten sich aus, schickten den Tausendfüßler auf den Weg, um für den Grabstein zu sammeln, und flogen jedes für sich nach Hause…

– Und der Schluß? – fragte Zwibusch.

– Was willst du denn noch? – fragte der Baron. – Willst

du, daß der Kanker ins Gefängnis kommt? Bilde dir das nicht ein! Meine Amme war eine vorzügliche Pädagogin. Sie log mir nicht einmal mit ihren Märchen etwas vor. Bei ihr triumphierte die Tugend nie. Der Kanker sitzt bis auf den heutigen Tag in seiner Höhle und verzehrt sein Fliegenmus, und die gemeinen Insekten, krank und verwahrlost, denken sicher öfter an den üppigen Leichenschmaus als an das arme Mädchen. Gott schenke dir das Himmelreich, Njanja! Du hast die Natur genau gekannt! Trinken wir, Alter! Nun, Ilka? Gefällt dir mein Märchen? Du erinnerst mich irgendwie schrecklich an das Mädchen in der Tulpe … Wird auch dich einmal der Kanker beißen? Ha-ha-ha … Das ist gut möglich. Warum sollte er auch nicht, wenn er es kann? Wer Zähne hat, soll beißen … Aber du hörst ja gar nicht zu, Ilka! Du machst ein Gesicht, als gäbe es uns gar nicht!

Ilka fuhr zusammen und sah Arthur mit einem flehentlichen, fragenden Blick an.

– Ich kann sie nicht vergessen! – flüsterte sie.

– Denkst du immer noch daran? Du mußt dich damit abfinden, Kind! Die Ratschläge dieser Canaille von Richter bleiben voll und ganz in Kraft. Etwas Besseres kannst du dir nicht ausdenken. Kauf deinem Vater einen Bleiwasserumschlag und werde Gräfin …

– Immer müssen Sie spotten! Mein Gott! Gräfin … Ist so was denn möglich?

– Es ist möglich, wenn du es schaffst, irgendeinen Grafen zu heiraten, und es ist unmöglich, wenn du es nicht schaffst. Aber du wirst es wohl kaum schaffen … Wenn man, zu deinem Frätzchen, möglichst viel von dem verachtenswerten Metall dazulegte – ja, dann wäre das was anderes. Dann zum

Teufel würde sogar ich dich heiraten. Würdest du mich nehmen, Ilka?

– Sie sind Baron? Ja, würde ich… Ich würde auch einen Baron heiraten.

– Ich bin auch Graf… Ha-ha-ha… Soll ich das Ding nicht deichseln? Halt, halt… Das würde ein wunderbares Ding!

Der Graf wurde nachdenklich.

– Nein, – sagte er. – Das wäre zu viel des Guten… Das ist es nicht wert. Ich liebe das Mädchen in der Tulpe, aber eine Hochzeit – leider! – muß mir mindestens eine Million Franken einbringen.

– Es ist häßlich, Geld zu heiraten, Doktor! – sagte Zwibusch, auf den nun auch der Schnaps zu wirken begann. – Eine Geldheirat gilt als gemeine Handlung, Doktor!

– Was soll ich machen? Ich bin zur Gemeinheit entschlossen. Ich brauche eine Million, koste es, was es wolle. Mit einer Million in Händen… Aber das braucht ihr nicht zu wissen. Denen würde ich es zeigen!

– Würden Sie auch ein altes Weib nehmen?

– Sogar des Teufels Großmutter… Für eine Million – alles! Eine Million, das wäre der Hebel, mit dem ich die Hölle mit allen ihren Teufeln aushebeln würde. Ich meine nicht die künftige Hölle, sondern die, in der ich mich derzeit befinde. Wenn ich die eine Gemeinheit nicht begehe, gebe ich damit anderen die Möglichkeit, tausend Gemeinheiten zu begehen. Mädchen in der Tulpe, – wandte sich Arthur an Ilka, – warum hast du keine Million? Hättest du eine Million, dann hätte ich eine hübsche Frau, du wärst Gräfin und hättest den Rat des Richters befolgt…

– Immer müssen Sie spotten! – seufzte Ilka.

– Ganz und gar nicht … Beschaff dir die Million, versuch es! Und ich mache dich zur Baronesse, Ehrenwort! Beschaff dir die Million!

– Müssen wir nicht noch einen trinken, Doktor? – schlug Zwibusch vor. – In unser Gespräch beginnt sich ein Element des Phantastischen einzuschleichen … Gott hab Sie selig mit Ihrer Phantasie! Wie können wir von Millionen träumen? Eher verschlucke ich meinen eigenen Kopf, als daß ich jemals eine Million zu sehen bekomme … Reden wir nicht länger vom Geld. Solches Gerede gebiert Neid …

– Schweig bitte! Warum nicht ein bißchen träumen, wenn sowieso nichts zu machen ist? Und dir, alter Schinken, sage ich noch einmal: wenn du eine Million hättest, dann würde ich dir dein Mädchen wegnehmen und es in die Tulpe setzen … Ich bin betrunken? Na schön! Sie gefällt mir, bei Gott! Schau mal, was sie für ein Näschen hat! Ach, hols der Teufel! Ilka, beschaff die Million!

– Und wie beschafft man eine Million? – fragte Ilka.

– O Naivität! Sancta simplicitas! Wie beschafft man eine Million? Das kann man auf verschiedene Art. Es gibt die schwere und die leichte … Die schwere Art besteht in unendlicher Arbeit, in freier und sinnvoller Arbeit, die die Menschen nachts nicht schlafen, die sie hungern und krank werden läßt. Auf diese Art kommt die Million erst im Alter, wenn es keinen Sinn mehr hat zu heiraten. Du bist eine Frau, du hast nicht genügend Verstand, willst aber heiraten, deshalb taugt diese Art nicht für dich. Die zweite Art, ihrem Wesen nach leicht, nur manchmal schwer wegen der Folgen, besteht im Vergessen eines störenden Faktors – des Gewissens. Stiehl und raube. Je gerissener und skrupelloser du bist, desto eher wirst du zur Baronesse von Saynitz. Stehlen und rauben kann man nicht nur auf eine Weise. Man kann stehlen und erwürgen, indem man zu Hause in seinem Arbeitszimmer sitzt. Diesen Weg empfehle ich dir nicht. Wenn du nicht klug vorgehst, ist dieser Weg nicht folgenlos: du kannst dem Teufel in die Hände fallen. Die dritte Art ist, eine Erbschaft zu machen... Und die vierte? Die vierte Art, am häufigsten von Frauen angewandt und von Männern nicht immer verschmäht, besteht in der Kunst, den eigenen Körper einzusetzen. Je schöner der Körper des Subjekts, desto näher ist es an der Million. Diese Art eignet sich für dich am besten, Ilka!

– Am schlechtesten! – sagte Zwibusch. – Dieser Weg taugt nichts! Lassen wir das, Baron! Diese pikante Art riecht nach Schweinespeck, Ilka dagegen...

– Ist noch zu jung? Macht nichts, soll sie es wissen! Wozu ihr verbergen, wovor sie sich in acht nehmen soll? Also ich fahre fort... Lerne, Ilka, dich mit Geschmack zu kleiden, lerne, im rechten Augenblick dein hübsches Füßchen unter dem Kleid vorzuzeigen, lerne, schlau zu sein, lerne zu kokettieren... Für jeden Kuß nimmst du minimum tausend Franken... Bei deiner jetzigen Staffage wird man dir kaum so viel geben; wenn du aber in einer Loge sitzen würdest, oder in einer Kalesche, dann...

– Na-na... genug jetzt! – brummte Zwibusch. – Weiß Gott, was Sie dem Mädchen da einreden!... Lassen wir dieses Gespräch! Ich bitte Sie, Doktor! Ich wechsle das Thema... Ja... Stimmt es, was die Leute erzählen, daß Sie vorige Woche den lutherischen Glauben angenommen haben?

– Es stimmt... Die letzte Art ist die leichteste, aber nicht die unverschämteste. Eigne dir Manieren an, werde eine weltgewandte Dame, lerne zu plaudern, und glaube mir, du wirst eine Million besitzen. Diese Art wird oft angewandt. Sieben von acht Frauen würden sich ihrer bedienen, wenn unter acht Frauen sieben schön wären und auf dem Markt ihren Preis hätten. Wärst du mir vor sieben oder acht Jahren über den Weg gelaufen, ich hätte dich sofort gekauft… Hübsche Bestie.

– Leise, Baron, um Gottes willen leise! – sagte Zwibusch. – Halten wir unsere Zunge im Zaum. – Zwibusch sah voller Angst auf seine Tochter. Ilka saß und hörte dem Baron aufmerksam zu, offensichtlich nicht im mindesten peinlich berührt von Inhalt und Form seiner Rede.

– Ich verstehe, – sagte sie. – Aber sind Sie wirklich imstande, eine Frau zu heiraten, die sich verkauft hat?

– Bin ich. Denn wenn ich der Mitgift wegen heirate, verkaufe ich doch auch mich! Und so weiter… Ich habe eine Bitte an dich, Ilka…

Der Baron setzte sich auf und holte aus der Westentasche ein Goldstück.

– Nimm dieses Geld, Liebste, und laß dich in der ersten Stadt, durch die du kommst, photographieren. Verstehst du? Und das Portrait schickst du mir… hier an diese Adresse…

Der Baron gab Ilka das Goldstück und eine Visitenkarte, auf der eine Adresse stand.

– Ich möchte, sooft ich kann, das Mädchen in der Tulpe sehen… Ich will es in der Seitentasche bei mir tragen… Wirst du es mir schicken?

– Ja.

– Na hervorragend. Und jetzt, Freunde, adieu! Ich will schlafen.

Der Baron streckte sich im Gras aus und legte sich die Jagdtasche unter den Kopf.

– Lebt wohl! Ich freue mich sehr über unsere Bekanntschaft. Ich werde auf dein Portrait warten und dich heiraten, sobald du die Million beschafft hast...

Zwibusch stand auf und verbeugte sich.

– Ich danke Ihnen, Baron, – sagte er. – Sie haben uns bewirtet, würden Sie uns erlauben, Ihnen dafür etwas vorzuspielen? Zu unserer langweiligen Musik schläft es sich hervorragend!

– Bitte sehr!

Zwibusch stimmte die Geige und spielte, begleitet von Ilkas Harfe, ein Stück aus dem »Boccaccio«. Der Baron nickte zum Zeichen seines Vergnügens und schloß die Augen...

Als die Musikanten ihr Spiel beendet hatten und gehen wollten, öffnete er die Augen und richtete seinen trüben Blick auf Ilka.

– Ah, ja... Verstehe, – murmelte er. – Bist du es, Ilka? Nimm das, zur Erinnerung!

Der Baron löste von seinem Uhrkettchen eines der Medaillons, gab es Ilka, ließ den Kopf auf die Jagdtasche zurückfallen und schlief ein wie erschlagen.

III

Als von Saynitz erwachte, war es schon Abend. Die Wipfel der Bäume und die Steinbauten des kleinen, auf einer Anhöhe gelegenen Städtchens badeten im Gold der untergehenden Himmelsleuchte. Dieses Gold, leicht purpurn gefärbt, bedeckte wie Brokat den Himmel, von der Sonne aus gesehen, im Osten und erstreckte sich über ein gutes Drittel des Himmels... Um die Sonne und vor ihr war kein einziges Wölkchen; letzterer Umstand versprach eine sehr schöne Nacht. Weit hinter dem Wald spielte die Schalmei eines heimkehrenden Hirten. Sie spielte ein schlichtes Lied, das keinen Namen hatte: eine mechanische, ungeordnete Musik, doch zu dieser wenig einfallsreichen Musik verfielen allabendlich alle in ihren Ritterschlaf – die Wälder der Grafen von Goldaugen, der Roggen, das Steppengras, der Fluß...

Arthur sah neben sich im Gras zwei herumliegende Flaschen und Zeitungspapier, das von dem Paket übriggeblieben war. Der dicke Alte und das hübsche blondgelockte Mädchen waren nicht mehr da. Er dachte an sie, an seine Unterhaltung mit ihnen – und lächelte, lachte sogar, als er, seine Brust betrachtend, an einem der Knöpfe befestigt, einen Zettel sah. Auf diesem Zettel stand, mit Bleistift geschrieben, folgendes:

»Lieber Baron! Sie sind der erste Mensch, der menschlich mit uns umgegangen ist. Vorher kannte ich menschlichen Umgang nur vom Hörensagen... Deshalb sind Sie der erste Mensch, an den ich mich nicht mit einem bitteren Gefühl, sondern mit Genuß erinnern werde. Ihre Aufmerksamkeit hat uns zutiefst gerührt. Leben Sie wohl! Gott schenke Ihnen Glück. Das Photo schicke ich.

Ihre Dienerin – Ilka.«

– Kein einziger grammatischer Fehler! – sagte von Saynitz laut, nachdem er den Brief zweimal gelesen hatte, der in einer sympathischen Frauenhandschrift geschrieben war. – Das ist erstaunlich! Sieh einer an, Ilka!

Der Baron entnahm seinem Notizbuch einen kleinen Bleistift und schrieb: »Erhalten vom Mädchen in der Tulpe am 13. Juni.« Diesen Brief, einmal gefaltet, verwahrte er in der Lasche des Notizbuchs.

– Auf den Weg! Es ist Essenszeit! – Und mit geschultertem Gewehr ging der Baron durch den Wald auf das Städtchen zu, von dem sich die Vergoldung bereits zu lösen begann, die ihm die Sonne für kurze Zeit beschert hatte.

Er mußte eine lange und schmale, mit Schotter beworfene Schneise entlanggehen. Die Schneise zog sich bis beinahe zu dem Städtchen hin. Auf halber Strecke wurde sie von der Eisenbahn durchschnitten. Unweit der Kreuzung, gebildet aus Schneise und Bahndamm, steht das Haus des Försters Blaucher.

An der Kreuzung angekommen, bog Arthur ab, zog den Hut und verbeugte sich: auf der Terrasse des Häuschens saß die alte Madame Blaucher und bestickte ein Tischtuch. Auf ihrem winzigen Kopf saß eine große Haube mit sehr breiten Bändern, und unter der Haube schaute eine uralte, großmütterliche Brille hervor: sie saß auf einer langen stumpfen Nase, die an eine große Zehe erinnerte... Arthurs Verbeugung beantwortete sie mit einem süßlichen Lächeln.

– Guten Abend, Frau Martha! – sagte der Baron. – Keine Briefe für mich?

– Doch, aber nur einen. Mit Wappen, Baron...

– Die Adresse von Pelzers Hand geschrieben?

– Ja...

– Dann werfen Sie ihn in den Ofen, Martha. Seinen Inhalt

kenne ich. Der Jude verflucht mich unterm Diktat meines Schwesterleins dafür, daß ich zum lutherischen Glauben übergetreten bin... Das weiß ich, ohne ihn zu lesen. Ihrem Mann geht es gut? Und Fräulein Amalie, hoffe ich, auch?

– Ich danke Ihnen... Das ist schon der sechste Brief, den ich verbrennen kann... Keine besonders angenehme Beschäftigung, wenn man bedenkt, daß sich jemand mit diesem Brief Mühe gegeben, gefühlt hat... Grausam sind Sie! Wo wollen Sie jetzt hin?

– Etwas essen... irgendwo...

– Und bei irgendwem?

– Ja...

Die alte Frau seufzte und schüttelte den Kopf.

– Wenn mein Blaucher kein so vorsichtiger Mensch wäre, – sagte sie, – würde ich Ihnen ja zu essen geben. Mein Mann rauft sich die Haare, wenn uns vornehme Herrschaften besuchen kommen. Manchmal kommt General Frechtelsack; aber er ist ein alter Mann – ihn braucht man nicht zu fürchten... Vor ihm hat Blaucher auch keine Angst... Aber vor *Ihnen*. Sie kommen zu uns zum Essen, und die Nachbarinnen sagen, Sie machten unserer Tochter den Hof, und weiß Gott, was sie nicht noch alles klatschen. Ein vornehmer Mann kommt doch nicht, um zu heiraten, sondern man weiß schon, weshalb... Und davor hat Blaucher Angst... General Frechtelsack, das ist was andres!

– Keine Sorge, Martha! Ich bekomme auch anderswo was zu essen.

– Um die Wahrheit zu sagen, das Essen bei uns ist heute gar nicht gut. Es ist ein Elend mit den Dienstboten – sie taugen nichts!

– Leben Sie wohl, Martha! Einen Gruß an die Ihren!

– Leben Sie wohl, Baron!

Der Baron verbeugte sich und ging auf die Schneise zu. Schon legten sich die dunklen abendlichen Schatten über die Erde. Die Luft im Wald wurde frisch. In Arthurs Rücken raste donnernd der abendliche Vorstadtzug vorüber, der die Stadtbewohner hinaus ins Freie brachte, in die Wälder ... Im Wald beginnt der Abend früher als im Freien. Im Freien konnte man noch eine Nadel einfädeln ... Als das Donnern des Vorstadtzuges verklungen war, hörte von Saynitz in seinem Rücken Hufgetrappel. Er drehte sich um und blieb stehen: auf einem herrlichen Rappen kam eine Amazone auf ihn zugeritten. Sie ritt vorbei, warf Arthur einen Blick zu und zügelte, als sie schon einige Klafter weit vorbei war, ihr Pferd.

– Von Saynitz? – fragte die Reiterin laut.

– Höchstpersönlich ...

Arthur ging auf die Amazone zu und verbeugte sich. Im Wald war es dunkel, aber noch nicht so, daß man nicht hätte sehen können, wie schön die Reiterin war. Ihre ganze Gestalt verströmte wahre herzogliche Majestät.

Wären Zwibusch und Ilka hiergewesen, sie hätten in ihr die Reiterin wiedererkannt, die wir, im ersten Kapitel unserer Erzählung, gemeinsam mit Zwibusch die Gräfin von Goldaugen, geborene von Heylenstrahl genannt haben. In der Hand hielt sie dieselbe Peitsche, die am Mittag Zwibuschs Lippe gespalten hatte.

– Ich habe Sie auf den ersten Blick erkannt, – sagte sie, Arthur die Hand reichend. – Sie haben sich ein wenig verändert ... Übrigens ... darf ich mit Ihnen reden oder nicht? Ihr letzter Brief an mich war voller Haß, voll Mißmut und verzweifelter Verachtung… Hassen Sie mich immer noch so sehr wie früher?

Der Baron drückte ihre schöne Hand und lächelte.

– Mein Brief, – sagte er, – war ein Verbrechen, das man erst verzeihen kann, wenn es verjährt ist. Ich habe ihn vor vier Jahren geschrieben. In diesem Brief haßte ich Sie wegen Ihres Eigennutzes, der Ihnen nicht gestattete, einen geliebten, verliebten, aber ruinierten Mann zu heiraten. Heute bin ich am allerwenigsten geneigt, Ihnen Ihren Eigennutz vorzuwerfen. Vor drei Stunden sprach ich über meine künftige Heirat aus Berechnung… Noch lebe ich auf dieser Welt, und ich befördere mich nicht ins Jenseits, weil ich ein Ziel habe im Leben… Und dieses Ziel ist – die Heirat mit einer Million…

– So so! Dann haben sich Ihre Überzeugungen in den vergangenen vier Jahren stark verändert. Aber es freut mich… Ihnen so unverhofft zu begegnen! Sehr angenehm, Baron, wirklich sehr angenehm. Seien wir doch dankbar, uns überhaupt begegnet zu sein!

– Ich hätte nie erwartet, Ihnen an dieser Stelle zu begegnen. Wie kommen Sie hierher?

– Ich… Ja wissen Sie denn nicht? Ich lebe hier… Und zwar schon lange…

– Sie, Baronesse? Wie das?

– Ich bin nicht mehr die Baronesse von Heylenstrahl, sondern die Gräfin von Goldaugen. Vor zwei Jahren habe ich Ihren Nachbarn, den Grafen von Goldaugen, geheiratet…

– Nie davon gehört… Sagen Sie, welch Neuigkeit! Den Grafen… Ich kenne ihn nicht… Ist er ein schöner Mann?

– Nein …

– Merkwürdig … Sie mochten nur schöne Männer, soweit ich Sie kenne. Sie haben mich damals geliebt, weil ich, wie man so sagt, ein verteufelt schöner Kerl war. Und ist er jung, reich?

– Er geht auf die Vierzig zu … Er ist steinreich …

– Und Sie sind glücklich, versteht sich?

– Nicht im geringsten. Auch ich habe eine Million geheiratet. Die zweijährige Erfahrung hat mir gezeigt, daß ich einen schrecklichen Fehler begangen habe. Das Glück liegt nicht in der Million, wie ich heute weiß … Das einzige, was mich heute beschäftigt, ist, den Weg zu finden, wie ich vor der Million davonlaufen kann!

Die Gräfin lachte, und ihr Blick blieb eine Zeitlang in den dunkelnden Himmel gerichtet. Nach einer Pause fuhr sie lachend fort:

– Das heißt, wir beide haben die Rollen getauscht, Baron. Ich hasse heute, was ich früher geliebt habe, und Sie – umgekehrt … Merkwürdig, wie sich die Umstände ändern auf dieser langweiligen Welt!

– Sie wollen vor der Million davonlaufen, um glücklich zu werden, ich dagegen will die Million, nicht um mich bei den Glücklichen einzuschreiben … Die Ziele, wie Sie sehen, sind verschieden …

– Sie wissen wirklich nichts von meinem neuen Leben?

– Gar nichts …

– Dann hat es sich noch nicht herumgesprochen … Ich will mich von meinem Mann scheiden lassen …

– Lustige Idee … Aber zur Zeit leben Sie noch bei ihm?

– Na ja … Ein bißchen merkwürdig ist das schon … Aber

wir werden, um unnötigen Klatsch zu vermeiden, uns erst dann verlassen, wenn unsere Scheidungsurkunden der Siegellack der Staatskasse ziert... Ich werde von hier fortfliegen, sobald ich offiziell frei bin... Aber was interessiert Sie das... Ich habe mich so gefreut über die Begegnung mit einem alten Bekannten und... Freund, daß ich gewissenlos bereit bin, alle meine Geheimnisse und Nichtgeheimnisse auszuplaudern... Sprechen wir lieber von Ihnen... Was für ein Leben führen Sie?

– Wie Sie sehen. Ich lebe, wie es gerade kommt...

– Die Wissenschaften haben Sie aufgegeben? Ganz und gar?

– Ich habe sie aufgegeben und, aller Wahrscheinlichkeit nach, ganz und gar...

– Und das Gewissen des Wissenschaftlers ist rein?

– Nun, die Wissenschaft hat an mir nur wenig mehr als eine Null verloren... Der Verlust ist nicht groß...

Die Gräfin zuckte die Achseln und schüttelte den Kopf.

– Saynitz, Sie rechtfertigen sich wie ein Pennäler, – sagte sie. – Nur wenig mehr als eine Null... Junge Wissenschaftler haben keine Gegenwart, sie haben Zukunft. Wer weiß, wenn Sie die Wissenschaften weiter betreiben würden, dann wären Sie vielleicht für die Wissenschaft tausendmal mehr als eine Null!

– Sie drücken sich unrichtig aus, – lachte von Saynitz, – null, um tausend vervielfacht, bleibt null.

– Sind Sie endgültig ruiniert? – fragte die Gräfin, so als habe sie von Saynitz nicht zugehört.

– Endgültig. Haben Sie Geld bei sich?

– Ein wenig. Wieso?

– Geben Sie es mir.

Die Gräfin zog rasch ein kleines Portemonnaie aus der Tasche und gab es Arthur. Arthur schüttete das Geld in seine Faust, das Portemonnaie gab er der Gräfin zurück.

– Merci, – sagte er. – Ich borge es mir nur. Am Tag nach meiner Hochzeit gebe ich es Ihnen zurück. Sie wundern sich? Was machen Sie für verwunderte Augen. Ich bettle und borge mir nicht nur, ich bedaure, daß in Ihrem Portemonnaie so wenig drin war.

Die Gräfin sah ihm in die Augen und dachte: »Er lügt.«

– Ich wundere mich nicht im geringsten, – sagte sie. – Was ist schon merkwürdig und verwunderlich daran, daß sich Arthur von Saynitz von seiner Freundin ein wenig Geld borgt? Das ist etwas Alltägliches, Gewöhnliches ...

– Und wer hat Ihnen gesagt, Sie wären meine Freundin?

– Sie sind merkwürdig ... Leben Sie wohl! Mit Ihnen ist schwer zu reden.

Die Gräfin nickte ihm zu, hob die Peitsche und sprengte davon, die Schneise entlang.

IV

Als sie, am Ende der Schneise angelangt, ins Freie hinausritt, war es schon dunkel ... Die Stadt, die Berge waren noch zu sehen, hatten aber ihre Konturen verloren. Umherstreifende Menschen und Pferde sahen aus wie Silhouetten von unbestimmter Form. Hier und da wurden Lichter angezündet. Die Gräfin hielt vor einer Laubhütte, die aus Schilf und Stroh auf einem der Goldaugenschen Gemüsegärten stand.

Die von Goldaugen hatten seit Menschengedenken für ihre Gemüsegärten einen Teil des städtischen Bodens gepachtet. Sie taten dies aus Eitelkeit. »Je weniger fremder Besitz an mein Land grenzt, – hatte ein von Goldaugen einmal gesagt, – desto höher kann ich den Kopf halten.«

Vor der Hütte standen der Gärtner und sein Sohn. Als sie die auf sie zusprengende Gräfin sahen, zogen sie die Mützen.

– Guten Abend, alter Fritz und junger Fritz! – wandte sich die Gräfin an Gärtner und Sohn. – Ich freue mich sehr, euch hier zu sehen. Wenn man mir einmal sagen sollte, ihr würdet eure Pflichten nicht erfüllen, werde ich Grund haben, dem nicht zu glauben.

– Wir befinden uns immer bei unseren Pflichten, – sagte der alte Fritz strammstehend. – Wir verlassen unsern Garten nicht einen Schritt. Aber, Euer Durchlaucht, wenn dem Herrn Verwalter oder seinen Knechten einmal meine Fratze nicht mehr paßt, dann wird man mich davonjagen, ohne daß Euer Durchlaucht davon erfahren. Wir sind kleine Leute, unseretwegen wird man Euer Durchlaucht kaum behelligen...

– Meinst du wirklich, Fritz? Nein, da irrst du dich sehr... Ich kenne alle unsere Diener, und glaube mir, ich weiß zu unterscheiden, wer gut ist und wer schlecht, und wen man entlassen hat. Ich weiß zum Beispiel, daß der alte Fritz ein guter Diener ist, und weiß, daß der junge Fritz ein Faulpelz ist und im Winter dem Herrn Pastor Handschuhe und Spazierstock gestohlen hat... Mir ist alles bekannt. Alles weiß ich.

– Sie wissen, daß man dem armen Pastor Handschuhe und Spazierstock gestohlen hat, aber was Sie nicht wissen...

Der alte Fritz verstummte und lächelte spöttisch.

– Was weiß ich nicht? – fragte die Gräfin.

– Euer Durchlaucht wissen nicht, daß die Hunde des Kammerdieners Seiner Durchlaucht des Grafen vor drei Wochen meine Tochter und meine Frau bis aufs Blut gebissen haben. Euer Durchlaucht wissen es nicht, auch wenn das ganze Dorf es an die große Glocke gehängt hat, damit es bekannt wird. Die Hunde des Kammerdieners können einfacher Leut Kleider nicht ausstehen und fallen jeden an, der bäurisch gekleidet ist. Dem Herrn Kammerdiener macht das Spaß. Ist ja auch komisch! Die Hunde reißen eine Frau zu Boden, reißen ihr die Kleider vom Leib und … der nackte Körper, Euer Durchlaucht … Der Herr Kammerdiener ist ein großer Liebhaber von Weiberfleisch!

– Gut, gut … Also was willst du? Das habe ich nicht gewußt.

– Meine Frau ist krank, die Tochter traut sich nicht auf die Straße, weil die Mannsbilder sie, dank der Gnade der Hunde, im Kostüm der Eva gesehen haben.

– Gut, gut … Ich werde dem nachgehen. Ich habe eine Frage an euch. Habt ihr nicht heute auf der Straße die Musikanten gesehen, einen dicken alten Mann und ein junges Mädchen mit Harfe? Sind sie nicht hier vorbeigekommen?

– Ich habe nichts gesehen, Euer Durchlaucht! – sagte der alte Fritz. – Vielleicht sind sie vorbeigekommen, vielleicht auch nicht. Hier kommt allerhand Volk vorbei. Jeden kannst du nicht sehen und dir merken …

Die Gräfin wurde nachdenklich und bohrte den Blick in die dunkle Ferne.

– Sind sie das nicht? – fragte sie und zeigte mit der Peitsche auf zwei in der Ferne sich bewegende schwarze menschliche Silhouetten.

– Sind beides Männer, – sagte der junge Fritz.

– Möglich, daß sie zum Übernachten im Dorf geblieben sind, – sagte die Gräfin. – Dann kämen sie morgen hier vorbei... Wenn ihr sie seht, schickt sie unverzüglich zu mir.

– Zu Befehl, – sagte der alte Fritz. – Ein dicker Alter und ein junges Mädchen. Verstehe. Und was haben Sie mit ihnen vor, Euer Durchlaucht? Sie haben vermutlich was gestohlen?

– Warum unbedingt was gestohlen?

– Nur so, Euer Durchlaucht. In der Grafschaft Goldaugen hat man doch nichts andres zu tun, als nach Dieben zu suchen. Das ist in Mode. In der Grafschaft stehlen nur die Großen, aber als Diebe angesehn werden alle.

– Soso! Hm... Morgen kannst du dir eine neue Stelle suchen. Daß mir morgen in dieser Grafschaft kein Fritz mehr unter die Augen kommt!

Mit diesen Worten wendete die Gräfin das Pferd und sprengte auf die Schneise zu.

– Wie schön sie ist! – sagte der junge Fritz. – Wie schön!

– Sehr schön, ja, – sagte der alte Fritz. – Aber was geht das uns an?

– Sie ist über die Maßen schön! Ich schwöre dir beim wahrhaftigen Gott, Vater, daß ich dem Pastor die Handschuhe und den Spazierstock nicht gestohlen habe! Ich bin nie ein Dieb gewesen! Wenn ich dich anlüge, will ich auf der Stelle blind werden. Man hat mich ohne jeden Grund angeschwärzt... Und sie hats geglaubt! So eine Niedertracht!

Der junge Fritz schwieg eine Weile und fuhr fort:

– Aber die haben mich nicht umsonst angeschwärzt! Die sollen nicht umsonst über uns lachen … Jetzt werde ich stehlen. Als sie mit dir sprach und ich ihr schönes Gesicht sah, da habe ich mir mein Ehrenwort gegeben, daß ich jetzt stehlen werde … Und ich werde es tun! Ich werde dem Grafen das stehlen, was ihm keiner seiner Verwalter je stehlen könnte. Und ich werde mein Ehrenwort halten.

Der junge Fritz setzte sich und verfiel in Nachdenken. Neue, im höchsten Maße süße, nicht bäuerliche, sondern Balzacsche Träume hielten sein Hirn und sein Herz gefangen. In wenigen Augenblicken war ein grandioses Luftschloß errichtet in seiner entflammten Jünglingsphantasie … Was ihm eben noch unsinnig, unerreichbar vorgekommen war und was er augenblicklich aus dem Kopf verbannt hätte als etwas kindlich Märchenhaftes – jetzt auf einmal nahm es die Gestalt einer Aufgabe an, die um jeden Preis gelöst werden mußte und wahrer Wunsch geworden war. Das Luftschloß mußte sich in ein festeres verwandeln …

Als dem jungen Fritz von seinen entflammten Träumen schwindlig wurde, sprang er auf, rieb sich die Augen und rief dem Vater laut lachend zu:

– Ich werde sie ihm stehlen, unbedingt! Dann können sie suchen!

Die Gräfin ritt nach Hause. Ihr entgegen kam Baron von Saynitz, der noch immer unterwegs zum Essen war.

– Ich nehme an, wir sehen uns noch? – rief ihm die Gräfin zu.

– Wenn Sie es wollen, dann ja.

– Gesprächsstoff werden wir schon finden. Bei der Langeweile, die ich derzeit erlebe, sind Sie für mich ein wahrer Fund. Mir ist da eine Idee gekommen. Wollen Sie nicht mit mir Ihren Geburtstag feiern, am Donnerstag kommender Woche? Sehen Sie, wie gut ich mich an Sie erinnere? Nicht mal Ihren Geburtstag habe ich vergessen… Wollen Sie?

– Bitte, gern…

– Wir müssen uns nur irgendwo treffen… Also… Kennen Sie die Stelle, wo der »Bronzene Hirsch« steht?

– Ja.

– Dort wird uns niemand stören, wenn wir uns der alten Zeiten erinnern. Kommen Sie um sieben Uhr abends dorthin.

– Den Wein bringe ich mit.

– Hervorragend. Adieu! Apropos, Baron. Wir werden in Zukunft französisch miteinander reden. Ich habe nicht vergessen, daß Sie das Deutsche nicht mögen. Und denken Sie an den »Scharlatan« und die klugen Leute. Adieu!

Die Gräfin gab dem Pferd die Peitsche und war im Nu in der dunkler und dunkler werdenden Waldesluft verschwunden.

Baronesse Therese von Heylenstrahl war jenes »reine, überirdische Wesen«, an welchem sich Arthurs Augen und Sinne erholt hatten, nach seinem wüsten Pariser Leben. Arthur hatte die jähe Wendung vom Lotterleben zur Arbeit nicht allein aus Achtung vor der Wissenschaft vollzogen: zu dieser Wendung hatte auch die Baronesse viel beigetragen. Ohne sie wäre es zu seiner vollen Erneuerung nicht gekommen.

Nach seiner Ankunft in Wien führte Arthur das Leben

eines Einsiedlers. Einsam träumte er von beruhigender Arbeit, verfluchte diese Welt mit ihren Menschen und seufzte unwillkürlich... über die Kokotten von Paris. Unklar bleibt, welches Ende diese Einsamkeit genommen hätte, wäre Arthur nicht, bald nach seiner Ankunft, unter die ständigen Besucher des Hauses der Barone von Heylenstrahl gefallen. Während Arthur in Wien lebte, konnte das Haus derer von Heylenstrahl jeder besuchen, der wollte. Im Grunde war niemand eigens eingeladen, sondern jeder kam zu ihnen, der die Häuser der Großen dieser Welt gern uneingeladen besuchte, wenn nur die Türen offenstanden.

In seinen letzten Jahren erinnerte dieses Haus an einen ehrenwerten Menschen, der, im Bewußtsein seines nahen Todes, abgewunken, auf alles gepfiffen und ein ausschweifendes Leben begonnen hatte, um wenigstens noch einen Tag zu leben wie ein Mensch.

Die Barone von Heylenstrahl, die, verarmt und ruiniert, nach Rettung suchten und keine fanden, hatten, im Vorgefühl der Agonie, abgewunken, auf alles gepfiffen und jegliche Fähigkeit verloren, auf irgend etwas zu achten. Alles, außer dem nahenden schrecklichen Finale, war vergessen. Der Schreck vor der nahenden Peripetie wurde erfolgreich betäubt mit Wein, Liebe und Träumen. Die Heylenstrahls träumten noch von der Möglichkeit ihrer Rettung. Die Rettung, meinten sie, lag in Thereses Händen, die einen steinreichen Mann heiraten und durch ihre Heirat den Ruin der Familie abwenden könnte. Doch auch diese Hoffnung war nur ein Traum. Therese lag im Streit mit ihrem Vater und schwor, sie werde, wenn sie einen reichen Mann heiraten müsse, ihren Verwandten keinen Groschen geben.

Die Heylenstrahls winkten ab und begannen, das aufzuzehren, was noch nicht verzehrt war. Sie verzehrten es aber nicht einfach, sondern taten es verzweifelt, triumphal, mit Pomp und Trara, so als hätten sie noch nie etwas gegessen. Die Türen ihres Hauses öffneten sich von selbst, und zu ihnen herein strömte eine Schar halbverhungerter Schmarotzer und Fresser. Die Fresser erschienen in Gestalt ruinierter Aristokraten, Schriftsteller, Künstler, Schauspieler, Musiker, in ihren großartigen Kostümen, mit ihren effektheischenden Gesichtern, delikaten Parfums, wunderbaren Instrumenten und hungrigen Mägen. Die Fresser nahmen das Haus der Barone im Nu in Beschlag, und die Heylenstrahls in ihrer Armut und Suche nach Rettung sahen sich plötzlich auf dem Gipfel des Mäzenatentums. Ihr Haus sah sich verziert durch Kulissen, Bilder, seltene Aquarelle. Das Stadtviertel hallte abends wider von symphonischen Klängen, Nocturnes, Walzern und Polkas. Die musikalisch-literarischen Soireen, auf denen musiziert und vorgetragen wurde, erlangten Berühmtheit, und mit der Berühmtheit kamen in Massen Besucher aus allen Gesellschaftsschichten. An all diesen Soireen und Vorstellungen nahm auch Therese teil. Schön, wie aus Marmor gehauen, ganz in Schwarz, flanierte sie in der bunten Menge der Fresser, von einem Aristokraten zum andern, mit aller Kraft bemüht, der sie quälenden Langeweile zu entgehen. Die Menschen, aus der die Menge bestand, waren ihr neu. Sie interessierten sie. Aus Langeweile machte sie sich daran, sie zu studieren. Sie schaute sich die effektheischenden Gesichter genau an, hörte zu, sprach, las die ihr im Manuskript dargebrachten Werke und kam nach langem, langem Studium nur zu dem einen

Schluß: unter ihnen allen gab es Scharlatane, aber auch Anständige. Dieser Schluß war nicht das einzige Ergebnis ihres Studiums. Da sie aber nicht über die Gabe der genauen Analyse verfügte, gelang es ihr auch nicht, die Anständigen von den Scharlatanen zu unterscheiden. Sie ließ sich zwar auf einige von ihnen näher ein, aber auch unter diesen einigen waren sowohl viele leuchtende Persönlichkeiten als auch Scharlatane. Unter den Erwählten befand sich auch von Saynitz.

Ins Haus der Heylenstrahls war er durch Zufall geraten. Mitgenommen hatte ihn ein befreundeter Autor, der ihm seine Komödie zeigen wollte, die auf der Bühne der Barone zur Aufführung gelangte. Bald danach, als ihm die Aufführungen und literarischen Soireen nicht mehr genügten, begann er das Haus Heylenstrahl auch am Tage zu besuchen. Therese, die abends gewöhnlich in Begleitung eines Grooms ausritt, machte ihre abendlichen Spazierritte bald in Arthurs Gesellschaft. Jeden Abend erzählte ihr Arthur voller Begeisterung, was er am Tage getan, was er gelesen und was er geschrieben hatte. Auf seinen Bericht folgten unvermeidlich die Träume, Hoffnungen, Hypothesen. Sie warf nur so um sich mit den Namen berühmter Gelehrter, die sie kannte... vom Hörensagen, von Arthur. Sie wurden Freunde. Man sagt, von der Freundschaft zur Liebe sei es nur ein einziger Schritt. Arthur dachte nicht an Liebe. Er war vollauf zufrieden mit der Gesellschaft einer klugen, frischen Frau. Von Liebe sprach er erst, als Therese, auf einem der abendlichen Spazierritte, ihm gestand, daß sie ihn liebe... Sie hatte als erste von Liebe gesprochen. Auf dieses Geständnis folgten Tage, die, wie man sagt, im Leben nur einmal vorkommen. Nie, zu keiner anderen Zeit war Arthur so glücklich und mit dem Leben so zufrieden gewesen wie in diesen Tagen, die er mit der geliebten Frau zubrachte. Aber dieses Glück währte nicht lange. Es wurde von Therese zerstört. Als er von dem geliebten jungen Mädchen, das unbezweifelbar auch ihn liebte, verlangte, seine Frau, Baronesse und »Frau Doktor« von Saynitz zu werden, erteilte sie ihm rundheraus eine Absage.

»Ich kann Sie nicht heiraten, – schrieb sie ihm. – Sie sind arm, und ich bin arm. Die Armut hat bereits die Hälfte meines Lebens vergiftet. Soll ich die andere auch noch vergiften? Sie sind ein Mann, und Männern sind die Schrecken eines Bettlerdaseins weniger begreiflich als Frauen. Eine bettelarme Frau ist das unglücklichste Wesen auf Erden... Arthur, Sie hätten nicht von Ehe sprechen sollen... Sie beschwören damit Erklärungen herauf, die an unseren jetzigen Beziehungen nicht spurlos vorübergehen können. Lassen wir diese bedrückenden Erklärungen, lassen Sie uns leben wie früher.«

Arthur riß diesen Brief in kleine Fetzen und schrieb eine Antwort, in der er auf Theresens Haupt den Donner des Himmels beschwor. Er schrieb sich in Rage und schrieb dem »überirdischen Wesen« einen ungeheuer langen Brief, in dem er den »Zeitgeist« und die Erziehung verfluchte... Die rührenden Briefe, die er zur Rechtfertigung des Korbes erhielt, wanderten ungelesen in den Ofen. Arthur haßte Therese plötzlich, so daß alles, was an sie erinnerte, in seinen Augen jeden Wert verloren hatte. Er haßte alles Majestätische, Strenge, Stolze und hängte sein Herz fortan an alles Miserable, Unterdrückte, Arme...

Unterwegs zum Essen, rief Arthur sich das alles in Erinnerung... Heute kam ihm sein »Traktat über den Zeitgeist« lächerlich vor, doch der Haß von damals rührte sich wieder in ihm. Er hatte es noch nicht geschafft, sich von diesem Haß zu trennen.

Am Donnerstag, seinem Geburtstag, erinnerte sich Arthur an das Therese gegebene Versprechen, mit ihr gemeinsam zu essen: er begab sich zum »Bronzenen Hirschen«. So hieß eine kleine Lichtung, auf der in alter Zeit der König einen Hirsch mit bronzefarbenem Fell erlegt haben soll. Andere sagten, hier habe einmal, vor Urzeiten, ein Denkmal der »Jagd« gestanden – ein in Bronze gegossener Hirsch, anstelle der Diana. Man sagt, der König, auf dessen Geheiß dieses Denkmal errichtet worden war, sei keusch gewesen und habe Standbilder klassischer Frauen nur mit Abscheu betrachtet.

Als Arthur auf die Lichtung kam, war Therese schon da. Ungeduldig schritt sie durch das Gras und schlug den Blumen mit der Peitsche die Köpfe ab. Ihr Pferd war abseits an einen Baum gebunden und weidete träge im Gras.

– Schön empfangen Sie Ihre Gäste! – sagte die Gräfin, Arthur entgegengehend. – Ein schöner Gastgeber sind Sie! Sie gehn spazieren, und Ihr Gast wartet schon über eine Stunde auf Sie...

– Ich mußte den Wein holen, – rechtfertigte sich Arthur. – Bitte Platz zu nehmen! Wir sitzen ja nicht zum ersten Mal miteinander im Gras. Erinnern Sie sich?

Die Gräfin und Arthur setzten sich ins Gras und gaben sich den Erinnerungen hin... Sie erinnerten das Vergangene, berührten dabei aber weder die Liebe noch den Bruch...

Das Gespräch drehte sich um das Wiener Leben, das Haus Heylenstrahl, die Schauspieler, die abendlichen Spazierritte... Der Baron sprach und trank. Die Gräfin lehnte den Wein ab. Als die Flasche ausgetrunken war, hatte Arthur einen leichten Schwips; er lachte jetzt, riß Witze, machte anzügliche Bemerkungen.

– Wovon ernähren Sie sich heute? – fragte er unter anderm.

– Wovon? Hm... Das ist doch bekannt... Die von Goldaugen nagen nicht am Hungertuch...

– Sie essen und trinken also vom gräflichen Eigentum?

– Ich verstehe Ihre Fragen nicht?!

– Aber ich flehe Sie an, Therese, antworten Sie. Sie essen und trinken, was dem Grafen gehört?

– Nun ja!...

– Merkwürdig. Sie können den Grafen nicht leiden und leben dennoch auf seine Kosten... Ha-ha-ha... Was sagt man dazu? Was, zum Teufel, sind das für Prinzipien? Mich halten Ihre weisen Mitmenschen für einen Scharlatan; und was halten sie von Ihnen? Ha-ha-ha!

Über das Gesicht der Gräfin huschte eine Wolke.

– Trinken Sie nichts mehr, Baron, – sagte sie streng. – Sie werden sich betrinken und fangen an, Frechheiten zu sagen. Sie wissen, daß die Umstände mich zwingen, noch bei von Goldaugen zu leben.

– Was für Umstände? Die Angst vor bösen Zungen? Das alte Lied. Aber sagen Sie mir bitte, Gräfin, wieviel verspricht Ihnen der Graf jährlich nach der Scheidung?

– Nichts...

– Und warum sagen Sie die Unwahrheit? Sie werden ja

böse... Ich meine es freundlich. Lassen Sie die Peitsche stecken. Sie ist unschuldig. Bah!

Der Baron klatschte sich vor die Stirn und erhob sich.

– Gestatten Sie... Wie konnte ich das bisher übersehen?

– Was denn?

Die Augen des Barons liefen auf und ab. Sie liefen vom Gesicht der Gräfin zur Peitsche, von der Peitsche zu ihrem Gesicht. Er bewegte sich nervös.

– Wieso bin ich nicht früher drauf gekommen! – murmelte er. – Das waren doch Sie, die Sie beliebten, den dicken Alten und mein Mädchen in der Tulpe zu traktieren?

Die Gräfin machte große Augen und zuckte die Achseln.

– In der Tulpe... dicken Alten... Was faseln Sie da, von Saynitz? Sie reden wirr. Man soll eben nicht trinken.

– Schlagen darf man nicht, gnädige Frau!

Der Baron war plötzlich bleich und schlug sich mit der Faust gegen die Brust.

– Schlagen darf man nicht, der Teufel soll Sie holen mitsamt Ihren aristokratischen Manieren! Hören Sie?

Die Gräfin sprang auf. Ihre Augen weiteten sich und blitzten vor Zorn.

– Sie vergessen sich, Baron! – sagte sie. Haben Sie die Güte, den Teufel zurückzunehmen? Ich verstehe Sie nicht!

– Nichts nehme ich zurück! Zum Teufel! Sie wollen Ihre gemeine Tat auch noch leugnen?

Die Augen der Gräfin wurden noch größer. Sie verstand nicht.

– Was für eine Tat? Was sollte ich leugnen? Ich verstehe Sie nicht, Baron!

– Und wer hat auf dem Hof des Grafen hier mit dieser

Peitsche einen alten Geiger ins Gesicht geschlagen? Wer hat ihn zu Boden gestreckt, hier vor die Hufe dieses Pferds? Man nannte mir die Gräfin von Goldaugen, aber von denen gibt es doch wohl nur eine?

Ein Rot, leuchtend wie Feuerschein, trat auf das Gesicht der Gräfin. Angefangen bei den Schläfen, ergoß es sich bis an den Rand ihres Spitzenkragens. Die Gräfin war furchtbar verlegen. Sie räusperte sich.

– Ich verstehe Sie nicht … – murmelte sie. – Was für einen Geiger? Was … schwatzen Sie da? Kommen Sie zur Vernunft, Baron!

– Es reicht! Wozu die Lügen? Voriges Jahr haben Sie noch verstanden zu lügen, aber nicht wegen solcher Lappalien! Warum haben Sie ihn geschlagen?

– Wen denn? Von wem sprechen Sie?

Die Stimme der Gräfin war leise und zitterte. Ihre Blicke huschten hin und her wie gefangene Mäuse. Sie schämte sich sehr. Der Baron dagegen lag schon wieder im Gras, schaute ihr eindringlich in die schönen Augen und grinste boshaft, betrunken. Seine Lippen verzogen sich zu einem unguten Lächeln.

– Warum haben Sie ihn geschlagen? Haben Sie seine Tochter weinen sehen?

– Wessen Tochter? Erklären Sie sich, Baron!

– Wieso auch! Sie dürfen Ihren weißen Händen und Ihrer langen Zunge alles erlauben, aber die Tränen, die sehen Sie nicht! Sie weint noch immer … Ein hübsches blondes Mädchen weint noch immer … Sie, ein schwaches, bettelarmes Kind, kann sich an einer Gräfin nicht rächen für ihren Vater. Drei Stunden habe ich mit ihnen gesessen, drei Stunden hat sie die Hände nicht vom Gesicht genommen... Das arme Mädchen! Es will mir nicht aus dem Kopf mit seinem edlen, verweinten Gesichtchen. Oh, ihr grausamen, satten, nie geschlagenen und durch nichts zu beleidigenden Teufel!

– Erklären Sie sich, Baron! Wen soll ich geschlagen haben?

– Ja ja! Sie glauben, ich sähe nicht die Katz, die die Maus gefressen hat? Schämen sollten Sie sich.

Der Baron setzte sich auf und langte nach der Peitsche.

– Zeigen Sie doch mal!

Ergeben reichte ihm die Gräfin die Peitsche.

– Sie sollten sich schämen! – wiederholte er und zerbrach die Peitsche, zur Spirale gedreht, in drei Teile und schleuderte sie beiseite.

Die Gräfin geriet endgültig in Verwirrung. Beschämt, zum ersten Mal in ihrem Leben ein Schimpfwort gehört zu haben, rot im Gesicht und unsicher, wohin sie vor den Richteraugen des Barons Gesicht und Hände verstecken sollte, fand sie keine Worte. Aus dieser peinlichen Lage rettete sie ein kleiner Umstand. Als Arthur die Peitsche zerbrach, waren seitlich, hinter den Bäumen, Schritte zu hören. Einen Augenblick später erkannte die Gräfin Vater Fritz und Sohn. Beide kamen hinter den Bäumen hervor und überquerten, mit neugierigen Blicken auf die Gräfin und Arthur, die Lichtung. Voran ging der junge Fritz mit einer langen Angel über der Schulter. Ihm folgte, mit Mühe die Beine hebend, der alte Fritz. In der rechten Hand des alten Fritz baumelte an einer Schnur ein junger Hecht.

– Herr Fritz, warum tragen Sie keine Handschuhe? – sprach die Gräfin den jungen Fritz an.

Fritz schlug die Augen nieder, schielte aus den Augenwinkeln nach der Gräfin und bewegte die Lippen.

– Und der Spazierstock? Warum tragen Sie keinen Spazierstock?

Der junge Fritz wurde bleich und schritt noch schneller auf den Waldrand zu. Dort angekommen, drehte er sich noch einmal um und verschwand. Der alte Fritz folgte ihm schweigend und ohne jemanden anzuschauen.

– Sie müssen mich entschuldigen, – hob der Baron an, nachdem die beiden im Wald verschwunden waren. – Ich will Sie nicht beleidigen… Aber ich schwöre bei meiner Ehre, ich könnte diesen Geiger rächen, wenn Sie nicht eine Frau wären… Sie sollten sich schämen, Therese! Ich habe mich für Sie geschämt vor diesem Mädchen!

Der Baron erhob sich und setzte den Hut auf.

– Sie finden keine Worte der Rechtfertigung… Auch gut! Wozu auch lügen? Ihre Rechtfertigung ist – die Lüge.

– Ich verstehe Sie noch immer nicht, Baron! – sagte die Gräfin.

– Ehrenwort?

– Ja… Ehrenwort!

– Dann… leben Sie wohl! Ihre schönen Augen sind voll der Lüge! Gott sei Dank können Sie noch rot werden, wenn Sie lügen.

Arthur richtete sich auf, nickte ihr zu und ging über die Lichtung zur Schneise.

Die Stirn der Gräfin von Goldaugen bedeckte sich mit Falten. Sie dachte unter Qualen nach, suchte in ihrem Gehirn nach Worten und fand keine… Sie hätte sich leidenschaftlich gern vor Arthur rechtfertigen wollen für die Tat, die einzugestehen ihr peinlich war. Während sie noch nachdachte, sich auf die rosigen Lippen biß und die Finger rang, war Arthur im Wald verschwunden.

– Baron! – rief Therese. – Warten Sie!

Statt einer Antwort hörte sie nur den Klang der Schritte des sich entfernenden Arthur.

– Baron! – rief die Gräfin noch einmal, und ihre Stimme fing an zu zittern vor Angst, der Baron könne weggehen. Der Klang seiner Schritte verstummte.

Die Gräfin stand noch eine Weile und ließ sich dann nachdenklich zu Boden sinken. Neben ihr lagen zwei leere Flaschen. Eine dritte, die noch einen Rest Wein enthielt, stand schräg im Gras und drohte umzufallen. Therese trank den Rest Wein aus der Flasche, erhob sich und ging zu ihrem Pferd.

Als sie von der Lichtung in den Wald ritt, sah sie, zwei, drei Schritte von den Bäumen entfernt, die die Lichtung säumten, einen Reiter, der soeben im Begriff war aufzusitzen. Das Pferd des Reiters, das die Gräfin erkannt hatte, wieherte fröhlich. Der Reiter war ein Mann um die Fünfundvierzig, hoch aufgeschossen, bleich, dürr, mit einem spärlichen Bärtchen. Aufgesessen, sprengte er der Gräfin hinterdrein.

– Warten Sie! – sagte er. Dem Timbre dieser schwächlichen unmännlichen Stimme nach zu urteilen, entrang sich diese einer kranken Brust. – Warten Sie! Ich möchte Ihnen zwei Worte sagen! Nur zwei Worte!

Die Gräfin drehte sich nicht um…

– Sie haben mir nachspioniert? – sagte sie. – Mich beobachtet?

– Aber ich liebe dich! Ich kann keinen Augenblick leben, ohne dich zu sehen. Zwei Worte, mehr nicht!!

V

Die Gräfin sah ihren Mann, den Grafen von Goldaugen, an (denn er war es) und ritt langsamer.

– Der Arzt hat Ihnen verboten, schnell zu reiten, – sagte sie. – Reiten Sie langsamer … Was wollen Sie?

– Nur zwei Worte, mehr nicht.

– Also?

– Wer ist er?

– Baron von Saynitz.

– Von Saynitz? Er? Das also ist von Saynitz? Der Mann, den Sie einmal … geliebt haben?

– Vielleicht … Nun ja, er ist es. Und?

– Hm … Er ist immer noch ein schöner Mann … Warum haben Sie ihm gestattet, Sie anzuschreien? Welches Recht hat er dazu?

Der Graf schwieg, räusperte sich und fragte:

– Sie könnten sich wohl … auch jetzt noch in ihn verlieben? Eine alte Liebe kann sich doch erneuern?

– Geben Sie mir Ihre Peitsche! – sagte die Gräfin und griff, nachdem sie ihrem Mann die Peitsche entrissen hatte, heftig in die Zügel und sprengte die Schneise entlang. Der Graf riß ebenfalls mit aller Kraft am Zügel. Das Pferd lief los, und er baumelte hilflos im Sattel. Seine Schenkel waren geschwächt, er runzelte vor Schmerzen die Stirn und zügelte das Pferd. Es ging langsamer. Der Graf folgte seiner Frau mit Blicken, ließ den Kopf hängen und verfiel in Nachdenken.

Zwei Tage später traf Arthur, nicht weit vom Häuschen des Försters Blaucher, wieder auf Therese. Diesmal trat sie ihm nicht als Amazone entgegen. Sie ging im Kleid einer Bäuerin spazieren. Das Kleid, dem Anschein nach ein gewöhnliches, eben erst genähtes, war bei weitem teurer als das schwarzseidene Reitkostüm. Statt verschiedenfarbiger Granaten in der Größe von Birnen hingen um ihren Hals Türkise, Smaragde, Korallen und Perlen. Um jedes Handgelenk ein massives Armband. Kleid und Ungarnjäckchen waren aus teurem Stoff genäht.

– Baron! – rief sie, als sie Arthur sah. – Auf eine Minute!

Als er vor ihr stand, sagte sie zu ihm:

– Mit Ihren Worten, bei Ihrem Abgang – erinnern Sie sich? – haben Sie mir eine Aufgabe gestellt. Ich habe Sie erst nach langem Nachdenken verstanden. Jetzt verstehe ich… Ihre Anspielungen bezogen sich auf den alten Mann, den ich mit der Peitsche geschlagen habe! Ja?

– Nun ja… Und worin besteht die Aufgabe?

– Ach ja! Ich weiß jetzt, von wem Sie sprachen… Ich habe mich nicht vor Ihnen zu rechtfertigen, Baron, aber zur… zur Befriedigung des uns gemeinsamen Gerechtigkeitsgefühls… Ich habe ihn nicht ohne Grund geschlagen. Mich hat das Pferd, dank seiner Gnade, aus dem Sattel geworfen… Ich hätte mir um ein Haar das Bein gebrochen. Und dann… hatte er noch die Frechheit zu lachen…

Arthur sah der Gräfin ins Gesicht und lachte heiter.

– Hören Sie auf zu lügen, Euer Durchlaucht! – sagte er. – Wozu sollen wir einander Lügen auftischen? Ich brauche

Ihre Rechtfertigung nicht... Wozu auch? Ich sehe heute zum ersten Mal Ihre hübschen Füßchen, das reicht mir völlig... Ihre Füße sind über alle Kritik erhaben! Gehen wir ein paar Schritte spazieren! Ich bitte um Verzeihung für die dreisten Worte, mit denen ich Sie am »Bronzenen Hirsch« traktiert habe. Ich war betrunken...

Arthur und Therese gingen lange spazieren. Sie unterhielten sich über die gewöhnlichsten Dinge, scherzten viel, lachten viel... Über den alten Musikanten, seine Tochter, den weisen Menschen und den »Scharlatan« fiel kein Wort. Der Baron machte keine einzige spitze Bemerkung... Er war liebenswürdig, wie während der Jahre in Wien, im Hause derer von Heylenstrahl. Als er Therese zu ihrem Cabriolet zurückbrachte, das unweit des Häuschens der Blauchers stand, war es bereits völlig dunkel.

– Bringen Sie mir das Schießen bei? – fragte Therese beim Einsteigen.

– Soviel Sie wollen...

– Bitte, Baron. Ich langweile mich schrecklich. Wenn Sie meine Langeweile auch nur ein wenig zerstreuten, es wäre eine Wohltat. Ehrenwort. Wir könnten einander helfen.

Therese drückte Arthur die Hand und fuhr davon.

Vier Tage später begegneten sie einander wieder, und einen halben Monat später verging kein Tag mehr, an dem sie einander nicht begegnet wären. Der Baron brachte Therese das Schießen bei, und Therese kam jeden Abend mit auf die Jagd, manchmal auch frühmorgens. Ihr Verhältnis zueinander war überaus unbestimmt. Nüchtern verblüffte von Saynitz Therese mit seiner Liebenswürdigkeit. Nüchtern sprach er leise, freundlich, sichtlich bemüht, harte Worte zu vermeiden, lächelte freundlich, reichte ihr zuvorkommend seine große Hand und sprach nicht wie »der Wilde«, sondern wie ein wahrer Kavalier. Betrunken dagegen verblüffte von Saynitz durch seine Grobheit, seinen Zynismus, sein böses Lachen... Wenn er betrunken war, mußte sich Therese die unmöglichsten Dinge anhören... Er verspottete sie, schickte sie zu allen Teufeln, sagte, er verachte, er hasse sie.

– Ich verzeihe Ihnen, von Saynitz, – sagte Therese einmal zu ihm, – nur weil Sie betrunken sind. Am Boden Liegende, Wahnsinnige und Betrunkene schlägt man nicht...

– A-a-a-ah... Ach so ist das! Dann nehmen Sie zur Kenntnis, – antwortete von Saynitz mit einem Lachen, – daß ich Ihnen die Wahrheit nur sage, wenn ich betrunken bin. Nüchtern benehme ich mich Ihnen gegenüber wie ein übler Pharisäer. Glauben Sie mir nichts, wenn ich nüchtern bin!

– Wir sollten uns nicht mehr treffen...

– Warum denn nicht? Treffen wir uns doch! Sie langweilen sich, ich langweile mich... Im Streit und im Krieg vergeht die Zeit schneller als in Friedenszeiten. Ha-ha! Das Schicksal hat gut daran getan, uns eine schwarze Katze über den Weg zu schicken und uns die Mißachtung für die Tugenden des anderen einzupflanzen. Sie achten mich nicht, weil Sie in mir einen Scharlatan sehen, und ich achte Sie nicht, weil ich in Ihnen nichts anderes sehe als ein schönes weibliches Stück Fleisch! Ha-ha!

Therese schleuderte aus den Augen einen Blitz, sagte kein einziges Wort und fuhr weg. Nach dieser Unterhaltung sah Arthur sie eine ganze Woche lang nicht. Am achten Tag begegnete er ihr und entschuldigte sich.

Arthur war nicht selten betrunken. Immer wieder floh

Therese vor seinen Kränkungen. Sie floh und gab sich das Ehrenwort, ihn nie wieder zu treffen, aber …

Der Sommer verging, und der Herbst brach an. Auf die feuchte kalte Erde ergossen sich von den Bäumen gelbe Blätter, die ihr kurzes Leben gelebt hatten … Die Herbstregen setzten ein. Morast im Herbst ist etwas anderes als der im Sommer: er trocknet nicht ab, und wenn er abtrocknet, dann nicht in Stunden, sondern in Tagen und Wochen … Ein Wind begann zu wehen, der an den Winter gemahnte. In den Unwettern schwarz geworden, schaute der Wald düster drein und lockte nicht mehr unter sein Laubdach.

Die Ziegenlederjacke vertauschte von Saynitz mit einem kurzen wattierten Drapmantel. Seine Stiefel hatten ihren Glanz eingebüßt und waren mit Morast bespritzt … In seinem bleichen Gesicht erschien, vom frischen feuchten Wind, Röte. Sein Verhältnis zu Therese hatte noch immer keine bestimmte Form angenommen. Ihre Unterhaltungen waren noch nicht zu Ende … Therese spürte, daß sie noch immer etwas »nicht zu Ende« gesagt hatte, und fuhr wie früher in den Wald.

Man mußte der Kälte, der Feuchtigkeit und dem Morast entkommen … Das Schicksal bescherte ihnen eine Zuflucht. Sie trafen sich nun in der vergessenen, von Moos und Brennnesseln umwucherten Kapelle, im Garten des Grafen von Goldaugen. Die schrecklichen Augen des unvollendet gebliebenen heiligen Franziskus sahen Arthur und Therese jeden Herbstabend. Beim schwachen Flackern einer Laterne saßen beide auf der halbverrotteten Bank und unterhielten sich. Er, gewöhnlich betrunken, saß, gähnte und lästerte … Sie, bleich wie Marmor, erhobenen Hauptes, an seine Sprache inzwischen gewöhnt, hörte ihm geduldig zu und lästerte ihrerseits. Wenn er nüchtern war, hörten die Spinnen, die sich in den Spalten der Kapelle eingerichtet hatten, Erzählungen von der Vergangenheit, vom Glück, das nicht mehr fern sei, und sahen eine glückliche Frau. Er, als alter Mann, sprach gern von der Vergangenheit. In seiner Stimme schwang eine greisenhafte Saite mit: weder bereute noch bedauerte er etwas, er war allein mit seinen Erinnerungen zufrieden. Sie dagegen, voller Kraft und Jugend, voller Wünsche, bedauerte das Vergangene, und in ihrer Stimme klang Hoffnung. Sie liebte Baron von Saynitz noch immer leidenschaftlich...

An einem der unwirtlichsten Herbsttage kehrte Arthur bei Madame Blaucher ein, um das Ende des Regens abzuwarten. Madame Blaucher gab ihm mit einem feinen Lächeln ein Couvert.

Als er das Couvert entsiegelte, strahlte er wie ein Kind, dem man ein neues Spielzeug gezeigt hat. Das Couvert enthielt eine Photographie und einen Brief.

Das eine wie das andere war von Ilka. Der Baron betrachtete das Photo und machte große Augen. Auf dem Photo abgebildet war Ilka, aber das war nicht die Ilka, die er einige Monate zuvor gesehen hatte – nein: keine Spur mehr von dem armseligen Kleidchen, auf das sich damals die heißen Tränen der beleidigten Ilka ergossen hatten. Verschwunden auch das billige Samtband, das die Haare zusammenhielt. Arthur erblickte auf der Photographie eine junge Aristokratin in einem prächtigen modischen Kleid. Die Haare, von kundiger Hand frisiert, schmückte ein Strohhut. Der Hut war mit Blumen besteckt, und zwar, soweit das auf der Photographie zu erkennen war, nicht mit billigen; das Lächeln auf dem hübschen Gesichtchen war stolz, anmaßend, aber aufgesetzt…

– Dummchen! – sagte Arthur mit einem Lachen und küßte Ilkas Portrait. – Ein Dummchen bist du! Die Krähe im Pfauengefieder. Du hast dir ein reiches Kleid angezogen und schaust drein wie eine Siegerin! Trag dieses Kleid so lange wie möglich! Wir werden ja sehen, was du einmal singst!

Der Brief war in der bereits bekannten Handschrift geschrieben.

»Liebster Baron! – schrieb Ilka. – Ich schicke Ihnen das Photo und teile Ihnen mit, daß Vater Zwibusch und ich gesund und munter sind. Ferner teile ich Ihnen mit, daß ich die Million mit Sicherheit besitzen werde. Sehr bald schon. Wir führen jetzt ein sehr schönes Leben. Wenn wir uns wiedersehen, erzähle ich Ihnen, was uns widerfahren ist. Sie haben mich bestimmt schon vergessen. Mit diesem Brief will ich mich Ihnen in Erinnerung bringen und Sie bitten, nicht zu vergessen, was Sie mir versprochen haben. Ich liebe Sie sehr. Ich sehe hier viele Barone und Grafen, aber keiner ist wie Sie. Papa läßt grüßen. Schreiben Sie mir unter folgender Adresse (folgt eine lange Adresse). Schreiben Sie: darf ich hoffen oder nicht? Ihre I.«

Der Baron bat, lachend und kein Auge von dem Photo lassend, Madame Blaucher um Papier und schrieb folgendes:

»Sei gegrüßt, Ilka. Danke. Ich warte auf Dich und Deine Million. Mach keine Dummheiten. Sei klug und bleibe gesund. Einen Gruß an Deinen dicken, hundertmal geschlagenen Alten, und schenk ihm von Deiner dicken Million, zwei, drei Dukaten, damit er was zu trinken hat. Dein Bräutigam – Baron von Saynitz.«

Nachdem er diesen Brief Madame Blaucher zur Besorgung gegeben hatte, setzte sich Arthur an den Tisch und versuchte, mit dem Bleistift auf das Photo eine große Tulpe zu zeichnen. Der Stift war an beiden Enden gespitzt. Das eine Ende war rot, das andere blau. Doch weder die eine noch die andere Farbe wollten auf der Beschichtung des Photos haften. Ilka in die Tulpe zu setzen mißlang, auch wenn sich Arthur mit der Zeichnung abmühte, bis es dunkel war…

VI

Ilka und ihrem Vater war in der Tat etwas Besonderes widerfahren…

Eine Woche nach der Begegnung mit Baron von Saynitz, an einem Mittag der heißesten Tage, saßen beide unter dem Vordach eines Bahnhofs. Trotz großer Hitze und Schwüle war auf dem Bahnsteig viel Publikum versammelt: Sommerfrischler, Sommerfrischlerinnen, Gutsbesitzer und Reisende eines auf dem Abstellgleis stehenden Zuges wimmelten auf dem Bahnsteig und füllten sämtliche Bahnhofsgebäude. Der Zug, der auf dem Abstellgleis stand, war ein Militärtransport, und Militärtransporte stehen auf Bahnhöfen oft mal zwei, mal drei Stunden… Im Waggon der ersten Klasse saßen trinkende Offiziere. Im Waggon der dritten Klasse dröhnte die Musik der Militärkapelle, die das viele Publikum zum Bahnhof gelockt hatte.

Zwibusch und Ilka saßen auf der Platte einer riesigen Dezimalwaage, ruhten sich aus und beobachteten das Publikum: Zwibusch die Soldaten, die Bier tranken, Ilka betrachtete den Aufputz der Damen. In der Nähe gingen betrunkene Offiziere vorbei und wurden auf Ilka aufmerksam. Das hübsche Mädchen gefiel ihnen... Zuerst waren es nur untere Dienstgrade, die sich um sie scharten, nach dem Besäufnis sah Ilka in der Nähe aber auch hohe Vorgesetzte... Eine halbe Stunde vor Abfahrt des Zuges sammelten sich die unteren und hohen Dienstgrade zu einem Haufen und begannen, die betrunkenen Blicke auf Ilka gerichtet, zu tuscheln.

– Sie reden über dich, Ilka! – sagte Zwibusch. – Komm, spielen wir ihnen etwas vor. Die geben uns Geld. Diese miese Kapelle macht gerade Pause.

Zwibusch und Ilka erhoben sich, stimmten ihre Instrumente und begannen zu spielen. Ilka begann zu singen. Das Offizierscorps begann zu lächeln... Ilka sang, es gebe niemanden auf dieser Welt, der schöner und tapferer sei als österreichische Soldaten, die im Nu die ganze Welt erobern könnten.

– Sehr schön! Unvergleichlich! – murmelten die Offiziere. – Alter, hör du auf zu singen! Deine Ziegenstimme stört! Unvergleichlich!

– Das ist die Idee! – rief ein Offizier mit langem grauem Schnurrbart und schlug sich mit der flachen Hand aufs Käppi. – Bei meiner Ehre, das ist die Idee!

Und an seine Kameraden gewandt, begann er mit ihnen zu tuscheln... Die Kameraden nickten zustimmend. Der Zustimmung seiner Kameraden versichert, kam der Offizier mit dem grauen Schnurrbart schwankend auf Ilka zu, nahm sie bei ihrer sonnenverbrannten Hand und sagte:

– Hör zu, Singvögelchen! Wir wollen dich mitnehmen in unserm Zug … Du wirst uns die ganze Strecke über vorsingen und vorspielen. Wir geben dir dafür viel Geld. Einverstanden? – Und ohne eine Antwort abzuwarten, zog der Offizier sie mit sich und brachte sie zu seinen Kameraden.

– Ja, ja … – sagten die betrunkenen Offiziere. – Wir geben dir viel Geld … Aber ja …

– Und wohin fahren Sie? – fragte Ilka.

– Nach Bosnien, wie es scheint … Wir wissen es selbst nicht genau …

– Unmöglich! – sagte Zwibusch lächelnd.

Aber die Offiziere hörten nicht auf Zwibusch. Sie führten die lächelnde Ilka beiseite und begannen, sie zu überzeugen, zu überreden … Einer faßte sie ans Kinn.

Zwibusch, überzeugt, daß Ilka nicht einwilligen würde, stand abseits und lächelte. Ilka würde nicht einwilligen! Alle derartigen Angebote hatte sie bislang immer abgelehnt. Sie war ein moralisches Mädchen. Doch wie groß war sein Erschrecken und Erstaunen, als Ilka mit klingendem Lachen in den Waggon erster Klasse einstieg; sie stieg ein und nickte ihrem Vater aus dem Fenster zu … Der Vater eilte zu ihr.

– Ich fahre mit, Vater! – sagte sie. – Setz dich …

– Du hast den Verstand verloren! – sagte der bleich gewordene Zwibusch, der sich nicht entschließen konnte, in den Waggon der Reichen einzusteigen.

– Steig ein! – sagten die Offiziere zu ihm.

Unter ständigen Verbeugungen, verlegen, stieg er in den Waggon und begann, Ilka zu überreden. Aber das dickköpfige, ungezogene Mädchen war unerbittlich.

– Ich will die Million beschaffen! – flüsterte sie ihm zu. – Wenn ich die Million nicht bekomme, sterbe ich.

– Du wirst keine Million bekommen, Wahnsinnige, sondern die Ehre verlieren! Du wirst deine Ehre verlieren! Unmoralisch ist das! …

– Keine Angst, Papa Zwibusch. Die Männer werden von mir nichts anderes zu sehen und zu hören bekommen als Musik … Ich bin entschlossen.

Der Zug fuhr an, während der Alte noch immer auf sie einredete, bettelte, flehte. Einmal war er sogar in Tränen ausgebrochen.

– Das wird langweilig, Vater! – sagte sie und ging von ihm weg zu den Offizieren.

Der Vater, bleich, schweißüberströmt, mit zitternden Fingern und Lippen, verkroch sich in den entferntesten Winkel des Waggons und betete mit geschlossenen Augen zu Gott. In dieser heiteren, den faden Komplimenten der Offiziere lauschenden Ilka erkannte er seine schüchterne, oft weinende Ilka nicht wieder. Er traute seinen Augen und Ohren nicht … Unbegreiflich, rätselhaft sind diese dummen, ungezogenen Mädchen!

Ilka wurde ein eigenes Coupé zugeteilt. Ihr und ihrem Vater wurde ein üppiges Mittagessen angeboten, aber sie rührten es nicht an. In der nächsten Stadt, in der der Zug zwei Stunden Aufenthalt hatte, fuhr ein Offizier die Geschäfte ab und kaufte Ilka ein neues Kleid, einen Armreif und Schuhe …

– Auf das Wohl der Tochter des Regiments! – riefen die Offiziere, als sie in ihrem neuen Gewand das Coupé verließ. – Hurra-a-ah!

Die Offiziere stießen auf sie an und ließen Ilka singen. Sie begann zu singen und sang, bis das Regiment die Grenze erreicht hatte …

Das war der erste Schritt auf der neuen Walstatt, von der sich die törichte Ilka eine Million erhoffte. Dieser Schritt war geglückt. Als Ilka, einen Monat später, zusammen mit Zwibusch dem Regiment entfloh, trug sie ein Kleid, das die Offiziere anderthalbtausend Franken gekostet hatte. Sie floh im Waggon erster Klasse in Gesellschaft fünf junger Mädchen, einer alten Frau mit Adlernase und eines dicken glatzköpfigen Deutschen. Unterwegs verteilte der Deutsche seine Visitenkarten, auf denen geschrieben stand: »Joseph Kelter, Direktor des Orchesters und ungarischen Chores in Triest«. Die Alte mit der Adlernase war die Mitinhaberin.

VII

Das dickköpfige, ungezogene Mädchen floh noch einmal, und dieses »Mal« war das letzte.

Es war eine laue Aprilnacht … Längst hatte es zwölf Uhr geschlagen, aber im Theater der Mme Blanchard war die Vorstellung noch nicht zu Ende. Auf der Bühne zeigte Mlle Tuileries, Professorin der schwarzen Magie, Zauberkunststücke. Aus einem Damenschuh ließ sie einen Schwarm Tauben aufsteigen und zog, unter donnerndem Applaus, ein großes Damenkleid heraus … Unter dem Kleid, das auf die

Bühne gesunken war, kam, als sie es wieder aufhob, ein kleiner Junge im Mephistokostüm hervor. Die Zauberkunststücke waren sämtlich alt, aber man konnte sie sich anschauen, »unter anderem«. Im Theater der Mme Blanchard werden Vorstellungen nur deshalb gegeben, damit dem Restaurant die Bezeichnung Theater erhalten bleibt. Das Publikum ist mehr mit Essen und Trinken beschäftigt, als daß es auf die Bühne schaute. Hinter den Säulen und in den Logen stehen Tische. Das Publikum der ersten Reihe sitzt mit dem Rücken zur Bühne und richtet von hier aus das Lorgnon auf die Kokotten, die die zweite Reihe einnehmen. Das Publikum flaniert mehr auf und ab, als daß es auf seinen Plätzen säße… Es ist zu beweglich, und kein Zischen könnte dieser Bewegung auch nur für eine Sekunde Einhalt gebieten… Es bewegt sich aus dem Parterre in den Saal des Restaurants, aus dem Saal in den Garten… Die Bühne unterhält Mme Blanchard auch, um dem Publikum »die Neuen« vorzuführen. Nach den Zauberkunststückchen der Mlle Tuileries sollten diese »Neuen« singen. Das Publikum nahm, in Erwartung des Endes der Zauberkunststücke, die Plätze ein, wogte auf und ab und spendete, da nichts Besseres zu tun war, der Zauberkünstlerin Applaus. In einer der Logen saß die dicke Mme Blanchard und spielte lächelnd mit einem Strauß Blumen. Sie beteuerte »einigen aus dem Publikum«, die sie umdrängten, daß die zu erwartenden »Neuen« entzückend seien… Ihr dicker Ehemann, der vis-à-vis saß, las Zeitung, lächelte und nickte bestätigend.

– Oh, ja! – murmelte er. – Nicht von ungefähr kostet uns dieser Chor so viel Geld! Da gibt es was zu hören und auch so manches zu sehen…

– Hören Sie, – wandte sich ein untersetzter, grauhaariger Herr an die dicke Blanchard, – wieso haben Sie auf dem heutigen Plakat keine Puszta-Klänge?

Die dicke Blanchard drohte dem Fragenden kokett mit dem Finger.

– Ich weiß, Vicomte, weshalb Sie diese Puszta-Klänge hören wollen, – sagte sie. – Aber die, die Sie sehen möchten, ist krank und kann heute nicht singen ...

– Die Ärmste! – seufzte der Vicomte. – Was hat Mlle Ilka denn?

Die Blanchard zuckte die Achseln.

– Ich weiß es nicht ... Aber ist meine Ilka nicht schön! Sie sind heute abend schon der hundertste, der mich nach ihr fragt. Sie ist krank, Vicomte! Und Krankheiten machen auch vor Schönheiten nicht halt ...

– Unsere Puszta-Schönheit leidet an einer höchst edlen Unpäßlichkeit! – sagte ein in derselben Loge stehender junger Mann in Dragoneruniform. – Gestern hat sie diesem Narren d'Eaumarin erzählt, sie sei krank vor Heimweh. Fis donc! Schauen Sie, Vicomte Saisy! Was ... was ... was ... für ein Wunder!

Und der Dragoner zeigte auf die Bühne, auf der in diesem Moment der Chor der »Neuen« Aufstellung nahm. Saisy warf einen sekundenschnellen Blick auf die Bühne, wandte sich ab und sprach weiter mit Mme Blanchard über Ilka.

– Sie verspottet uns! – flüsterte er ihr eine Viertelstunde später zu. – Sie ist töricht! Wissen Sie, was sie von jedem verlangt für einen einzigen Augenblick der Liebe? Wissen Sie das? Einhunderttausend Francs! Ha-ha-ha! Das wollen wir noch sehen, welcher Wahnsinnige ihr diese Summe zahlt!

Für hunderttausend kriege ich solche im Dutzend! Hm… Die Tochter Ihrer Cousine, Madame, war tausendmal hübscher und hat mich hunderttausend gekostet, aber das über einen Zeitraum von drei Jahren! Und die hier? Ist eine launische Göre! Einhunderttausend… Es wäre Ihre Sache, Madame, ihr klarzumachen, daß das furchtbar töricht ist von ihr… Sie scherzt, aber… man kann nicht immer scherzen.

– Und was sagt der hübsche Alfred Désiré dazu? – wandte sich die dicke Blanchard an den Dragoner.

– Das Mädchen hält uns zum Narren, – sagte Désiré. – Sie will sich so teuer wie möglich verkaufen… Uns ruiniert sie damit die Nerven und nimmt, statt tausend, zweihunderttausend Francs. Das Mädchen weiß, daß nichts diese verdammten Nerven mehr reizt und ruiniert als das Warten… Hunderttausend sind ein netter Scherz.

In das Gespräch mischte sich eine vierte Person, eine fünfte, und bald sprach die gesamte Loge über Ilka.

Während dieses Gesprächs saß Ilka in einem der vielen Zimmer, in die der Raum hinter den Kulissen aufgeteilt war. Das Zimmer, das von den Gerüchen von Parfum, Puder und Leuchtgas durchdrungen war, trug drei Bezeichnungen zugleich: Garderobe, Empfangsraum und Zimmer von Mlle Soundso… Ilka hatte das schönste Zimmer. Sie saß auf einem Sofa, das mit frischem ponceau-rotem Samt bezogen war. Zu ihren Füßen lag ein wunderschöner bunter Teppich. Das ganze Zimmer war in rosiges Licht getaucht, das eine Lampe mit rosa Schirm warf…

Vor Ilka stand ein junger Mann, etwa fünfundzwanzig Jahre alt, hübsch, brünett, in einem peinlich sauberen schwarzen Anzug. Es war der Reporter der Zeitung »Figaro«, André d'Eaumarin. Aus dienstlichen Gründen war er ständiger Besucher von Orten wie dem Theater Blanchard. Seine Visitenkarte verschaffte ihm kostenlos Zutritt zu allen ähnlichen Etablissements, die wünschten, daß über ihre Skandale Reportagen veröffentlicht wurden... Ein Skandal, im »Figaro« beschrieben, war die beste Reklame.

André d'Eaumarin stand vor Ilka, kaute an seinem Bärtchen und wandte keinen Blick von dem schönen Mädchen.

– Nein, André, – sagte Ilka in gebrochenem Französisch, – ich kann nicht die Ihre werden... Um keinen Preis! Schwören Sie nicht, laufen Sie mir nicht nach, erniedrigen Sie sich nicht... Es ist alles vergeblich!

– Aber warum?

– Warum? Ha-ha-ha! Sind Sie naiv, André... Es gibt eben einen Grund, wenn man Ihnen eine Absage erteilt... Erstens sind Sie arm, und ich habe Ihnen schon tausendmal gesagt, daß ich einhunderttausend koste... Haben Sie hunderttausend?

– Im Moment habe ich nicht einmal hundert Francs... Hören Sie, Ilka... Sie lügen doch ständig... Warum bringen Sie sich so erbarmungslos selbst in Verruf?

– Und wenn ich einen andern liebe?

– Und weiß dieser andere, daß Sie ihn lieben, und liebt er Sie?

– Er weiß es, und er liebt mich...

– Hm... Was muß er dann für ein Schwein sein, daß er zuläßt, daß Sie das Theater der fetten Blanchard betreten!

– Er weiß nicht, daß ich in Paris bin. Fluchen Sie nicht, André...

Ilka erhob sich und schritt im Zimmer auf und ab.

– Sie, André, – sagte sie, – haben mehrmals zu mir gesagt, Sie seien bereit, alles für mich zu tun, was ich wünsche… So sagten Sie doch? Dann tun Sie bitte folgendes… Halten Sie mir meine Verehrer vom Leib. Sie lassen mich nicht in Ruhe… Es sind ihrer hundert, und ich bin allein. Urteilen Sie selbst… Und jedem muß ich absagen… Und ist mir der Anblick von Menschen angenehm, die ich mit meiner Absage bekümmert habe? Arrangieren Sie das, bitte… Mir gehen alle diese Aufmerksamkeiten, Bitten und Liebeserklärungen furchtbar auf die Nerven.

– Ich werde es arrangieren, – sagte d'Eaumarin, – daß Ihnen niemand auf die Nerven geht, mit Ausnahme von mir… Mit Ausnahme von mir?

Ilka schüttelte den Kopf.

André erbleichte und fiel vor der auf und ab gehenden Ilka auf die Knie.

– Aber ich liebe Sie, – sagte er mit flehentlicher Stimme, – ich liebe Sie doch, Ilka!

Ilka schrie plötzlich auf. Das Medaillon, mit dem sie gespielt hatte, war plötzlich aufgesprungen. Früher hatte sie es, allen Anstrengungen zum Trotz, nicht zu öffnen vermocht. Von Saynitz hatte, als er es ihr schenkte, vergessen zu sagen, daß es ein Geheimschloß hatte.

– Endlich! – rief Ilka, und ihr Gesicht erstrahlte vor Freude.

Endlich erfuhr sie, was sich in ihm befand! Vielleicht enthielt das goldene Schmuckstück ja *sein* Portrait! Und in der Hoffnung, das edle Gesicht mit dem dichten schwarzen Bart zu erblicken, sprang sie zur Lampe, schaute in das Medaillon und erbleichte: statt eines bärtigen Gesichts erblickte sie ein weibliches, überhebliches, mit einem majestätischen Lächeln. Ilka erkannte das Gesicht! In die goldene Fassung des Portraits war eingraviert: »Therese von Heylenstrahl liebt dich.«

– Ach, so ist das?

Ilka errötete und warf das Medaillon beiseite.

– Ach, so ist das!? Sie liebt ihn? Hm… Schön…

Ilka fiel auf das Sofa und zuckte nervös.

– Sie wagt es, ihn zu lieben? – murmelte sie. – Oh, nein! André, um Gottes willen!

Der Reporter erhob sich, klopfte sich die Knie ab und trat auf sie zu.

– André… Gut, ich werde Sie lieben, nur erfüllen Sie mir eine Bitte…

– Welche Sie wollen! Tausend Bitten, meine Teure!

– Ich habe es bis heute nicht tun wollen, aber… jetzt bin ich dazu gezwungen… Ich erwähle Sie zu meinem Rächer… Waren Sie schon mal in meiner Heimat?

Und Ilka, die Ellbogen auf die Schultern des Reporters gestützt, flüsterte ihm etwas ins Ohr. Sie flüsterte lange, inbrünstig, gestikulierend. Er schrieb etwas in sein Notizbuch.

– Werden Sie es tun?

– Ja… Ich hasse sie, nach allem, was ich eben gehört habe…

– Fahren Sie sofort los…

– Aber wie werden Sie erfahren, ob ich Ihren Auftrag ausgeführt habe oder nicht?

– Ich verlasse mich auf Ihr Ehrenwort, – sagte Ilka.

– Und Sie, Ilka, geben mir Ihr Ehrenwort, daß … Sie mich nicht betrügen …

Ilka dachte eine Sekunde lang nach. Von wegen! Sie mußte niederträchtig lügen, sie mußte einen ihr ergebenen Menschen anlügen, und … das zum ersten Mal in ihrem Leben.

– Ehrenwort, – sagte sie.

Der Reporter küßte ihr die Hand und ging. Eine Stunde später saß er bereits im Bahnwaggon, und am andern Tage war er nicht mehr in Frankreich.

Nachdem sie den Reporter hinausbegleitet hatte, ging Ilka aus ihrer Garderobe ins Foyer. Bleich, aufgewühlt, hatte sie vergessen, daß sie sich für diesen Abend krank gemeldet hatte, sie warf einen Blick in jeden Raum. Sie wollte nicht denken, doch wechselten in ihrem hitzigen Köpfchen die schrecklichsten, die sorgenvollsten Gedanken. Der Gedanke, daß *ihr* Baron *diese* Frau liebe oder geliebt haben könnte, peinigte sie. Als sie ins Parterre kam, richteten sich die Blicke des Publikums auf sie und auf die Loge von Madame Blanchard, die noch immer beteuerte, Ilka sei krank und liege zu Bett. Die »Neuen«, die sich derweil auf der Bühne betätigten, vernahmen plötzlich Zischen, Pfiffe, Applaus und verbeugten sich … doch nicht ihnen galt das Zischen und der Applaus des Publikums …

– Auf die Bühne! Puszta-Klänge! – rief das erboste Publikum. – Marsch auf die Bühne! Ilka! Bravo!

Ilka lächelte, griff sich mit der Hand um die Kehle und ging, es der dicken Blanchard überlassend, das betrogene Publikum zu beruhigen. Anstelle von fröhlichem Gelächter und gebrochenem Französisch konnten »die Freunde« nur tiefe Seufzer hören. Saisy, der Hauptveranstalter des Soupers, war ebenfalls finster.

– Der Teufel hole diese Unschuld und ihr unschuldiges Frätzchen! – murmelte er, Ilka mit Blicken verschlingend. Désiré trank und schwieg. In letzter Zeit wurde der unglückliche Dragoner oft nachdenklich... Ilka, die einhunderttausend verlangte, konnte er nicht einmal zwei anbieten. Sein Vater war vor einigen Tagen gestorben und der Besitz in die Hände der Gläubiger übergegangen. Auf uneigennützige Liebe konnte er nicht hoffen: er wußte, daß er häßlich war und daß *diese* Gören nur auf ihren Vorteil aus waren...

Der Sohn des Bankiers Bach, Adolphe, zu dessen Pflichten es gehörte, alle Anwesenden mit Champagner zu traktieren, saß neben Ilka und tat übertrieben vertraulich. Er als der Reichste war dazu berechtigt... Er trank aus Ilkas Glas, flüsterte Ilka ins Ohr usw. Diese Vertraulichkeiten stürzten die Soupierenden in noch tieferen Trübsinn; sie dagegen konnte Adolphe Bach wegen seines Reichtums nicht ausstehen.

Einige Schritte vom Tisch entfernt, an dem getrunken wurde, saßen am Fenster zwei alte Männer. Der eine von ihnen ist ein Fabrikant aus Lyon, Marc Louvreur, der andere... In dem anderen würden Sie unseren alten Bekannten, den Geiger Zwibusch, nicht wiedererkennen, obgleich genau er es ist. Er hat sich sehr verändert. Er ist inzwischen mager, bleich, und seine Stirn glänzt nicht mehr vom Schweiß. In seinen Augen – Apathie, Schicksalsergebenheit... Der alte Zwibusch hatte resigniert und abgewunken... Alles mit seiner Ilka war für ihn verloren. Er geht nicht mehr in Lumpen. Ein weißes Hemd mit goldenen Manschettenknöpfen und ein schwarzer Frack umhüllen seinen immer magerer werdenden Körper... Mit Louvreur, einem von Ilkas heftigsten Verehrern, plauderte er über... Literatur.

Gegen drei Uhr waren, mit Ausnahme von Zwibusch, seiner Tochter und Louvreur, alle bereits betrunken. Der Rausch hatte die freudlosen, düsteren Saufkumpane ein wenig aufgeheitert. Die hoffnungslose Liebe hatte ihre Köpfe erhitzt. Ihre Zungen gelockert...

Um vier pflegten Ilka und ihr Vater nach Hause zu gehen. Vor ihrem Abgang bemühte sich jeder, ihr zum Abschied ein paar Worte unter vier Augen zu sagen...

– Ich liebe Sie! – sagte jeder zu ihr, und jeder versprach ihr das Paradies.

– Einhunderttausend! – antwortete sie jedem spröde.

Im Mai, an einem der stillen Abende, fand sich dennoch endlich der Mann, der ihr die einhunderttausend gab und der ganzen Komödie ein Ende setzte. Dieser Mann war der Dragoner Désiré.

Um drei Uhr nachts, als alle bereits betrunken waren, betrat der Dragoner das Kabinett. Er war bleich und erregt. Ohne jemanden zu begrüßen, ging er auf Ilka zu, nahm sie bei der Hand und führte sie beiseite.

– Ich habe sie mitgebracht, – sagte er mit dumpfer Stimme. – Hier, nimm... Weißt du, was ich getan habe? Ich habe meinen Onkel ausgeraubt... Morgen wird man mich deshalb vor Gericht stellen... Nimm! Ich bin einverstanden!

Ilkas Brust entrang sich ein Freudenschrei. Nun hatte sie schon einhunderttausend! Zugleich jedoch wurde ihr Gesicht totenbleich: jetzt war die Zeit gekommen, für die einhunderttausend zu bezahlen…

Adolphe Bach, der Désirés Bewegungen verfolgt hatte, trat auf Ilka zu und wurde, als er das Wort »einverstanden« hörte, bleich.

– Auch ich bin einverstanden! – sagte er schnell und griff in die Tasche… – Auch ich zahle einhunderttausend!

Désiré lächelte spöttisch. In dem Jüngelchen Bach sah er jetzt keinen würdigen Rivalen mehr.

– Ich habe als erster ja gesagt… Sie, Bach, sollten zu Bett gehen. Ihre Amme wartet schon.

– Ich pflege nicht mit Ammen zu schlafen. Mir gefällt Ihr Gesicht nicht allzu sehr, Désiré. Es verlangt nach einer Ohrfeige! Ich zahle einhundertundzehntausend!

– Einhundertundzwanzigtausend!…

Désiré hatte seinem Onkel exakt einhundertundzwanzigtausend gestohlen.

Saisy, betrunken, Ilka mit Blicken verschlingend wie die Schlange das Kaninchen, stand plötzlich auf und trat auf Bach und Désiré zu.

– Ihr… Ihr… sagt ja? – murmelte er. – Ihr seid verrückt! Ihr… ihr… seid verrückt, ihr Rotzlöffel! Einhunderttausend! Ha-ha-ha! Pardon, Mademoiselle, aber ich denke… Sagen Sie selbst…

– Ich zahle einhundertundzwanzig! – wiederholte Désiré.

– Ich zahle einhundertundzwanzig! – sagte das Jüngelchen Bach und lachte laut auf. – Ich zahle sofort und in bar!

Saisy war wie vom Schlag getroffen. Er wollte seinen Ohren nicht trauen. Finden sich wirklich Idioten, die für einhunderttausend eine Frau kaufen, die er jederzeit für fünftausend bekäme? Und ist es wirklich … nicht er, der sie kauft?

– Unmöglich! – schrie er.

– Ich zahle ebenfalls einhundertundzwanzig! – sagte ein hinzugetretener Vierter. Es war der großgewachsene, gesunde Gutsbesitzer Arcot aus der Umgebung von Marseille, ein sehr reicher Mann. Ihn kostete es nichts, einem Mädchen hunderttausend zu Füßen zu legen. Vor nicht allzu langer Zeit hatte er seine Frau und seinen einzigen Sohn verloren und ertränkte jetzt seinen Kummer in Alkohol und käuflicher Liebe.

– Auch ich bin einverstanden! – sagte der Serbe Botić, der sich als Sekretär irgendeiner Gesandtschaft ausgab und täglich Unmengen von Geld verlumpte.

Saisy blätterte sein Notizbuch durch, um etwas aufzuschreiben, auszurechnen. Der Bleistift flog nur so über das Papier.

– Aus welchem Grund, meine Herren? – murmelte er. – Sitzt das Geld bei Ihnen so locker? Warum ausgerechnet einhundertundzwanzig und nicht genau einhundert? Dreißig … sechshundert … Warum nicht genau einhundert?

– Einhundertfünfundzwanzig! – rief Bach mit siegessicherem Blick auf seine Rivalen.

– Einverstanden! – rief Saisy. – Einverstanden! Auch ich bin einverstanden, habe ich gesagt!

– Ich will Ihre Zugabe nicht, – sagte Ilka zu Bach. – Nehmen Sie Ihre fünftausend zurück. Ich bin auch mit hundertzwanzig einverstanden … Nur, meine Herren, nicht alle … Nur einen … Aber wen?

– Ich, – sagte der Dragoner. – Ich war der erste …

– Blödsinn! – sagten die anderen. – Das ist doch Blödsinn! Ist es nicht egal, ob als erster oder zweiter?

– Stimmt, – sagte Ilka. – Also was tun, meine Herren? Sie gefallen mir alle gleichermaßen … Sie alle sind nett, liebenswürdig … Sie alle gefallen mir gleichermaßen … Was tun?

– Das Los werfen! – schlug ein junger Mann vor, der nicht an der Versteigerung teilgenommen hatte und neidvoll auf die Käufer blickte …

– Gut, werfen wir das Los, – erklärte Ilka sich einverstanden. – Einverstanden, meine Herren?

– Einverstanden! – sagten alle, außer dem Dragoner, der auf dem Fensterbrett saß und sich unbarmherzig in seine dicke Unterlippe biß.

– Also, meine Herren, schreiben wir Billetts … Derjenige, der das Billett mit meinem Namen zieht, soll mich haben. Papa Zwibusch, schreib die Billetts!

Gehorsam wie immer, griff Papa Zwibusch in die Tasche seines neuen Fracks und holte ein Blatt Papier hervor. Das Blatt wurde in kleine Quadrate zerschnitten, und auf eins der Quadrate schrieb er »Ilka«.

– Das Geld auf den Tisch, meine Herren! – schlug Ilka vor. – Die Billetts sind fertig!

– Wieviel legen wir nun hin? – fragte Bach. – Wie viele sind wir? Acht? Einhundertzwanzig geteilt durch acht, gibt … gibt …

– Jeder einhundertzwanzigtausend! – sagte Ilka.

– Wieviel?

– Einhundertzwanzigtausend!

– Sie sind nicht gut in Arithmetik, meine Liebe! – sagte der Serbe. – Oder soll das ein Scherz sein?

– Jeder einhundertzwanzigtausend... Sonst muß ich bedauern, – sagte Ilka.

Die Männer traten schweigend zurück und setzten sich an den Tisch. Sie waren empört. Saisy fluchte und suchte nach seinem Hut.

– Das ist doch der blanke Hohn! – sagte er. – Das nennt man Gaunerei. Die Tatsache ausnutzen, daß uns Idioten, uns betrunkenen Eseln das Blut kocht!?

– Ich gebe keinen Centime! – sagte Bach.

– Das verlange ich auch nicht, – sagte Ilka. – Aber es ist höchste Zeit, nach Hause zu fahren... Bist du bereit, Papa Zwibusch? Fahren wir! Steck zur Erinnerung die Billetts ein.

– Leben Sie wohl! – sagten die Männer. – Fahren Sie nach Hause nach Ungarn, vielleicht finden Sie dort die Idioten, die Ihnen eine Million geben! Sie wollen doch eine Million? Begreifen Sie, komisches Mädchen! Für eine Million kann man ganz Paris kaufen! Leben Sie wohl!...

Jedoch, die allgewaltige Leidenschaft forderte ihren Tribut... Als Ilka jedem ihre heiße Hand gab, als sie die Zeit fand, jedem zum Abschied ein paar warme Worte zu sagen, und ihr »letztes« Lied gesungen hatte, erreichte die Leidenschaft ihr Apogäum...

Um fünf Uhr zog der erstbeste Kellner aus Bachs Hut die Papierquadrate... Als alle Quadrate gezogen und entfaltet waren, entrang sich der Brust aller lautes Lachen. Dieses Lachen war das Lachen der Verzweiflung, das Lachen über den Wahnsinn und die Verrücktheit des Schicksals.

Das Billett mit dem Namen »Ilka« war dem Fabrikanten aus Lyon zugefallen, dem alten Marc Louvreur. Marc

Louvreur hatte seine hundertzwanzigtausend »zum Scherz« hingelegt und hätte sich allein mit einem Kuß zufriedengeben können!

VIII

Es war ein frostiger Dezemberabend. Am Himmel blinkten die ersten Sternchen und schwamm der kalte Mond. In der Luft war es still – keine einzige Bewegung, kein einziger Laut.

Arthur von Saynitz ging die große Schneise entlang »zum Essen«. Er kam von der Kapelle des hl. Franziskus, wo er sich eine halbe Stunde zuvor mit Therese von Goldaugen auf den nächsten Tag verabredet hatte. Wie gewohnt, ging er am Försterhäuschen vorbei, wo er nach Post fragte. Madame Blaucher gab ihm zwei Couverts: ein sehr großes, ein sehr kleines. Das kleine war aus Paris, von Ilka. Saynitz wollte den Brief jetzt nicht lesen und steckte ihn in die Tasche. Er wußte, was drinstand: »Ich liebe Sie!« Etwas Neueres und Klügeres war Ilka nie eingefallen. Die Adresse auf dem großen war von der Hand Pelzers geschrieben. Von Saynitz hätte auch diesen Brief eingesteckt, wäre ihm nicht der Vermerk »Wertpapiere« ins Auge gefallen. Arthur überlegte kurz und entsiegelte das Couvert. In ihm fand er das Testament seiner Mutter. Er begann dieses Testament zu lesen. Je weiter er sich in die Lektüre des Papiers vertiefte, unterschrieben von der lieben Hand, die den Baron so oft gestreichelt hatte, desto erstaunter wurde sein Gesicht. Die Mutter hatte *alles* ihm vermacht und der Schwester nichts... Aber wozu schickten die Pelzers dieses Testament ihm?

»Aha! – dachte er. – Sie bereuen! Das wurde aber auch Zeit...«

Der Besitz der Mutter war nicht groß. Er warf an Einkünften nicht mehr als zehntausend Taler jährlich ab. Doch auch über diese Summe war Arthur froh. Und es war ihm eine Freude, diese Summe den Klauen Pelzers zu entreißen, der schon wegen eines Talers bereit war, jede beliebige Gemeinheit zu begehen.

Arthur bat die Blaucher um Papier, setzte sich an den Tisch und schrieb Pelzer einen Brief. Er schrieb, er habe das Testament erhalten und wüßte nun gern, welches Schicksal sein Geld erlitten habe, das man bis heute aus dem ihm von seiner Mutter vermachten Besitz gezogen habe? Den Brief gab er Frau Blaucher, die ihn am darauffolgenden Tag zur Poststation schickte. Eine Woche später erhielt er von Pelzer die Antwort. Die Antwort war einigermaßen merkwürdig und rätselhaft: »Ich weiß von nichts, – schrieb Pelzer. – Weder weiß ich etwas von einem Testament, noch von Geld. Lassen Sie uns in Frieden...«

– Was hat das zu bedeuten? – fragte sich Arthur, als er die Antwort gelesen hatte. – Zumindest merkwürdig! Oder bereut er, mir das Testament geschickt zu haben? Hm... Na warte, wenn das so ist.

Und Arthur begab sich am andern Tag nach Erhalt der Antwort in die Stadt und klagte dort das Testament ein. Es kam zum Prozeß.

Arthur war nun oft in der Stadt. Er fuhr zuerst zum Gericht, dann zu seinem Anwalt. Therese mußte oft allein in der Kapelle des hl. Franziskus sitzen und schmachtete in Erwartung und Langeweile. Sie saß in der Kapelle, schaute dem hl. Franziskus in die schrecklichen Augen und lauschte dem Rauschen des Windes... Welch ein Glück begann in ihren Augen zu leuchten, wenn in dem Rauschen draußen vor der Kapelle die Schritte des Barons zu unterscheiden waren, und wie totenbleich war sie, wenn sie spätabends die Kapelle verließ, ohne ihn gesehen zu haben! Wenn er in die Kapelle kam, dann nur, um sie zu ärgern, zu lästern und sie auszulachen... Therese wartete voll Ungeduld auf den Frühling, wenn man sich wieder unter freiem Himmel würde treffen können.

Doch der Frühling brachte ihr das Unglück...

Es war ein stiller, lauer Frühlingsnachmittag.

Therese saß am »Bronzenen Hirschen« und wartete auf Arthur. Sie saß im jungen, eben erst sprießenden Gras und lauschte dem Rauschen des Bächleins, das in ihrer Nähe murmelte... Die Sonne wärmte ihr angenehm die schönen Schultern.

»Kommt er oder kommt er nicht?« – dachte sie. Arthur war ganz in dem Prozeß aufgegangen und kam nur ungern zum »Bronzenen Hirschen«. Doch an diesem Nachmittag kam er. Er kam wie gewöhnlich leicht betrunken, finster, unzufrieden.

– Sie hier? – fragte er die über seinen Anblick erfreute Therese. – Meine Verehrung! Wie schön, wenn man nichts zu tun hat! Ehrenwort, das ist schön! Faulpelze gehen immer nur spazieren und sitzen im grünen Gras...

Er setzte sich neben Therese und fing an, wie ein Besessener zur Seite auszuspucken.

– Sie sind böse? – fragte Therese.

– Auf die Pelzers, diese Schurken. Wissen Sie, was die mit mir gemacht haben? Das Testament, das sie mir geschickt haben, ist falsch wie eine Frau. Es ist eine Fälschung. Ich habe es eingeklagt und komme wegen Urkundenfälschung jetzt selbst vor Gericht ... Die Pelzers haben ein übles Spiel gespielt. Sie zucken beim Anblick des Testaments nur die Schultern und wollen von nichts etwas wissen. Sie haben die Fälschung angefertigt, und ich komme vor Gericht! Hols der Teufel! Ich habe unterschreiben müssen, nicht zu verreisen, und demnächst wird mir der Untersuchungsrichter auf die Nerven fallen. Was sagen Sie dazu? Ha-ha! Baron von Saynitz hat ein Testament gefälscht! Man muß schon ein Halunke wie Pelzer sein, um so eine Falle zu stellen! Nun, Euer Durchlaucht, und Sie? Ich hörte gestern, Sie seien vom Grafen geschieden worden? Zwischen ihnen sei alles zu Ende. Warum sitzen Sie noch hier? Warum verlassen Sie nicht Ihren Mann und die Stätten, die Sie an diesen verhaßten Menschen erinnern?

– Ich kann nicht von hier weg, – sagte Therese.

– Hm ... Darf man erfahren, weshalb nicht?

– Das wissen Sie nicht?

– Woher sollte ich das wissen?

Schweigen trat ein. Beide wußten, weshalb sie noch hier war, weshalb sie diese Stätten nicht verließ, aber Arthur mußte sie quälen.

– Ich ... Das ist Ihnen neu? ... Ich liebe Sie, – sagte die Gräfin, und Röte ergoß sich über ihr stolzes, strenges Gesicht. – Ich liebe Sie, Arthur ... Wenn diese Liebe nicht wäre, wäre ich längst weit weg vom »Bronzenen Hirschen«.

Die Gräfin hob den Blick auf Arthurs Gesicht. Dieses Gesicht, betrunken, spöttisch, sagte ihr die Wahrheit. Sein Schweigen bestätigte diese Wahrheit. Er liebte sie nicht.

– Warum sind Sie hergekommen? – fragte sie leise, die Finger ringend. – Warum haben Sie mich nicht verlassen, noch vor Beginn dieser Treffen?

– Sie langweilten sich, – sagte Arthur. – Ich bin noch immer so weit Kavalier, daß ich alles tue, was den lieben Damen gefällig ist. Ha-ha!

– Wie geschmacklos!

– Es tut mir sehr leid, daß ich Ihre Liebe nicht erwidern kann. Ich liebe eine andere...

Arthur griff lachend in die Seitentasche, zog das Photo von Ilka hervor und hielt es Therese dicht vor die Augen.

– Das ist meine Liebste. Erkennen Sie sie wieder?

– Ist das die Tochter des Alten? Aber warum ist sie so gekleidet?

– Gekleidet ist sie sehr anständig... Ein reizendes Gesichtchen!

– Wo ist sie zur Zeit?

Arthur schwieg. Der Effekt, auf den er es abgesehen hatte, war verpufft. Die Gräfin war beim Anblick des Photos weder erbleicht noch errötet... Sie hatte nur geseufzt, und – merkwürdig genug! – in ihren Augen war ein gutes Gefühl aufgeschienen beim Anblick des hübschen, beinahe kindlichen Gesichtchens.

– Leben Sie wohl! – sagte Arthur. – Adieu! Ich gehe die Gesetze studieren. Oh, Pelzer, Pelzer! Wenn ich vor Gericht aussage, daß ich das Testament von ihm bekommen habe, werden mich alle auslachen!

Arthur kehrte Therese den Rücken zu und ging, gestikulierend, durch das Gehölz des Waldes.

Therese ging zu ihrem Pferd, das abseits stand und träge am jungen Gras zupfte.

– Wir reiten jetzt weg, um nie wieder hierherzukommen, – sagte Therese, das Pferd streichelnd. – Man liebt uns nicht. Um Almosen betteln werden wir nicht.

Therese saß auf und sprengte dem Waldrand entgegen. In ihren Augen leuchtete Entschlußkraft. Als sie an die Pforte kam, die auf die lange Allee führt, von der wir im ersten Kapitel unserer Erzählung sprachen, hörte sie in ihrem Rücken Schritte. Sie drehte sich um. Ihrem Pferd folgte ein ihr unbekannter junger Mann mit einer Peitsche in der Hand.

– Auf eine Minute! – rief er ihr auf französisch zu.

Die Gräfin zügelte das Pferd und nickte dem jungen Mann zu. »Sicher ein Bittsteller«, – dachte sie.

Der Reporter d'Eaumarin lief, lächelnd und strahlend, auf sie zu, bewunderte ihre Schönheit und – hob die Peitsche.

– Sie sind ebenso grausam wie schön! – sagte er… – Nichts bleibt ungestraft. Erinnern Sie sich an den alten Musikanten und seine Tochter?

Und die Gräfin verspürte in ihrem Gesicht einen brennenden Schmerz…

– Seis drum! – sagte sie und griff in die Zügel.

D'Eaumarin schaute der schönen Gräfin lange nach. Der Franzose hatte plötzlich leidenschaftlich Lust, sich mit der Frau zu unterhalten, die er geschlagen und die diesen Schlag quittiert hatte mit dem Satz: »Seis drum«, doch als sie seinen Blicken entschwunden war, drehte er sich um und ging mit raschen Schritten zum Bahnhof. Er hatte den ihm erteilten

Auftrag ausgeführt und fuhr jetzt zurück, um sich seinen Lohn zu holen.

IX

– Eine Dame sucht nach Ihnen! – sagte eines Abends Frau Blaucher zu Arthur, der wegen seiner Post gekommen war. – Sie hat Ihnen eine Nachricht dagelassen!

»Ich bin im Hotel ›Zum Großen Anker‹ abgestiegen, – las Arthur in der Nachricht. – Kommen Sie, sobald Sie können. Ilka.«

Arthur begab sich in die Stadt und sah punkt Mitternacht Ilka wieder. Er mußte laut lachen, als er sie sah. Wie elegant gekleidet sie war, wie unähnlich jener tränenüberströmten Heulsuse, der er einst im Wald begegnet war!

– Hast du die Million? – fragte er.

– Ja. Hier ist sie!

Arthur hörte schlagartig auf zu lachen. Vor ihm auf dem Tisch ausgebreitet lag eine Million, eine echte Million.

– Hols der Teufel! – sagte er und wollte seinen Augen nicht trauen. – Du rechnest in Francs, mein Kind? Ich vergaß dir zu sagen, daß du in Talern rechnen sollst... Aber macht nichts... Auch dieses Geld ist gut! Wo hast du es her?

Ilka setzte sich neben ihn und erzählte ihm alles, was ihr widerfahren war, nachdem sie sich getrennt hatten.

– Und was hast du mit dem Alten gemacht? – fragte Arthur.

– Ihm Morphium gegeben und bin noch in derselben Nacht geflohen, so schnell die Füße trugen.

– Alle Ehre! – sagte Arthur. – Ha-ha-ha! Früher hätte ich dir eine Tracht Prügel verabreicht, aber jetzt sollst du Baronesse von Saynitz werden! Meine Hand drauf! Noch heute morgen gehen wir zum Oberbürgermeister!

Am andern Tag waren von Saynitz und Ilka beim Oberbürgermeister. Ilka wurde Baronesse von Saynitz am 2. Juni um halb zehn Uhr morgens.

Um zwei Uhr desselben Tages wurde Arthur von Saynitz der Baronstitel aberkannt: die Geschworenen befanden ihn der Urkundenfälschung für schuldig... Die Pelzers hatten ihr Ziel erreicht.

Bei Gericht sah Ilka die Gräfin von Goldaugen wieder.

Die Gräfin saß in einem der hinteren Sessel, in einiger Entfernung vom Publikum, und ließ kein Auge von dem Angeklagten. Von ihrem Hut fiel ein dunkler Schleier über ihr Gesicht. Offensichtlich wollte sie das Inkognito wahren. Und erst als sie, nach dem Plädoyer des Staatsanwaltes, laut sagte: »Wie ist das alles dumm!« – erkannte Ilka sie an ihrer melodischen Stimme.

»Mit welchem Recht starrt sie meinen Mann an?« – dachte Ilka, vor Haß erbleichend, zugleich aber auch ihren Sieg auskostend. Denn jetzt glaubte sie an ihren Sieg: sie hatte der Gräfin den Geliebten weggenommen.

Der Angeklagte benahm sich vor Gericht höchst merkwürdig. Er war leicht betrunken – boshafte Pointen perlten ihm nur so von den Lippen. Richter und Geschworene mit Nichtachtung strafend, schwieg er, wenn er hätte sprechen, und sprach, wenn er hätte schweigen sollen. Der Staatsanwalt war sein Kommilitone, schonte ihn aber nicht in seinem Plädoyer. Ungeniert wühlte er in der Vergangenheit des Angeklagten, die er als Kommilitone genau kannte, beschrieb dessen Leben in Paris, den Bankrott, die Mittellosigkeit, den Druck, den Baron von Saynitz dank dieser Mittellosigkeit erfahren mußte, und endete mit einer Lobeshymne auf Madame Pelzer, die das Gefühl der geschwisterlichen Liebe dem Gefühl der Gerechtigkeit untergeordnet habe, der gerechten Strafe für seine Verfehlungen …

– Sie hat gehandelt wie eine vorbildliche Staatsbürgerin! – sagte er.

– Schämen solltest du dich, – sagte Arthur. – Früher, auf der Universität, als du meine Zigaretten geraucht hast, hast du noch nicht so lügen können!

Nur diesen einen Satz sagte er ernst und aufrichtig, alles übrige, was Arthur sagte, rief Gelächter hervor und setzte die richterliche Klingel in Bewegung.

Das Publikum begrüßte das Plädoyer der Anklage mit Applaus. Es bestand fast nur aus Pelzers Claqueuren. Leute, die mit Arthur sympathisierten, hatten im Gerichtssaal keinen Platz gefunden. Alle Plätze waren schon am frühen Morgen von Anhängern des Bankiers besetzt worden. Arthur nahm das Urteil gelassen auf.

– Ich kenne den Weg zum Kaiser, – sagte er, – und wenn ich den Baronstitel je wieder brauchen sollte, werde ich zu ihm gehen. Wien, das mich kennt, wird über dieses Urteil nur lachen!

Ein bitteres Gefühl, das Gefühl der Scham für die Menschen und Abscheu, erfüllte das Herz der Gräfin, als sie den Gerichtssaal verließ und die Kutsche bestieg. In ihrem Beisein hatte man einen Unschuldigen des Betruges angeklagt und verurteilt. Wie leicht sind diese einfachen, dickbäuchigen Geschworenen hinters Licht zu führen, und wie wenig braucht es, einen Menschen zugrundezurichten!

– Ich werde ihm seinen Namen zurückgeben! – beschloß sie in ihrem Ärger. – Er sagte, er kenne den Weg nach Wien, aber er wird sich nicht kümmern um eine vermeintliche Lappalie wie einen guten Namen... Außerdem ist er faul, schwerfällig... Ich werde mich statt seiner darum kümmern...

»Ich werde ihm ein Almosen geben, – fügte sie in Gedanken hinzu, – und er wird es, gegen seinen Willen, annehmen müssen!«

Am andern Tag war sie bereits im Städtischen Klub auf einem Wohltätigkeitsball mit Tombola und verkaufte Lose. Im Garten unter dem Vordach, gebildet aus Fähnchen, rankenden Weinreben und frischen Blumen, standen einige Tische. Auf den Tischen standen Glücksräder mit Lotterielosen... Acht sehr hübsche und sehr elegant gekleidete Aristokratinnen saßen an diesen Tischen und verkauften Lose. Am erfolgreichsten handelte die Gräfin von Goldaugen. Unermüdlich drehte sie das Glücksrad und gab Wechselgeld heraus. Pelzer, der anwesend war, kaufte ihr zweitausend Lose ab.

– Wie geht es dem Bruder Ihrer Gattin? – fragte ihn die Gräfin, als sie das Geld entgegennahm.

Pelzer seufzte.

– Der Ärmste, er hatte gleich zweimal Pech, – sagte er. – Er hat geheiratet und... ist jetzt kein Baron mehr...

– Das hörte ich... Und wo ist seine Frau?

– Hier. Haben Sie sie nicht gesehen? Zu komisch! Haha... Sie ist Baronesse... Hätte sie ein paar Stunden später geheiratet, wäre sie jetzt nur eine Bürgerliche namens Saynitz …

Die Gräfin, die jedem Vorüberkommenden ins Gesicht sah, suchte von nun an mit den Augen nach Ilka.

Ilka war auf dem Ball. Sie war hoch erhobenen Hauptes und mit einem stolzen, überheblichen Lächeln schon einmal an der Gräfin vorübergegangen. Die Gräfin, mit dem Loshandel beschäftigt, hatte sie nicht bemerkt. Sie ging ein zweites Mal vorüber, umringt von einer Menge Neugieriger, die ihr unverfroren ins hübsche Gesicht starrten. Die Gräfin richtete den Blick auf sie und erkannte sie offenbar nicht. Als sie ein drittes Mal vorüberging, trafen sich ihre Blicke.

Die Gräfin wurde verlegen und ließ, zu Ilkas großem Vergnügen, Geld zu Boden fallen. Einige Münzen entglitten ihren plötzlich zitternden Händen und rollten klirrend über den Boden.

Ilka trat an den Tisch der Gräfin, sah ihr ins Gesicht und kaufte einige Lose.

– Ich möchte zugunsten des Schulbaus eine Kleinigkeit spenden, – sagte sie und drückte der Gräfin, ohne eine Antwort abzuwarten, ein goldenes Medaillon in die Hände. Die Gräfin nahm das ihr bekannte Medaillon in die Hand, öffnete es und lächelte. Ihr Gesicht war mit einer Nadel zerkratzt.

– Wenden Sie sich in dieser Sache an die Klubverwaltung, – sagte sie und gab Ilka das Medaillon zurück. – Meine Aufgabe ist, Lose zu verkaufen …

Und mit einem reizenden Lächeln fügte die Gräfin hinzu:

– Pardon, ich habe zu tun!

Das Lächeln und die Selbstbeherrschung der Gräfin

machten Ilka verlegen. Wortwechsel dieser Art nicht gewöhnt, trat sie verlegen vom Tisch zurück. Sie ärgerte und schämte sich: die Umstehenden hatten ihre Verlegenheit bemerkt, wechselten Blicke und lächelten. Dieses fragende Lächeln traf Ilka mitten ins Herz.

– Lassen Sie mich bitte durch, – sagte sie zu den jungen Leuten, die vor ihr standen wie eine Wand und sie neugierig anstarrten.

Die jungen Leute fingen aus irgendeinem Grunde an zu lachen. Das gleiche Lachen hörte sie auch in ihrem Rücken. Ilka drehte sich um und sah dort gleichfalls eine Menge junger Leute.

– Lassen Sie mich bitte durch! – wiederholte Ilka.

Wieder hörte man Gelächter, und ein dicker Bierflaschenkorken traf Ilkas rosige Stirn. Ein zweiter Korken traf sie an der rechten Schulter...

– Ha-ha... Hurra! Baronesse von Saynitz, die Frau Gemahlin eines ehrlosen Betrügers! – rief jemand, und ein Zischen wurde laut...

Ein dritter und ein vierter Korken trafen sie gleichzeitig im Gesicht. Erniedrigt und beleidigt, bereit, in Ohnmacht zu fallen, schaute sie zur Gräfin hinüber, und ihr schien, als lache die Gräfin... Ilka wurde schwarz vor Augen. Ihren schwindelnden Kopf zog es heftig nach unten.

– Arthur! – rief sie.

Niemand antwortete auf diesen Hilferuf. Der Baron ohne Baronstitel war weit weg. Er lag, betrunken, unter einem Busch unweit von Blauchers Häuschen und träumte von seiner Million...

Die Gräfin, unerkannt vom getrübten Blick des beleidigten Mädchens, trat auf Ilka zu, faßte sie um die Schultern und führte sie aus der Menge fort.

– Lassen Sie mich! Ich will sie töten! – rief Ilka und verlor das Bewußtsein.

Als sie wieder zu sich kam, befand sie sich in einem kleinen, mit himbeerrotem Samt tapezierten Zimmer. Sie lag auf einem Divan. Neben ihr saß ein junges Mädchen mit einem Fläschchen in den Händen…

– Wo sind wir? – fragte Ilka.

– Im Klub, gnädige Frau, – antwortete das Mädchen.

Mazurkaklänge, die an Ilkas Ohr drangen, bestätigten die Antwort des Mädchens. Ilka hob ihren schweren Kopf und erinnerte sich, nach kurzem Nachdenken, an alles Vorgefallene.

– Bringen Sie mir ein kleines Glas Rheinwein, – sagte sie zu dem Mädchen.

Das Mädchen ging hinaus. Ilka zog schnell ihr Portemonnaie aus der Tasche. Aus dem Portemonnaie holte sie einen kleinen Flacon, der Morphium enthielt. Von diesem Morphium hatte sie noch vor kurzem dem alten Louvreur zu trinken gegeben! Jetzt wird sie selbst davon trinken, weil sie sich die Kränkungen zu sehr zu Herzen nimmt, die die Menschen ihr zufügen… Das Morphium, der ganze Inhalt des Flacons, war genommen. In Erwartung des ewigen Schlafes lehnte Ilka sich zurück und dachte nach… Es tat ihr nicht leid um das farblose Leben. Leid tat ihr, den alten Papa Zwibusch allein zu lassen – nur er tat ihr leid! Arthur, der den Alkohol mehr liebte als seine junge Frau, tat ihr nicht leid.

– Wie fühlen Sie sich? – hörte sie eine melodische Stimme.

Über sie gebeugt stand die Gräfin, ihre schlimmste Feindin... Ilka sah vor sich zwei glänzende Augen und zwei rosa Flecken auf den Wangen.

– D'Eaumarin! – flüsterte sie, als sie auf der linken Wange einen kaum sichtbaren roten Streifen erblickte.

– Die Leute, die Sie beleidigt haben, werden bestraft, – sagte die Gräfin. – Sie sind von Pelzer gedungen, der Arthur haßt... Ich werde auch den Schurken Pelzer bestrafen... Ich bin mächtig... Sind Sie mir noch böse?

Ilka drehte ihr Gesicht zur Seite.

– Bist du mir noch böse, Ilka? Dann... vergib mir... Ich bin schuldig... Ich habe dich und deinen Vater beleidigt... Ich bereue es und bitte um Vergebung...

Und Ilka verspürte auf ihrem Kopf einen Kuß.

– Ich habe lange nach dir gesucht... Ich hatte weder am Tage noch in der Nacht Ruhe, nachdem dein Blick mich getroffen hatte an jenem unglückseligen Tag... Dein Blick hat mich im Traum verbrannt...

Ilka brach plötzlich in Tränen aus.

– Ich sterbe, – flüsterte sie, einschlafend zu den Klängen der zärtlichen Stimme ihrer reuigen Rivalin.

– Vergib mir, Ilka, wie ich dir vergeben habe...

Ilka streckte die Hand aus und berührte den Hals der Gräfin... Die Gräfin beugte sich vor und küßte sie auf die Lippen.

– Ich sterbe, – flüsterte Ilka. – Ich habe... Mor... Auf dem Teppich...

Die Gräfin bückte sich und sah auf dem Teppich den Flacon. Sie hatte alles begriffen. Einen Augenblick später wurde im Klub der Arzt gefunden und zu Ilka gebracht.

Dem Arzt gelang nur, anhand des Flacons, eine Vergiftung zu konstatieren, die entschlafene Ilka auf die Beine zu bringen gelang ihm nicht...

Der Reporter d'Eaumarin traf, aus Ungarn kommend, in eben jener Nacht in Paris ein, in der Ilka verlost wurde. Da er im Hotelzimmer, in dem die Sängerin wohnte, niemanden fand außer dem in einem Sessel tief schlafenden Louvreur, lief er zu Bach. Bach erzählte ihm alles, was in seiner Abwesenheit vorgefallen war.

– Sie ist geflohen! – schloß der Reporter und fuhr am nächsten Tag nach Ungarn zurück, wo er den Lohn für seine Dienste zu erhalten hoffte.

In Ungarn erfuhr er vom Tode der geliebten Frau. Die Todesnachricht war ein grausamer Lohn, der ihn aufs Bett warf. Lange lag er im Fieber, danach ließ er sich im Walde derer von Goldaugen nieder, sammelte von allen Seiten Informationen und schrieb einen Roman über die schöne Ilka. Als ich voriges Jahr durch die Goldaugenschen Wälder fuhr, lernte ich d'Eaumarin kennen und habe seinen Roman gelesen.

Ins Russische übersetzt, liegt er unseren Lesern nun vor.

Lebende Ware

F. F. Popudoglo gewidmet

I

Grocholskij umarmte Liza, küßte jedes ihrer Fingerchen mit den rosigen, abgeknabberten Fingernägeln einzeln und setzte sie auf die mit billigem Samt bezogene Couchette. Liza legte die Beine übereinander, legte die Arme unter den Kopf und legte sich hin.

Grocholskij setzte sich neben ihr auf einen Stuhl und beugte sich über sie. Er verwandelte sich ganz und gar in Augen.

Wie hübsch erschien sie ihm, beleuchtet von den Strahlen der untergehenden Sonne!

Die untergehende Sonne, golden, leicht in Purpur getaucht, war als Ganzes im Fenster zu sehen.

Den ganzen Salon, und mit ihm auch Liza, beleuchtete sie mit hellem, nicht in die Augen stechendem Licht und legte für kurze Zeit eine Vergoldung über alles …

Grocholskij war entzückt. Liza war nicht weiß Gott was für eine Schönheit. Zwar war ihr kleines Katzengesichtchen mit den grauen Augen und dem Stupsnäschen frisch und sogar pikant, ihre dünnen Haare und Locken schwarz wie Ruß, ihr kleiner Körper graziös, geschmeidig und ebenmäßig wie der Körper eines Zitteraals, aber im ganzen gesehen... Im übrigen, meinen Geschmack beiseite. Grocholskij, von den Frauen verwöhnt, der sich in seinem Leben Hunderte von Malen verliebt und wieder getrennt hatte, sah in ihr eine Schönheit. Er liebte sie, und die blinde Liebe findet ihre ideale Schönheit überall.

– Hör zu, – begann er, ihr gerade in die Augen blickend. – Ich bin gekommen, um mit dir zu reden, meine Wonne. Die Liebe erträgt nichts Vages, Formloses... Vage Verhältnisse, weißt du... Ich sagte es dir gestern schon, Liza... Laß uns heute versuchen, die aufgeworfene Frage zu Ende zu bringen. Laß uns gemeinsam entscheiden... Was sollen wir tun?

Liza gähnte und zog, die Stirn in tiefe Falten gelegt, den rechten Arm unter dem Kopf hervor.

– Was sollen wir tun? – wiederholte sie, für Grocholskij kaum hörbar.

– Nun ja, was sollen wir tun? Entscheide du, weises Köpfchen... Ich liebe dich, und ein liebender Mensch kann nicht teilen. Er ist mehr als ein Egoist. Ich habe nicht die Kraft, dich mit deinem Mann zu teilen. Ich reiße ihn gedanklich in Stücke, wenn ich daran denke, daß er dich liebt. Zweitens, du liebst mich... Für die Liebe ist absolute Freiheit die notwendige Bedingung. Und bist du etwa frei? Quält dich nicht der Gedanke, daß über deiner Seele ständig dieser Mensch steht? Ein Mensch, den du nicht liebst, den du, was nur natürlich wäre, womöglich sogar haßt... Das zum zweiten... Wir betrügen ihn, und das ist... unehrlich. Vor allem, Liza, Wahrhaftigkeit. Fort mit der Lüge!

– Ja, was sollen wir also tun?

– Du kannst es dir denken … Ich finde es notwendig, unbedingt notwendig, daß wir ihm unsere Verbindung entdecken und daß du ihn verläßt, um in Freiheit zu leben. Das eine wie das andere sollten wir so bald wie möglich tun … Zum Beispiel schon heute abend … sprichst du dich mit ihm aus … Es ist Zeit, dem ein Ende zu setzen … Fällt es dir nicht auf die Nerven, zu lieben wie ein Dieb?

– Mich aussprechen? Mit Vanja?

– Aber ja!

– Das ist unmöglich! Ich habe dir schon gestern gesagt, Michel, daß das unmöglich ist!

– Und warum?

– Er wird beleidigt sein, wird anfangen zu schreien und verschiedene Unannehmlichkeiten machen … Weißt du denn nicht, wie er ist? Gott behüte! Nein, keine Aussprache! Du hast Einfälle!

Grocholskij fuhr sich mit der Hand über die Stirn und seufzte.

– Ja, – sagte er. – Er wird nicht bloß beleidigt sein … Ich nehme ihm schließlich sein Glück weg. Liebt er dich?

– Ja. Sehr.

– Da haben wir den Salat! Man weiß nicht, an welchem Ende man anfangen soll. Es vor ihm verbergen ist gemein, sich mit ihm aussprechen bedeutet ihn umbringen … Weiß der Teufel! Also, was sollen wir tun?

Grocholskij verfiel in Nachdenken. Sein bleiches Gesicht verfinsterte sich.

– Wir machen so weiter wie bisher, – sagte Liza. – Soll er es selbst herausbekommen, wenn er will.

– Aber das ist doch … das ist Sünde und … Schließlich bist

du mein, und niemand hat das Recht zu denken, du gehörtest nicht mir, sondern einem andern! Du bist mein! Ich trete dich niemandem ab! Er tut mir leid, Gott ist mein Zeuge, wie leid, Liza! Wenn ich ihn sehe, tut es mir weh! Aber… aber was, was sollen wir tun? Du liebst ihn doch nicht? Weshalb also willst du dich mit ihm herumquälen? Du mußt dich mit ihm aussprechen! Wir werden uns mit ihm aussprechen und fahren zu mir. Du bist meine Frau, nicht seine. Das soll er wissen. Irgendwie wird er seinen Kummer schon verschmerzen… Er ist nicht der erste, er wird auch nicht der letzte sein… Willst du fliehen? Ja? Sag rasch! Willst du fliehen?

Liza setzte sich auf und blickte Grocholskij mit fragenden Augen an.

– Fliehen?

– Nun ja… Zu mir auf mein Gut… Und dann auf die Krim… Wir werden uns schriftlich mit ihm aussprechen… Es ginge heute nacht. Um halb zwei geht ein Zug. Ja? Gut?

Liza kratzte sich träge an der Nasenwurzel und verfiel in Nachdenken.

– Gut, – sagte sie und… fing an zu weinen.

Auf ihren Wangen spielten rote Flecken, die Äuglein quollen über, und über das Katzengesichtchen liefen Tränen…

– Was weinst du denn? – war Grocholskij besorgt. – Liza! Was ist denn? Nun? Was weinst du? Du bist mir eine! Nun, was ist denn? Liebling! Mütterchen!

Liza streckte Grocholskij die Arme entgegen und hing an seinem Hals. Schluchzen war zu hören.

– Er tut mir leid… – murmelte Liza. – Ach, er tut mir so leid!

– Wer?

– Va… Vanja…

– Und ich tue dir nicht leid? Aber was sollen wir tun? Wir fügen ihm Leid zu… Er wird leiden und uns verfluchen… Aber sind wir denn daran schuld, daß wir uns lieben?

Als er das gesagt hatte, sprang Grocholskij, wie von der Tarantel gestochen, von Liza weg und setzte sich in einen Sessel. Liza flatterte von seinem Hals weg und setzte sich flugs auf die Couchette.

Beide waren schrecklich errötet, senkten die Blicke und räusperten sich.

Den Salon betrat ein großgewachsener breitschultriger Mann um die Dreißig, in Beamtenuniform. Er war unbemerkt eingetreten. Erst das Geräusch eines Stuhls, gegen den er an der Tür gestoßen war, hatte den Liebenden seine Ankunft verraten und sie veranlaßt, sich umzudrehen.

Sie hatten sich zu spät umgedreht. Er hatte gesehen, wie Grocholskij Liza um die Taille hielt, und gesehen, wie Liza am weißen Aristokratenhals Grocholskijs hing.

»Er hat es gesehen!« – dachten Liza und Grocholskij gleichzeitig, bemüht, ihre schwer gewordenen Hände und verlegenen Augen so tief wie möglich zu verbergen…

Das rosige Gesicht des Ehemanns erbleichte.

Das qualvolle, merkwürdige, die Seelen aufwühlende Schweigen dauerte drei Minuten. Oh, diese drei Minuten! An sie erinnert sich Grocholskij heute noch.

Als erster bewegte sich der Ehemann und brach das

Schweigen. Er schritt auf Grocholskij zu und gab ihm, das Gesicht zu einer sinnlosen Grimasse verzogen, die einem Lächeln ähnlich war, die Hand. Grocholskij drückte leichthin die weiche, schweißige Hand und erschauderte am ganzen Körper, so als habe er in der Faust einen kalten Frosch zerquetscht.

– Guten Abend, – murmelte er.

– Gehts gut? – krächzte heiser, kaum hörbar der Ehemann und setzte sich Grocholskij gegenüber, wobei er sich im Rücken den Kragen zurechtrückte...

Wieder trat qualvolles Schweigen ein... Doch dieses Schweigen war nicht mehr so dumm... Der erste Ansturm, der bedrückendste und charakterloseste, war vorüber.

Beiden blieb jetzt nur zu retirieren, etwa um Streichhölzer zu holen oder eine andere Lappalie. Beide hatten das starke Bedürfnis zu gehen. Sie saßen, zupften, ohne einander anzusehen, an ihren Bärtchen und suchten in ihren aufgewühlten Hirnen nach einem Ausweg aus der schrecklich peinlichen Lage. Beide schwitzten. Beide litten unerträglich, und an beiden fraß der Haß. Sie wollten aufeinander losgehen, aber... wie das anfangen, und wer sollte als erster anfangen? Wenn nur wenigstens Liza hinausgehen würde!

– Ich habe Sie gestern im Adelsklub gesehen, – murmelte Bugrov (so hieß ihr Mann).

– Ich war dort... ich war... Haben Sie getanzt?

– Hm... ja. Mit der... jüngeren Ljutockaja... Sie tanzt schlecht... Tanzt unmöglich. Im Plappern eine Meisterin. (Pause) Plappert unermüdlich.

– Ja... es war langweilig. Ich habe Sie auch gesehen...

Grocholskij warf Bugrov versehentlich einen Blick zu...

Seine Augen trafen sich mit dem umherirrenden Blick des betrogenen Ehemannes, und er hielt ihm nicht stand. Er stand schnell auf, griff nach seinem Hut und ging zur Tür, seinen Blick im Rücken spürend. Ihm schien, als seien tausend Augen auf seinen Rücken gerichtet. Dasselbe spürt ein ausgepfiffener Schauspieler, der von der Rampe zurücktritt, dasselbe spürt der Geck, dem man eins hinter die Ohren gegeben hat und der von der Polizei abgeführt wird…

Sobald Grocholskijs Schritte verstummt waren und im Flur die Tür gequietscht hatte, sprang Bugrov auf und schritt, nach einigen Kreisen durch den Salon, auf seine Gemahlin zu. Das Katzengesichtchen zuckte und zwinkerte mit den Äuglein, als erwartete es eine hinter die Ohren. Der Ehemann ging auf sie zu, wobei er ihr aufs Kleid trat und mit seinem Knie gegen ihre Knie stieß, und schüttelte sie mit verzerrtem bleichem Gesicht an Armen, Kopf und Schultern.

– Wenn du, verdammtes Dreckstück, – begann er mit dumpfer, weinerlicher Stimme, – ihn auch nur noch einmal hereinläßt, dann werd ich dich… Daß er keinen Schritt mehr über die Schwelle wagt! Ich bringe ihn um! Verstehst du? A-a-ah… Unverfrorenes Geschöpf! Du zitterst!… Lu-der!

Bugrov packte sie am Ellbogen, schüttelte und schleuderte sie wie ein Bällchen zum Fenster.

– Dreckstück! Gemeines! Schamloses!

Sie flog auf das Fenster zu, kaum mit den Füßen den Boden berührend, und hielt sich an den Vorhängen fest.

– Halts Maul! – schrie der Gemahl, auf sie zutretend, und stampfte, Blitze aus den Augen schleudernd, mit dem Fuß auf.

Sie schwieg. Sie blickte zur Decke und schluchzte, im Gesicht den Ausdruck des reuigen Mädchens, das bestraft werden soll.

– So ist das also! Ja? Mit diesem Windbeutel? Schön! Und vor dem Altar? Wer? Schöne Ehefrau und Mutter! Halts Maul!

Und er schlug sie auf ihre hübsche, zerbrechliche Schulter.

– Halts Maul! Dreckstück! Dir komme ich noch ganz anders! Wenn dieser Wüstling es noch einmal wagt, hier zu erscheinen, wenn ich dich noch einmal... (hör zu!!) mit diesem Dreckskerl erwische... dann... rechne nicht auf Gnade! Ich gehe nach Sibirien, aber ich bringe dich um! Ihn auch. Das kostet mich nichts! Geh! Ich will dich nicht mehr sehen!

Bugrov wischte sich mit dem Ärmel die Stirn und schritt im Salon auf und ab. Liza, immer lauter schluchzend und mit den Schultern und dem Stupsnäschen zuckend, vertiefte sich in die Betrachtung des Spitzenmusters der Vorhänge.

– Du bist doch verrückt! – schrie der Gemahl. – Nur Dummheiten im Kopf, blöde Gans! Launen, nichts weiter! Ich, Lizaveta, bin nicht... der da! Ich habe keinen Fimmel! Ich mag das nicht! Wenn du hier Sauereien machen willst, dann... nur zu! Du hast in meinem Hause keinen Platz! Marsch, wenn du... Bist du Ehefrau geworden, dann vergiß diesen Angeber! Dummheiten, nichts als Dummheiten! Daß mir das nicht noch mal passiert! Sag nichts! Deinen Mann sollst du lieben! Deinem Manne bist du gegeben, also liebe ihn! So ist das! Ist dir einer zu wenig? Geh, erst mal... F-folterknechte!

Bugrov schwieg eine Weile, dann schrie er:

– Du sollst gehn, sage ich dir! Geh ins Kinderzimmer! Was heulst du denn? Selber schuld und heult! Ha! Voriges Jahr hast du dich Petjka Tolčkov an den Hals geworfen, dieses Jahr diesem, Gott vergib mir, diesem Satan… Tfu! Begreif endlich, wer du bist! Ehefrau, Mutter! Voriges Jahr Ärger, dieses Jahr Ärger… Tfu!

Bugrov seufzte laut, und in der Luft roch es nach Jerez. Er war von einem Diner zurückgekehrt und leicht betrunken…

– Kennst du deine Pflichten nicht? Nein!… Euch muß man Mores lehren! Das haben eure Mamas vergessen! Eure Mamas sind genau solche Betrügerinnen wie ihr… Heul nur! Jawohl! Heul nur!

Bugrov trat auf seine Frau zu und nahm ihr den Vorhang aus der Hand.

– Geh vom Fenster weg… Die Leute könnten sehen, wie du heulst… Daß mir das nicht noch einmal passiert. Von den Umarmungen ists bis ins Elend nur ein Schritt… Du reitest dich hinein. Und meinst du, für mich ist es schön, Hörner zu tragen? Wenn du weitermachst mit denen, diesen dreisten Kerlen, dann wirst du… Nun, hör schon auf… Ein zweites Mal… wirst du nicht… Ich bin doch… Liza… Nun hör schon auf…

Bugrov seufzte und hüllte Liza in Jerezdünste.

– Du bist jung, bist dumm und hast keine Ahnung… Ich bin nie zu Hause… Das nutzen die aus. Du mußt klug sein, vernünftig! Sie schmieren dich an! Legen dich rein! Und das würde ich nicht ertragen… Dann wäre es aus mit mir… Schluß und vorbei! Dann könnte ich auch sterben… Bei Betrug, Mütterchen... bin ich... zu allem fähig. Ich kann dich totprügeln und... aus dem Haus jagen. Dann kannst du hingehn zu deinen Wüstlingen.

Und Bugrov wischte mit seiner großen, weichen Hand (horribile dictu!) über das nasse, verweinte Gesicht der Betrügerin Liza. Er verhielt sich zu seiner zwanzig Jahre alten Frau wie zu einem Kinde!

– Hör schon auf... Ich vergebe dir, nur wenn das ein zweites Mal... dann gnade dir Gott! Ich vergebe dir das fünfte Mal, aber ein sechstes Mal nicht. So wahr mir Gott helfe. Solche Dinge vergibt einem nicht einmal der Herrgott.

Bugrov beugte sich mit seinen glänzenden Lippen über Lizas Köpfchen.

Aber der Kuß kam nicht zustande...

Im Flur, im Eßzimmer, im Saal und im Salon knallten die Türen, und zum Salon herein kam wie ein Wirbelsturm Grocholskij geflogen. Er war bleich und zitterte. Er schwenkte die Arme, er zerknautschte seinen teuren Hut. Sein Rock hing an ihm wie an einem Kleiderhaken. Er verkörperte höchstes Fieber. Bugrov ließ, als er ihn sah, von seiner Frau ab und schaute zum anderen Fenster hinaus. Grocholskij flog auf ihn zu und begann, die Arme schwenkend, schwer atmend und ohne jemanden anzusehen, zu sprechen:

– Ivan Petrovič! Hören wir auf, Komödie zu spielen! Betrügen wir einander nicht länger! Es reicht! Ich bin außerstande! Tun Sie, was Ihnen beliebt, aber ich kann nicht länger! Es ist ekelhaft und gemein, schließlich und endlich! Es ist empörend! Begreifen Sie, empörend!

Grocholskij verschluckte sich und bekam keine Luft mehr.

– Es ist jenseits meiner Regeln. Auch Sie sind ein ehrlicher Mensch. Ich liebe sie! Ich liebe sie mehr als alles auf der Welt! Sie haben es bemerkt und … Ich bin verpflichtet, es zu sagen!

»Was soll ich ihm sagen?« – dachte Ivan Petrovič.

– Wir müssen ein Ende machen! Die Komödie kann so nicht länger dauern! Wir müssen das alles irgendwie lösen!

Grocholskij holte so tief Luft wie möglich und fuhr fort:

– Ich kann ohne sie nicht leben. Und sie auch nicht. Sie sind ein studierter Mensch, Sie werden verstehen, daß unter diesen Umständen Ihr Familienleben unmöglich ist. Diese Frau ist nicht die Ihre. Nun ja … Kurz, ich bitte Sie, diese Sache von einem nachsichtigen … humanen Gesichtspunkt aus zu sehen. Ivan Petrovič! Begreifen Sie endlich, daß ich sie liebe, sie mehr liebe als mich selbst, mehr als alles auf der Welt, und daß mich dieser Liebe zu widersetzen über meine Kräfte geht!

– Und sie? – fragte in mürrischem, leicht spöttischem Ton Bugrov.

– Fragen Sie sie! Hier, fragen Sie sie! Leben mit einem ungeliebten Menschen, mit Ihnen leben, während man einen anderen liebt, das ist … das bedeutet … zu leiden bedeutet das!

– Und sie? – wiederholte Bugrov, nicht mehr in spöttischem Ton.

– Sie … sie liebt mich! Wir haben uns ineinander verliebt … Ivan Petrovič! Erschlagen Sie uns, verachten Sie uns, jagen Sie uns, tun Sie, was Sie wollen … aber wir haben nicht mehr die Kraft, uns vor Ihnen zu verbergen! Verurteilen Sie uns mit der ganzen Strenge eines Menschen, dem wir … dem das Schicksal sein Glück genommen hat!

Bugrov errötete wie ein gesottener Krebs und blickte mit einem Auge zu Liza. Er zwinkerte. Seine Finger, Lippen und Lider fingen an zu zittern. Der Ärmste! Die Augen seiner weinenden Liza sagten ihm, daß Grocholskij recht hatte, daß die Sache ernst war…

– Ja nun? – murmelte er. – Wenn Sie… In heutigen Zeiten… Ihr seid alle so…

– Gott weiß, – winselte Grocholskij in höchstem Tenor, – daß wir Sie verstehen! Verstehen, fühlen wir denn etwa nicht? Ich weiß, welches Leid wir Ihnen zufügen! Gott sieht es! Aber seien Sie nachsichtig! Ich flehe Sie an! Wir sind daran nicht schuld! Liebe ist keine Schuld. Kein Wille kann ihr widerstehen… Geben Sie sie mir, Ivan Petrovič! Lassen Sie sie mir! Nehmen Sie von mir für Ihre Qualen, was Sie wollen, nehmen Sie mein Leben, aber geben Sie mir Liza! Ich bin zu allem bereit… Sagen Sie mir, womit ich sie Ihnen zumindest teilweise ersetzen kann? Im Tausch für das verlorene Glück kann ich Ihnen ein anderes Glück geben! Ich kann es, Ivan Petrovič! Ich bin mit allem einverstanden! Es wäre gemein von mir, Sie ohne Genugtuung zurückzulassen… Ich verstehe Sie, im gegenwärtigen Augenblick.

Bugrov winkte ab, als wolle er sagen: »Schert euch fort, um Gottes willen!« Seine Augen überzogen sich mit verräterischer Feuchtigkeit… Gleich wird man sehen, daß er eine Heulsuse ist.

– Ich verstehe Sie, Ivan Petrovič! Ich gebe Ihnen ein anderes Glück, das Sie nie erfahren haben. Was wollen Sie? Ich bin reich, ich bin der Sohn eines einflußreichen Mannes… Wollen Sie? Na, wieviel wollen Sie?

Es versetzte Bugrov einen Stich ins Herz... Er hielt sich mit beiden Händen an den Vorhängen fest.

– Wollen Sie... Fünfzigtausend? Ivan Petrovič, ich flehe Sie an... Das ist nicht Bestechung, kein Handel... Ich will nur durch ein Opfer Ihren unermeßlichen Verlust ein wenig lindern... Wollen Sie einhunderttausend? Ich bin bereit! Wollen Sie einhunderttausend?

Mein Gott! Zwei riesige Hämmer dröhnten gegen die verschwitzten Schläfen des unglücklichen Ivan Petrovič... In seinen Ohren rasten mit Klang und Schellengeläut russische Trojken vorüber...

– Nehmen Sie dieses Opfer von mir an! – fuhr Grocholskij fort. – Ich flehe Sie an! Sie nehmen eine Last von mir! Ich bitte Sie!

Mein Gott! Am Fenster, durch das Bugrovs feuchte Augen blickten, fuhr auf dem vom Mairegen leicht feuchten Pflaster eine reiche, viersitzige Kutsche vorüber. Rassige, feurige Pferde, mit Aplomb, mit Stil. In der Kutsche saßen Menschen mit Strohhüten, mit zufriedenen Gesichtern, mit langen Angeln, Fischnetzen... Ein Gymnasiast in weißer Schirmmütze hielt ein Gewehr in der Hand. Sie fuhren aufs Sommerhaus, um zu angeln, zu jagen, an der frischen Luft Tee zu trinken. Sie fuhren hinaus an die gesegneten Stätten, wo seinerzeit durch Felder, Wälder und Fluren barfuß, sonnenverbrannt, aber tausendfach glücklich der Sohn eines Dorfküsters, der kleine Bugrov gesprungen war. Oh, wie verteufelt verführerisch ist dieser Mai! Wie glücklich ist, wer seine schwere Uniform ausziehen, sich in eine Kutsche setzen und ins Freie fliegen kann, wo die Wachteln schlagen und es nach frischem Heu riecht. Bugrovs Herz krampfte sich zusammen in einem angenehmen, lindernden Gefühl... Einhunderttausend! Mit der Kutsche flogen an seinen Augen alle die ihm verheißenen Träume vorüber, mit denen er sich über sein ganzes Beamtenleben zu trösten liebte, wenn er in der Gouvernementsverwaltung oder in seinem mickrigen Arbeitszimmerchen saß... Ein Fluß, tief, voller Fische, ein weiter Garten mit schmalen Alleen, Springbrunnen, Schatten, Blumen, Lauben, ein prächtiges Haus mit Veranda und einem Turm, mit Äolsharfe und silbernen Glöckchen... (Das mit der Äolsharfe hatte er aus deutschen Romanen.) Reiner, blauer Himmel; durchsichtige, reine Luft, gesättigt von Gerüchen, die an seine barfüßige, hungrige und an Schlägen reiche Kindheit erinnerten... Um fünf Uhr morgens aufstehen, um neun Uhr schlafengehen; den Tag über angeln, jagen, mit den Bauern schwatzen... Wie schön!

– Ivan Petrovič! Quälen Sie mich nicht! Wollen Sie einhunderttausend?

– Hm... hundertfünfzigtausend! – stieß Bugrov mit dumpfer Stimme hervor, der Stimme eines heiseren Stiers... stieß es hervor und beugte den Rücken, sich seiner schämend und in Erwartung der Antwort...

– Gut, – sagte Grocholskij. – Einverstanden! Danke, Ivan Petrovič... Ich bringe es Ihnen sofort... Ich werde Sie nicht warten lassen...

Grocholskij begann zu hüpfen, setzte den Hut auf und trippelte, retirierend, zum Salon hinaus.

Bugrov verkrallte sich fester in die Fenstervorhänge. Er schämte sich... In seiner Seele fühlte er sich dumm und gemein, aber welch schöne, strahlende Hoffnungen rumorten dafür zwischen seinen hämmernden Schläfen! Er war reich!

Liza, die nichts begriff, die fürchtete, er könne an ihr Fenster kommen und sie zur Seite stoßen, schlüpfte, am ganzen Körper zitternd, durch die halboffene Tür. Sie ging ins Kinderzimmer, legte sich aufs Bett der Amme und rollte sich zu einem Kringel zusammen. Fieber schüttelte sie.

Bugrov blieb allein. Ihm wurde heiß, er öffnete das Fenster. Welch eine herrliche Luft schlug ihm entgegen! Eine solche Luft atmet sich so schön, im Kissen einer Kutsche liegend… Dort, weit draußen vor der Stadt, auf den Dörfern, um die Sommerhäuser, ist die Luft noch schöner… Bugrov lächelte sogar und träumte von der Luft, die ihn einhüllen würde, wenn er auf die Veranda seines Sommerhauses treten und sich des Anblicks freuen würde… Er träumte lange… Die Sonne war schon untergegangen, er aber stand und träumte, mit aller Kraft bemüht, Lizas Bild aus seinem Kopf zu verdrängen, das ihn unabweislich in allen seinen Träumen verfolgte.

– Ich bringe es Ihnen, Ivan Petrovič! – flüsterte über seinem Ohr der eingetretene Grocholskij. – Ich bringe es Ihnen… Nehmen Sie es in Empfang… Hier, in diesem Packen, sind vierzigtausend. Auf diesen Wechsel erhalten Sie übermorgen bei Valentinov zwanzigtausend… Das ist ein Wechsel… Ein Scheck… Die übrigen dreißig in den nächsten Tagen… Mein Verwalter wird sie Ihnen überbringen.

Grocholskij, rosig, erregt, sämtliche Glieder bewegend, breitete vor Bugrov einen Haufen Bündel, Papiere und Couverts aus. Der Haufen war groß, verschiedenfarbig, bunt. Noch nie in seinem Leben hatte Bugrov einen solchen Haufen Geld gesehen! Er spreizte seine fetten Finger und machte sich, ohne Grocholskij eines Blickes zu würdigen, ans Zählen der Schecks und Wechsel ...

Grocholskij legte alles Geld vor ihn hin und trippelte durch den Raum auf der Suche nach der gekauften bzw. verkauften Dulcinea.

Nachdem er sich Taschen und Portemonnaie vollgestopft hatte, schloß Bugrov die Wechsel im Schreibtisch ein, trank eine halbe Karaffe Wasser und stürzte nach draußen auf die Straße.

– Kutscher! – rief er mit wilder Stimme.

Nachts, um halb zwölf, rollte er an der Auffahrt des Hotels »Paris« vor. Polternd stieg er die Treppe empor und pochte an die Tür des Zimmers, das Grocholskij bewohnte. Man ließ ihn vor. Grocholskij war dabei, seine Sachen in Koffer zu packen. Liza saß am Tisch und probierte Armbänder. Beide waren erschrocken, als Bugrov bei ihnen eintrat. Sie meinten, er sei gekommen, um Liza zu holen und das Geld zurückzubringen, das er nicht aus Überzeugung, sondern in der Hitze genommen hatte. Aber Bugrov war nicht wegen Lizas gekommen. Sich seiner neuen Hülle schämend, in der er sich schrecklich unbequem fühlte, verbeugte er sich und blieb, in der Haltung eines Lakaien, an der Tür stehen ... Die neue Hülle war berückend. Bugrov war nicht wiederzuerkennen. Ein frischer Anzug, direkt von der Nadel, aus französischem Trikot, modernster Schnitt, hüllte seinen großen Körper ein, der bisher nichts getragen hatte als die gewöhnliche Beamtenuniform. An den Füßen glänzten Halbstiefel mit glitzernden Spangen. Er stand da, schämte sich seiner neuen Hülle und bedeckte mit der rechten Hand die Berlocken, für die er, eine Stunde zuvor, dreihundert Rubel bezahlt hatte.

– Ich komme aus folgendem Grund... – begann er. – Verabredung ist besser als Geld. Mišutka gebe ich nicht her...

– Was für einen Mišutka? – fragte Grocholskij.

– Meinen Sohn.

Grocholskij und Liza wechselten einen Blick. Lizas Augen quollen, ihre Wangen röteten sich, und ihre Lippen fingen an zu hüpfen...

– Gut, – sagte sie.

Sie dachte an Mišutkas warmes Bettchen. Grausam wäre es gewesen, dieses warme Bettchen gegen ein kaltes Hotelsofa einzutauschen, und sie war einverstanden.

– Ich werde ihn besuchen, – sagte sie.

Bugrov verbeugte sich, ging hinaus und flog, strahlend, die Treppe hinab, die Luft mit seinem teuren Spazierstock zerteilend.

– Nach Hause! – sagte er zum Kutscher. – Morgen früh, um fünf Uhr, fahren wir... Dann bist du hier. Wenn ich schlafe, weckst du mich. Wir fahren vor die Stadt...

II

Es war ein schöner Augustabend. Die Sonne, gesäumt von einem goldenen, leicht in Purpur getauchten Hintergrund, stand über dem westlichen Horizont, bereit, hinter den fernen Kurganen zu versinken. In den Gärten waren Schatten und Halbschatten bereits verschwunden, die Luft war grau geworden, aber an den Wipfeln der Bäume spielte noch die

Vergoldung… Es war warm. Vor kurzem hatte es geregnet, und der Regen hatte die ohnehin frische, durchsichtige und aromatische Luft noch mehr erfrischt.

Ich beschreibe nicht den August der Hauptstädte, den nebligen, dunklen, mit seinen kalten, schrecklich feuchten Dämmerungen. Gott behüte! Ich beschreibe nicht unseren harten nördlichen August. Ich bitte den Leser, sich auf die Krim zu versetzen, an eine ihrer Küsten, in der Nähe Feodosijas, an jene Stelle, wo die Villa eines meiner Helden steht. Eine hübsche, reinliche Villa, umgeben von Blumenrabatten und gepflegten Sträuchern. Dahinter, etwa einhundert Schritt entfernt, blaut der Obstgarten, in dem die Bewohner der Villa spazierengehen… Grocholskij zahlt viel Geld für diese Villa: tausend Rubel im Jahr, glaube ich… Dieses Geld ist die Villa nicht wert, aber sie ist hübsch… Hoch, schlank, mit dünnen Wänden und noch dünneren Geländern, zerbrechlich, zart, in hellblauer Farbe gestrichen, innen mit Vorhängen, Portieren und Draperien behängt, erinnert sie an ein gutaussehendes, zerbrechliches Fräulein im Musselinkleid.

An dem zu beschreibenden Abend saßen auf der Terrasse dieser Villa Grocholskij und Liza. Grocholskij las das ›Novoe vremja‹ und trank aus einem grünen Krug Milch. Vor ihm auf dem Tisch stand ein Siphon mit Selterswasser. Grocholskij bildete sich ein, an Lungenkatarrh erkrankt zu sein, und vertilgte, auf Rat von Doktor Dmitriev, riesige Mengen an Trauben, Milch und Selterswasser. Liza saß in einiger Entfernung vom Tisch, in einem weichen Sessel. Die Ellbogen auf das Geländer gestützt, ihr kleines Gesicht in den Fäustchen, sah sie nach der Villa vis-à-vis… In den Fenstern der Villa vis-à-vis spielte die Sonne ... Die brennenden Scheiben warfen Liza blendende Strahlen in die Augen ... Hinter dem Staketenzaun und den wenigen Bäumen, die die Villa umstanden, sah das Meer hervor mit seinen Wellen, seinem Blau, seiner Unendlichkeit und seinen weißen Masten ... Es war so schön! Grocholskij las das Feuilleton des Unbekannten und richtete jedesmal nach zehn Zeilen seine blauen Augen auf Lizas Rücken ... Die leidenschaftliche, brodelnde Liebe von früher leuchtete in diesen Augen ... Er war unendlich glücklich, ungeachtet des eingebildeten Lungenkatarrhs ... Liza spürte seine Augen in ihrem Rücken, dachte an Mišutkas glänzende Zukunft, und ihr war so ruhig, so weit in der Seele ...

Weniger das Meer und die blendenden Fensterscheiben der Villa vis-à-vis fesselten sie als vielmehr die Fuhrwerke, die eines nach dem anderen an dieser Villa vorfuhren.

Die Fuhrwerke waren beladen mit Möbeln und verschiedenem Hausrat. Liza sah, wie in der Villa das vergitterte Tor geöffnet wurde, dann die große Glastür, und wie unter unendlichem Gezänk die Fuhrleute um die Möbel herumwimmelten. Zur Glastür hineingetragen wurden große Sessel und ein mit dunkelrotem Samt bezogener Divan, Tische für den Saal, den Salon und das Eßzimmer, ein großes Doppelbett, ein Kinderbett ... Hineingetragen wurde auch etwas Großes, in Bastmatten Verpacktes, Schweres ...

»Ein Flügel«, – dachte Liza, und ihr Herz schlug höher.

Sie hatte schon lange keinen Flügel mehr spielen hören, dabei liebte sie dieses Spiel so sehr. In ihrer Villa gab es kein einziges Musikinstrument. Sie und Grocholskij waren nur in der Seele musikalisch, sonst nicht.

Nach dem Flügel wurden viele Kisten und Ballen hineingetragen, die die Aufschrift »Vorsicht« trugen.

Das waren die Truhen mit Spiegeln und Geschirr. Am Tor fuhr eine reiche, glitzernde Kalesche mit zwei Schimmeln vor, die Schwänen glichen.

»Mein Gott! Was für ein Reichtum!« – dachte Liza, der ihr altersschwaches Pony einfiel, das ihr Grocholskij, der weder das Reiten noch Pferde mochte, für einhundert Rubel gekauft hatte. Ihr Pony kam ihr im Vergleich mit diesen Schwänen vor wie eine Wanze. Grocholskij, der Angst hatte vor schnellem Reiten, hatte ihr absichtlich ein schlechtes Pferd gekauft.

»Was für ein Reichtum!« – dachte und flüsterte Liza, als sie den lärmenden Fuhrleuten zusah.

Die Sonne war hinter den Kurganen versunken, die Luft begann ihre Durchsichtigkeit und Trockenheit zu verlieren, doch Möbel wurden immer noch gebracht und hineingeschleppt. Schließlich war es so dunkel, daß Grocholskij aufhörte, Zeitung zu lesen, doch Liza schaute und schaute noch immer.

– Sollen wir nicht die Lampe anzünden? – fragte Grocholskij, der befürchtete, in seine Milch könne eine Fliege fallen und er könne sie im Dunkeln verschlucken. – Liza! Sollen wir nicht die Lampe anzünden? Wir sitzen im Dunkeln, mein Engel.

Liza antwortete nicht. Ihre Aufmerksamkeit fesselte der Bankwagen, der am Tor der Villa vis-à-vis vorfuhr ... Welch ein hübsches Pferdchen diesen Bankwagen zog! Von mittlerem Wuchs, nicht groß, graziös ... In dem Bankwagen saß ein Herr im Zylinder. Auf seinen Knien, mit den Ärmchen wedelnd, thronte ein Kind von etwa drei Jahren, offenbar ein kleiner Junge... Er wedelte mit den Ärmchen und schrie immer wieder auf vor Begeisterung...

Liza entfuhr plötzlich ein Winseln, sie richtete sich auf und beugte sich mit dem ganzen Körper nach vorn.

– Was hast du? – fragte Grocholskij.

– Nichts... Nur so... Es kam mir nur so vor...

Der großgewachsene und breitschultrige Herr im Zylinder sprang aus dem Bankwagen, nahm den kleinen Jungen auf den Arm und lief hüpfend auf die Glastür zu.

Die Tür wurde geräuschvoll geöffnet, und er verschwand im Dunkel der Innenräume.

Zwei Lakaien sprangen auf das Pferd mit dem Bankwagen zu und führten es ehrfurchtsvoll zum Tor hinein. Bald darauf leuchteten in der Villa vis-à-vis Lichter auf, Teller, Messer und Gabeln waren zu hören. Der Herr im Zylinder setzte sich zum Abendessen und aß, dem Klappern des Geschirrs nach zu urteilen, ausgiebig. Liza schien es nach Šči mit Huhn und Entenbraten zu riechen. Nach dem Abendessen hörte man aus der Villa ungeordnetes Spiel auf dem Flügel. Aller Wahrscheinlichkeit nach hatte der Herr mit Zylinder dem Kind einen Spaß machen wollen und ihm erlaubt herumzuklimpern.

Grocholskij trat auf Liza zu und faßte sie um die Taille.

– Was für ein herrliches Wetter! – sagte er. – Was für eine Luft! Spürst dus? Liza, ich bin sehr glücklich... sehr sogar. Mein Glück ist so groß, daß ich sogar befürchte, es könnte in sich zusammenbrechen. Große Gegenstände brechen gewöhnlich einmal in sich zusammen... Aber weißt du, Liza? All meinem Glück zum Trotz bin ich dennoch nicht völlig... ruhig... Unabweislich quält mich ein Gedanke... Er quält mich schrecklich. Er läßt mir keine Ruhe, weder tags noch nachts...

– Was für ein Gedanke?

– Was für einer? Ein schrecklicher, mein Liebes. Mich quält der Gedanke an... deinen Mann. Ich habe bis heute geschwiegen, weil ich deine innere Ruhe nicht stören wollte. Aber ich habe nicht die Kraft zu schweigen... Wo ist er? Was ist mit ihm? Wo ist er hin mit seinem Geld? Entsetzlich! Jede Nacht erscheint mir sein Gesicht, ausgezehrt, leidend, flehentlich... Urteile selbst, mein Engel! Wir haben ihm doch sein Glück genommen! Wir haben es zerstört, zertrümmert! Wir haben unser Glück gebaut auf den Ruinen seines Glücks... Kann ihm denn das Geld, das er großmütig angenommen hat, dich ersetzen? Er hat dich doch sehr geliebt?

– Ja, sehr.

– Na siehst du! Er hat sich jetzt entweder dem Suff ergeben, oder... ich habe Angst um ihn! Ach, ich habe solche Angst um ihn! Sollten wir ihm nicht schreiben? Wir müssen ihn trösten... Ein gutes Wort, weißt du...

Grocholskij seufzte tief, schüttelte den Kopf und sank, entkräftet von dem bedrückenden Gedanken, in einen Sessel. Den Kopf in die Fäuste gestützt, begann er nachzudenken. Seinem Gesicht nach zu urteilen, war das Denken qualvoll...

– Ich gehe schlafen, – sagte Liza. – Es ist Zeit...

Liza ging zu sich, zog sich aus und schlüpfte unter die Decke. Sie ging um zehn Uhr schlafen und stand um zehn auf. Sie liebte das Leben einer Sybaritin...

Morpheus empfing sie bald in seinen Armen. Sie träumte die ganze Nacht die bezauberndsten Träume... Sie träumte ganze Romane, Novellen, arabische Märchen... Held aller Träume war... der Herr im Zylinder, der sie heute veranlaßt hatte aufzuwinseln.

Der Herr im Zylinder nahm sie Grocholskij weg, er sang, schlug Grocholskij, verdrosch unterm Fenster den kleinen Jungen, gestand ihr seine Liebe, fuhr sie in seinem Bankwagen spazieren... Oh, Träume! In einer Nacht erlebt man manches Mal, mit geschlossenen Augen, im Liegen, mehr als ein Dutzend glücklicher Jahre... Liza erlebte in dieser Nacht sehr vieles, sehr Glückliches, den Schlägen zum Trotz...

In der achten Stunde erwacht, warf sie sich ein Kleid über, richtete sich rasch die Haare und lief, sogar ohne ihre spitzschnäbeligen Tatarenpantoffeln angezogen zu haben, in größter Eile auf die Terrasse. Mit einer Hand die Augen gegen die Sonne abschirmend, mit der anderen das rutschende Kleid festhaltend, sah sie hinüber zu der Villa vis-à-vis... Ihr Gesicht erstrahlte.

Ein Zweifel war ausgeschlossen. Er war es.

Unterhalb der Terrasse der Villa vis-à-vis, vor der Glastür, stand ein Tisch. Auf dem Tisch erstrahlte, funkelte und blitzte ein Teeservice mit einem kleinen silbernen Samovar an der Spitze. An dem Tisch saß Ivan Petrovič. Er hielt einen silbernen Teeglashalter in Händen und trank Tee. Er trank mit großem Appetit. Letzteres war zu hören an dem Schmatzen, das bis an Lizas Ohren drang. Er trug einen dunkelbraunen Chalat mit schwarzen Blumen. Schwere Quasten hingen zu Boden. Liza sah ihren Mann zum ersten

Mal im Chalat, und noch dazu in einem so teuren... Auf einem seiner Knie saß Mišutka und störte ihn beim Teetrinken. Er hüpfte hin und her und versuchte, seinen Papaša an der gleißenden Lippe zu erwischen. Papaša beugte sich, nach jedem dritten oder vierten Schluck, zu ihm herab und küßte ihn auf den Scheitel. An einem der Tischbeine, den Schwanz erhoben, rieb sich ein grauer Kater und äußerte durch klägliches Miauen seinen Wunsch zu fressen.

Liza versteckte sich hinter der Portiere und heftete die Augen auf die Mitglieder ihrer ehemaligen Familie. In ihrem Gesicht leuchtete Freude auf...

– Michel! – flüsterte sie. – Miša! Du hier, Miša! Liebster! Und wie er Vanja mag! Herrgott!

Und Liza wollte sich vor Lachen ausschütten, als Mišutka den väterlichen Tee mit einem Löffelchen umrührte.

– Und wie Vanja Michel mag! Ihr meine Liebsten!

Liza schlug vor Freude und vor Glück das Herz höher, und ihr wurde schwindlig. Sie sank in einen Sessel und setzte aus dem Sessel ihre Beobachtungen fort.

»Wie sind sie hierhergeraten?! – fragte sie sich und sandte Mišutka Luftküsse. – Wer hat sie auf die Idee gebracht hierherzukommen? Herrgott! Und gehört der ganze Reichtum etwa ihnen? Gehören die Schwanenpferde, die gestern zum Tor hineingeführt worden sind, etwa Ivan Petrovič? Ach!«

Als er sich am Tee satt getrunken hatte, ging Ivan Petrovič ins Haus. Zehn Minuten später erschien er auf der Freitreppe und... verblüffte Liza. Er, der Jüngling, der noch vor sieben Jahren Vanjka und Vanjuška genannt worden, der für zwanzig Kopeken bereit war, sich den Kiefer auszurenken, das ganze Haus auf den Kopf zu stellen – war verteufelt gut gekleidet. Er trug einen Strohhut mit breiter Krempe, wunderbar glänzende Kanonenstiefel, Piquéweste ... Tausend große und kleine Sonnen blitzten in seinen Berlocken. In der rechten Hand hielt er gewandt Handschuhe und Peitsche ...

Und wieviel Aplomb und Anmaßung lagen in seiner schwergewichtigen Gestalt, als er mit einem graziösen Wink den Lakaien befahl, das Pferd vorzuführen!

Schwergewichtig setzte er sich in den Bankwagen und ließ sich Mišutka und die Angeln geben, mit denen die Lakaien den Bankwagen umstanden. Mišutka, den er neben sich setzte, umarmte er mit der Linken, zog die Zügel straff und rollte davon.

– No-o-o-o! – rief Mišutka.

Liza winkte ihnen, ohne es selbst zu bemerken, mit dem Taschentuch nach. Wenn sie in den Spiegel geschaut hätte, so hätte sie ein errötetes, lachendes und zugleich weinendes Gesichtchen gesehen. Es ärgerte sie, daß sie nicht neben dem frohlockenden Mišutka saß und daß es *aus irgendeinem Grunde* unmöglich war, ihn abzuküssen.

Aus irgendeinem Grunde!... Geht doch alle zum Teufel, ihr pedantischen Gefühle!

– Griša! Griša! – begann Liza, Grocholskij zu wecken, indem sie ins Schlafzimmer stürzte. – Steh auf! Sie sind gekommen! Liebster!

– Wer ist gekommen? – fragte Grocholskij im Aufwachen.

– Die Unsrigen ... Vanja und Miša ... Sie sind gekommen! Dort in der Villa gegenüber ... Ich schaue hin, und sie sind es ... Haben Tee getrunken ... Miša auch ... Was für ein kleiner Engel unser Miša geworden ist, wenn du ihn nur gesehen hättest! Heilige Mutter Gottes!

– Wie wen? Du meinst… Wer ist gekommen? Wohin?

– Vanja und Miša… Ich schaue nach der Villa gegenüber, da sitzen sie und trinken Tee. Miša kann schon selber Tee trinken… Hast du gesehen, daß da gestern jemand eingezogen ist? Sie sind gekommen!

Grocholskij rieb sich die Stirn und erbleichte.

– Er ist gekommen? Dein Mann!? – fragte er.

– Nun ja…

– Wozu?

– Wahrscheinlich wollen sie hier leben… Sie wissen ja nicht, daß wir hier sind. Wenn sie es wüßten, hätten sie unsere Villa besichtigt, aber sie haben Tee getrunken und… uns keinerlei Beachtung geschenkt…

– Wo ist er jetzt? Sprich doch um Gottes willen vernünftig! Ach! Na, wo ist er?

– Er ist mit Miša zum Angeln gefahren… Im Bankwagen. Hast du gestern die Pferde gesehen? Das sind ihre Pferde… Vanjas… Vanja fährt mit ihnen aus. Weißt du was, Griša? Wir holen uns Miša zu Gast… Das tun wir doch? Er ist so ein hübscher Junge! So reizend!

Grocholskij wurde nachdenklich, und Liza plapperte und plapperte…

– Das nenne ich eine unverhoffte Begegnung, – sagte Grocholskij nach langem und, wie gewöhnlich, qualvollem Denken. – Ja, wer hätte erwarten können, daß wir uns hier begegnen? Ja… dann soll es wohl so sein… Meinetwegen. Dem Schicksal hat es so gefallen. Ich stelle mir seine peinliche Lage vor, wenn er uns hier begegnet!

– Holen wir Miša zu uns zu Gast?

– Aber ja... Nur, ihm zu begegnen ist mir peinlich... Und was soll ich mit ihm reden? Worüber? Ihm wie mir wird es peinlich sein... Wir sollten einander nicht begegnen. Wir führen die Verhandlungen, falls nötig, über die Dienstboten... Lizočka, ich habe schreckliche Kopfschmerzen... Die Arme, die Beine... überall das Reißen. Ist mein Kopf heiß?

Liza fuhr ihm mit der flachen Hand über die Stirn und fand, sein Kopf sei heiß.

– Die ganze Nacht die schrecklichen Träume... Ich stehe heute nicht auf, ich bleibe liegen... Werde Chinin nehmen müssen. Schick mir den Tee ans Bett, Mütterchen...

Grocholskij nahm Chinin und blieb den ganzen Tag im Bett. Er trank angewärmtes Wasser, stöhnte, wechselte die Wäsche, jammerte und stürzte alles, was ihn umgab, in peinigende Langeweile. Er war unerträglich, wenn er meinte, er sei erkältet. Liza mußte ständig ihre fesselnden Beobachtungen unterbrechen und von der Terrasse in sein Zimmer laufen. Während des Essens mußte sie ihm Senfpflaster auflegen. Wie langweilig wäre das alles gewesen, hätte meiner Heldin nicht die Villa vis-à-vis zu Diensten gestanden. Liza sah den ganzen Tag nach dieser Villa und hätte sich vor Glück schier verschluckt.

Um zehn Uhr, vom Fischfang zurück, frühstückten Ivan Petrovič und Mišutka. Um zwei Uhr aßen sie zu Mittag und fuhren um vier Uhr in der Kalesche irgendwohin. Die Schimmel trugen sie in Blitzesschnelle davon. Um sieben Uhr kamen Gäste zu ihnen, Männer. Bis Mitternacht spielten sie an zwei Tischen Karten. Einer der Männer spielte vorzüglich auf dem Flügel. Die Gäste spielten, tranken, aßen, lachten. Ivan Petrovič erzählte ihnen, aus vollem Halse lachend, einen Witz aus dem Leben der Armenier, erzählte, was das Zeug hielt, so laut, daß es in allen Villen zu hören war. Es war sehr lustig! Und Mišutka saß bei ihnen bis Mitternacht.

»Miša ist fröhlich, er weint nicht, – dachte Liza – also erinnert er sich nicht an seine Mama. Er hat mich also vergessen!«

Und Liza wurde es in der Seele schrecklich bitter. Sie weinte die ganze Nacht. Es quälten sie ihr kleines Gewissen, ihr Ärger, die Langeweile und der leidenschaftliche Wunsch, mit Mišutka zu sprechen, ihn zu küssen … Am Morgen erhob sie sich mit Kopfschmerzen und verweinten Augen. Diese Tränen schrieb Grocholskij sich zu.

– Nicht weinen, Liebste! – sagte er zu ihr. – Heute bin ich schon gesund … Die Brust tut noch ein bißchen weh, aber das ist nichts.

Als sie Tee tranken, wurde in der Villa vis-à-vis gegessen. Ivan Petrovič schaute auf seinen Teller und sah nichts außer dem Stück Gans, aus dem das Fett troff.

– Ich bin sehr froh, – flüsterte Grocholskij, zu Bugrov hinüberschielend. – Sehr froh, daß er so erträglich lebt! Soll er seinen Kummer wenigstens in anständiger Umgebung verwinden. Bedecke dich, Liza! Man kann dich sehen … Ich bin jetzt nicht dazu aufgelegt, mit ihm zu plaudern … Gott mit ihm! Wozu seine Ruhe stören?

Dafür verlief das Mittagessen nicht so still … Während des Mittagessens kam es nämlich zu jener »peinlichen Lage«, vor der sich Grocholskij so fürchtete. Als die Rebhühner serviert wurden, Grocholskijs Lieblingsspeise, wurde Liza plötzlich verlegen, und Grocholskij wollte sich gerade mit der Serviette das Gesicht abwischen. Auf der Terrasse der Villa vis-à-vis sah sie Bugrov. Er stand, mit den Armen auf das Geländer gestützt, und schaute mit weit aufgerissenen Augen direkt zu ihnen herüber.

– Geh hinein, Liza... Geh hinein... – flüsterte Grocholskij. – Ich hatte doch gesagt, wir sollten besser im Eßzimmer essen! Du bist mir eine, wirklich...

Bugrov schaute, schaute und fing plötzlich an zu brüllen. Grocholskij blickte zu ihm hinüber und sah ein sehr erstauntes Gesicht...

– Sind Sie es?! – brüllte Ivan Petrovič? – Sie?! Auch Sie hier? Guten Tag!

Grocholskij fuhr sich mit den Fingern von einer Schulter zur andern. Ich bin schwach auf der Brust, sollte das sagen, und kann deshalb nicht auf solche Entfernungen schreien. Liza bekam Herzklopfen, ihr wurde trübe vor den Augen... Bugrov stürzte von seiner Terrasse hinab, überquerte die Straße und stand schon einige Sekunden später unter der Terrasse, auf der Grocholskij und Liza beim Mittagessen saßen. Aus war es mit den Rebhühnern!

– Guten Tag, – begann er und streckte seine großen Hände in die Taschen. – Sie sind hier? Auch Sie hier?

– Ja, auch wir sind hier.

– Und wie kommt es, daß Sie hier sind?

– Und Sie, wie kommt es?

– Ich? Das ist eine ganze Geschichte! Eine ganze Ballade, Väterchen! Aber lassen Sie sich nicht stören, essen Sie! Wissen Sie, ich habe hier im Gouvernement Orël gelebt... Ein kleines Gut gemietet. Ein wunderschönes Gut! Aber essen

Sie doch! Dort habe ich gelebt bis Ende Mai, jetzt habe ich es aufgegeben... Es ist kalt dort, und außerdem hat mir der Arzt die Krim empfohlen...

– Sind Sie etwa krank? – fragte Grocholskij.

– Nun ja... wie soll ich sagen... manchmal zwickts hier, manchmal zwackts da...

Und Ivan Petrovič fuhr sich, beim Wort »hier«, mit der Hand vom Hals bis an den Bauchnabel.

– Also sind auch Sie hier... Tja... Das ist sehr angenehm. Sind Sie schon lange hier?

– Seit Juni.

– Und du, Liza, wie geht es dir? Gut?

– Gut, – antwortete Liza und wurde verlegen.

– Hast du vielleicht Sehnsucht nach Mišutka? Ja? Aber er ist hier, bei mir... Ich schicke ihn euch gleich mit Nikifor herüber. Das ist sehr angenehm! Also leben Sie wohl! Ich muß jetzt fahren... Gestern habe ich den Grafen Ter-Gajmazov kennengelernt... eine Seele von einem Menschen, wenn auch ein Drecksarmenier! Bei ihm wird heute Krocket gespielt... Wir werden Krocket spielen... leben Sie wohl! Das Pferd ist angespannt...

Ivan Petrovič machte auf dem Absatz kehrt, schüttelte den Kopf, winkte »adieu« und lief zu sich.

– Der Unglückliche! – sagte Grocholskij, ihm mit dem Blick folgend, und seufzte.

– Wieso denn unglücklich?

– Daß er dich sieht und nicht das Recht hat, dich sein eigen zu nennen!

»Trrrottel! – erdreistete sich Liza zu denken. – Jammerlappen!«

Gegen Abend umarmte und küßte Liza Mišutka, den Nikifor gebracht hatte. Mišutka heulte sich zuerst in Wut, als man ihm aber Kornelkirschvarenje vorsetzte, begann er leutselig zu lächeln.

Drei Tage bekamen Grocholskij und Liza Bugrov nicht zu Gesicht. Es war irgendwohin verschwunden und kam nur nachts nach Hause. Am vierten Tag erschien er bei ihnen wieder zur Essenszeit... Er kam, gab beiden die Hand und setzte sich an den Tisch. Sein Gesicht war ernst...

– Ich komme in einer Sache zu Ihnen, – sagte er. – Lesen Sie!

Und er gab Grocholskij einen Brief.

– Lesen Sie! Lesen Sie vor!

Grocholskij las folgendes vor:

»Mein lieber und tröstlicher, unvergessener Sohn Ioann! Ich habe Deinen ehrerbietigen und liebevollen Brief erhalten, in welchem Du Deinen hochbetagten Vater auf die wohlgefällige und wohlduftende Krim einlädst, gesunde Luft zu atmen und fremde Länder zu sehen. Auf diesen Deinen Brief antworte ich, daß ich nach Erhalt von Urlaub bei Dir eintreffen werde, aber nicht für lange. Meinen Mitbruder, Vater Gerasim, einen kränklichen, geschwächten Menschen, kann ich nicht auf lange Zeit allein lassen. Mir ist wohl bei dem Gedanken, daß Du Deine Eltern, Vater und Mutter, nicht vergissest... Deinem Vater tust Du wohl durch Deine Liebe, Deiner Mutter gedenkst Du in Deinem Gebet; denn das ist recht so. In Feodosija hol mich ab. Was für eine Stadt ist Feodosija? Wie sieht sie aus? Es wird mich freuen, sie zu sehen. Deine Patin, die Dich aus dem Taufbecken entgegennahm, hieß Feodosija. Du schreibst, Gott habe Dich beschenkt, 200 000 zu gewinnen. Das schmeichelt mir. Doch mißbillige ich den Umstand, daß Du in einem wenig bedeutenden Rang den Dienst quittiert hast. Zu dienen geziemt es den Reichen. Ich segne Dich nun und immerdar. Es grüßen Dich Andropov Ilja und Serëžka. Schick ihnen einen Zehner. Sie leben in Armut!

Dein Dich liebender Vater, Priester Pëtr Bugrov.«

Grocholskij las diesen Brief vor und sah Bugrov, wie Liza, fragend an.

– Sehen Sie, worum es geht… – begann Ivan Petrovič stotternd. – Ich möchte dich bitten, Liza, dich ihm, solange er hier ist, nicht zu zeigen, dich zu verstecken. Ich habe ihm geschrieben, du seist krank und zur Kur in den Kaukasus gefahren. Wenn du ihm hier begegnest, dann… verstehst du… es wäre peinlich… Hm…

– Gut, – sagte Liza.

»Das wird schon gehen, – dachte Grocholskij. – Wenn er sich aufopfert, warum dann nicht auch wir?«

– Bitte… Sonst, wenn er dich sieht, wird es schlimm… Er hat strenge Regeln. Er würde mich siebenmal verfluchen. Bleib im Haus, Liza, das ist alles… Er wird nicht lange bleiben. Keine Sorge…

Vater Pëtr ließ nicht lange auf sich warten. Eines schönen Morgens kam Ivan Petrovič gelaufen und zischelte in geheimnisvollem Ton:

– Er ist da! Er schläft jetzt! Also, bitte!

Und Liza saß in ihren vier Wänden. Sie gestattete sich nicht, auf den Hof zu gehen, auch nicht auf die Terrasse. Den Himmel sah sie nurmehr durchs Fenster… Zu ihrem Unglück hielt sich Ivan Petrovičs Herr Papa immer unter freiem Himmel auf und schlief sogar auf der Terrasse. Gewöhnlich ging Vater Pëtr, ein kleiner Pope, in dunkelbrauner Kutte und Zylinder mit hochgestülpter Krempe, langsam um die Villen spazieren und betrachtete voller Neugierde durch seine Großvaterbrille die ihm »fremden Länder«. Begleitet wurde er von Ivan Petrovič mit dem Stanislav im Knopfloch. Orden trug er gewöhnlich nie, doch vor seiner Verwandtschaft schmückte Ivan Petrovič sich gern. In Gesellschaft der Verwandten legte er immer den Stanislav an.

Liza starb vor Langeweile. Grocholskij litt ebenfalls. Er mußte nun allein spazierengehen, ohne seine Hälfte. Er hätte weinen können, aber... man mußte sich dem Schicksal fügen. Und dann war da noch Bugrov, der jeden Morgen gelaufen kam, um zischelnd das von niemandem benötigte Gesundheitsbulletin des kleinen Vaters Pëtr mitzuteilen. Er fiel ihnen auf die Nerven mit diesen Bulletins.

– Die Nacht hat er gut geschlafen! – teilte er mit. – Gestern war er beleidigt, weil ich keine Salzgurken hatte... Mišutka hat er ins Herz geschlossen. Streichelt ihm ständig über den Kopf...

Endlich, nach etwa zwei Wochen, ging der kleine Vater Pëtr ein letztes Mal um die Villen spazieren und reiste, zu Grocholskijs großem Glück, ab. Er war genug spazierengegangen und reiste höchst zufrieden ab... Grocholskij und Liza begannen wieder, wie früher zu leben. Grocholskij begann wieder, sein Schicksal zu preisen... Aber sein Glück währte nicht lange... Ein neues Elend stellte sich ein, schlimmer als Vater Pëtr.

Ivan Petrovič hatte sich angewöhnt, jeden Tag zu ihnen zu

kommen. Ivan Petrovič war, offen gesagt, ein netter Kerl, aber äußerst schwer zu ertragen. Er kam während der Essenszeit, aß bei ihnen und blieb sehr lange sitzen. Das wäre nicht weiter schlimm gewesen... Aber für ihn mußte zum Essen Vodka gekauft werden, den Grocholskij nicht ausstehen konnte. Er trank vier, fünf Gläschen und redete die ganze Zeit. Auch das wäre nicht weiter schlimm gewesen... Aber er saß bis zwei Uhr in der Nacht und ließ sie nicht schlafen... Und vor allem, er gestattete sich, Dinge auszusprechen, über die er hätte schweigen sollen... Wenn er sich um zwei Uhr in der Nacht an Vodka und Champagner betrunken hatte, nahm er Mišutka auf den Arm und sagte, in Gegenwart von Grocholskij und Liza, zu ihm:

– Mein Sohn! Michail! Was bin ich? Wer bin ich? Ich... bin ein Schurke! Ich habe deine Mutter verkauft! Verkauft für dreißig Silberlinge... Strafe mich Gott! Michail Ivanyč! Kleines Ferkel! Wo ist deine Mutter? Fort! Sie ist nicht da! Verkauft in die Sklaverei! Ja nun?... Ich bin ein Schurke... also...

Diese Tränen und Worte drehten Grocholskij die Seele im Leibe um. Schüchtern sah er der erbleichten Liza ins Gesicht und rang die Hände.

– Gehen Sie schlafen, Ivan Petrovič! – sagte er schüchtern.

– Ich gehe ja... Wir gehen, Mišutka! Gott ist unser Richter! Ich kann an Schlaf nicht denken, wenn ich weiß, daß meine Frau die Sklavin eines andern ist. Aber Grocholskij trifft keine Schuld... Meine Ware, sein Geld... Dem Freien die Freiheit, dem Geretteten das Paradies...

Tagsüber war Ivan Petrovič für Grocholskij nicht weniger schwer zu ertragen. Er wich, zu Grocholskijs großem Entsetzen, nicht von Lizas Seite. Er fuhr mit ihr zum Angeln, erzählte ihr Witze, ging mit ihr spazieren. Einmal sogar hatte er sie, eine Erkältung Grocholskijs ausnutzend, in seiner Kalesche spazierengefahren, Gott weiß wohin, bis zum Einbruch der Nacht.

»Es ist empörend! Unmenschlich!« – dachte Grocholskij und biß sich auf die Lippen.

Grocholskij liebte es, Liza alle Augenblicke zu küssen. Ohne diese süßlichen Küsse konnte er nicht leben, aber in Gegenwart Ivan Petrovičs war es irgendwie peinlich, sie zu küssen … Eine Qual! Der Ärmste fühlte sich einsam … Aber das Schicksal erbarmte sich seiner bald … Ivan Petrovič verschwand plötzlich für eine ganze Woche irgendwohin … Gäste waren gekommen und hatten ihn verschleppt. Auch Mišutka hatten sie mitgenommen.

Eines schönen Morgens kam Grocholskij heiter, strahlend von einem Spaziergang zurück.

– Er ist zurück, – sagte er zu Liza, sich die Hände reibend. – Ich bin sehr froh, daß er zurück ist … Ha-ha-ha!

– Worüber lachst du?

– Er hat Frauen bei sich …

– Was für Frauen?

– Ich weiß es nicht … Das ist gut, daß er sich Frauen zugelegt hat … Hervorragend sogar … Er ist noch so jung, so frisch … Komm mal her! Sieh mal …

Grocholskij führte Liza auf die Terrasse und zeigte auf die Villa vis-à-vis. Beide hielten sich die Bäuche und fingen laut an zu lachen. Es war komisch. Auf der Terrasse der Villa vis-à-vis stand Ivan Petrovič und lächelte. Unten, unterhalb der Terrasse standen zwei brünette Damen und Mišutka. Die

Damen sprachen über etwas laut auf französisch und lachten.

– Französinnen, – bemerkte Grocholskij. – Die näher zu uns steht, ist sehr hübsch, leichte Kavallerie, aber macht nichts... Auch unter solchen gibt es sehr gute Frauen... Aber... wie frech sie sind.

Komisch war, daß Ivan Petrovič sich über das Geländer beugte und seine langen Arme niederstreckte, mit den Händen die Schultern einer der Französinnen packte und sie, laut lachend, hochhob und auf der Terrasse absetzte.

Als er beide Damen auf die Terrasse gehoben hatte, hob er auch Mišutka hoch. Die Damen liefen nach unten, und die Aktion begann von vorn...

– Aber was für gesunde Muskeln! – murmelte Grocholskij, während er diese Szene beobachtete.

Die Aktion wurde sechsmal wiederholt. Die Damen waren so nett, daß sie nicht einmal verlegen wurden, wenn während des Hochhebens ein heftiger Windstoß über ihre wehenden Kleider verfügte, wie er wollte. Grocholskij senkte schamhaft die Äuglein, wenn die Damen in Höhe der Terrasse die Beine über das Geländer schwangen. Liza dagegen schaute hin und lachte schallend! Was ging das sie an? Da rüpelten nicht Männer, deren sie sich als Frau hätte schämen müssen, sondern solche Damen!

Am Abend kam Ivan Petrovič geflogen und verkündete verlegen, er sei jetzt Familienvater...

– Aber glauben Sie nicht, es wären solche, – sagte er. – Sie sind zwar Französinnen, kreischen dauernd, trinken Alkohol... aber das kennt man ja! Franzosen werden so erzogen! Da ist nichts zu machen... Mir hat sie, – fügte Ivan Petrovič hinzu, – der Fürst abgetreten... Fast umsonst... Nimm sie mit, nimm sie mit... Ich muß Sie einmal mit dem Fürsten bekanntmachen. Ein gebildeter Mann! Schreibt, schreibt ständig... Und wissen Sie, wie sie heißen? Die eine heißt Fanny, die andre Isabella... Europa! Ha-ha-ha... Der Westen! Leben Sie wohl!

Ivan Petrovič ließ Grocholskij nun in Ruhe und befaßte sich mit seinen Damen. Den ganzen Tag lang hörte man aus seiner Villa Gespräche, Gelächter, Geschirrklappern... Bis in die tiefe Nacht gingen die Lichter nicht aus... Grocholskij war selig... Endlich, nach einem so langen, qualvollen Entr'acte, fühlte er sich wieder ruhig und glücklich. Ivan Petrovič konnte mit zweien kein solches Glück verspüren, wie er mit der einen... Aber – o weh! Das Schicksal hat kein Herz. Es spielt mit den Grocholskijs, den Lizas, den Ivans und Mišutkas wie mit Damesteinen. Grocholskij büßte seine Ruhe erneut ein...

Einmal (etwa anderthalb Wochen später) trat er, spät erwacht, auf die Terrasse und sah ein Bild, das ihn bestürzte, empörte und ihn in heftigste Wallung brachte. Unterhalb der Terrasse der Villa vis-à-vis standen die Französinnen und bei ihnen... Liza. Sie plauderte mit ihnen und schielte immer wieder zu ihrer Villa hinüber: ob er noch nicht aufgewacht ist, der Tyrann, der Despot? (So erklärte sich Grocholskij diese Blicke.) Ivan Petrovič, der auf der Terrasse stand, hob mit aufgekrempelten Ärmeln Isabella hoch, dann Fanny, und danach... Liza. Als er Liza hochhob, schien es Grocholskij, als drücke er sie an sich... Auch Liza schwang ein Bein über das Geländer... Oh, diese Frauen! Sphinxen sind sie, alle ohne Ausnahme!

Als Liza von ihrem Ehemann nach Hause kam und auf Zehenspitzen ins Schlafzimmer trat, so als sei nichts geschehen, lag Grocholskij bleich, mit rosigen Flecken auf den Wangen, in der Pose eines völlig entkräfteten Menschen da und stöhnte.

Als er Liza sah, sprang er vom Bett und schritt im Schlafzimmer auf und ab.

– Also so machen Sie das? – winselte er in hohem Tenor. – Also so machen Sie das? Sehr zu Dank verbunden! Es ist empörend, gnädige Frau! Unmoralisch! Begreifen Sie das!

Liza erbleichte und fing selbstverständlich an zu weinen. Wenn Frauen sich im Recht fühlen, schimpfen und weinen sie, wenn sie hingegen eine Schuld eingestehen, weinen sie nur.

– Zusammen mit diesen losen Weibern?! ... Es ist ... Das ist ... das ist ... das ist unter jedem Anstand! Ja wissen Sie denn, was die sind? Das sind Käufliche! Kokotten! Und Sie ehrenhafte Frau begeben sich dorthin zu denen?! Und er ... er! Was will er? Was will er von mir? Ich begreife es nicht! Ich habe ihm die Hälfte meines Vermögens gegeben, mehr habe ich ihm gegeben! Sie wissen es selbst! Ich habe ihm gegeben, was ich selber nicht habe ... Fast alles habe ich ihm gegeben ... Und er! Ich habe das gemeinsame »du« ertragen, auf das er nicht das mindeste Recht hat, habe Ihre Spazierfahrten ertragen, die Küsse nach dem Essen ... alles habe ich ertragen, aber das jetzt ertrage ich nicht ... Er oder ich! Soll er von hier abreisen, oder ich reise ab! Ich bin außerstande, länger so zu leben ... nein! Du siehst es ja selbst ... Entweder er oder ich ... Es reicht! Das Maß ist voll ... Ich habe ohnehin schon viel gelitten ... Gleich gehe ich und werde mit ihm sprechen... In diesem Augenblick! Was ist er denn eigentlich? Wer ist er denn! Nein... Er bildet sich zu viel auf sich ein...

Grocholskij sagte noch sehr viele mutige und treffende Dinge, aber »gleich« ging er nicht: ihm fiel das Herz in die Hosen, und er schämte sich. Er ging drei Tage später zu Ivan Petrovič...

In dessen Appartements vorgedrungen, blieb ihm der Mund offenstehen. Er war verblüfft von dem Luxus und Reichtum, mit denen Bugrov sich umgeben hatte. Samttapeten, schrecklich teure Stühle... man fürchtete sich sogar, mit dem Fuß aufzutreten. Grocholskij hatte in seinem Leben viele reiche Leute gesehen, aber bei keinem einen solch aberwitzigen Luxus. Und was für eine Unordnung er sah, als er mit einem unerklärlichen Beben den Saal betrat! Auf dem Flügel standen Teller mit Brotrinden, auf einem Stuhl stand ein Glas, unter dem Tisch ein Korb mit irgendwelchen Fetzen... Auf den Fensterbrettern lagen Nußschalen verstreut... Auch Bugrov war, als Grocholskij eintrat, nicht ganz in Ordnung. Er schritt im Saal auf und ab, rosig, unfrisiert, déshabillé, und führte Selbstgespräche... Er war sichtlich besorgt. Auf dem Divan, hier im Saal, saß Mišutka und erschütterte die Luft mit durchdringendem Geschrei.

– Es ist entsetzlich, Grigorij Vasiljič! – sagte Bugrov, als er Grocholskij sah. – So ein Chaos, so ein Chaos... Setzen Sie sich bitte! Sie werden mich entschuldigen, ich bin im Adamskostüm... Macht nichts... Es ist entsetzlich, dieses Chaos! Ich begreife nicht, wie die Menschen hier leben können! Ich begreife es nicht! Ungehorsame Dienstboten, unerträgliches Klima, alles ist teuer... Halts Maul! – schrie

Bugrov plötzlich und blieb vor Mišutka stehen. – Halts Maul! Dich meine ich! Schwein! Wann hältst du endlich das Maul?

Und Bugrov zog Mišutka das Ohr lang.

– Es ist empörend, Ivan Petrovič! – sagte Grocholskij mit weinerlicher Stimme. – Darf man so Kleine denn schlagen? Was sind Sie nur für einer, wirklich …

– Dann soll er aufhören zu heulen … Halts Maul! Ich prügele dich windelweich!

– Nicht weinen, Miša, Liebster … Papa wird dich nicht mehr anrühren. Schlagen Sie ihn nicht, Ivan Petrovič! Er ist doch noch ein Kind … Nun nun … willst du ein Pferd? Ich schicke dir ein Pferdchen … Was sind Sie doch wirklich … hartherzig …

Grocholskij schwieg und fragte:

– Wie geht es Ihren Damen, Ivan Petrovič?

– Gar nicht … Die hab ich rausgeworfen … Ohne Umstände. Ich hätte sie ja noch behalten, aber es geht nicht: der Junge wächst heran … Das Beispiel des Vaters … Wenn ich allein wäre, dann wäre es etwas anderes. Und wozu sollte ich sie behalten? Pff … Ist doch nur Komödie! Ich zu ihnen auf russisch, sie zu mir auf französisch … Nichts verstehn sie, und wenn du ihnen auf den Kopf haust.

– Ich komme geschäftlich zu Ihnen, Ivan Petrovič, um zu verhandeln … Hm … Es ist kein besonderes Geschäft, nur so … zwei, drei Worte … Eigentlich habe ich eine Bitte an Sie.

– Was für eine?

– Halten Sie es nicht für möglich, Ivan Petrovič, von hier … abzureisen? Wir freuen uns sehr, daß Sie hier sind, es ist uns sehr angenehm, aber wissen Sie, es ist unangenehm …

Sie werden mich verstehen... Es ist irgendwie peinlich... Die vagen Verhältnisse, die ewige Peinlichkeit in bezug auf den andern... Wir müssen uns trennen... Es ist sogar unvermeidlich... Sie werden mich entschuldigen, aber... Sie werden natürlich begreifen, daß in vergleichbaren Fällen ein gemeinsames Leben... zu Überlegungen führt... Das heißt nicht zu Überlegungen, sondern daß sich... ein peinliches Gefühl einstellt.

– Ja... Das ist so. Ich habe selber darüber nachgedacht. Gut, ich werde abreisen.

– Wir wären Ihnen sehr verbunden. Glauben Sie uns, Ivan Petrovič, wir werden Sie in schmeichelhaftester Erinnerung behalten! Das Opfer, das Sie...

– Schon gut... Aber wo soll ich hin mit den Sachen? Hören Sie, kaufen Sie mir diese Möbel ab! Ja? Sie kosten nicht viel... Achttausend... zehn... Die Möbel, die Kalesche, den Flügel...

– Schon gut... Ich gebe Ihnen zehn...

– Na ausgezeichnet! Ich reise schon morgen... Ich reise nach Moskau. Hier kann man unmöglich leben! Alles ist teuer! Schrecklich teuer! Das Geld rinnt einem durch die Finger... Man tut einen Schritt, und schon ist man einen Tausender los... Ich kann so nicht... Ich habe Familie... Gott sei Dank kaufen Sie mir die Möbel ab. Dann habe ich doch ein bißchen Geld, sonst wäre ich völlig bankrott...

Grocholskij stand auf, verabschiedete sich von Bugrov und begab sich im Triumph nach Hause. Am Abend schickte er ihm die Zehntausend.

Am andern Tag, frühmorgens, waren Bugrov und Mišutka schon in Feodosija.

III

Einige Monate vergingen. Der Frühling brach an.

Mit dem Frühling brachen die klaren, hellen Tage an, an denen das Leben nicht so hassenswert und langweilig ist und die Erde schöner wird … Vom Meer und unter freiem Himmel wehte es warm … Die Erde bedeckte sich mit neuem Gras, an den Bäumen grünte neues Laub. Die Natur erwachte und zeigte sich im neuen Kleid …

Es schien, als müßten sich auch im Menschen neue Hoffnungen und neue Wünsche regen, da alles in der Natur erneuert, jung und frisch war … Aber den Menschen aufzuerwecken ist schwer.

Grocholskij lebte noch immer in derselben Villa … Seine Hoffnungen und Wünsche, klein und wenig fordernd, konzentrierten sich noch immer auf Liza, einzig auf sie, auf nichts anderes! Er ließ wie früher kein Auge von ihr und wärmte sich an dem Gedanken: »Wie bin ich glücklich!« Der Ärmste fühlte sich tatsächlich glücklich. Liza saß, wie früher, auf der Terrasse und blickte gelangweilt, verständnislos nach der Villa vis-à-vis und den Bäumen, zwischen denen man das Meer sah … Wie früher schwieg sie immer mehr, weinte öfter und setzte Grocholskij manchmal Schröpfköpfe. Im übrigen konnte man sie zu einer Neuigkeit beglückwünschen. In ihrem Innern hatte sich ein Wurm eingenistet. Dieser Wurm war – die Sehnsucht … Sie sehnte sich sehr, sehnte sich nach dem Sohn, nach den bisherigen Lebensumständen, dem bisherigen Frohsinn. Das frühere Leben war nicht besonders froh gewesen, aber doch froher als das jetzige … Als sie mit ihrem Mann zusammenlebte, ging sie manchmal, selten, ins Theater, in den Adelsklub, zu Bekannten... und hier, mit Grocholskij? Hier war alles leer, öde, still... Hier lebte neben ihr ein einziger Mann, und auch der ist mit seinen Unpäßlichkeiten und seinen süßlichen Küssen eher einem alten, ewig vor Eifersucht greinenden Großvater ähnlich. Langweilig! Hier gibt es keinen Michej Sergeič, der so gern Mazurka mit ihr tanzte, hier gibt es auch keinen Spiridon Nikolaič, Sohn des Redakteurs der »Gouvernements-Neuigkeiten«. Spiridon Nikolaič singt und trägt sehr schön Gedichte vor. Es gibt hier nicht den Tisch mit Zakuska, weder Gäste, noch die Gerasimova, noch die Njanja, die sie beständig anbrummte, sie nähme zu viel Varenje. Niemanden gibt es! Man hätte sterben mögen vor Sehnsucht. Grocholskij freute sich seiner Einsamkeit, aber... er freute sich vergebens. Früher, als nötig gewesen wäre, bezahlte er für seinen Egoismus. Anfang Mai, als sogar die Luft zu lieben schien und vor Glück verging, verlor Grocholskij alles: die geliebte Frau als auch...

Bugrov war auch in diesem Jahr auf die Krim gekommen. Die Villa vis-à-vis mietete er nicht wieder, sondern zog mit Mišutka von Stadt zu Stadt. In den Städten aß er, trank, schlief und spielte Karten. Aufs Angeln, auf die Jagd, auf Französinnen, die ihn, unter uns gesagt, ein wenig bestohlen hatten, war ihm jegliche Lust vergangen. Er war abgemagert, strahlte nicht mehr, lächelte nicht mehr breit und trug Kleider aus Segeltuch. Ivan Petrovič besuchte Grocholskijs Villa, wenn auch selten. Er brachte Liza Varenje, Konfekt, Obst und schien bemüht, ihre Langeweile zu zerstreuen. Grocholskij machten diese Besuche keine Sorgen, um so weniger, als sie selten waren, von kurzer Dauer und offenbar Mišutkas wegen gemacht wurden, damit er seine Mutter sehen konnte. Bugrov kam gewöhnlich, breitete seine Gastgeschenke aus und fuhr, nach wenigen Worten, wieder weg. Und die wenigen Worte richtete er nicht an Liza, sondern an Grocholskij... Liza gegenüber schwieg er. Und Grocholskij war beruhigt... Aber es gibt ein russisches Sprichwort, an das sich zu erinnern Grocholskij nicht geschadet hätte: »Fürchte nicht den Hund, der bellt, sondern den, der schweigt...« Ein boshaftes Sprichwort, im praktischen Leben bisweilen aber äußerst brauchbar.

Einmal, als er im Garten spazierenging, vernahm Grocholskij zwei Stimmen. Die eine Stimme war männlich, die andere weiblich. Die erste Stimme gehörte Bugrov, die zweite Liza. Grocholskij horchte hin, erbleichte wie der Tod und schritt leise auf die Plaudernden zu. Hinter einem Fliederbusch blieb er stehen und verlegte sich aufs Beobachten und Zuhören. Füße und Hände wurden ihm kalt. Auf die Stirn trat der kalte Schweiß. Um nicht ins Schwanken zu geraten und nicht hinzufallen, hielt er sich an einigen Fliederzweigen fest. Alles war zu Ende!

Bugrov hielt Liza um die Taille und sprach zu ihr:

– Meine Liebste! Ja, was sollen wir denn tun? So hat es Gott nun mal gefallen... Ein Schurke bin ich... Ich habe dich verkauft. Mich verführen lassen vom Reichtum des Herodes, der Teufel soll ihn holen... Und was hat man von diesem Reichtum? Nur ständige Sorgen und Prahlerei! Weder Ruhe noch Glück, noch Beförderung im Dienst... du sitzt wie ein Trottel auf demselben Fleck und kommst keinen Schritt voran... Hast du gehört? Andrjuška Markuzin ist Tischvorsteher geworden... Andrjuška, dieser Dummkopf! Und ich sitze... Herrgott! Herrgott! Dich habe ich verloren, das Glück hab ich verloren. Ein Schurke bin ich! Ein Halunke! Meinst du, mir wird es gutgehen vor dem Jüngsten Gericht?

– Reisen wir von hier ab, Vanja! – fing Liza an zu weinen. – Ich langweile mich... Ich sterbe vor Sehnsucht.

– Das geht nicht... Ich habe sein Geld genommen.

– Dann gib es ihm doch zurück!

– Das würde ich gern, aber... brrr... Halt, mein Pferdchen! Ich habe alles verbraucht! Du mußt dich fügen, Mütterchen... Es ist Gott, der uns bestraft. Mich für meinen Eigennutz, dich für deinen Leichtsinn... Ja nun? Dann müssen wir uns eben plagen... Im Jenseits wird alles leichter.

Und in einem Anflug religiöser Gefühle hob Bugrov den Blick zum Himmel.

– Aber ich kann hier nicht leben! Ich langweile mich!

– Was sollen wir tun? Langweile ich mich etwa nicht? Bin ich ohne dich etwa froh? Ich bin niedergeschlagen und ganz vertrocknet. Mir tut sogar die Brust schon weh!... Du bist meine Frau vor dem Gesetz, Fleisch von meinem Fleisch... das eine Fleisch... Lebe, ertrag es! Ja, und ich... werde kommen und dich besuchen...

Und zu Liza gebeugt, begann Bugrov zu flüstern, aber so laut, daß es einige Klafter weit zu hören war:

– Ich werde auch nachts zu dir kommen, Liza... Sei unbesorgt... Ich bin in Feodosija, ganz nahe... Ich werde hier in deiner Nähe bleiben, bis ich alles gedeichselt habe... Und ich werde bald alles gedeichselt haben, bis auf die Kopeke! A-a-ach! Und was ist das für ein Leben? Langeweile, ich bin ganz krank... Die Brust tut weh, der Bauch...

Bugrov verstummte. Die Reihe war an Liza … Mein Gott, wie grausam ist diese Frau! Sie fing an zu weinen, sich zu beklagen, alle Mängel ihres Liebhabers aufzuzählen, ihre Qualen … Grocholskij, der ihr zuhörte, fühlte sich wie ein Räuber, ein Verbrecher, ein Folterknecht …

– Er quält mich zu Tode! – endete Liza.

Nachdem er Liza zum Abschied geküßt hatte und zur Gartenpforte ging, stieß Bugrov auf Grocholskij, der an der Pforte stand und auf ihn wartete.

– Ivan Petrovič! – sagte Grocholskij im Ton eines Sterbenden. – Ich habe alles gehört und gesehen … Es ist unehrenhaft von Ihrer Seite, aber ich will Sie nicht beschuldigen … Sie lieben sie ebenfalls … Aber begreifen Sie, sie gehört mir! Mir! Ich kann nicht leben ohne sie! Wie können Sie das nicht begreifen? Angenommen, Sie lieben sie, Sie leiden, aber habe ich nicht zumindest zum Teil Ihre Leiden bezahlt? Reisen Sie ab, um Gottes willen! Reisen Sie ab, um Gottes willen! Reisen Sie ein für alle Male von hier ab! Ich flehe Sie an! Sonst bringen Sie mich um …

– Ich kann nirgendwohin reisen, – sagte Bugrov dumpf …

– Hm … Sie haben schon alles ausgegeben … Sie lassen sich leicht hinreißen … Na schön … Fahren Sie auf mein Gut im Gouvernement Černigov … Ja? Ich schenke Ihnen dieses Gut … Es ist klein, aber schön … Ehrenwort, es ist schön! …

Bugrov lächelte breit. Er fühlte sich plötzlich im siebenten Himmel.

– Ich schenke es Ihnen … Noch heute schreibe ich meinem Verwalter und schicke ihm eine Vollmacht zur Ausfertigung des Kaufbriefs. Sie werden überall sagen, Sie hätten dieses Gut gekauft. Reisen Sie ab! Ich flehe Sie an!

– Gut … Ich werde abreisen. Ich verstehe.

– Fahren wir zum Notar … Jetzt gleich, – sagte Grocholskij, wieder froh, und ging, um anspannen zu lassen.

Am andern Tag, abends, als Liza auf der Bank saß, auf der sie gewöhnlich Ivan Petrovič zum Stelldichein empfing, trat leise Grocholskij auf sie zu. Er setzte sich neben sie und nahm sie bei der Hand.

– Du langweilst dich, Lizočka? – begann er nach kurzem Schweigen. – Dir ist langweilig? Warum fahren wir nicht irgendwohin? Weshalb hocken wir ständig zu Hause? Wir sollten reisen, uns amüsieren, Bekanntschaften machen … Das sollten wir doch?

– Ich brauche nichts, – sagte Liza und blickte, bleich, abgemagert, auf den Weg, über den Bugrov gewöhnlich zu ihr kam.

Grocholskij dachte nach. Er wußte, auf wen sie wartete und wen sie wollte.

– Gehen wir ins Haus, Liza, – sagte er. – Hier ist es feucht …

– Geh nur … Ich komme gleich.

Grocholskij dachte wieder nach.

– Du wartest auf *ihn*? – fragte er und zog eine Grimasse, als zwackten ihn glühende Zangen ins Herz.

– Ja … Ich möchte ihm für Miša Strümpfchen mitgeben …

– Er wird nicht kommen.

– Woher weißt du das?

– Er ist abgereist …

Liza machte große Augen …

– Er ist abgereist … Abgereist ins Gouvernement Černigov. Ich habe ihm mein Landgut geschenkt …

Liza erbleichte furchtbar und hielt sich, um nicht zu fallen, an Grocholskijs Schulter fest.

– Ich habe ihn zum Dampfer begleitet … Um drei Uhr …

Liza faßte sich plötzlich an den Kopf, fiel auf die Bank und fing an zu zucken und an allen Gliedern zu schlottern.

– Vanja! – rief sie aus. – Vanja! Ich komme zu dir, Vanja! … Liebster!

Sie bekam einen hysterischen Anfall …

Seit diesem Abend, bis hinein in den Juli, konnte man in dem Garten, in dem die Sommergäste spazierengingen, zwei Schatten sehen. Die Schatten gingen vom Morgen bis zum Abend und stürzten die Sommergäste in Trübsinn. Dem Schatten Lizas folgte unabweislich der Schatten Grocholskijs. Ich nenne sie Schatten, denn beide hatten ihr früheres Äußeres verloren.

Sie waren abgemagert, eingefallen und erinnerten eher an Schatten denn an lebendige Menschen … Beide siechten dahin wie die Flöhe in dem klassischen Witz von dem Juden, der Pulver gegen Flöhe verkauft.

Anfang Juli floh Liza vor Grocholskij, sie hinterließ ihm eine Nachricht, in der sie schrieb, sie fahre für eine Zeit zu ihrem »Sohn« … für eine Zeit! Sie floh in der Nacht, als Grocholskij schlief.

Als er ihren Brief gelesen hatte, lief Grocholskij eine Woche lang um die Villa herum wie ein Wahnsinniger, aß nicht und schlief nicht. Im August überstand er den Typhus, im September ging er ins Ausland. Im Ausland begann er zu trinken. Im Alkohol und Laster dachte er Beruhigung zu finden. Er brachte sein gesamtes Vermögen durch, aber es gelang dem Ärmsten nicht, das Bild der geliebten Frau mit ihrem Katzenschnäuzchen aus seinem Kopf zu verdrängen... Am Glück stirbt keiner, am Unglück stirbt auch keiner. Grocholskij ergraute, starb aber nicht. Er lebt bis auf den heutigen Tag... Aus dem Ausland kam er, um »mit einem Auge« nach Liza zu sehen. Bugrov empfing ihn mit offenen Armen und räumte ihm Gastrecht auf unbegrenzte Zeit ein. Zu Gast bei Bugrov ist er bis auf den heutigen Tag...

In diesem Jahr kam ich durch Grocholevka, Bugrovs Gut. Die Besitzer traf ich beim Abendessen... Ivan Petrovič freute sich schrecklich über mein Kommen und lud mich zum Essen ein. Er war dickergeworden und ein wenig aufgedunsen. Sein Gesicht ist wie früher satt, glänzt und ist rosig. Falten hat er noch keine. Auch Liza ist dickergeworden. Die Fülle steht ihr nicht. Ihr Gesichtchen beginnt die Ähnlichkeit mit dem eines Kätzchens zu verlieren und ähnelt, wehe! bald dem eines Elchs. Ihre Wangen füllen sich nach oben, nach unten, nach allen Seiten. Die Bugrovs führen ein sattes Leben. Sie haben von allem viel. Dienstboten und Eßbares, das Haus ist voll...

Nachdem wir gegessen hatten, begann die Unterhaltung. Ich, der ich vergessen hatte, daß sie nicht spielen konnte, bat sie, etwas auf dem Flügel zu spielen.

– Sie spielt nicht! – sagte Bugrov. – Sie kann nicht spielen... He! Wer ist da? Ivan! Ruf Grigorij Vasiljič herein! Was macht er da? – Und an mich gewandt, fügte Bugrov hinzu: – Gleich kommt einer, der es kann... Er spielt Gitarre. Den Flügel haben wir für Mišutka, er lernt darauf...

Fünf Minuten später trat Grocholskij in den Saal, verschlafen, unfrisiert, unrasiert... Er trat ein, verbeugte sich vor mir und setzte sich abseits.

– Na, wer hat sich denn so früh schlafen gelegt? – wandte sich Bugrov an ihn. – Du bist mir einer, Freundchen! Dauernd schläft er, dauernd schläft er... Schlafmütze. Na, spiel uns mal was Heiteres...

Grocholskij stimmte die Gitarre, griff in die Saiten und sang:

Gestern harrte ich des Freundes...

Ich hörte auf den Gesang, schaute auf die satte Physiognomie Bugrovs und dachte: »Abscheuliche Fratze!« Mir war zum Weinen zumute... Nachdem er den Gesang beendet hatte, verbeugte sich Grocholskij und ging hinaus...

– Was soll ich nur mit ihm machen? – wandte sich Bugrov nach seinem Abgang an mich. – Am Tage denkt er dauernd und denkt... und nachts stöhnt er. Schläft, aber stöhnt und ächzt... Eine Art Krankheit... Was soll ich nur mit ihm machen, es fällt mir nichts ein! Er läßt einen nicht schlafen... Ich fürchte, er wird verrückt. Er findet, sein Leben bei mir sei schlecht... aber wieso ist es denn schlecht? Er ißt mit uns und trinkt mit uns... Nur Geld geben wir ihm keins... Gibt man ihm welches, versäuft ers oder wirft es zum Fenster hinaus... Noch so eine Plage über mein Haupt! Gott vergib mir Sünder!

Man ließ mich bei ihnen übernachten. Als ich am andern Morgen aufwachte, las Bugrov im Nachbarzimmer jemandem die Leviten:

– Zu Gott soll er beten, der Idiot, er schlägt sich noch die Stirn auf! Und wer streicht Ruder mit grüner Farbe? Überleg doch mal, Holzkopf! Denk nach! Warum sagst du nichts?

– Ich... ich... habe mich geirrt... – rechtfertigte sich ein heiserer Tenor.

Dieser Tenor gehörte Grocholskij...

Zum Bahnhof begleitete mich Grocholskij...

– Er ist ein Despot, ein Tyrann, – flüsterte er mir den ganzen Weg über zu. – Er ist ein edler Mensch, aber ein Tyrann! Weder Herz noch Hirn sind bei ihm entwickelt... Er peinigt mich! Wenn diese edle Frau nicht wäre, ich wäre längst weggelaufen... Es tut mir leid, sie zu verlassen. Zu zweit erträgt man es irgendwie besser.

Grocholskij seufzte und fuhr fort:

– Sie ist schwanger... Haben Sie es gesehen? Das Kind ist, eigentlich, von mir... Von mir... Sie hatte ihren Fehler bald eingesehen und sich wieder mir hingegeben. Sie kann ihn nicht ausstehen...

– Ein Jammerlappen sind Sie! – konnte ich mich nicht enthalten, zu Grocholskij zu sagen.

– Ja, ich bin ein charakterschwacher Mensch... Das stimmt alles. Ich bin so geboren. Wissen Sie, wie ich zustande kam? Mein verstorbener Herr Papa unterdrückte einen kleinen Beamten. Er unterdrückte ihn, schrecklich! Er hat ihm das Leben vergiftet! Ja... Und meine Frau Mutter, die Verstorbene, war herzkrank, sie kam aus dem Volk, eine Kleinbürgerin... Aus Mitleid empfand sie Zuneigung zu diesem Beamten... Ja... Und so kam ich zustande... Von einem Unterdrückten... Woher soll da Charakter kommen?

Woher? Aber das ist bereits das zweite Klingeln … Leben Sie wohl! Kommen Sie uns noch einmal besuchen, dann sagen Sie Ivan Petrovič nicht, daß ich mit Ihnen über ihn gesprochen habe!

Ich drückte Grocholskij die Hand und sprang in den Waggon. Er verbeugte sich vor meinem Waggon und ging zum Wasserzuber. Offenbar hatte er Durst …

Späte Blumen

Kleiner Roman

N. I. Korobov gewidmet

I

Die Sache geschah an einem düsteren, herbstlichen »Nach dem Essen« im Hause der Fürsten Priklonskij.

Die alte Fürstin und Prinzessin Marusja standen im Zimmer des jungen Fürsten, rangen die Hände und flehten ihn an. Sie flehten, wie nur unglückliche, weinende Frauen flehen können: beim Herrgott, bei der Ehre, bei der Asche des Vaters.

Die Fürstin stand regunglos vor ihm und weinte.

Sie ließ ihren Tränen freien Lauf, unterbrach Marusja bei jedem Wort und überschüttete den Fürsten mit Vorwürfen, mit harten, sogar mit Schimpfworten, Schmeicheleien, Bitten... Tausendmal erwähnte sie den Kaufmann Furov, der ihren Wechsel einklagte, den verstorbenen Vater, dessen Gebeine sich heute im Grabe umdrehen, usw. Sie erinnerte sogar an Doktor Toporkov.

Doktor Toporkov war den Fürsten Priklonskij ein Dorn im Auge. Sein Vater war Leibeigener gewesen, Kammerdiener des verstorbenen Fürsten, sein Senjka. Nikifor, sein Onkel mütterlicherseits, steht noch heute als Kammerdiener der Person des Fürsten Egoruška zu Diensten. Er selbst, Doktor Toporkov, hatte in früher Kindheit Kopfnüsse erhalten für schlecht geputzte fürstliche Messer, Gabeln, Stiefel und Samovare. Und heute ist er – ist das nicht dumm? – ein junger, brillanter Arzt, lebt wie ein Herr, in einem verteufelt großen Haus, fährt einen Zweispänner, als sei das eine »Spitze« gegen die Priklonskijs, die zu Fuß gehen und, bevor sie eine Equipage nehmen, lange feilschen.

– Er wird von allen geachtet, – sagte die Fürstin weinend und ohne sich die Tränen zu trocknen, – von allen geliebt, ist reich, ein schöner Mann, wird überall empfangen... Und das ist dein ehemaliger Diener, Nikifors Neffe! Man schämt es sich zu sagen. Und warum? – Weil er sich gut benimmt, nicht trinkt, nicht mit schlechten Menschen verkehrt... Er arbeitet vom Morgen bis in die Nacht... Und du? Mein Gott, Herrgott!

Prinzessin Marusja, ein Mädchen von etwa zwanzig Jahren, hübsch wie die Heldin eines englischen Romans, mit wundervollen Locken von flachsblonder Farbe, großen, klugen Augen von der Farbe des südlichen Himmels, flehte Bruder Egoruška nicht weniger energisch an.

Sie sprach gleichzeitig mit der Mutter und küßte den Bruder auf dessen stachligen Schnurrbart, der nach versauertem Wein roch, streichelte ihm über die Glatze, die Wangen und schmiegte sich an ihn wie ein verschrecktes Hündchen. Sie sagte nichts als zärtliche Worte. Die Prinzessin war nicht imstande, ihrem Bruder etwas auch nur entfernt Anzügliches zu sagen. So sehr liebte sie den Bruder! Ihrer Meinung nach war ihr lasterhafter Bruder, der verabschiedete Husar Fürst Egoruška, ein Ausdruck höchster Rechtschaffenheit und ein

Muster an Tugend allerhöchster Qualität! Sie war überzeugt, überzeugt bis zum Fanatismus, daß dieser versoffene Schwachkopf ein Herz besitze, um das ihn alle Märchenfeen beneiden könnten. Sie sah in ihm einen Pechvogel, einen unverstandenen, verkannten Menschen. Seinen Suff, seine Ausschweifungen entschuldigte sie beinahe mit Begeisterung. Und ob! Egoruška hatte sie vor langem davon überzeugt, daß er aus Kummer trinke: in Wein und Vodka ertränkt er eine hoffnungslose Liebe, die ihm die Seele ausbrennt, und in den Armen lasterhafter Frauenzimmer versucht er, aus seinem Husarenschädel *ihr* wunderbares Bild zu verdrängen. Und welche Marusja, welche Frau hielte die Liebe nicht für einen tausendfach triftigen, alles entschuldigenden Grund? Welche?

– Georges! – sagte Marusja, an ihn geschmiegt, und küßte sein ausgezehrtes, rotnasiges Gesicht. – Du trinkst aus Kummer, das stimmt... Aber vergiß deinen Kummer, wenn es so ist! Müssen denn alle Unglücklichen trinken? Ertrage es, fasse Mut, kämpfe! Sei ein Held! Mit einem Verstand, wie du ihn besitzt, mit einer ehrlichen, liebenden Seele kann man die Schläge des Schicksals ertragen! Oh! Ihr Pechvögel seid alle kleinmütig!...

Und Marusja (verzeihen Sie ihr, Leser!) mußte an Turgenevs Rudin denken und war bereit, ihn Egoruška zu erklären.

Fürst Egoruška lag auf dem Bett und blickte mit seinen roten Kaninchenäuglein an die Zimmerdecke. In seinem Kopf rauschte es leicht, und in der Magengegend fühlte er eine angenehme Sattheit. Er hatte soeben gegessen, eine Flasche Roten getrunken und frönte jetzt, eine Dreikopekenzigarre rauchend, dem süßen Nichtstun. Gefühle und Gedanken verschiedensten Kalibers schwirrten durch sein benebeltes Hirn und seine dumpfe, miese Seele. Leid taten ihm die weinende Mutter und die Schwester, und zugleich hatte er das heftige Bedürfnis, sie aus dem Zimmer zu werfen: sie störten ihn am Einschlafen, am Schnarchen… Ihn ärgerte, daß sie es wagten, ihm die Leviten zu lesen, und zugleich quälten ihn die kleinen Bisse seines (vermutlich gleichfalls sehr kleinen) Gewissens. Er war dumm, aber nicht so sehr, um nicht einzusehen, daß das Haus Priklonskij zugrunde ging, und das zum Teil dank seiner Gnade…

Die Fürstin und Marusja flehten sehr lange. Im Salon wurden die Lichter angezündet, es kam irgendeine Dame zu Besuch, und sie flehten noch immer. Schließlich war es Egoruška leid, sich hin und her zu wälzen, ohne schlafen zu können. Er reckte sich, daß ihm die Glieder knackten, und sagte:

– Also gut, ich werde mich bessern!

– Fürstliches Ehrenwort?

– Strafe mich Gott!

Mutter und Schwester ergriffen seine Hände und ließen ihn bei Gott und seiner Ehre noch einmal schwören. Egoruška schwor noch einmal bei Gott und seiner Ehre und sagte, der Donner solle ihn auf der Stelle erschlagen, wenn er nicht aufhöre, ein unordentliches Leben zu führen. Die Fürstin ließ ihn die Ikone küssen. Er küßte auch die Ikone, wobei er sich dreimal bekreuzigte. Kurz, er hatte einen wahren Eid abgelegt.

– Wir glauben dir! – sagten die Fürstin und Marusja und fielen Egoruška um den Hals.

Sie glaubten ihm. Wie hätte man dem großen Ehrenwort, dem verzweifelten Eid bei Gott und dem Küssen der Ikone auch nicht glauben sollen? Und außerdem, wo Liebe ist – da ist auch unendlicher Glaube. Sie lebten wieder auf, und beide gingen strahlend wie die Juden, die die Erneuerung Jerusalems feiern, die Erneuerung Egoruškas feiern. Nachdem sie die Dame hinausbegleitet hatten, setzten sie sich in eine Ecke und begannen miteinander zu flüstern, wie ihr Egoruška sich bessern und wie er ein neues Leben führen werde... Sie entschieden, daß Egoruška es weit bringen werde, daß er die Umstände bald bessern werde und sie nicht mehr äußerste Armut erdulden müßten – diesen kalten Rubicon, dessen Überschreiten alle Verschwender zu erleben haben. Sie entschieden sogar, Egoruška werde bestimmt eine reiche Schönheit heiraten. Er sei so hübsch, klug und ansehnlich, daß sich wohl kaum eine Frau finden werde, die es wagen könnte, sich nicht in ihn zu verlieben. Zum Schluß erzählte die Fürstin die Lebensgeschichte der Vorfahren, denen Egoruška bald nacheifern werde. Großvater Priklonskij war Gesandter gewesen und hatte alle europäischen Sprachen gesprochen, der Vater war Kommandeur eines der berühmtesten Regimenter gewesen, der Sohn dagegen wird... wird... was wird er werden?

– Ihr werdet schon sehen, was er werden wird! – entschied die Fürstin. – Ihr werdet schon sehen!

Nachdem sie einander zu Bett gebracht hatten, sprachen sie noch lange über die schöne Zukunft. Sie träumten, als sie eingeschlafen waren, die entzückendsten Träume. Sie lächelten im Schlafe vor Glück – so schön waren ihre Träume! Mit diesen Träumen bezahlte sie das Schicksal, aller Wahrscheinlichkeit nach, für jene Schrecken, die sie am folgenden Tag erlebten. Das Schicksal ist nicht immer geizig: manchmal bezahlt es auch im voraus.

Gegen drei Uhr nachts, just in dem Augenblick, als die Fürstin von ihrem bébé in einer glitzernden Generalsuniform träumte und Marusja dem Bruder im Traum applaudierte, weil er eine glänzende Rede gehalten hatte, fuhr vor dem Hause der Fürsten Priklonskij eine einfache Mietdroschke vor. In der Mietdroschke saß ein Kellner des »Château des fleurs« und hielt in seinen Armen den edlen Körper des sturzbetrunkenen Fürsten Egoruška. Egoruška befand sich in ausgesprochen fühllosem Zustand und baumelte in den Armen dieses »Mnschn« wie eine Gans, die man eben geschlachtet hat und in die Küche trägt. Der Kutscher sprang vom Bock und klingelte an der Einfahrt. Nikifor und der Koch kamen heraus, bezahlten den Kutscher und trugen den betrunkenen Körper die Treppe hinauf. Der alte Nikifor war weder erstaunt noch entsetzt, entkleidete den reglosen Körper mit geübter Hand, steckte ihn ganz tief ins Federbett und deckte ihn zu. Die Dienstboten verloren hierüber kein Wort. Sie waren seit Jahr und Tag daran gewöhnt, in ihrem Herrn ein Etwas zu sehen, das sie tragen, entkleiden und zudekken mußten, deshalb waren sie nicht im mindesten erstaunt oder entsetzt. Ein betrunkener Egoruška war für sie die Norm.

Am andern Morgen bekamen sie Grund, entsetzt zu sein.

Gegen elf Uhr, als die Fürstin und Marusja Kaffee tranken, betrat Nikifor das Speisezimmer und unterbreitete ihren Durchlauchten, daß mit Fürst Egoruška etwas Unheimliches vor sich gehe.

– Es ist anzunehmen, Durchlaucht, er liegen im Sterben! – sagte Nikifor. – Belieben Sie nachzusehen!

Die Gesichter der Fürstin und Marusjas wurden weiß wie Leinwand. Dem Munde der Fürstin entfiel ein Stückchen Biskuit. Marusja stieß die Tasse um und griff sich mit beiden Händen an die Brust, gegen die plötzlich ihr überrumpeltes, in Sorge versetztes Herz pochte.

– Um drei Uhr nachts kamen er angeheitert, folglich, – meldete Nikifor mit zittriger Stimme. – Wie nommal… Und jetzt, der Herrgott weiß weshalb, werfen er sich hin und her und stöhnen…

Die Fürstin und Marusja hielten sich aneinander fest und liefen in Egoruškas Schlafzimmer.

Egoruška, bleich-grün, zerzaust, stark abgemagert, lag unter dem schweren Plumeau, atmete schwer, zitterte und warf sich hin und her. Sein Kopf und seine Hände blieben keinen Augenblick lang ruhig, bewegten sich und zuckten. Der Brust entrangen sich Seufzer. Am Schnurrbart hing ein kleines Stückchen von etwas Rotem, offenbar Blut. Hätte Marusja sich über sein Gesicht gebeugt, hätte sie an der Oberlippe eine kleine Wunde und das Fehlen zweier Zähne im Oberkiefer gesehen. Der ganze Körper verströmte Hitze und Alkoholgeruch.

Die Fürstin und Marusja fielen auf die Knie und schluchzten.

– Wir sind schuld an seinem Tod! – sagte Marusja und griff sich an den Kopf. – Wir haben ihn gestern mit unseren Vorwürfen bekümmert, und… er hat es nicht ertragen! Er hat eine zarte Seele! Wir sind schuld, maman!

Und im Bewußtsein ihrer Schuld rissen beide die Augen

weit auf und schmiegten sich, am ganzen Körper zitternd, aneinander. So zittern und schmiegen sich Menschen aneinander, die sehen, daß über ihnen gleich mit Lärm und schrecklichem Getöse die Decke einstürzen und sie unter ihrem Gewicht erdrücken wird.

Dem Koch war eingefallen, nach dem Doktor zu laufen. Der Doktor kam, Ivan Adolfovič, ein kleines Männlein, das ganz aus einem sehr großen Kahlkopf, dummen Schweinsäuglein und einem rundlichen Bäuchlein bestand. Man freute sich, als er kam, als sei der eigene Vater gekommen. Er schnupperte die Luft in Egoruškas Schlafzimmer, fühlte den Puls, seufzte tief und runzelte die Stirn.

– Keine Sorge, Euer Durchlauchten! – sagte er mit beschwörender Stimme zur Fürstin. – Ich weiße nicht, aber nach meine Meinung, Euer Durchlaucht, ich finde nicht, daß Ihre Sohn war in große, sozusagen, Gefahr... Es isse nichts!

Zu Marusja indessen sagte er etwas völlig anderes:

– Ich weiße nicht, Prinzessin, aber nach meine Meinung... Jede hat seine Meinung, Prinzessin. Nach meine Meinung Seine Durchlaucht isse – pff!.. švach, wie der Deutsche sagt... Aber alles hängt... hängt ab, sozusagen, von die Krisis.

– Ist es gefährlich? – fragte Marusja leise.

Ivan Adolfovič runzelte die Stirn und begann nachzuweisen, daß jeder seine Meinung habe... Man gab ihm einen Dreirubelschein. Er bedankte sich, wurde verlegen, räusperte sich und ging von dannen.

Wieder zu sich gekommen, entschieden die Fürstin und Marusja, nach einer Koryphäe zu schicken. Koryphäen sind teuer, aber... was sollte man machen? Das Leben eines nahestehenden Menschen ist mehr wert als Geld. Der Koch lief zu Toporkov. Zu Hause, versteht sich, traf er ihn nicht an. Er mußte eine Nachricht hinterlassen.

Toporkov folgte der Einladung nicht so bald. Sie warteten auf ihn, ersterbenden Herzens, besorgt, den ganzen Tag, warteten die ganze Nacht, den Morgen... Sie wollten sogar nach einem anderen Doktor schicken und entschieden, Toporkov einen Flegel zu nennen, wenn er noch kommen sollte, es ihm ins Gesicht zu sagen, damit er kein zweites Mal wagte, so lange auf sich warten zu lassen. Die Bewohner des Hauses der Fürsten Priklonskij waren, ihrem Kummer zum Trotz, aus tiefster Seele empört. Endlich, um zwei Uhr des andern Tages, fuhr an der Einfahrt eine Kalesche vor. Nikifor trippelte eiligst zur Tür und hatte binnen weniger Sekunden allerehrerbietigst seinem Neffen den Drapmantel von den Schultern genommen. Toporkov machte mit einem Räuspern auf sein Kommen aufmerksam und ging, ohne jemanden zu begrüßen, ins Zimmer des Kranken. Er schritt durch den Saal, den Salon und das Speisezimmer, ohne jemanden anzusehen, gewichtig wie ein General, das Knarren seiner glänzenden Stiefel war im ganzen Haus zu hören. Seine riesige Gestalt flößte Achtung ein. Er war stattlich, gewichtig, gutaussehend und verteufelt korrekt, wie aus Elfenbein geschnitzt. Die Goldrandbrille und das äußerst ernste, reglose Gesicht ergänzten seine stolze Haltung. Von Herkunft Plebejer, hatte er, außer einer stark entwickelten Muskulatur, fast nichts Plebejisches an sich. Alles – war wie bei einem Herrn, sogar wie bei einem Gentleman. Das Gesicht rosig, hübsch oder, will man seinen Patientinnen glauben, sogar sehr hübsch. Der Hals weiß wie der einer Frau. Die Haare seidenweich und hübsch, nur leider kurz geschnitten. Hätte Toporkov etwas auf seine äußere Erscheinung gegeben, so hätte er sich diese Haare nicht kurz schneiden, sondern bis auf den Kragen wallen lassen. Das Gesicht hübsch, aber zu spröde und zu ernst, um angenehm zu wirken. Spröde, ernst und reglos, drückte es nichts aus, außer starker Ermüdung von ganztägiger schwerer Arbeit.

Marusja kam Toporkov entgegen und begann ihn, die Hände ringend, zu bitten. Zuvor hatte sie noch nie und niemanden gebeten.

– Retten Sie ihn, Doktor! – sagte sie, ihre großen Augen zu ihm aufhebend. – Ich flehe Sie an! Auf Ihnen ruht all unsere Hoffnung!

Toporkov ging um Marusja herum und begab sich zu Egoruška.

– Die Ventilation öffnen! – kommandierte er, bei dem Kranken eintretend. – Warum ist die Ventilation nicht geöffnet? Wer soll denn hier atmen?

Die Fürstin, Marusja und Nikifor stürzten an die Fenster und den Ofen. Die Fenster, in die schon die Doppelrahmen eingesetzt waren, hatten keine Ventilation. Der Ofen war nicht geheizt.

– Wir haben keine Ventilation, – sagte die Fürstin zaghaft.

– Seltsam … Hm … Unter solchen Bedingungen soll ich behandeln!… Ich werde hier niemanden behandeln!

Und mit leicht erhobener Stimme fügte Toporkov hinzu:

– Tragen Sie ihn in den Saal! Dort ist es nicht so stickig! Rufen Sie Ihre Leute!

Nikifor stürzte zum Bett und stellte sich ans Kopfende.

Die Fürstin, errötend, weil sie außer Nikifor, dem Koch und einem halbblinden Dienstmädchen keine Dienstboten mehr hatte, faßte am Bett an. Marusja faßte ebenfalls am Bett an und zog aus Leibeskräften. Ein gebrechlicher alter Mann und zwei schwache Frauen hoben keuchend das Bett an und trugen es stolpernd, ihren Kräften nicht trauend und in der Furcht, es fallen zu lassen. Der Fürstin riß das Kleid an den Schultern, und irgend etwas wühlte ihr im Magen. Marusja wurde grün vor Augen, und die Arme taten ihr schrecklich weh – so schwer war Egoruška! Und er, der Doktor der Medizin Toporkov, schritt gewichtig hinter dem Bett einher und runzelte verärgert die Stirn, daß man ihm mit solchen Lappalien die Zeit stahl. Und rührte keinen Finger, um den Damen zu helfen! Das Schwein!...

Sie stellten das Bett neben den Flügel. Toporkov warf das Plumeau beiseite und begann, unter Fragen an die Fürstin, den sich hin und her werfenden Egoruška zu entkleiden. Das Hemd war binnen einer Sekunde heruntergerissen.

– Fassen Sie sich bitte kurz! Das gehört nicht zur Sache! – betonte Toporkov jede Silbe einzeln, während er der Fürstin zuhörte. – Wer hier nicht gebraucht wird, soll gehen!

Nachdem er Ergoruškas Brust mit einem Hämmerchen abgeklopft hatte, drehte er den Patienten auf den Bauch und klopfte ihn noch einmal ab; schnaufend horchte er ihn ab (Ärzte schnaufen immer, wenn sie jemanden abhorchen) und konstatierte ein unkompliziertes Trinkerfieber.

– Es würde nicht schaden, ihm einen Senfwickel anzulegen, – sagte er mit gleichmäßiger, jedes Wort einzeln betonender Stimme.

Er erteilte noch einige Ratschläge, schrieb ein Rezept und

ging rasch zur Tür. Während er das Rezept schrieb, fragte er, unter anderem, nach Egoruškas Familiennamen.

– Fürst Priklonskij, – sagte die Fürstin.

– Priklonskij? – fragte Toporkov nach.

»Wie schnell hast du doch den Namen deiner ehemaligen… Gutsbesitzer vergessen!« – dachte die Fürstin.

Das Wort »Herren« wagte die Fürstin nicht zu denken: die Gestalt des ehemaligen Leibeigenen war zu eindrucksvoll!

Im Vorzimmer trat sie auf ihn zu und fragte ersterbenden Herzens:

– Doktor, ist er außer Gefahr?

– Ich denke, ja.

– Wird er Ihrer Meinung nach genesen?

– Das nehme ich an, – antwortete der Doktor kalt und ging, mit einem leichten Nicken, die Treppe hinunter zu seinen Pferden, die ebenso stattlich und gewichtig waren wie er selbst.

Als der Doktor gegangen war, atmeten die Fürstin und Marusja zum ersten Mal nach vierundzwanzig Stunden Qualen erleichtert auf. Die Koryphäe Toporkov hatte ihnen Hoffnung gemacht.

– Wie aufmerksam er ist, wie nett! – sagte die Fürstin und segnete im Innern alle Ärzte der Welt. Mütter lieben die Medizin und glauben an sie, wenn ihre Kinder krank sind!

– Ein gewi-i-ichtiger Herr! – bemerkte Nikifor, der im herrschaftlichen Hause lange niemanden mehr gesehen hatte außer Trunkenbolden, den Zechkumpanen Egoruškas. Der kleine Alte hätte nicht im Traum daran gedacht, daß dieser gewichtige Herr kein anderer war als der verdreckte kleine

Kolja, den er seinerzeit mehrmals an den Beinen unter dem Wasserwagen hatte hervorziehen und verprügeln müssen.

Die Fürstin verschwieg ihm, daß der Doktor sein Neffe war.

Am Abend, nach Sonnenuntergang, bekam die von Kummer und Müdigkeit geschwächte Marusja plötzlich heftigen Schüttelfrost; dieser Schüttelfrost warf sie aufs Bett. Auf den Schüttelfrost folgten heftiges Fieber und Schmerzen in der Hüfte. Die ganze Nacht lag sie im Fieberwahn und stöhnte:

– Maman, ich sterbe!

Und Toporkov, der gegen zehn Uhr morgens kam, hatte nun statt eines Patienten zwei zu behandeln: Fürst Egoruška und Marusja. Bei Marusja konstatierte er eine Lungenentzündung.

Im Hause der Fürsten Priklonskij roch es nach Tod. Er, der unsichtbare, aber Angst einflößende, winkte vom Kopfende zweier Betten und drohte der alten Fürstin jeden Augenblick die Kinder zu entreißen. Die Fürstin war vor Verzweiflung wie von Sinnen.

– Ich weiß es nicht! – sagte Toporkov zu ihr. – Ich kann es nicht wissen, ich bin kein Prophet. In einigen Tagen wird es sich klären.

Er sprach diese Worte spröde und kalt und schnitt damit der unglücklichen Alten ins Herz. Wenigstens ein Wort der Hoffnung! Um das Maß ihres Unglücks voll zu machen, verschrieb Toporkov den Patienten fast nichts, sondern klopfte und horchte sie lediglich ab und tadelte die Fürstin dafür, daß die Luft schlecht sei, daß die Kompressen weder an der richtigen Stelle noch zur richtigen Zeit angelegt worden seien. Dabei hielt die Alte all diese neumodischen Dinge für Unfug, der zu nichts führt. Tag und Nacht schlich sie unaufhörlich von einem Bett zum andern, vergaß alles auf der Welt, legte Gelübde ab und betete.

Fieber und Lungenentzündung hielt sie für die lebensgefährlichsten Krankheiten, und als sich in Marusjas Speichel Blut zeigte, bildete sie sich ein, die Prinzessin sei »im letzten Stadium der Schwindsucht«, und fiel in Ohnmacht.

Man kann sich also ihre Freude vorstellen, als die Prinzessin am siebenten Tag ihrer Krankheit lächelte und sagte:

– Ich bin gesund.

Am siebenten Tag kam auch Egoruška zu sich. Betend, wie zu einem Halbgott, lachend und weinend vor Glück, trat die Fürstin auf Toporkov zu und sagte:

– Doktor, Ihnen verdanke ich die Rettung meiner Kinder! Ich danke Ihnen!

– Was?

– Ich verdanke Ihnen vieles! Sie haben meine Kinder gerettet!

– Ah… Sieben Tage! Ich hatte mit fünf gerechnet. Aber egal. Dieses Pulver morgens und abends geben. Weiter Kompressen anlegen. Diese schwere Decke können Sie austauschen gegen eine leichtere. Ihrem Sohn geben Sie etwas Saures zu trinken. Morgen abend komme ich vorbei.

Die Koryphäe nickte und schritt gemessenen Generalschritts zur Treppe.

II

Ein klarer, durchsichtiger Tag, leicht frostig, einer jener Herbsttage, an denen man sich gern versöhnt mit Kälte, Feuchtigkeit und schweren Galoschen. Die Luft ist so durchsichtig, daß der Schnabel der Dohle auf dem höchsten Glockenturm zu sehen ist; sie ist ganz durchdrungen vom Geruch des Herbstes. Gehen Sie auf die Straße hinaus, und Ihre Wangen überziehen sich mit einem gesunden, frischen Rot, das an einen schönen Apfel von der Krim erinnert. Die längst gefallenen Blätter, geduldig den ersten Schnee erwartend und von den Füßen niedergetreten, glänzen golden in der Sonne und versenden Strahlen wie Golddukaten. Die Natur schläft ein, still und ergeben. Kein Wind, kein Laut. Regungslos und stumm, wie erschöpft von Frühling und Sommer, genießt sie die wärmenden, liebkosenden Sonnenstrahlen, und wenn Sie auf diese beginnende Ruhe blicken, möchten auch Sie selbst zur Ruhe kommen...

Solch ein Tag war es, als Marusja und Egoruška am Fenster saßen und zum letzten Mal auf Toporkov warteten. Das wärmende liebkosende Licht drang auch durch die Fenster der Priklonskijs; es spielte auf den Teppichen, den Stühlen, dem Flügel. Alles war in dieses Licht getaucht. Marusja und Egoruška blickten durchs Fenster auf die Straße und feierten ihre Genesung. Genesende, besonders junge, sind immer sehr glücklich. Sie spüren und begreifen die Gesundheit, die der gesunde Mensch gewöhnlich weder spürt noch begreift. Gesundheit bedeutet Freiheit, und wer, außer Freigelassenen, kann das Bewußtsein der Freiheit genießen? Marusja und Egoruška fühlten sich jeden Augenblick wie

Freigelassene. Wie gut es ihnen ging! Sie wollten atmen, durchs Fenster blicken, sich bewegen, kurz – leben, und alle diese Wünsche erfüllten sich jede Sekunde. Furov, der den Wechsel einklagte, der Klatsch, Egoruškas Benehmen, die Armut – alles war vergessen. Nicht vergessen waren lediglich die angenehmen, nicht beunruhigenden Dinge: das schöne Wetter, die bevorstehenden Bälle, die gute maman und … der Doktor. Marusja lachte und sprach ununterbrochen. Hauptgesprächsthema war der Doktor, den sie jeden Augenblick erwarteten.

– Ein erstaunlicher Mensch, ein allmächtiger Mensch! – sagte sie. – Wie allmächtig seine Kunst ist! Urteile selbst, Georges, was für eine große Heldentat: gegen die Natur ankämpfen und den Sieg davontragen!

So sprach sie und setzte mit Augen und Händen hinter jeden hochtrabenden, aber aufrichtig gesagten Satz ein großes Ausrufungszeichen.

Egoruška lauschte der begeisterten Rede der Schwester, zwinkerte mit den Äuglein und sagte zu allem ja. Er selbst achtete das strenge Gesicht Toporkovs und war überzeugt, daß er seine Genesung allein ihm verdanke. Maman saß daneben und teilte strahlend und frohlockend die Begeisterung der Kinder.

An Toporkov gefiel ihr nicht nur dessen Fähigkeit zu heilen, sondern auch die »positive Einstellung«, die sie im Gesicht des Doktors hatte lesen können.

Alten Menschen gefällt diese »positive Einstellung« aus irgendeinem Grunde sehr.

– Nur schade, daß er … von so niederer Herkunft ist, – sagte die Fürstin mit schüchternem Blick auf die Tochter. –

Und sein Handwerk ist... nicht besonders reinlich. Ewig in allen möglichen Dingen herumwühlen... Pfui!

Die Prinzessin wurde feuerrot und setzte sich in einen anderen Sessel, weit weg von der Mutter. Egoruška war ebenfalls peinlich berührt. Herrschaftsdünkel und Wichtigtuerei konnte er nicht ausstehen.

Zumindest ist Armut ein guter Lehrmeister! Mehr als einmal hatte er an sich selbst die Wichtigtuerei von Leuten erfahren, die reicher waren als er.

– Heutzutage, Mutter, zählt, – sagte er, verächtlich die Schultern zuckend, – wer einen Kopf auf den Schultern und eine große Tasche in der Hose hat, der ist von guter Herkunft, wer dagegen anstelle eines Kopfs die Sitzfläche des menschlichen Körpers hat und anstelle der Tasche eine Seifenblase, der ist... eine Null, so ist das!

Hier war Egoruška ein Papagei. Ebendiese Worte hatte er zwei Monate zuvor von einem Seminaristen gehört, mit dem er sich beim Billard geprügelt hatte.

– Ich würde meinen Fürstentitel mit Vergnügen eintauschen gegen seinen Kopf und seine Tasche, – fügte Egoruška hinzu.

Marusja warf ihrem Bruder einen dankbaren Blick zu.

– Ich könnte Ihnen vieles sagen, maman, aber Sie werden es doch nicht verstehen, – seufzte sie. – Sie sind durch nichts von Ihrer Meinung abzubringen... Sehr schade!

Die Fürstin, des ihr gewohnten Dünkels überführt, wurde verlegen und begann sich zu rechtfertigen.

– Übrigens, in Petersburg kannte ich einen Arzt, der war Baron, – sagte sie. – Ja, ja... Und im Ausland ja auch... Das ist wahr... Bildung bedeutet viel. Nun ja...

Gegen ein Uhr kam Toporkov. Er kam herein wie beim ersten Mal: gewichtig, ohne jemanden anzusehen.

– Keine geistigen Getränke und möglichst jede Maßlosigkeit vermeiden, – wandte er sich an Egoruška, als er den Hut abgelegt hatte. – Die Leber beobachten. Sie ist bei Ihnen schon bedeutend vergrößert. Ihre Vergrößerung ist gänzlich Ihrem Getränkekonsum zuzuschreiben. Die verschriebenen Wasser trinken.

Und an Marusja gewandt, erteilte er auch ihr einige abschließende Ratschläge.

Marusja hörte aufmerksam zu, wie einem spannenden Märchen, und sah dem Gelehrten direkt in die Augen.

– Nun? Ich nehme an, Sie haben verstanden? – fragte Toporkov.

– Oh, ja! Merci.

Die Visite dauerte genau vier Minuten.

Toporkov räusperte sich, griff nach seinem Hut und nickte kurz. Marusja und Egoruška durchbohrten die Mutter mit Blicken. Marusja errötete sogar.

Die Fürstin trat, schaukelnd wie eine Ente und errötend, auf den Doktor zu und steckte unbeholfen ihre Hand in seine weiße Faust.

– Gestatten Sie mir, Ihnen zu danken! – sagte sie.

Egoruška und Marusja schlugen die Augen nieder. Toporkov hob die Faust an die Brille und erblickte eine Rolle Papier. Ohne verlegen zu werden und ohne die Augen niederzuschlagen, befeuchtete er den Finger an der Lippe und zählte kaum hörbar die Geldscheine. Er zählte zwölf Fünfundzwanzigrubelscheine. Nicht umsonst war Nikifor gestern mit ihren Armreifen und Ohrringen irgendwohin gelaufen! Über Toporkovs Gesicht lief ein helles Wölkchen, etwas wie das Leuchten, mit dem Heilige gemalt werden; den Mund zog ein Lächeln auseinander. Offenbar war er mit dem Honorar sehr zufrieden. Nachdem er das Geld gezählt und in die Tasche gesteckt hatte, nickte er nochmals und wandte sich zur Tür.

Die Fürstin, Marusja und Egoruška bohrten ihre Augen in den Rücken des Doktors, und alle drei spürten mit einem Mal, wie sich ihre Herzen zusammenkrampften. Ihre Augen erstrahlten in einem guten Gefühl: dieser Mensch ging und wird nicht wiederkommen, und sie hatten sich schon gewöhnt an seinen gemessenen Schritt, seine genau betonende Stimme und sein ernstes Gesicht. Im Kopf der Mutter blinkte ein kleines Ideechen auf. Sie wollte plötzlich diesem hölzernen Menschen etwas Gutes tun.

»Ein Waisenkind ist er, der Ärmste, – dachte sie. – Einsam.«

– Doktor, – sagte sie mit weicher Altfrauenstimme.

Der Doktor blickte sich um.

– Was ist?

– Möchten Sie nicht ein Glas Kaffee mit uns trinken? Seien Sie so gut!

Toporkov runzelte die Stirn und zog langsam die Uhr aus der Tasche. Er blickte auf die Uhr, überlegte kurz und sagte:

– Ich trinke Tee.

– Setzen Sie sich bitte! Hierher!

Toporkov legte den Hut weg und setzte sich; er setzte sich aufrecht wie eine Gliederpuppe, der man die Knie gebeugt und Schultern und Hals aufgerichtet hat. Die Fürstin und Marusja liefen geschäftig hin und her. Marusja bekam große, besorgte Augen, als habe man ihr eine unlösbare Aufgabe gestellt. Nikifor, im abgetragenen schwarzen Frack und grauen Handschuhen, lief durch alle Räume. An allen Ecken und Enden des Hauses begannen Teegeschirr zu klappern und Teelöffel klirrend zu Boden zu fallen. Egoruška rief man auf eine Minute aus dem Saal, man rief ihn heimlich, geheimnisvoll.

Toporkov, in Erwartung des Tees, saß etwa zehn Minuten da. Er saß und blickte auf das Pedal des Flügels, ohne ein Glied zu rühren und ohne einen Laut von sich zu geben. Endlich öffnete sich die Tür zum Salon. Es erschien der strahlende Nikifor mit einem großen Tablett in Händen. Auf dem Tablett standen, in silbernen Haltern, zwei Gläser: eins für den Doktor, das andere für Egoruška. Um die Gläser standen, in strenger Symmetrie, Milchkännchen mit frischer, angewärmter Sahne, der Zucker mit Zuckerzange, Zitronenscheiben mit kleinen Gabeln und Biskuits.

Nikifor auf dem Fuß folgte Egoruška mit einer vor Wichtigtuerei stumpfsinnigen Physiognomie.

Die Prozession beschlossen die Fürstin mit schweißnasser Stirn und Marusja mit großen Augen.

– Greifen Sie bitte zu! – wandte sich die Fürstin an Toporkov.

Egoruška nahm sein Glas, trat beiseite und schlürfte vorsichtig. Toporkov nahm sein Glas und schlürfte ebenfalls. Fürstin und Tochter setzten sich abseits und studierten die Physiognomie des Doktors.

– Vielleicht ist er Ihnen nicht süß genug? – fragte die Fürstin.

– Doch, doch.

Und, wie zu erwarten war, trat Schweigen ein – ein unheimliches, widerwärtiges Schweigen, während dessen man das Entstehen einer schrecklich peinlichen Lage verspürt und den Wunsch, verlegen zu werden. Der Doktor trank und schwieg. Sichtlich ignorierte er die Umsitzenden und hatte nichts als den Tee vor Augen.

Die Fürstin und Marusja, die schrecklich gern mit dem klugen Menschen gesprochen hätten, wußten nicht, wie sie es anfangen sollten; beide fürchteten, dumm zu erscheinen. Egoruška schaute den Doktor an, und seinen Augen war anzusehen, daß er ihn etwas fragen wollte, sich dazu aber einfach nicht entschließen konnte. Es herrschte Grabesstille, bisweilen nur gebrochen durch Schlucklaute. Toporkov schluckte sehr laut. Er war sichtlich nicht geniert und trank, wie er wollte. Beim Schlucken gab er Laute von sich, sehr ähnlich dem Laut »gly«. Der Schluck, so hörte es sich an, fiel aus dem Mund in einen Abgrund und platschte dort auf etwas Großes, Glattes. Die Stille brach bisweilen auch Nikifor; er schmatzte ständig mit den Lippen und kaute, als wolle er herausfinden, wie der Gast schmecke.

– Stimmt es, daß Rauchen schädlich ist? – entschloß sich Egoruška schließlich zu fragen.

– Nikotin, ein Alkaloid des Tabaks, wirkt auf den Organismus wie eins der starken Gifte. Das Gift, das dem Organismus mit jeder Zigarette zugeführt wird, ist seiner Quantität nach unbedeutend, nicht aber seine permanente Zufuhr. Die Quantität des Gifts wie auch seine Energie stehen im umgekehrten Verhältnis zur Permanenz seines Konsums.

Die Fürstin und Marusja wechselten einen Blick: was für

ein kluger Mensch! Egoruška zwinkerte mit den Augen und verzog sein Fischgesicht. Der Ärmste hatte den Doktor nicht verstanden.

– Bei uns im Regiment, – begann er im Wunsch, das gelehrte Gespräch auf ein gewöhnliches zu reduzieren, – hatten wir einen Offizier. Einen gewissen Košečkin, sehr anständiger Kerl. Er sieht Ihnen schrecklich ähnlich! Schrecklich! Wie ein Wassertropfen dem andern. Man könnte Sie nicht auseinanderhalten! Ist er nicht ein Verwandter von Ihnen?

Anstelle einer Antwort gab der Doktor nur einen Schlucklaut von sich, seine Mundwinkel hoben sich leicht und fältelten sich zu einem verächtlichen Lächeln. Offensichtlich verachtete er Egoruška.

– Sagen Sie mir, Doktor, bin ich nun endgültig genesen? – fragte Marusja. – Kann ich mit völliger Genesung rechnen?

– Das nehme ich an. Ich rechne mit völliger Genesung aufgrund...

Und der Doktor, der den Kopf hoch hielt und nun Marusja eindringlich ansah, begann, das Abklingen einer Lungenentzündung zu erläutern. Er sprach gemessen, jedes Wort einzeln betonend, ohne die Stimme zu heben oder zu senken. Man hörte ihm mehr als gern, ja mit Genuß zu, aber leider vermochte es dieser spröde Mensch nicht, sich populär auszudrücken, und hielt es nicht für nötig, sich fremden Gehirnen anzupassen. Einige Male erwähnte er die Worte »Abszeß«, »Verkäsung« und sprach überhaupt sehr gut und sehr schön, aber sehr unverständlich. Er hielt eine ganze Vorlesung, gespickt mit medizinischen Termini, und sagte keinen einzigen Satz, den die Zuhörer hätten verstehen können. Doch das hinderte die Zuhörer nicht, mit aufgerissenen Mündern dazusitzen und den Gelehrten beinahe mit Ehrfurcht zu betrachten. Marusja ließ keinen Blick von seinem Mund und haschte nach jedem Wort. Sie schaute ihn an und verglich sein Gesicht mit den Gesichtern, die sie jeden Tag zu sehen bekam.

Wie ganz anders als dieses gelehrte, müde Gesicht waren die ausgezehrten, stumpfsinnigen Gesichter ihrer Verehrer, der Freunde Egoruškas, die ihr täglich mit ihren Visiten lästig fielen! Gesichter von Trunkenbolden und Lotterbuben, von denen sie, Marusja, nie auch nur ein einziges gutes, vernünftiges Wort gehört hatte und die nicht zu vergleichen waren mit diesem kalten, leidenschaftslosen, aber klugen, hochmütigen Gesicht.

»Ein reizendes Gesicht! – dachte Marusja, entzückt sowohl von dem Gesicht als auch von der Stimme und den Worten. – Was für ein Verstand und wieviel Wissen! Wozu ist Georges Militär? Auch er sollte ein Gelehrter sein.«

Egoruška schaute den Doktor gerührt an und dachte:

»Wenn er über kluge Dinge spricht, dann hält er also auch uns für klug. Es ist gut, daß wir uns in Gesellschaft so gut angestellt haben. Schrecklich dumm war nur, daß ich ihm den Unsinn mit Košečkin erzählt habe.«

Als der Doktor seine Vorlesung beendet hatte, atmeten die Hörer tief auf, als hätten sie eine große Heldentat vollbracht.

– Wie schön ist es, alles zu wissen! – seufzte die Fürstin.

Marusja erhob sich und setzte sich, als wolle sie dem Doktor für die Vorlesung danken, an den Flügel und schlug die Tasten an. Sie wollte den Doktor sehr gern ins Gespräch ziehen, in ein tieferes, empfindsameres, und Musik führt ja immer zu Gesprächen. Und sie wollte auch gern selbst mit ihren Fähigkeiten glänzen vor dem klugen, verständigen Menschen...

– Das ist Chopin, – sprach die Fürstin, lächelte schmachtend und hielt die Hände wie eine Institutsschülerin. – Ein reizendes Stück! Sie ist auch, wenn ich prahlen darf, eine reizende Sängerin, Doktor. Meine Schülerin... Ich hatte zu meiner Zeit eine prächtige Stimme. Und die da... Kennen Sie sie?

Und die Fürstin nannte den Namen einer berühmten russischen Sängerin.

– Sie ist mir zu Dank verpflichtet... Ja... Ich habe ihr Unterricht gegeben. Ein liebes Mädchen war sie! Eine entfernte Verwandte meines verstorbenen Fürsten... Lieben Sie Gesang? Aber, wozu frage ich das? Wer liebt Gesang nicht?

Marusja begann, die schönste Stelle des Walzers zu spielen, und wandte sich um. Sie mußte unbedingt im Gesicht des Doktors lesen: welchen Eindruck hatte ihr Spiel auf ihn gemacht? Aber nichts war zu lesen. Das Gesicht des Doktors war unbewegt und spröde wie zuvor. Er trank rasch seinen Tee aus.

– Ich bin verliebt in diese Stelle, – sagte Marusja.

– Danke vielmals, – sagte der Doktor. – Mehr möchte ich nicht.

Er nahm den letzten Schluck, erhob sich und griff nach seinem Hut, ohne auch nur den geringsten Wunsch zu äußern, den Walzer zu Ende zu hören. Die Fürstin sprang auf. Marusja wurde verlegen und klappte gekränkt den Flügel zu.

– Sie wollen schon gehen? – begann die Fürstin und runzelte tief die Stirn. – Möchten Sie nicht noch etwas? Ich hoffe, Doktor… Den Weg kennen Sie ja jetzt. Zu einem kleinen Abend, irgendwann einmal… Vergessen Sie uns nicht…

Der Doktor nickte zweimal, drückte unbeholfen die ausgestreckte Hand der Prinzessin und ging schweigend zu seinem Pelz.

– Eis! Holz! – begann die Fürstin nach dem Abgang des Doktors. – Das ist schrecklich! Kann nicht einmal lachen, das Holzbein! Umsonst hast du für ihn gespielt, Marie! Genau auf ein Glas Tee ist er geblieben! Hat ausgetrunken und ist gegangen!

– Aber wie klug er ist, maman! Sehr klug! Mit wem sollte er bei uns schon reden? Ich bin unwissend, Georges ist zugeknöpft und schweigt die ganze Zeit… Können wir etwa ein kluges Gespräch führen? Nein!

– Da habt ihr den Plebejer! Da habt ihr Nikifors Neffen! – sagte Egoruška, während er aus den Milchkännchen die Sahne austrank. – Was sagt man dazu? Rational, indifferent, subjektiv… Und wirft nur so mit dem Geld um sich, der Spitzbube! Was sagt ihr zu dem Plebejer? Und was für eine Kalesche! Schaut mal! Was für ein Aplomb!

Und alle drei schauten aus dem Fenster auf die Kalesche, in der die Koryphäe im dicken Bärenpelz Platz nahm. Die Fürstin errötete vor Neid, Egoruška zog bedeutungsvoll die Augenbraue hoch und stieß einen Pfiff aus. Marusja sah die Kalesche nicht. Sie hatte anderes zu tun, als nach Kaleschen zu schauen: sie verschlang mit ihren Blicken den Doktor, der auf sie einen außerordentlichen Eindruck gemacht hatte. Wen beeindruckt das Neue nicht?

Und Toporkov war für Marusja viel zu neu...

Es fiel der erste Schnee, dann der zweite, der dritte, und lange zog der Winter sich hin mit seinen klirrenden Frösten, Schneewehen und Eiszapfen. Ich mag den Winter nicht und glaube niemandem, der behauptet, ihn zu mögen. Draußen ist es kalt, in den Räumen verräuchert, in den Galoschen feucht. Mal streng wie eine Schwiegermutter, mal verheult wie eine alte Jungfer, mit seinen zauberhaften Mondnächten, Trojkafahrten, der Jagd, den Konzerten und Bällen wird man des Winters sehr rasch überdrüssig, und er zieht sich viel zu lange hin, als daß er nicht so manches schutzlose, schwindsüchtige Leben vergiften könnte.

Das Leben im Hause Priklonskij ging seinen Gang. Egoruška und Marusja waren schon völlig genesen, und selbst die Mutter hatte aufgehört, sie für krank zu halten. Die Umstände dachten wie zuvor nicht daran, sich zu bessern. Im Gegenteil, es wurde immer schlimmer und schlimmer, das Geld immer weniger und weniger... Die Fürstin verpfändete erneut alle ihre Wertsachen, die geerbten wie die rechtmäßig erworbenen. Nikifor schwatzte wie zuvor in dem Lädchen, in das man ihn schickte, um auf Kredit verschiedene Kleinigkeiten zu besorgen, die Herrschaft schulde ihm dreihundert Rubel und denke nicht daran zu zahlen. Dasselbe schwatzte auch der Koch, dem der Krämer aus Mitleid seine alten Stiefel geschenkt hatte. Furov wurde immer insistenter. Er ließ sich auf keinerlei Fristverlängerung mehr ein und sagte der Fürstin Unverschämtheiten, als diese ihn anflehte, mit dem Einklagen des Wechsels noch zu warten. Sowie Furov den Anfang gemacht hatte, begannen auch die übrigen Gläubiger, Alarm zu schlagen. Jeden Morgen mußte die Fürstin Notare, Gerichtsvollzieher und Gläubiger empfangen. Es schien sich ein Wettbewerb in Sachen Zahlungsunfähigkeit zu entspinnen.

Wie zuvor wurde das Kopfkissen der Fürstin vor Tränen nicht trocken. Tagsüber beherrschte sich die Fürstin, nachts dagegen ließ sie ihren Tränen freien Lauf und weinte die ganze Nacht, bis zum Morgen. Man brauchte nicht weit zu gehen, um den Grund ihrer Klage zu finden. Die Gründe lagen auf der Hand: sie stachen mit ihren klaren Konturen ins Auge. Die Armut, das alle Augenblicke gekränkte Ehrgefühl, gekränkt… von wem? Von nichtswürdigen kleinen Leutchen, allen möglichen Furovs, Köchen, mickrigen Krämern. Geliebte Dinge wurden verpfändet, die Trennung von ihnen schnitt der Fürstin ins Herz. Egoruška führte ein unordentliches Leben wie zuvor, Marusja war noch immer nicht versorgt… Waren das nicht Gründe genug, um zu weinen? Die Zukunft lag im Nebel, aber selbst durch diesen Nebel gewahrte die Fürstin unheilverkündende Trugbilder. Auf diese Zukunft war nicht gut zu hoffen. Auf sie hoffte man nicht, man fürchtete sie…

Das Geld wurde immer weniger und weniger, Egoruška trank immer mehr und mehr, er trank hartnäckig und verbissen, als wolle er die durch die Krankheit verlorene Zeit nachholen. Er versoff alles, was er besaß und nicht besaß, Eigenes und Fremdes. Bei seinen Ausschweifungen war er frech und unverschämt bis zum äußersten. Sich vom erstbesten Geld zu borgen machte ihm gar nichts aus. Sich zum Kartenspiel hinzusetzen, ohne auch nur einen einzigen Groschen in der Tasche, war ihm zur Gewohnheit geworden, und auf fremde Kosten zu saufen und zu fressen, mit

Aplomb in einer fremden Droschke umherzufahren, ohne den Kutscher zu bezahlen, hielt er nicht für Sünde. Geändert hatte er sich nur sehr wenig: früher hatte es ihn geärgert, wenn man über ihn lachte, heute wurde er nur leicht verlegen, wenn man ihn hinauswarf oder abführte.

Geändert hatte sich nur Marusja. Für sie gab es eine Neuigkeit, und zwar eine sehr schreckliche. Sie war auf einmal von ihrem Bruder enttäuscht. Irgendwie schien ihr plötzlich, er habe keinerlei Ähnlichkeit mit einem verkannten, unverstandenen Menschen, sondern sei schlicht und einfach ein gewöhnlicher Mensch, ein Mensch wie alle andern, sogar noch schlechter... Sie hörte auf, an seine hoffnungslose Liebe zu glauben. Eine schreckliche Neuigkeit! Wenn sie stundenlang am Fenster saß und ziellos auf die Straße blickte, stellte sie sich das Gesicht des Bruders vor und gab sich Mühe, in ihm irgend etwas Wohlgeratenes zu lesen, das keine Enttäuschung zuließ, aber es gelang ihr nicht, in diesem farblosen Gesicht irgend etwas zu lesen, außer: ein hohler Mensch! ein Lump! Mit diesem Gesicht huschten in ihrer Vorstellung die Gesichter seiner Kumpane vorbei, der Gäste, der alten Frauen, die ihn trösteten, der Verehrer, und das weinerliche, vor Kummer abgestumpfte Gesicht der Fürstin selbst, und Schwermut preßte Marusjas armes Herz zusammen. Wie fade, farblos und stumpfsinnig, wie dumm, langweilig und träge war es neben diesen vertrauten, geliebten, aber nichtswürdigen Menschen!

Schwermut preßte ihr das Herz zusammen, und es verschlug ihr den Atem bei dem einen leidenschaftlichen, ketzerischen Wunsch... Es gab Augenblicke, in denen sie sich leidenschaftlich wünschte wegzugehen, aber wohin?

Dorthin, versteht sich, wo Menschen leben, die nicht vor der Armut zittern, die kein ausschweifendes Leben führen, die arbeiten und nicht tagelang mit dummen alten Frauen und besoffenen Schwachköpfen schwatzen... In Marusjas Vorstellung stand fest und unverrückbar das eine anständige, vernünftige Gesicht; in diesem Gesicht las sie Verstand, eine Menge Wissen, Ermüdung. Dieses Gesicht war unvergeßlich. Sie sah es jeden Tag und unter den glücklichsten Umständen, nämlich dann, wenn sein Eigentümer bei der Arbeit war oder den Anschein erweckte, bei der Arbeit zu sein.

Doktor Toporkov flog jeden Tag am Hause der Priklonskij vorbei in seinem prächtigen Schlitten, mit seinem Bärenpelzmantel und seinem dicken Kutscher. Patienten hatte er sehr viele. Er machte Visite vom frühen Morgen bis zum späten Abend und schaffte es, an einem Tag sämtliche Straßen und Gassen abzufahren. Im Schlitten saß er so wie im Sessel: gewichtig, Kopf und Schultern gerade haltend, ohne zur Seite zu blicken. Über dem flauschigen Kragen seines Bärenpelzes war nichts zu sehen, außer der weißen glatten Stirn und der Goldrandbrille, aber Marusja reichte das schon. Ihr schien, als kämen aus den Augen dieses Wohltäters der Menschen, durch die Brille, kalte, stolze, verächtliche Strahlen.

»Dieser Mensch hat das Recht zu verachten! – dachte sie. – Er ist weise! Und was für ein prächtiger Schlitten, was für wundervolle Pferde! Und das ist ein ehemaliger Leibeigener! Was für ein starker Mensch muß man sein, um als Lakai geboren und dann so unnahbar zu werden wie er!«

Lediglich Marusja erinnerte sich des Doktors, die übrigen begannen ihn zu vergessen und hätten ihn bald völlig vergessen, wenn er sich nicht selbst in Erinnerung gerufen hätte. Er tat dies auf denkbar einfühlsame Weise.

Am zweiten Weihnachtstag, gegen Mittag, als Familie Priklonskij zu Hause war, ging im Vorzimmer schüchtern die Klingel. Nikifor öffnete die Tür.

– Ist die gute kleine Fürstin zu Ha-a-u-use? – war im Vorzimmer die Stimme einer alten Frau zu hören, und ohne die Antwort abzuwarten, schlüpfte eine kleine alte Frau in den Salon. – Guten Tag, gute liebe Fürstin, Euer Durchlaucht… Wohltäterin! Wie belieben Sie sich zu befinden?

– Sie wünschen? – fragte die Fürstin, mit einem neugierigen Blick auf die Alte. Egoruška prustete in die Faust. Er fand, der Kopf der Alten sehe aus wie ein überreifer Kürbis, mit dem Schwänzchen nach oben.

– Sie erkennen mich nicht, Mütterchen? Sie erinnern sich nicht? Die Prochorova haben Sie vergessen? Ich habe Ihrem Söhnchen auf die Welt geholfen!

Und die Alte schlüpfte auf Egoruška zu und drückte ihm rasch einen schmatzenden Kuß auf Brust und Hand.

– Ich verstehe nicht, – brummte Egoruška verärgert und wischte die Hand am Rock ab. – Nikifor, dieser alte Teufel, läßt jedes Gesin…

– Was wünschen Sie? – wiederholte die Fürstin und fand, die Alte rieche stark nach Baumöl.

Die Alte ließ sich in einem Sessel nieder, und nach äußerst langen Vorreden, während derer sie grinste und kokettierte (Kupplerinnen kokettieren immer), erklärte sie, die Fürstin habe eine Ware und sie, die Alte, einen Käufer. Marusja wurde feuerrot. Egoruška schnaubte und trat, interessiert, auf die Alte zu.

– Sonderbar, – sagte die Fürstin. – Sie kommen also zur Brautwerbung? Ich gratuliere dir, Marie, zu deinem Bräutigam! Und wer ist es? Darf man das erfahren?

Die Alte schnaufte, griff sich unter die Achsel und zog ein rotes Kattuntaschentuch hervor. Sie nestelte die Knoten des Taschentuches auf und schüttete es über dem Tisch aus; zusammen mit einem Fingerhut fiel eine Photographie heraus.

Alle rümpften die Nase: das rote, gelbgeblümte Taschentuch roch nach Tabak.

Die Fürstin nahm die Photographie und hob sie träge an die Augen.

– Ein Hübscher ist es, Mütterchen! – begann die Kupplerin die Abbildung zu erläutern. – Reich, vornehm ... Ein wunderbarer Mensch, und trinken tut er auch nicht ...

Die Fürstin errötete und gab das Photo Marusja. Die erbleichte.

– Sonderbar, – sagte die Fürstin. – Wenn es dem Doktor beliebt, dann, denke ich, hätte er doch selbst ... Vermittlung ist hier das letzte, was nötig wäre! ... Ein gebildeter Mensch, und plötzlich ... Hat er Sie geschickt? Er selbst?

– Er selbst ... Sie haben ihm mächtig imbeniert ... So eine feine Familie.

Marusja winselte plötzlich auf und stürzte, das Photo in den Händen zerknüllt, Hals über Kopf aus dem Salon.

– Sonderbar, – fuhr die Fürstin fort. – Erstaunlich ... Ich weiß nicht einmal, was ich Ihnen sagen soll ... Das hätte ich vom Doktor nie erwartet ... Wozu mußte er Sie bemühen? Er hätte doch selbst kommen können ... geradezu beleidigend ... Für wen hält er uns? Wir sind doch keine Kaufleute ... Sogar die Kaufleute halten es mittlerweile anders.

– Die Type! – platzte Egoruška heraus und blickte voll Verachtung auf den Kopf der Alten.

Viel hätte der verabschiedete Husar dafür gegeben, wenn man ihm gestattet hätte, diesem Kopf wenigstens eine »Kopfnuß« zu geben! Er mochte alte Frauen ebenso wenig wie ein großer Hund Katzen und verfiel in geradezu hündisches Entzücken, wenn er einen Kopf erblickte, der aussah wie ein Kürbis.

– Ja nun, Mütterchen? – sagte die Kupplerin seufzend. – Er ist zwar nicht von fürstlichen Würden, aber ich kann doch sagen, Mütterchen, gute Fürstin, daß er... Sie sind doch unsere Wohltäter. Ach ja, unsere Sünden! Aber ist er etwa nicht vornehm? Jede Bildung hat er gekriegt, reich ist er, jede Pracht hat der Herrgott ihm beschieden, die himmlische Gottesmutter... Und wenn Sie wünschen, daß er zu Ihnen kommt, bitte recht sehr... Ganz bestimmt wird er sich bemühen. Warum sollte er nicht kommen? Kommen kann er...

Und die Fürstin an der Schulter gefaßt, zog die Alte sie zu sich heran und flüsterte ihr ins Ohr:

– Sechzigtausend will er haben... Das kennt man ja! Ehefrau ist Ehefrau, und Geld bleibt Geld. Wie Sie zu wissen belieben... Ich nehme keine Frau ohne Geld, sagt er, weil, sie soll bei mir jedes Vergnügen kriegen... Eigenes Kapital muß sie haben...

Die Fürstin wurde purpurrot und erhob sich, mit ihrem schweren Kleid rauschend, aus dem Sessel.

– Machen Sie sich die Mühe, dem Doktor auszurichten, wir seien außerordentlich erstaunt, – sagte sie. – Gekränkt... So geht es nicht. Mehr habe ich Ihnen nicht zu sagen...

Warum sagst du nichts, Georges? Soll sie endlich gehen! Jeder Geduldsfaden kann einmal reißen!

Als die Kupplerin gegangen war, griff die Fürstin sich an den Kopf, fiel auf den Divan und stöhnte:

– Da sieht man, wie weit es mit uns gekommen ist! – schluchzte sie laut. – Mein Gott! Irgendein kümmerlicher Arzt, ein Kurpfuscher, gestern noch Lakai, macht uns einen Antrag! Vornehm!... Vornehm! Ha! ha! Sagt mir bitte, was ist das für eine Vornehmheit! Schickt eine Kupplerin! Und euer Vater ist nicht mehr! Er hätte das nicht auf sich beruhen lassen! So ein fader Dummkopf! Flegel!

Aber für die Fürstin war weniger kränkend, daß ein Plebejer um ihre Tochter anhielt, als vielmehr, daß man sechzigtausend für sie wollte, die sie nicht besaß. Die kleinste Anspielung auf ihre Armut kränkte sie. Sie schluchzte laut bis zum späten Abend, und nachts erwachte sie zweimal, um leise zu weinen.

Auf niemanden jedoch hatte der Besuch der Kupplerin einen solchen Eindruck gemacht wie auf Marusja. Das arme Mädchen wurde von heftigem Fieber befallen. An allen Gliedern zitternd, fiel sie ins Bett, verbarg ihren glühenden Kopf unterm Kissen und begann, soweit es in ihren Kräften stand, die Frage zu klären:

»Ist es wahr?«

Eine Frage zum Kopfzerbrechen. Marusja wußte selbst nicht, was sie sich darauf antworten sollte. Die Frage drückte alles aus: ihr Erstaunen, ihre Verwirrung, ihre heimliche Freude, der sich bewußt zu werden ihr irgendwie peinlich war und die sie vor sich selbst zu verbergen versuchte.

»Ist es wahr?! Er, Toporkov... Das kann nicht sein!

Irgend etwas stimmt da nicht! Die Alte hat da was verwechselt!«

Und zur gleichen Zeit die Träume, die süßesten, verheißungsvollsten, zauberhaftesten Träume, vor denen die Seele erstirbt und der Kopf glüht, sie regten sich in ihrem Hirn, und ihr ganzes kleines Wesen wurde ergriffen von einem unbeschreiblichen Entzücken. Er, Toporkov, will sie zur Frau nehmen, er, der Stattliche, Schöne, Kluge! Der sein Leben der Menschheit geweiht hat und... so einen prächtigen Schlitten fährt!

»Ist es wahr??!«

»Ihn darf man lieben! – entschied Marusja gegen Abend. – Oh, ich bin einverstanden! Ich bin frei von jeglichen Vorurteilen und gehe mit diesem Leibeigenen bis ans Ende der Welt! Soll Mutter auch nur ein Wort sagen – ich gehe von ihr fort! Ich bin einverstanden!«

Andere Fragen, zweitrangige und drittrangige, hatte sie keine Zeit zu entscheiden. Nicht darum ging es ihr! Was hatte hier die Kupplerin zu suchen? Warum und wann hatte *er* sich in *sie* verliebt? Warum erscheint er nicht selbst, wenn er sie liebt? Was gingen sie diese und viele andere Fragen an? Sie war verblüfft, erstaunt... glücklich... und das war ihr genug.

– Ich bin einverstanden! – flüsterte sie, bemüht, in ihrer Vorstellung *sein* Gesicht nachzuzeichnen, mit der Goldrandbrille, durch die seine klugen, ernsten, müden Augen blicken. – Soll er kommen! Ich bin einverstanden.

Und während sich Marusja so im Bett hin und her warf und mit ihrem ganzen Wesen spürte, wie sie vor Glück brannte, ging die Kupplerin die Häuser der Kaufleute ab und verteilte mit freigebiger Hand die Photographien des Doktors. Von einem reichen Haus zum andern gehend, suchte sie die Ware, die sie dem »vornehmen« Käufer empfehlen konnte. Toporkov hatte sie nicht ausdrücklich zu den Priklonskijs geschickt. Er hatte sie geschickt, »wohin der Weg dich führt«. Seiner Ehe, die er für notwendig hielt, stand er gleichgültig gegenüber: ihm war entschieden egal, zu wem die Kupplerin ging... Was er brauchte, waren... sechzigtausend. Sechzigtausend, nicht weniger! Das Haus, das er kaufen wollte, überließ man ihm nicht unter dieser Summe. Wo er sich diese Summe hätte leihen sollen, wußte er nicht, mit Zahlung in Raten war man nicht einverstanden. Also blieb ihm nur das eine: Geld zu heiraten, und das tat er denn auch. Marusja war an seinem Wunsch, sich in Hymens Bande zu begeben, bei Gott am wenigsten schuld!

In der ersten Nachtstunde trat Egoruška leise in Marusjas Schlafzimmer. Marusja war bereits entkleidet und bemüht einzuschlafen. Ermüdet hatte sie ihr unverhofftes Glück: sie wollte wenigstens irgendwie ihr unablässig und, wie ihr schien, im ganzen Hause hörbar pochendes Herz beruhigen. In jedem Fältchen von Egoruškas Gesicht saßen tausend Geheimnisse. Geheimnisvoll räusperte er sich, blickte Marusja bedeutungsvoll an, so als wolle er ihr etwas schrecklich Wichtiges und Vertrauliches mitteilen, setzte sich ans Fußende und beugte sich leicht zu ihrem Ohr vornüber.

– Weißt du, was ich dir sagen will, Maša? – begann er leise. – Ich sage dir offen... Meine Ansicht, sozusagen... Weil ich nämlich für dein Glück bin. Schläfst du? Ich bin für dein Glück... Heirate diesen... Toporkov! Mach kein Getue, heirate ihn einfach, und ... basta! Er ist ein Mensch in jeder Beziehung ... Und reich. Macht nichts, daß er von niederer Herkunft ist. Pfeif drauf.

Marusja schloß fester die Augen. Sie schämte sich. Zugleich war ihr sehr angenehm, daß ihr Bruder mit Toporkov sympathisierte.

– Dafür ist er reich! Ohne Brot wirst du zumindest nicht dasitzen. Und solange du auf einen Fürsten oder Grafen wartest, bist du am Ende vor Hunger krepiert ... Wir haben doch keine Kopeke mehr! Futsch! Alles weg! Schläfst du, oder was? Na? Schweigen – als Zeichen des Einverständnisses?

Marusja lächelte. Egoruška lachte auf und küßte ihr zum ersten Mal im Leben herzhaft die Hand.

– Heirate ihn ... Er ist ein gebildeter Mensch. Und wie gut es uns dann gehen wird! Die Alte hört auch wieder auf zu heulen!

Und Egoruška versank in Träumen. Nachdem er ein wenig geträumt hatte, schüttelte er den Kopf und sagte:

– Nur was mir unbegreiflich ist ... Warum zum Teufel hat er diese Kupplerin geschickt? Weshalb ist er nicht selbst gekommen? Hier stimmt etwas nicht ... Das ist doch keiner, der Kupplerinnen schickt.

»Das ist wahr, – dachte Marusja, aus irgendeinem Grunde zusammenfahrend. – Hier stimmt etwas nicht ... Eine Kupplerin zu schicken ist dumm. In der Tat, was hat das zu bedeuten?«

Egoruška, der gewöhnlich über keine besondere Auffassungsgabe verfügte, erfaßte es diesmal genau:

– Im übrigen hat er ja selber keine Zeit, sich umzusehen.

Hat den ganzen Tag zu tun. Rennt wie besessen von einem Patienten zum andern.

Marusja war beruhigt, aber nicht für lange. Egoruška schwieg ein wenig und sagte:

– Was mir außerdem unbegreiflich ist: er hat diese Hexe sagen lassen, die Mitgift nicht unter sechzigtausend. Hast du gehört? »Sonst, sagt er, wird nichts draus.«

Marusja schlug plötzlich die Augen auf, erzitterte am ganzen Körper, erhob sich schnell und setzte sich, wobei sie sogar vergaß, ihre Schultern in die Decke zu hüllen. Ihre Augen sprühten Funken, ihre Wangen glühten.

– Das hat die Alte gesagt? – fragte sie und zupfte Egoruška an der Hand. – Sag ihr, das ist eine Lüge! Diese Menschen, solche wie er, meine ich … können so etwas nicht sagen. Er und … Geld? Ha-ha! Auf so eine Niedertracht kommen nur Leute, die nicht wissen, wie stolz er ist, wie ehrlich, wie uneigennützig! Jawohl! Er ist ein sehr guter Mensch! Man will ihn nicht verstehen!

– Das denke ich auch, – sagte Egoruška. – Die Alte hat Unsinn gefaselt. Wollte sich wahrscheinlich bei ihm einschmeicheln. Das ist sie gewöhnt von diesen ihren Kaufleuten!

Marusjas Köpfchen nickte zustimmend und schlüpfte unter das Kopfkissen. Egoruška erhob sich und reckte sich.

– Mutter heult, – sagte er. – Na, wir werden sie gar nicht beachten. Also, das heißt? Einverstanden? Ausgezeichnet. Nur kein Getue. Frau Doktor … Ha-ha! Frau Doktor!

Egoruška tätschelte ihr die Fußsohle und verließ hochzufrieden ihr Schlafzimmer. Während er sich schlafen legte, stellte er in seinem Kopf eine lange Liste der Gäste zusammen, die er zur Hochzeit einladen würde.

»Champagner muß bei Aboltuchov besorgt werden, – dachte er im Einschlafen. – Zakuski bei Korčatov... Bei ihm ist der Kaviar frisch. Na, und die Hummer...«

Am andern Morgen saß Marusja, schlicht gekleidet, aber ausgesucht und nicht ohne Koketterie, am Fenster und wartete. Um elf Uhr fuhr Toporkov vorbei, hielt aber nicht. Nach dem Essen fuhr er noch einmal mit seinen Rappen direkt unter ihren Fenstern vorbei, hielt aber auch dieses Mal nicht und blickte nicht einmal zum Fenster auf, an dem Marusja saß, mit einem rosa Bändchen im Haar.

»Er hat keine Zeit, – dachte Marusja, ihn anhimmelnd. – Am Sonntag wird er kommen...«

Aber er kam auch am Sonntag nicht. Er kam nicht in einem Monat, nicht in zwei, nicht in dreien... Selbstverständlich dachte er nicht einmal an die Priklonskij, und Marusja wartete und magerte vom Warten ab... Katzen, aber keine gewöhnlichen, sondern welche mit langen gelben Krallen, kratzten an ihrem Herzen.

»Wieso kommt er denn nicht? – fragte sie sich. – Wieso? Ah... ich weiß... Er ist gekränkt, weil... Warum ist er gekränkt? Weil Mama so taktlos mit der alten Kupplerin umgesprungen ist. Jetzt meint er, daß ich ihn nicht lieben könnte...«

– Dieser Dr-r-reckskerl! – brummte Egoruška, der schon zehnmal bei Aboltuchov vorbeigeschaut und gefragt hatte, ob er nicht Champagner der ersten Sorte bestellen könne.

Nach dem Osterfest, das auf Ende März fiel, hörte Marusja auf zu warten.

Eines Tages kam Egoruška zu ihr ins Schlafzimmer und teilte ihr unter boshaftem Gelächter mit, ihr »Bräutigam« habe eine Kaufmannstochter geheiratet …

– Wir haben die Ehre zu gratulieren! Haben die Ehre! Ha-ha-ha!

Diese Nachricht traf meine kleine Heldin allzu grausam. Sie verlor allen Mut, und nicht nur einen Tag, sondern monatelang verkörperte sie unsägliche Schwermut und Verzweiflung. Sie zog das rosa Bändchen aus ihrem Haar und bekam einen Haß auf das Leben. Aber wie parteiisch und ungerecht ist doch das Gefühl! Marusja fand auch hier eine Rechtfertigung für *sein* Handeln. Nicht umsonst hatte sie all die Romane gelesen, in denen Leute heiraten, den geliebten Menschen zum Trotz, zum Trotz, um ihnen etwas zu verstehen zu geben, einen Stich zu versetzen, sie zu verletzen.

»Er hat diese dumme Gans mir zum Trotz geheiratet, – dachte Marusja. – Oh, wie häßlich haben wir daran getan, daß wir seine Werbung so kränkend aufgenommen haben! Menschen wie er vergessen keine Kränkung!«

Von ihren Wangen schwand das gesunde Rot, ihre Lippen verlernten, sich zu einem Lächeln zu formen, das Hirn weigerte sich, von der Zukunft zu träumen – Marusja kam auf dumme Gedanken! Ihr schien, als sei mit Toporkov auch das Ziel ihres Lebens verlorengegangen. Was sollte sie noch mit einem Leben, in dem für sie nur noch Dummköpfe, Schmarotzer und Trunkenbolde übriggeblieben waren! Sie bekam einen Spleen. Nichts mehr bemerkend, nichts und niemanden mehr beachtend, auf nichts mehr hörend, führte sie das langweilige, farblose Leben, für das unsere Damen so begabt sind, die alten wie die jungen … Sie bemerkte die Verehrer, deren sie viele hatte, nicht mehr, die Bekannten, Vertrauten. Die schlimmen Umstände sah sie gleichgültig, apathisch. Sie bemerkte nicht einmal, wie die Bank das Haus der Fürsten Priklonskij verkaufte, mit all seinem historischen, ihr vertrauten Mobiliar und Hausrat, und wie sie in eine neue Wohnung umziehen mußte, eine bescheidene, billige, im bürgerlichen Stil. Es war ein langer, schwerer Traum, der dennoch nicht frei war von Lichtblicken. Sie träumte von Toporkov in all seinen Erscheinungsformen, im Schlitten, im Pelz, sitzend, gewichtig einherschreitend. Das ganze Leben lag in diesem Traum umschlossen.

Aber da krachte der Donner – und der Traum flog von den blauen Augen mit den flachsblonden Wimpern… Ihre Mutter, die Fürstin, die den Ruin nicht verwinden konnte, erkrankte in der neuen Wohnung und starb, sie hinterließ ihren Kindern außer ihrem Segen und ein paar Kleidern nichts. Ihr Tod war für die Prinzessin ein schreckliches Unglück. Der Traum war verflogen, um seinen Platz der Trauer zu überlassen.

III

Der Herbst brach an, ebenso feucht und schmutzig wie im vorigen Jahr.

Draußen war ein grauer, verweinter Morgen. Dunkelgraue, wie mit Morast beschmierte Wolken verdüsterten, dicht aneinandergedrängt, den Himmel und stürzten einen mit ihrer Reglosigkeit in Trübsinn. Es schien, als gebe es die Sonne nicht; sie hatte im Lauf einer ganzen Woche kein einziges Mal auf die Erde geblickt, so als fürchte sie, ihre Strahlen mit dem dünnflüssigen Morast zu besudeln...

Die Regentropfen trommelten mit ungewöhnlicher Macht an die Fenster, der Wind weinte in den Schornsteinen und heulte wie ein Hund, der seinen Herrn verloren hat... Kein einziges Gesicht war zu sehen, in dem nicht verzweifelte Schwermut zu lesen gewesen wäre.

Doch die verzweifeltste Schwermut war besser als jener ausweglose Kummer, der an diesem Morgen auf Marusjas Gesicht lag. Durch den dünnflüssigen Morast watend, schleppte sich meine Heldin zu Doktor Toporkov. Weshalb ging sie zu ihm?

»Ich gehe mich behandeln lassen«, – dachte sie.

Aber glauben Sie ihr nicht, Leser! In ihrem Gesicht ist nicht von ungefähr ein Kampf zu lesen.

Die Prinzessin erreichte Toporkovs Haus und zog schüchtern, beklommenen Herzens, an der Klingel. Einen Augenblick später hörte man Schritte hinter der Tür. Marusja spürte, wie ihre Beine zu Eis erstarrten und ihr den Dienst versagten. In der Tür schnalzte das Schloß, und Marusja sah vor sich das fragende Gesicht eines hübschen Dienstmädchens.

– Ist der Doktor zu Hause?

– Wir empfangen heute nicht. Morgen! – antwortete das Dienstmädchen, erzitterte vor der Kälte, die es anwehte, und trat einen Schritt zurück. Die Tür schlug unmittelbar vor Marusjas Nase zu, erzitterte und wurde geräuschvoll abgeschlossen.

Die Prinzessin war verlegen und schleppte sich träge nach Hause. Zu Hause erwartete sie ein kostenloses Schauspiel, das ihr schon seit langem auf die Nerven fiel. Ein ganz und gar unfürstliches Schauspiel!

In dem kleinen Salon auf dem mit neuem glänzendem Kattun bezogenen Divan saß Fürst Egoruška. Er saß auf Türkenart, mit untergeschlagenen Beinen. Vor ihm, auf dem Fußboden, lag seine Freundin Kalerija Ivanovna. Die beiden spielten Noski und tranken. Der Fürst trank Bier, seine Dulcinea Madeira. Der Gewinner erhielt außer dem Recht, dem Gegner einen Nasenstüber zu versetzen, ein Zwanzigkopekenstück. Kalerija Ivanovna als Dame wurde eine kleine Konzession zuteil: statt mit zwanzig Kopeken durfte sie mit einem Kuß bezahlen. Dieses Spiel bereitete beiden unsägliches Vergnügen. Sie wälzten sich vor Lachen, kniffen sich, sprangen alle Augenblicke von ihren Plätzen auf und spielten Fangen. Egoruška verfiel in kälberhafte Begeisterung, wenn er gewann. Ihn entzückte das Getue, mit dem Kalerija Ivanovna den verlorenen Kuß hergab.

Kalerija Ivanovna, eine große und schlanke Brünette mit schrecklich schwarzen Augenbrauen und vorstehenden Krebsaugen, kam jeden Tag zu Egoruška. Sie kam gegen zehn Uhr morgens zu den Priklonskijs, trank bei ihnen Tee, aß zu Mittag, zu Abend und ging gegen ein Uhr nachts. Egoruška versicherte seine Schwester, Kalerija Ivanovna sei Sängerin, eine sehr ehrenwerte Dame usw.

– Sprich doch mal mit ihr! – beschwor Egoruška seine Schwester. – Ein kluges Mädchen! Schrecklich klug!

Eher recht hatte, meiner Meinung nach, Nikifor, der Kalerija Ivanovna eine Schlampe und Kavallerija Ivanovna nannte. Er haßte sie aus ganzer Seele und war außer sich, wenn er sie bedienen mußte. Er ahnte die Wahrheit, und der

Instinkt des alten ergebenen Dieners sagte ihm, daß diese Frau nicht an die Seite seiner Herrschaften gehörte... Kalerija Ivanovna war dumm und hohl, aber das hielt sie nicht davon ab, die Priklonskijs jeden Tag mit vollem Magen, einem Gewinn in der Tasche und in der Überzeugung zu verlassen, daß man ohne sie nicht leben könne. Sie war die Frau eines Marqueurs im Billardklub, aber das hielt sie nicht davon ab, sich im Hause Priklonskij ganz als Herrin aufzuspielen. Diesem Schwein gefiel es, die Füße auf den Tisch zu legen.

Marusja lebte von der Rente, die sie seit dem Tode ihres Vaters erhielt. Die Rente des Vaters war höher als die eines gewöhnlichen Generals, aber Marusjas Anteil war gering. Doch auch dieser Anteil hätte für ein sorgenfreies Leben gereicht, hätte Egoruška nicht so viele Gelüste gehabt.

Er, der arbeiten weder wollte noch konnte, wollte nicht glauben, daß er arm war, und geriet außer sich, wenn man ihn zwang, sich mit den Umständen abzufinden und seine Gelüste nach Möglichkeit zu mäßigen.

– Kalerija Ivanovna mag kein Kalbfleisch, – sagte er nicht selten zu Marusja. – Laßt Hühnchen für sie braten. Zum Teufel mit euch. Wollt einen Haushalt führen und könnt es nicht! Daß mir morgen dieses alberne Kalbfleisch nicht wieder auf den Tisch kommt! Wir lassen diese Frau noch verhungern!

Marusja widersprach nur leicht und kaufte, um keine Mißstimmung aufkommen zu lassen, ein Hühnchen.

– Wieso hat es heute keinen Braten gegeben? – schrie Egoruška manchmal.

– Weil wir gestern Hühnchen hatten, – antwortete Marusja.

Aber Egoruška kannte sich schlecht aus in der Arithmetik des Haushalts und wollte auch nichts davon wissen. Zum Essen verlangte er starrsinnig Bier für sich, für Kalerija Ivanovna – Wein.

– Kann es ein anständiges Essen geben ohne Wein? – fragte er Marusja, die Schultern zuckend und erstaunt über die menschliche Dummheit. – Nikifor! Daß Wein auf den Tisch kommt! Es ist deine Sache, darauf zu achten! Und du, Maša, solltest dich schämen! Soll ich mich etwa selbst um den Haushalt kümmern? Euch gefällt es geradezu, mich aus der Fassung zu bringen!

Er war ein zügelloser Sybarit! Bald kam ihm noch Kalerija Ivanovna zu Hilfe.

– Ist Wein für den Fürsten da? – fragte sie, wenn der Tisch zum Essen gedeckt wurde. – Und wo ist das Bier? Dann muß man Bier holen! Prinzessin, geben Sie dem Diener etwas für Bier! Haben Sie Kleingeld?

Die Prinzessin sagte, sie habe Kleingeld, und gab ihr letztes. Egoruška und Kalerija aßen und tranken und sahen nicht, wie Marusjas Uhr, ihre Ringe und Ohrringe, eines nach dem andern, ins Pfandhaus gingen, wie ihre teuren Kleider an Trödler verkauft wurden.

Sie sahen und hörten nicht, mit welchem Krächzen und Gemurmel der alte Nikifor seine kleine Truhe aufschloß, wenn sich Marusja bei ihm für das morgige Essen Geld lieh. Diese abgeschmackten und stumpfsinnigen Menschen, den Fürsten und seine Bürgerliche, kümmerte das alles nicht im geringsten!

Am andern Tag, gegen zehn Uhr morgens, begab sich Marusja zu Toporkov. Die Tür öffnete ihr dasselbe hübsche

Dienstmädchen. Während das Dienstmädchen die Prinzessin ins Vorzimmer geleitete und ihr den Mantel abnahm, seufzte es und sagte:

– Sie wissen doch, Fräulein? Der Doktor nimmt für eine Konsultation nicht unter fünf Rubel. Das sollten Sie wissen.

»Wozu sagt sie mir das? – dachte Marusja. – Was für eine Unverschämtheit! Er, der Ärmste, weiß wohl gar nicht, daß er so unverschämte Dienstboten hat!«

Und gleichzeitig klopfte es bei Marusja in der Herzgegend: sie hatte nur drei Rubel in der Tasche, aber er würde sie schon nicht wegen lumpiger zwei Rubel hinauswerfen.

Aus dem Vorzimmer trat Marusja ins Wartezimmer, wo bereits sehr viele Patienten saßen. Die Mehrheit der nach Behandlung Dürstenden bildeten, versteht sich, die Damen. Sie hatten alle im Wartezimmer befindlichen Möbel besetzt, hatten es sich in Gruppen bequem gemacht und unterhielten sich. Die Unterhaltungen, die lebhaft geführt wurden, gingen über alles und jeden: über das Wetter, über Krankheiten, über den Doktor, über die Kinder... Alle sprachen laut und lachten laut, wie bei sich zu Hause. Einige, die warteten, bis sie an die Reihe kamen, strickten und stickten. Einfach oder schlecht gekleidete Menschen gab es im Wartezimmer nicht. Im Nachbarraum empfing Toporkov. Sie gingen der Reihe nach zu ihm hinein. Hinein gingen sie mit bleichen Gesichtern, ernst, leicht zitternd, heraus kamen sie indes errötet, schweißgebadet, wie nach der Beichte, als hätten sie eine über ihre Kräfte gehende Last abgelegt, beglückt. Mit keiner Patientin gab sich Toporkov länger als zehn Minuten ab. Die Krankheiten waren sicher unbedeutend.

»Wie das alles nach Scharlatanerie aussieht!« – hätte

Marusja gedacht, wäre sie nicht mit ihren eigenen Gedanken beschäftigt gewesen.

Marusja betrat das Sprechzimmer des Doktors als letzte. Beim Betreten dieses Sprechzimmers, das vollstand mit Büchern mit deutschen und französischen Rückenschildchen, zitterte sie, wie ein Huhn zittert, das man in kaltes Wasser getaucht hat. *Er* stand mitten im Zimmer, die linke Hand auf den Schreibtisch gestützt.

»Wie schön er ist!« – dies vor allem schoß seiner Patientin durch den Kopf.

Toporkov paradierte nie, und er wäre dazu auch kaum fähig gewesen, aber alle Posen, die er irgendwann einnahm, gerieten ihm irgendwie besonders majestätisch. Die Pose, in der Marusja ihn antraf, erinnerte an jene Posen majestätischer Modelle, nach denen Künstler große Feldherren malen. Neben seiner aufgestützten Hand lagen auf dem Tisch unordentlich Zehn- und Fünfrubelscheine, die er eben erst von den Patientinnen erhalten hatte. Hier lagen auch, in strenger Ordnung, Instrumente, Geräte, Röhrchen – alles äußerst unbegreiflich, äußerst »gelehrt« für Marusja. Dies und das Sprechzimmer mit seiner prächtigen Einrichtung, alles zusammengenommen, ergänzte das majestätische Bild. Marusja schloß hinter sich die Tür und blieb stehen... Toporkov wies mit der Hand auf einen Sessel. Meine Heldin ging leise zu dem Sessel und setzte sich. Toporkov wiegte sich majestätisch, setzte sich in den anderen Sessel, vis-à-vis, und heftete seine fragenden Augen auf Marusjas Gesicht.

»Er hat mich nicht erkannt! – dachte Marusja. – Sonst würde er nicht schweigen... Mein Gott, warum schweigt er? Nun, wie soll ich anfangen?«

– Nun? – brummte Toporkov.

– Der Husten, – flüsterte Marusja, und wie zur Bekräftigung ihrer Worte hustete sie zweimal.

– Schon lange?

– Zwei Monate schon … Nachts stärker.

– Uhm … Fieber?

– Nein, Fieber, glaube ich, nicht …

– Waren Sie nicht schon bei mir in Behandlung? Was hatten Sie früher einmal?

– Lungenentzündung.

– Uhm … Ja, ich erinnere mich … Sie sind, glaube ich, die Priklonskaja?

– Ja … Mein Bruder war damals auch krank.

– Sie werden dieses Pulver nehmen … vor dem Schlafengehen … Erkältungen vermeiden …

Toporkov schrieb rasch das Rezept, erhob sich und nahm die vorige Pose wieder ein. Marusja erhob sich ebenfalls.

– Weiter nichts?

– Nein.

Toporkov hielt die Augen auf sie gerichtet. Er blickte auf sie und blickte auf die Tür. Er hatte keine Zeit und wartete, daß sie ginge. Aber sie stand und blickte ihn an, himmelte ihn an und wartete, daß er irgend etwas zu ihr sagte. Wie schön er war! Eine Minute verging in Schweigen. Schließlich fuhr sie zusammen, las auf seinen Lippen ein Gähnen und in seinen Augen Erwartung, reichte ihm den Dreirubelschein und wandte sich zur Tür. Der Doktor warf das Geld auf den Tisch und schloß hinter ihr die Tür ab.

Auf dem Weg vom Doktor nach Hause ärgerte sich Marusja furchtbar:

»Wieso habe ich nicht mit ihm gesprochen? Wieso? Feige bin ich, das ist es! Irgendwie ist alles dumm ausgegangen... Ich habe ihn nur belästigt. Wozu habe ich dieses gemeine Geld in der Hand gehalten, wie um es zur Schau zu stellen? Geld ist eine so heikle Sache... Gott bewahre! Damit kann man einen Menschen kränken! Bezahlen muß man unauffällig. Aber warum habe ich geschwiegen?... Er hätte es mir erzählt, erklärt... Es wäre klargeworden, weshalb die Kupplerin damals kam...«

Zu Hause angekommen, legte Marusja sich ins Bett und verbarg den Kopf unter dem Kopfkissen, wie sie es immer tat, wenn sie erregt war. Aber es gelang ihr nicht, zur Ruhe zu kommen. Egoruška trat zu ihr ins Zimmer und fing an, mit seinen Stiefeln trapsend und knarrend, auf und ab zu schreiten.

Sein Gesicht war geheimnisvoll...

– Was willst du? – fragte Marusja.

– U-u-und... Und ich hatte gedacht, du schläfst, ich wollte dich nicht belästigen. Ich will dir etwas mitteilen... etwas sehr Angenehmes. Kalerija Ivanovna will bei uns wohnen. Ich habe sie darum gebeten.

– Das ist unmöglich! C'est impossible! Wen hast du gebeten?

– Wieso denn unmöglich? Sie ist eine sehr gute... Sie wird dir im Haushalt helfen. Wir bringen sie im Eckzimmer unter.

– Im Eckzimmer ist maman gestorben! Das ist unmöglich!

Marusja geriet in Bewegung, schüttelte sich, als hätte man ihr einen Stich versetzt. Rote Flecken traten auf ihre Wangen.

– Das ist unmöglich! Du bringst mich um, Georges, wenn du mich zwingst, mit dieser Frau unter einem Dach zu wohnen! Georges, Liebster, das darf nicht sein! Das darf nicht sein. Mein Guter! Ich bitte dich!

– Was mißfällt dir denn an ihr? Ich begreife es nicht. Sie ist ein Weib wie jedes andere... Klug, fröhlich.

– Ich liebe sie nicht...

– Na, aber ich liebe sie. Ich liebe diese Frau und will mit ihr zusammenleben!

Marusja brach in Tränen aus... Ihr bleiches Gesicht entstellte sich vor Verzweiflung...

– Ich sterbe, wenn sie hier lebt...

Egoruška pfiff etwas vor sich hin und verließ, nachdem er noch ein wenig auf und ab geschritten war, Marusjas Zimmer. Eine Minute später kam er wieder herein.

– Leih mir einen Rubel, – sagte er.

Marusja gab ihm den Rubel. Irgendwie mußte ja Egoruškas Kummer gelindert werden, in dem, ihrer Meinung nach, jetzt ein schrecklicher Kampf vor sich ging: die Liebe zu Kalerija kämpfte gegen das Pflichtgefühl!

Am Abend kam Kalerija zur Prinzessin.

– Warum lieben Sie mich nicht? – fragte Kalerija, die Prinzessin umarmend. – Ich bin doch unglücklich!

Marusja befreite sich aus ihrer Umarmung und sagte:

– Ich wüßte nicht, warum ich Sie lieben sollte!

Für diesen Satz mußte sie teuer bezahlen! Kalerija, eine Woche später in dem Zimmer untergebracht, in dem maman gestorben war, befand es für nötig, sich vor allem für diesen Satz zu rächen. Für ihre Rache wählte sie die Axt.

– Wozu so ein Getue? – fragte sie die Prinzessin bei jedem

Essen. – Bei Ihrer Armut darf man kein Getue machen, sondern muß sich vor guten Menschen verbeugen. Hätte ich gewußt, was für Mangel bei Ihnen herrscht, ich hätte mich nie darauf eingelassen, hier zu wohnen. Und warum habe ich mich nur in Ihr Bruderherz verliebt? – fügte sie mit einem Seufzer hinzu.

Vorwürfe, Anspielungen und Lächeln endeten immer im Gelächter über Marusjas Armut. Egoruška focht dieses Gelächter nicht an.

Er hielt sich für einen Schuldner Kalerijas und fand sich damit ab. Marusja dagegen vergiftete das idiotische Gelächter der Marqueursgattin und Maitresse Egoruškas.

Abendelang saß Marusja in der Küche und vergoß, hilflos, schwach und unschlüssig, Tränen auf Nikifors breite Handflächen. Nikifor schluchzte mit ihr und streute Salz in ihre Wunden mit seinen Erinnerungen an die Vergangenheit.

– Gott wird beide bestrafen! – tröstete er sie. – Und Sie sollen nicht weinen.

Im Winter ging Marusja noch einmal zu Toporkov.

Als sie sein Sprechzimmer betrat, saß er im Sessel, so schön und majestätisch wie zuvor... Diesmal war sein Gesicht sehr ermüdet... Die Augen zwinkerten wie bei einem Menschen, den man nicht schlafen läßt. Ohne Marusja anzusehen, wies er mit dem Kinn auf den Sessel vis-à-vis. Sie setzte sich.

»Die Trauer steht ihm im Gesicht, – dachte Marusja, als sie ihn ansah. – Sicher ist er sehr unglücklich mit seiner Kaufmannsfrau!«

Eine Minute lang saßen beide schweigend. Oh, mit welchem Vergnügen hätte sie sich bei ihm über ihr Leben beklagt! Sie hätte ihm Dinge erzählt, die er in keinem dieser Bücher mit den deutschen und französischen Rückenschildchen hätte lesen können.

– Der Husten, – flüsterte sie.

Der Doktor warf ihr einen flüchtigen Blick zu.

– Hm … Fieber?

– Ja, immer abends …

– Schwitzen Sie nachts?

– Ja …

– Ziehen Sie sich aus …

– Wie meinen Sie das? …

Toporkov deutete mit einer ungeduldigen Geste auf seine Brust. Marusja knöpfte, errötend, langsam die Knöpfe über der Brust auf.

– Ziehen Sie sich aus. Etwas schneller, bitte! … – sagte Toporkov und nahm ein Hämmerchen in die Hand.

Marusja zog die eine Hand aus dem Ärmel. Toporkov trat schnell auf sie zu und zog ihr im Bruchteil einer Sekunde mit geübter Hand das Kleid bis zum Gürtel herunter.

– Knöpfen Sie das Hemd auf! – sagte er, und ohne abzuwarten, daß Marusja es selbst tat, knöpfte er ihr das Hemd am Hals auf und begann, zum großen Entsetzen seiner Patientin, mit dem Hämmerchen die weiße, eingefallene Brust abzuklopfen …

– Nehmen Sie die Hände herunter … Stören Sie mich nicht. Ich werde Sie schon nicht fressen, – murmelte Toporkov, aber sie errötete und wünschte sehnlichst, im Erdboden zu versinken.

Nach dem Abklopfen begann Toporkov, sie abzuhorchen. Der Laut an der linken Lungenspitze erwies sich als stark gedämpft. Deutlich zu hören waren heiseres Rasseln und rauhes Atmen.

– Ziehen Sie sich an, – sagte Toporkov und begann, ihr Fragen zu stellen: ob ihre Wohnung gut, ihre Lebensweise richtig sei usw.

– Sie müssen nach Samara fahren, – sagte er, nachdem er ihr eine ganze Vorlesung über die richtige Lebensweise gehalten hatte. – Sie werden dort Kumys trinken. Ich bin zu Ende. Sie können gehen.

Marusja knöpfte irgendwie die Knöpfe wieder zu, reichte ihm ungeschickt die fünf Rubel und verließ, nachdem sie noch eine Weile dagestanden hatte, das gelehrte Sprechzimmer.

»Er hat mich eine ganze halbe Stunde dabehalten, – dachte sie auf dem Nachhauseweg, – und ich habe geschwiegen! Geschwiegen! Wieso habe ich nicht mit ihm gesprochen?«

Sie ging nach Hause und dachte nicht an Samara, sondern an Doktor Toporkov. Was sollte sie in Samara? Dort gab es zwar keine Kalerija Ivanovna, doch dafür auch keinen Toporkov!

Gott hab es selig, dieses Samara! Sie ging, ärgerte sich und triumphierte zugleich: *er* hatte sie als Kranke anerkannt, jetzt kann sie also ungeniert zu ihm gehen, sooft sie will, und sei es jede Woche! In seinem Sprechzimmer ist es so schön, so gemütlich. Besonders schön ist der Divan, der im Hintergrund des Sprechzimmers steht. Auf diesem Divan würde sie gern eine Weile mit ihm sitzen und sich über die verschiedensten Dinge unterhalten, sich beklagen, ihm raten, von den Patienten nicht so viel Geld zu nehmen. Den Reichen, versteht sich, könne und solle er viel abnehmen, aber armen Patienten müsse er Nachlaß gewähren.

»Er versteht nichts vom Leben, kann reich nicht von arm unterscheiden, – dachte Marusja. – Ich könnte es ihn lehren!«

Auch dieses Mal erwartete sie zu Hause ein kostenloses Schauspiel. Egoruška lag in einem hysterischen Anfall auf dem Divan. Er schluchzte, schimpfte, zitterte wie im Fieber. Über sein betrunkenes Gesicht flossen Tränen.

– Kalerija ist weg! – schluchzte er laut. – Sie hat schon zwei Nächte nicht zu Hause geschlafen! Sie ist verärgert!

Aber Egoruška heulte ohne Grund. Am Abend kam Kalerija, vergab ihm und nahm ihn mit in den Klub.

Egoruškas Ausschweifungen erreichten ihr Apogäum... Marusjas Rente reichte ihm nicht, also fing er an zu »arbeiten«. Er lieh sich Geld bei den Dienstboten, spielte falsch, stahl Marusja Geld und Sachen. Einmal, als er neben Marusja ging, fischte er ihr zwei Rubel aus der Tasche, die sie gespart hatte, um sich Stiefel zu kaufen. Den einen Rubel behielt er, für den andern kaufte er Kalerija Birnen. Seine Bekannten ließen von ihm ab. Ehemalige Besucher des Hauses Priklonskij, Marusjas Bekannte, nannten ihn rundheraus, auch ihm ins Gesicht, den »durchlauchtigen Falschspieler«. Sogar die »Mädchen« im »Château des fleurs« sahen ihn mißtrauisch an und lachten, wenn er sich von einem neuen Bekannten Geld geliehen hatte und sie zum Essen einlud.

Marusja sah und begriff dieses Apogäum der Ausschweifungen...

Kalerijas Ungeniertheit verlief gleichfalls crescendo.

– Wühlen Sie bitte nicht in meinen Kleidern, – sagte Marusja einmal zu ihr.

– Ihren Kleidern wird schon nichts geschehen, – antwortete Kalerija. – Und wenn Sie mich für eine Diebin halten, dann ... bitte sehr. Ich gehe.

Und seine Schwester verfluchend, lag Egoruška danach eine ganze Woche vor Kalerija auf den Knien und bat sie, nicht zu gehen.

Aber solch ein Leben kann nicht lange währen. Jede Novelle hat ein Ende, und so endete auch dieser kleine Roman.

Die Butterwoche brach an, und mit ihr kamen die Vorboten des Frühlings. Die Tage wurden länger, es tropfte von den Dächern, von den Feldern wehte Frische, die Sie beim Einatmen den Frühling ahnen lassen.

An einem Abend der Butterwoche saß Nikifor am Bett Marusjas ... Egoruška und Kalerija waren nicht zu Hause.

– Ich bin traurig, Nikifor, – sagte Marusja.

Und Nikifor weinte und streute mit seinen Erinnerungen an die Vergangenheit Salz in ihre Wunden ... Er sprach vom Fürsten, von der Fürstin, ihrer Lebensweise ... Er beschrieb die Wälder, in denen der verstorbene Fürst auf die Jagd gegangen war, die Felder, über die er den Hasen nachgaloppiert war, Sevastopol. In Sevastopol war der Verstorbene verwundet worden. Vieles erzählte Nikifor. Besonders gefiel Marusja die Beschreibung des Guts, das vor fünf Jahren schuldenhalber verkauft worden war.

– Man geht auf die Terrasse hinaus ... Der Frühling fängt an. Und mein Gott! Man kann den Blick kaum lassen von Gottes Welt! Der Wald ist noch ganz schwarz und strotzt doch schon von frischen Säften! Der herrliche, tiefe Fluß ...

Ihre Frau Mama beliebte in ihrer Jugend darin zu angeln... Sie stand am Wasser, manchmal tagelang... Sie war so gern an der frischen Luft... Die Natur!

Nikifor war vom Erzählen heiser geworden. Marusja hörte ihm zu und wollte ihn nicht gehen lassen. Im Gesicht des alten Lakaien las sie all das, was er ihr über den Vater, über die Mutter, über das Gut erzählte. Sie hörte zu, schaute ihm aufmerksam ins Gesicht, und sie wollte so gern leben, glücklich sein, in dem Fluß angeln, in dem ihre Mutter geangelt hatte. Der Fluß, hinter dem Fluß das Feld, hinter dem Feld blau die Wälder, und über allem scheint so zärtlich die wärmende Sonne... Schön ist es zu leben!

– Nikifor, Liebster, – sagte Marusja, seine trockene Hand drückend, – mein Guter... Leih mir für morgen fünf Rubel... Zum letzten Mal... Geht das?

– Doch, es geht... Aber ich habe nur noch fünf. Nehmen Sie sie, Gott wird uns schon wieder etwas schicken...

– Ich gebe es dir zurück, Liebster. Du sollst sie mir nur leihen...

Am andern Tag, morgens, zog Marusja ihr bestes Kleid an, band ihr Haar mit dem rosa Bändchen zusammen und ging zu Toporkov.

Bevor sie aus dem Haus ging, schaute sie sich zehnmal im Spiegel an. Im Vorzimmer Toporkovs empfing sie ein neues Dienstmädchen.

– Wissen Sie? – fragte das neue Dienstmädchen Marusja, während sie ihr den Mantel abnahm. – Der Doktor nimmt für eine Konsultation nicht unter fünf Rubel...

Im Wartezimmer waren dieses Mal besonders viele Patientinnen. Alle Möbel waren besetzt. Ein Mann saß sogar auf dem Flügel. Die Sprechstunde begann um zehn Uhr. Um zwölf machte der Doktor eine Pause für eine Operation und begann mit der Sprechstunde wieder um zwei. Marusja kam erst an die Reihe, als es vier Uhr war.

Ohne Tee getrunken zu haben, müde vom Warten, zitternd vor Fieber und Aufregung, hatte sie gar nicht bemerkt, wie es gekommen war, daß sie in dem Sessel saß, dem Doktor gegenüber. Ihr Kopf war irgendwie leer, ihr Mund trocken, in ihren Augen stand Nebel. Durch diesen Nebel sah sie nur ein Flimmern… Es flimmerte *sein* Kopf, es flimmerten die Hände, das Hämmerchen…

– Waren Sie in Samara? – fragte der Doktor. – Warum sind Sie nicht gefahren?

Sie antwortete nicht. Er klopfte und horchte ihre Brust ab. Die Dämpfung auf der linken Seite hatte schon den Bereich beinahe des gesamten Lungenflügels erfaßt. Ein dumpfer Laut war auch an der rechten Lungenspitze zu hören.

– Sie brauchen nicht nach Samara zu fahren. Fahren Sie nicht, – sagte Toporkov.

Und durch den Nebel las Marusja auf seinem spröden, ernsten Gesicht so etwas wie Mitleid.

– Ich fahre auch nicht, – flüsterte sie.

– Sagen Sie Ihren Eltern, sie mögen Sie nicht an die frische Luft gehen lassen. Meiden Sie deftige, schwerverdauliche Speisen…

Toporkov begann Ratschläge zu erteilen, ließ sich hinreißen und hielt eine ganze Vorlesung.

Sie saß, hörte nichts, hörte nicht zu und blickte durch den Nebel auf seine sich bewegenden Lippen. Er schien ihr viel zu lange zu sprechen. Schließlich verstummte er, erhob sich und richtete, in der Erwartung, daß sie ginge, seine Brille auf sie.

Sie ging nicht. Es gefiel ihr, in diesem schönen Sessel zu sitzen, und sie hatte Angst, nach Hause zu gehen, zu Kalerija.

– Ich bin zu Ende, – sagte der Doktor. – Sie können gehen.

Sie wandte ihm ihr Gesicht zu und schaute ihn an.

»Jagen Sie mich nicht fort!« – hätte der Doktor in ihren Augen lesen können, wenn er auch nur ein kleiner Physiognomiker gewesen wäre.

Aus ihren Augen stürzten große Tränen, die Arme fielen kraftlos zu beiden Seiten des Sessels herab.

– Ich liebe Sie, Doktor! – flüsterte sie.

Und roter Feuerschein, als Folge des heftigen seelischen Großbrands, ergoß sich über ihr Gesicht, ihren Hals.

– Ich liebe Sie! – flüsterte sie noch einmal, und ihr Kopf schwankte zweimal hin und her, fiel kraftlos nach vorn und berührte mit der Stirn den Tisch.

Und der Doktor? Der Doktor... errötete zum ersten Mal in der ganzen Zeit seiner Praxis. Seine Augen begannen zu zwinkern wie bei einem kleinen Jungen, den man hinknien läßt. Von nicht einer Patientin hatte er je solche Worte gehört, und noch dazu in solch einer Form! Von keiner einzigen Frau. Hatte er sich nicht verhört?

Das Herz drehte sich unruhig in der Brust herum und fing an zu pochen... Er räusperte sich verlegen.

– Mikolaša! – war aus dem Nebenzimmer eine Stimme zu hören, und in der halbgeöffneten Tür zeigten sich die zwei rosigen Wangen seiner Kaufmannsfrau.

Der Doktor nutzte diesen Ruf und ging rasch aus dem Sprechzimmer. Er war froh, sich an irgendeinen, gleichgültig welchen Vorwand klammern zu können, nur um sich aus der peinlichen Lage zu befreien.

Als er, zehn Minuten später, in sein Sprechzimmer kam, lag Marusja auf dem Divan. Sie lag auf dem Rücken, mit dem Gesicht nach oben. Ein Arm hing auf den Fußboden herab, zusammen mit einer Haarsträhne. Marusja war ohne Bewußtsein. Toporkov, hochrot, mit pochendem Herzen, trat leise auf sie zu und knöpfte ihre Verschnürung auf. Er riß ein Häkchen ab und zerriß, ohne es zu bemerken, ihr Kleid. Aus sämtlichen Rüschen, Fältchen und Ritzen ergossen sich auf den Divan *seine* Rezepte, *seine* Visitenkarten, *seine* Photographien...

Der Doktor sprengte ihr Wasser ins Gesicht... Sie öffnete die Augen, stützte sich auf den Ellbogen, und verfiel, den Doktor anblickend, in Gedanken. Sie beschäftigte die Frage: wo bin ich?

– Ich liebe Sie! – stöhnte sie auf, als sie den Doktor erkannte.

Und ihre Augen, voller Liebe und flehentlicher Bitte, verweilten auf seinem Gesicht. Sie schaute wie ein angeschossenes kleines Tier.

– Was kann ich denn tun? – fragte er, nicht wissend, was er tun könne... Er fragte mit einer Stimme, die Marusja nicht wiedererkannte, nicht gemessen, nicht jedes Wort einzeln betonend, sondern weich, beinahe zärtlich...

Ihr Ellbogen knickte ein, ihr Kopf sank auf den Divan, aber ihre Augen sahen ihn immer noch unentwegt an...

Er stand vor ihr, las das flehentliche Bitten in ihren Augen und fühlte sich in einer ganz entsetzlichen Lage. In der Brust pochte das Herz, und in seinem Kopf ging etwas Unerhörtes, Unbekanntes vor sich… Tausend ungebetene Erinnerungen schwirrten ihm auf einmal durch den glühenden Kopf. Woher kamen diese Erinnerungen? Hatten wirklich diese Augen sie hervorgerufen, Augen voller Liebe und flehentlicher Bitte?

Er erinnerte sich seiner frühen Kindheit, an das Putzen herrschaftlicher Samovare. Hinter den Samovaren und Kopfnüssen huschten in seinem Gedächtnis die Wohltäter vorbei, die Wohltäterinnen in schweren Saloppen, die geistliche Lehranstalt, in die man ihn seiner »schönen Stimme« wegen gegeben hatte. Die geistliche Lehranstalt mit ihren Rutenhieben und der mit Sand vermengten Kaša überließ ihren Platz dem Priesterseminar. Im Seminar Latein, Hunger, Träume, das Lesen, die Liebe zur Tochter eines Popen aus dem Wirtschaftstrakt. Er erinnerte sich, wie er, den Wünschen seiner Wohltäter zum Trotz, aus dem Seminar an die Universität geflohen war. Geflohen ohne einen Groschen in der Tasche, in abgetragenen Stiefeln. Was für eine Wonne, diese Flucht! An der Universität Hunger und Kälte um der Arbeit willen… Ein schwerer Weg!

Schließlich hatte er gesiegt, hatte mit seiner Stirn den Tunnel ins Leben durchbrochen, diesen Tunnel durchschritten und… ja und? Er kennt sich vorzüglich in seiner Sache aus, liest viel, arbeitet viel und ist bereit, Tag und Nacht zu arbeiten…

Toporkov schielte nach den Zehn- und Fünfrubelscheinen, die auf seinem Tisch herumlagen, erinnerte sich der

Damen, denen er eben erst dieses Geld abgenommen hatte, und errötete ... Hatte er wirklich nur der Fünfrubelscheine und Damen wegen jenen mühevollen Weg beschritten? Ja, nur ihretwegen ...

Und unter dem Ansturm der Erinnerungen sank seine majestätische Gestalt in sich zusammen, schwand die stolze Haltung, und sein glattes Gesicht legte sich in Falten.

– Was kann ich denn tun? – flüsterte er noch einmal, als er Marusja in die Augen blickte.

Er begann sich vor diesen Augen zu schämen.

Und was, wenn sie fragt: was hast du getan und was hast du erworben in der ganzen Zeit deiner Praxis?

Fünfrubelscheine, Zehnrubelscheine, weiter nichts! Wissenschaft, Leben, Ruhe – alles hast du für sie hingegeben. Und sie haben ihm eine fürstliche Wohnung verschafft, einen erlesenen Tisch, Pferde, kurz – alles, was man Komfort nennt.

Toporkov erinnerte sich seiner »Ideale« aus Seminarzeiten und seiner Träume an der Universität, und wie ein schrecklicher, auswegloser Morast erschienen ihm plötzlich diese Sessel und der Divan, mit teurem Samt bezogen, der Boden, ausgelegt mit einem dicken Teppich, diese Wandleuchter, diese Dreihundertrubeluhr!

Er beugte sich nach vorn und hob Marusja aus dem Morast, in dem sie lag, hob sie hoch, mit Armen und Beinen ...

– Du sollst nicht hier liegen! – sagte er und wandte sich von dem Divan ab.

Und wie aus Dankbarkeit dafür ergoß sich ein wahrer Wasserfall wundervoller flachsblonder Haare auf seine

Brust. Neben seiner Goldrandbrille blitzten fremde Augen. Und was für Augen!

– Gib mir Tee! – flüsterte sie.

. . . .

Am andern Tag saß Toporkov mit ihr in einem Coupé erster Klasse. Er brachte sie nach Südfrankreich. Sonderbarer Mensch! Er wußte, daß es keine Hoffnung auf Genesung gab, er wußte es so genau, wie zwei mal zwei vier ist, dennoch brachte er sie dorthin... Die ganze Reise über klopfte er sie ab, horchte sie ab, fragte sie aus. Er wollte seinem Wissen nicht glauben und bemühte sich mit allen Kräften, aus ihrer Brust wenigstens eine kleine Hoffnung herauszuklopfen und herauszuhorchen!

Das Geld, das er gestern noch so eifrig zusammengescharrt hatte, ergoß sich heute auf der Reise in ungeheuerlicher Dosierung.

Alles würde er heute weggeben, wenn wenigstens in einer Lunge dieses Mädchens nicht das verfluchte Rasseln zu hören gewesen wäre! Er und sie wollten so gern leben! Für beide war die Sonne aufgegangen, und sie erwarteten den Tag... Aber es rettete die Sonne nicht vor der Finsternis und... Blumen blühen nicht im Spätherbst.

Prinzessin Marusja starb, ohne in Südfrankreich drei Tage gelebt zu haben.

Toporkov nahm nach seiner Rückkehr aus Frankreich sein früheres Leben wieder auf. Wie früher behandelt er Damen und scharrt Fünfrubelscheine zusammen. Übrigens, eine Veränderung ist doch an ihm zu bemerken. Spricht er mit einer Frau, so blickt er zur Seite, ins Leere. Aus irgendeinem Grunde wird ihm angst, wenn er in ein weibliches Gesicht blickt.

Egoruška ist gesund und munter. Er hat Kalerija verlassen und lebt jetzt bei Toporkov. Der Doktor hat ihn zu sich genommen und hat einen Narren an ihm gefressen. Egoruškas Kinn erinnert ihn an das Kinn Marusjas, und dafür erlaubt er Egoruška, seine Fünfrubelscheine zu verjubeln.

Egoruška ist sehr zufrieden.

Standhafte Liebe

Roman

I

Es war Mittag... Die untergehende Sonne vergoldete mit ihren purpursprühenden Strahlen die Wipfel der Kiefern, Eichen und Tannen... Es war still; nur die Vögel in der Luft sangen, und irgendwo in der Ferne heulte traurig ein hungriger Wolf... Der Kutscher drehte sich um und sagte:

– Frisch geschneit hats, gnädiger Herr!

– Was?

– Ich sage, es hat frisch geschneit...

– Ah!

Vladimir Sergeevič Tabačkin, von dem hier die Rede ist, hob ein letztes Mal den Blick zur Sonne und starb.

....

Eine Woche war vergangen... Über dem frischen Grab flogen zwitschernd die Vögel und Wachteln dahin... Die Sonne schien... Die junge Witwe stand tränenüberströmt daneben und weinte vor Kummer ein ganzes Taschentuch naß...

N. Zacharjeva

Anhang

Editorische Notiz

Die in diesem Band versammelten frühen Kleinen Romane Anton Čechovs sind, obwohl weit mehr als nur Talentproben eines jungen Autors, noch nie ins Deutsche übertragen worden. Sie stammen, mit Ausnahme des »Romans« *Standhafte Liebe,* sämtlich aus dem Jahre 1882, als Čechov zweiundzwanzig Jahre alt war, und wurden unter dem Pseudonym »Antoša Čechonte« bzw. »A. Čechonte« in verschiedenen, nicht nur humoristischen Zeitschriften veröffentlicht, von Čechov später aber nicht in die »Ausgabe letzter Hand«, die Werkausgabe des Petersburger Verlages A. F. Marks, 1899–1902, aufgenommen.

Alle hier erstmals ins Deutsche gebrachten Texte sind dokumentiert in der Ausgabe *Polnoe sobranie sočinenij i pisem* (Vollständige Ausgabe der Werke und Briefe) in 30 Bänden, der sogenannten Akademie-Ausgabe, Band 1, Moskau 1974, nach der auch übersetzt worden ist.

Die Akademie-Ausgabe bringt Čechovs Texte in der neuen, 1918 reformierten Orthographie, jeweils nach dem Text der Erstpublikation. Dabei wurden nur offenkundige Setzfehler korrigiert, die zuweilen sinnentstellend wirkten, diese Eingriffe sind jedoch im Kommentarteil ausführlich beschrieben. Sie auch in der deutschen Ausgabe mitzuteilen, würde zu weit führen.

Fremdsprachige Einsprengsel und Zitate, die sich im russischen Original durch das lateinische Schriftbild stärker abheben, sind im deutschen Text nicht eigens gekennzeichnet, sie werden, soweit nötig, in den Anmerkungen erklärt. Bei Hervorhebungen durch die Kursive handelt es sich ausnahmslos um Hervorhebungen durch den Autor.

Eigenheiten der Interpunktion, die Čechov im späteren Werk verwarf, die jedoch in diesen frühen Texten ironische Funktion haben und deren parodistischen Charakter unterstreichen, sind in der deutschen Übersetzung gewahrt worden.

Erläuterungen

1. Zur Transkription russischer Eigennamen

Die Transkription russischer Namen folgt der sog. wissenschaftlichen, international in der Slavistik üblichen Umschrift, die für spezifische Laute des kyrillischen Alphabets, zu deren genauerer Unterscheidung, die diakritischen Zeichen jener slavischen Sprachen benützt, die lateinisch schreiben – wie das Čechische, Slovakische, Slovenische, Kroatische und, teilweise, das Serbische.

Die wichtigsten Zeichen dieser Transkriptionstabelle sind:

c	immer ›ts‹, wie in ›Zeichen‹; die Verbindung ›ck‹ ist in jedem Fall getrennt zu sprechen: ›z-k‹.
č	›tsch‹, wie ›Čechov‹.
ch	hartes ›ch‹, wie in ›ach!‹
s	immer stimmloses, scharfes ›s‹.
š	immer stimmloses, scharfes ›sch‹, wie in ›Asche‹.
šč	immer stimmloses, weiches und gedehntes ›sch‹, nicht ›schtsch‹.
v	im Silbenanlaut, vor Vokalen und stimmhaften Konsonanten wie ›w‹, im Silbenauslaut, vor stimmlosen Konsonanten wie ›ff‹.
z	immer stimmhaftes ›s‹, wie in ›Rose‹.
ž	immer stimmhaftes ›sch‹, wie in ›jour, journal‹.
ë	ist wie ›jo‹ zu sprechen, mit offenem ›o‹; dieser Vokal zieht automatisch die Wortbetonung auf sich.
o	immer offenes ›o‹, wie in ›offen‹; unbetontes ›o‹ ist eine Art Halbvokal, der sich dem betonten Vokal innerhalb des Namens, des Wortes unterordnet und wie ein verschlucktes ›a‹ klingt.

2. Personennamen und ihre Betonung

Im Russischen besteht jeder Personenname aus drei Teilen: dem Familiennamen (Čechov), dem Vornamen (Anton) sowie dem Vatersnamen (Pavlovič, d. i. »Sohn des Pavel«).

Als offizielle Anrede benutzt das Russische die Kombination aus dem Vor- und Vatersnamen. Sie ersetzt das im Deutschen übliche ›Herr‹ bzw. ›Frau‹; ›Anton Pavlovič‹ bedeutet im Russischen soviel wie ›Herr Čechov‹. ›Anna Petrovna‹ ist die korrekte Höflichkeitsform für ›Frau Vojniceva‹, mit der man per ›Sie‹ verkehrt. – Die Kombination aus dem Prädikat »Herr« [gospodin] und dem Familiennamen ist im Russischen unüblich und deshalb immer mit besonderer Bedeutung beladen, entweder um ein hierarchisches Verhältnis zu betonen oder im ironischen Sinn.

Im gesprochenen Russisch wird zwischen Personen, die sich siezen, jedoch bereits ein vertraulicheres Verhältnis zueinander entwickelt haben, die korrekte Form des Vatersnamens abgeschliffen, aus dem ›Ivan Ivanovič‹, den man bereits längere Zeit kennt, ohne sich mit ihm zu duzen, wird »Ivan Ivanyč« – wodurch sich gewisse Divergenzen zwischen Personenverzeichnis und Dialog ergeben können.

In der Duzform beschränkt sich die Anrede wie im Deutschen auf den Vornamen bzw. dessen Koseformen.

Für den Rhythmus der Sätze ist die Betonung der Namen nicht unwichtig. Sie wird, da es sich bei Personen- und Eigennamen des frühen Čechov meist um ›sprechende Namen‹ handelt, deren Bedeutung dem Leser erklärt werden muß, in den Anmerkungen angegeben. Accent aigu steht für steigende, accent grave für fallende Betonung.

Anmerkungen

Die Herrin – Barynja, erstmals in der Zeitschrift *Moskva*, Nrr. 29–31, 1882; Genehmigung durch die Zensur: 30. VII., 7. und 17. VIII. 1882. Gezeichnet »Antoša Čechonte«. Nicht in der Ausgabe bei Marks. In der Akademie-Ausgabe wiedergegeben nach der Zeitschriftenpublikation. Deutsche Erstveröffentlichung, übersetzt von Peter Urban.

I

Žùrkin – geläufiger russ. Name, abgeleitet von žuravl': der Kranich; vgl. aber auch žurit': jemanden rüffeln, ihm den Kopf waschen.

Maksím – von latein. maximus: der Größte.

Vjatkaer Pferdchen – berühmte, auf Peter I. zurückgehende Pferdezucht im Gouvernement Vjatka, Pferderasse; »das von livländischen Doppelkleppern abstammende, kleine, runde, meist gelbe und fuchsfarbige muthige wjätkische Pferd« (Pavlovskij, 2. Aufl. 1879).

Elèna Egòrovna – von griech. helenos: das Licht.

Strèlkova – von russ. strelok: der Schütze, Jäger; Ehefrau des Herrn Strelkov.

Féliks Adamòvič Rževéckij – polnischer Name, russifiziert (Rzewecki); Ržev aber auch Name eines alten russischen Bojarengeschlechts. Russ. Gutsbesitzer bevorzugten als Verwalter Polen und Deutsche als weniger betrügerisch, ›zivilisierter‹. Feliks – von latein. felix: glücklich. Das Patronym Adamovič deutet jüdische Abstammung an.

Stepán – von griech. stephanos: der Kranz. Von diesem Vornamen abgeleitet die volkstümlichen Koseformen Stëpa und Stepùša; mit abschätziger Bedeutung: Stëpka, Stepùška.

Semën – oder Simeon, von althebr. sama: zuhören, gehorchen; hiervon abgeleitet: Sènjka, Sëmka, Semënka.

auf der vorletzten Silbe betonen – nach der polnischen Aussprache, im Gegensatz zur russischen.

Finissez donc – im russ. Text franz.: Hören Sie doch auf.

Rup – bäuerlich für: Rubel.
den Fensterrahmen herunter – das einflügelige Fenster in russ. Bauernkaten wurde zum Öffnen hochgeschoben, vgl. A. S. Puškin, *Schneesturm.*
Marja – von Marija, althebr. mara: sich widersetzen, zurückweisen, und marat: bitter sein.
Kaša – russ. Nationalgericht: dicker, klebriger Brei aus Buchweizengrütze, Grützbrei.
Kvas – volkstümliches russ. Erfrischungsgetränk aus Mehl oder zerkleinertem Brot und Wasser, mit Zucker vergoren, leicht alkoholisch.
komfus; Zu welchem Gegenstand hat Gott euch erschaffen – Semën versucht sich in der Ausdrucksweise der ›Gebildeten‹, er hat in der Stadt gearbeitet.
Strèlčicha – bäuerlich für: Ehefrau, auch Witwe.

III
Pánie – polnische Anrede für: Herr.
Fizjant – verballhornt für russ. officiant: Kellner im Restaurant, Lakai.
Manafuílov – althebr. Netan'el: gottgegeben (die Laute n und m werden im bäuerlichen Russisch oft vertauscht); vgl. althebr. immanu'el: Gott ist mit uns.
Kaffe – meint Kaffee, verballhornt: russ. kòfje, hier: kofija.
Sídor – bäuerlich für Isidor, von griech. Isis, der Göttin der Landwirtschaft, und doron: gegeben.
Kuban – Fluß in Ciskaukasien, altes Grenzgebiet, bevölkert von Kosaken; der Kuban mündet teils ins Azovsche, teils ins Schwarze Meer. Čechovs Beschreibung der Landschaft vgl. die spätere Novelle *Steppe.*

Zelënaja Kosà – erstmals in der Literaturbeilage der Zeitschrift *Moskva,* 1882, Nr. 15; Genehmigung durch die Zensur: 23. IV. 1882. Gezeichnet »Antoša Čechonte«. Nicht bei Marks, in der Akademie-Ausgabe laut Zeitschriftenpublikation.
Deutsche Erstveröffentlichung, übersetzt von Beate Rausch.

I

Zelënaja Kosà – Ortsname, wörtlich: Grüne Landzunge, Sandbank, die sich wie ein Keil ins Meer erstreckt (Dal'sches Wörterbuch).

Marja – von althebr. mara: sich widersetzen, zurückweisen. Koseform: Maša.

Mikšadze – kaukasisch gebildeter Name, vgl. litauisch mikša: verschlafen.

Fürsten – vgl. hierzu das Zitat aus der humoristischen Zeitschrift *Strekoza* weiter unten.

Olja – Koseform für Olga, von skandin. Helga.

Jakovnín – von althebr. Ia'cob: er folgt jemandem nach.

Mùchin – geläufiger russ. Familienname, vgl. russ. mucha: die Fliege.

Fivéjskij – möglicherweise fiktiver Name, gebildet nach geistlichen Vorbildern; unter Čechovs Mitschülern im Gymnasium von Taganrog war der spätere Historiker und Heimatkundler Pavel Petrovič Filevskij.

Maler Čechov – russ. chudožnik, auch »Künstler«; Čechovs zweitältester Bruder, Nikolaj Pavlovič, 1858–1889, war Maler; er illustrierte zahlreiche frühe Texte Antons und schuf eines der besten Porträts von ihm.

Evgráf Petròvič Egòrov – Offizier, Lebensdaten nicht ermittelt, befreundet mit Čechovs Familie seit der Zeit in Voskresensk 1882, wo die Brigade stand, in der Egorov diente. Egorov gab in den 80er Jahren den Militärdienst auf, diente 1891–1892 in Zemstvo des Gouvernements Nižnij Novgorod, als Čechov während dieses Hungerwinters Kontakt mit ihm aufnahm.

Examen zur Akademie – der Militärakademie; Voraussetzung für Karriere im höheren Dienst.

Medizinstudent Koròbov – Nikolaj Ivanovič, 1860–1913, Arzt, Kommilitone Čechovs, der während der Studienjahre zeitweise als Kostgast im Hause Čechov lebte. Ihm ist der Kleine Roman *Späte Blumen* gewidmet.

Ekaterína Ivànovna – N. I. Korobovs Ehefrau, geb. Gorožanina.

Aleùtov – nicht nachgewiesen, möglicherweise abgeleitet von »Aloe«, dem Pseudonym von Čechovs ebenfalls schreibendem Bruder Aleksandr Pavlovič, 1855–1913.

Leben der Heiligen – die *četji minei,* liturgisches Buch der orthodoxen Kirche, eine Sammlung mit Lebensbeschreibungen der Heiligen.

Stil Lomonòsovs – hier im Sinne von altmodisch, barock; Michail Lomonosov, 1711–1765, Universalgelehrter, Gründer der Universität Moskau, Verfasser der ersten Grammatik der russ. Sprache, als Dichter Klassiker der Ode.

Strekozá – »Die Grille«, satirische Monatszeitschrift, erschien seit 1875 in St. Petersburg; in der *Strekoza* hatte Čechov 1880 seine ersten Texte veröffentlicht.

II

Čajchídzev – kaukasisch gebildeter Name; enthält als erste Silbe das russ. Wort für Tee, d.h. Genuß; vgl. čach – als Wurzel für siech, Siechtum; čachotka: die Schwindsucht.

Ekaterinoslav – Stadt und Gouvernement in Südrußland, dem sogenannten Neu-Rußland; die Stadt, 1778 unter Katharina II. gegründet zur Sicherung neueroberter Gebiete, wurde unter Paul I. in Novorossijsk umbenannt. Zum Gouvernement E. gehörten bis 1887 auch Rostov-am-Don und Čechovs Geburtsstadt Taganrog.

Wirklicher Student – Student mit abgeschlossenem Studium.

Orientale – meint hier die Einwohner Ekaterinoslavs.

Vodka, Zakúski – im Russischen Begriffspaar, eines ohne das andere undenkbar; zakúski sind Beilagen, die man zum Vodka ißt: Kaviar, Stör, Salzhering, marinierte Pilze, Salzgurken usw.

Michail Pavlovič – Vor- und Vatersname von Čechovs jüngstem Bruder, 1865–1936, studierter Jurist, Steuerinspektor, Schriftsteller, Verfasser von Erinnerungen an Anton Čechov.

Evgràška – abfällig für Avgraf, von griech. eu: schön, und grapho: schreiben.

Eine miese Geschichte – *Skvernaja istorija*, erstmals in der Zeitschrift *Svet i teni* [Licht und Schatten], 1882, Nrr. 179 und 180, vom 26. VI. und 4. VII. 1882. Gezeichnet »Antoša Čechonte«. Nicht bei Marks. In der Akademie-Ausgabe reproduziert nach dem Zeitschriftentext.
Deutsche Erstveröffentlichung, übersetzt von Peter Urban.
Variante aus Čechovs Nachlaß:

Roman
Bräutigame, wo seid ihr?!

Lëlja schlug die Tür zu, schickte das Dienstmädchen zu allen Teufeln, fiel aufs Bett und biß schmerzhaft in ihr Kopfkissen. – – – –

Lëlja – Koseform des Vornamens Elena.

Aslòvskaja – von russ. osël: der Esel.

Nabrỳdlov – von russ. nabrydat': jemanden langweilen, ihm lästig fallen.

Oh wunderbarer Augenblick – indirektes Zitat eines der berühmtesten Liebesgedichte Aleksandr Puškins, *An****, in der Übersetzung von Karoline Jaenisch-Pavlova: »Ein Augenblick ist mein gewesen«.

Nògtev – von russ. nogot': der Nagel, Fingernagel.

edler Herr Papa – hier im Sinne von adelig, N. ist aristokratischer Herkunft.

Rachfael – Aslovskij kennt Raffael nur vom Hörensagen und legt sich den Namen zurecht, wie er ihn versteht: Rachvael.

Šut – »Der Narr«, satirisches Wochenblatt, erschien in St. Petersburg seit 1879.

Turka – russ.: der Türke, im Verständnis der Panslavisten: Feind aller Slaven, Erbfeind der Russen; möglicherweise auch Anspielung auf das Dramolett Kozma Prutkovs *Der unbesonnene Türke, oder: Wer ist schon gerne Enkel?*

Hr. Fet – meint den russ. Lyriker Afanasij Afanasjevič Fet, 1820–1892, Vertreter einer tendenzfreien Dichtung und der ewigen Themen Liebe, Natur und Tod.

durch das gesamte Universum versinken – beliebter Scherz: nicht nur im sprichwörtlichen Erdboden, sondern gesteigert: im ganzen Universum, durchs Universum.

Ein unnötiger Sieg – *Nenužnaja pobeda,* erstmals im satirischen Wochenblatt *Budilnik* [Der Wecker], 1882, Nrr. 24–34, vom 18. Juni bis zum 27. August. Gezeichnet »A. Čechonte«. Nicht in der Ausgabe letzter Hand. In der Akademie-Ausgabe reproduziert nach dem Text der Zeitschriftenpublikation.

Deutsche Erstveröffentlichung, übersetzt von Peter Urban.

Die Entstehung dieses Romans ist dokumentiert in den Erinnerungen A. V. Amfiteatrovs (vgl. Nachwort), in den Memoiren von

Čechovs Bruder Michail, der damals die verschiedensten Botengänge für Anton unternahm, sowie in den Briefen des *Budilnik*-Redakteurs A. D. Kurepin in Čechovs Archiv.

Michail Čechov: »Bruder Anton stritt mit dem Redakteur des *Budilnik* A. D. Kurepin darüber, daß er einen Roman aus dem ausländischen Leben nicht schlechter schreiben würde als diejenigen, die damals im Ausland erschienen und ins Russische übersetzt wurden. Kurepin bestritt das. Beschlossen wurde, daß Bruder Anton sich ans Schreiben eines solchen Romans machen sollte, Kurepin sich aber das Recht vorbehalte, den Druck zu jedem beliebigen Zeitpunkt abzubrechen. Aber der Roman erwies sich als so interessant und fesselte das Publikum so sehr, daß er wohlbehalten zu Ende geführt wurde.«

Kurepins Briefe an Anton Čechov – die Čechovs an Kurepin sind nicht überliefert – belegen anderes. Von seinem Recht zu kürzen muß er Gebrauch gemacht haben: im Text des Romans, so wie der *Budilnik* ihn veröffentlichte, fehlt z. B. die oft erwähnte Episode, in der Therese den Baron einen »Scharlatan« nennt und beleidigt. Am 29. Juli 1882 legt Kurepin Čechov nahe, zum Ende zu kommen: »Eben habe ich alles gelesen, was Sie mir vom *Sieg* haben schicken lassen, und bin der Überzeugung, daß es Zeit ist, Schluß zu machen. Sie haben an einer passenden Stelle innegehalten: in der einen Nummer – Ilkas Abenteuer in Paris, in der nächsten – die Auflösung, und punctum. Drucken wir lieber kurze Erzählungen.«

Dieser Ansicht muß Čechov widersprochen haben, denn der Redakteur antwortete am 2. August 1882: »Verfügen Sie über drei Nummern. Für eine haben wir genug, Ilkas Abenteuer in Paris in die zweite, in der dritten – die Auflösung.«

Die in der Akademie-Ausgabe geäußerte Vermutung, der Redakteur habe kürzend auch ins Finale des Romans eingegriffen, ist nicht verifizierbar.

I

Zwibusch – Phantasiename, russ. cvibuš, der österreichisch-ungarisches Kolorit beschwören soll, ungarisch als Vorname nicht nachgewiesen.

Ilka – Akademie-Ausgabe: »Der eigenartige Vorname der Heldin, Ilka, wurde im Bewußtsein des damaligen Lesers wahrscheinlich assoziiert mit dem Namen der ›ungarischen Nachtigall‹ – der Sängerin Etelka Gerster-Esterhazy, die 1882 in Moskau gastierte.«

Hundezahn – russ. Sobačji zubki, wörtlich: Hundezähnchen; vgl. Ilkas Zähnefletschen.
Goldaugen – vgl. Čechovs Fußnote zu Kapitel II.
Schicksalsfragen Europas – aus Sicht der Panslavisten die Unterdrückung der slavischen Völker durch die Türkei und Österreich-Ungarn, vor allem auf dem Balkan, die zum letzten Russisch-Türkischen Krieg 1877–1878 geführt hatte.
Schönes Ungarn – vgl. Ilkas Lied im VI. Kapitel.
Österreichische Sprache, Sphinx – Anspielung auf den Vielvölkercharakter der Habsburger Monarchie.
von Heylenstrahl – fiktiv, russ. Gejlenštral. Ob Čechov, der auf dem Gymnasium Deutsch zu lernen hatte, bewußt mit dem Wort geil spielt, ist fraglich. Ganz abwegig ist die Frage jedoch nicht, wie zahlreiche aus dem Deutschen abgeleitete Eigennamen in den frühen Humoresken belegen, z.B.: Gauptvachtov, Pimfov, Frau Beobachtova oder Dr. med. Ferfluchteršvejn.

II

Zähnefletschen – vgl. beide Familiennamen sowie des Vaters Satz »Du bist kein Hund«.
Gottfried von Bouillon – Gottfried, Herzog von Bouillon, um 1080–1100, Führer der Kreuzritter, eroberte 1099 Jerusalem.
Plenus venter non studet libenter – im russ. Original latein.: Ein voller Bauch studiert nicht gern.
Wónicz – fiktiver Ortsname, russ. Vunič, slavischer Herkunft, zu vermuten im Galizischen.
Saynitz – bei Čechov: Zajnic; ob deutsch »sei nichts« bei der Namensgebung eine Rolle gespielt hat, ist unklar.
Austerlitz – Stadt in Mähren, Ort der Dreikaiserschlacht 1805.
Salon von Madame Deleaux – im russ. Original franz.
O Georges! – franz. auszusprechen, bei Čechov: Žorž.
Franken – die k.-u.-k. Währung rechnete in Kronen und Heller; dennoch war der französische Franken, Franc, im XIX. Jh. eine Art europäischer Leitwährung, sein Münzfuß war für andere Währungen verbindlich: »In Finland ist die Mark dem franz. Goldfranken gleich, in Rußland der Halbimpérial dem 20-Frankenstück. In Österreich-Ungarn prägte man seit 1870 Goldstücke zu 8 und 4 Gulden, welche genau den 20- und 10-Frankenstücken entsprachen.« (Brockhaus, 14. Aufl. 1902)

Vgl. auch die vom Baron angesprochene Verwechslung mit dem franz. franc im letzten Kapitel.

Emporkömmling aus Russisch-Polen – d. i. das zum Russischen Reich gehörende »Königreich Polen«; im XIX. Jh. in Deutschland wie in Österreich verächtliches Klischee.

Schwarzer Rappen – Pleonasmus auch im russ. Text.

Marqueur – beim Billard derjenige, der die Punkte zählt und anschreibt.

goldäugiger Aristides – Athener Heerführer und Staatsmann, 535–467 v. Chr., berühmt für seine Gerechtigkeit und uneigennützige und strenge Rechtsliebe.

Kanker – die Spinne, russ. pauk, tarantul, ist grammatisch männlichen Geschlechts.

Bilroth – Theodor, 1829–1894, Mediziner, auch in Rußland berühmter Chirurg, der 1877 den Dichter Nikolaj Nekrasov operiert hatte.

Njánja – die russ. Kinderfrau, Amme.

sancta simplicitas! – im russ. Original latein.: Heilige Einfalt!

Boccaccio – Operette des österreich. Komponisten Franz von Suppé, 1820–1895, aus dem Jahr 1879; andere Titel: *Flotte Bursche; Die schöne Galathee; Leichte Kavallerie* u. a.

IV

Groom – im russ. Original engl.: Knabe, Bursche; Diener; Reit-, Stallknecht.

Teufel, zurücknehmen – im Russ. des XIX. Jhs. einer der drastischsten Flüche, am Rande des Obszönen.

V

Kleid einer Bäuerin – Anspielung auf Puškins Erzählung *Fräulein Bäuerin* aus den *Erzählungen Belkins.*

Krähe im Pfauengefieder – sprichwörtl. Wendung, vgl. deutsch: der Wolf im Schafspelz.

VI

österreichische Soldaten, nach Bosnien – Bosnien, nominell das nordwestlichste Wilajet des Osmanischen Reichs, seit den Berliner Verträgen 1878 von Österreich besetzt und verwaltet. 1881 kam es dort, nach Einführung der allgemeinen Wehrpflicht durch Österreich, zum Aufstand, der 1882 niedergeschlagen wurde.

VII

Theater der Mme Blanchard – vgl. hierzu Čechovs frühe Humoreske *Salon de variétés,* auch die Erzählung *Der Anfall.*

Figaro – Pariser Tageszeitung, erschien seit 1854.

Lebende Ware – Živoj tovar, erstmals in der Zeitschrift *Mirskoj tolk,* 1882, Nrr. 28–31, vom 6., 14., 22. und 31. August 1882. Gezeichnet »A. Čechonte«. Nicht bei Marks. In der Akademie-Ausgabe nach dem Text der Zeitschriftenpublikation.

Deutsche Erstveröffentlichung, übersetzt von Peter Urban.

F. F. Popudoglo – Fedor Fedoseevič, Journalist, Dramatiker und Schriftsteller, 1846–1883, befreundet mit Čechov, einer seiner Ziehväter: »Am 14. Oktober ist mein Freund Fedor Fedoseevič Popudoglo gestorben. Fedoseevič war kein großes Talent, auch wenn der *Budilnik* jetzt ein Bild von ihm bringt. Er war ein alter Hase in der Literatur und hatte ein großartiges literarisches Gespür, und solche Leute sind für uns Anfänger von großem Wert.« (Oktober 1883 Čechov an seinen Bruder Aleksandr)

I

Grochòlskij – parallel zum existierenden Familiennamen Grochovskij, russ. grochot: Lärm, Gepolter, Geprassel.

Liza – Koseform des Vornamens Elizaveta, von althebr. Eliseba: Gott ist mein Schwur, ich schwöre bei Gott. In dieser Form hat der Vorname in der russ. Literatur eine lange Tradition, die zurückgeht auf Karamzins *Arme Liza,* auf Liza in A. S. Puškins *Pique Dame* usw.

Vànja – Koseform des Vornamens Ivan, Ioann, Johannes.

Krim – galt allgemein als das Sündenbabel, wo man ungestraft der freien Liebe huldigen konnte, dem Seitensprung, so noch Čechov in der Erzählung *Die Dame mit dem Hündchen.*

Adelsklub – bei Čechov nur: sobranie, für Klub, in Anlehnung an Dvorjanskoe sobranie. Der Adelstitel war, um dort Zutritt zu haben, keine Bedingung mehr; Bugrov, vgl. weiter unten, ist Sohn eines Dorfküsters.

Bùgrov – von russ. bugor: der Hügel, Haufen, medizin. und botan. der Knoten, Knollen.

gehe nach Sibirien – als Strafe für den gedachten Mord an Grocholskij.

Tolčkòv – von russ. tolček: Stoß, Knuff, Schubser.
horribile dictu – im russ. Original latein.: schrecklich zu sagen.
Mišùtka – Koseform des Vornamens Michail, Miša, vom althebr. Namen, der bedeutet: dem Gott Jahve ebenbürtig.

II

Hauptstädte – meint: Moskau, die alte Zarenstadt, und St. Petersburg, die neue Peters d. Großen.
Feodòsija – Städtchen am Schwarzen Meer auf der Krim; »Kreisstadt mit c. 10 000 Einw., wird als Seebad stark besucht (auch Kumysanstalten); die zahlreichen Weinberge sind für Traubenkuren werthvoll«, beschreibt der F. Baedeker 1888. »Gasth.: Moskau, Feodosia, St. Petersburg. Restaurant: Kutschuk Bey (deutscher Wirt). Dampfer nach Kertsch 3mal wöchentl. in etwa 8 Std.«
Novoe vremja – »Die neue Zeit«, größte und einflußreichste Petersburger Tageszeitung, herausgegeben von Aleksej Suvorin, Čechovs späterem Verleger (bis 1899).
vis-à-vis – im russ. Original franz.
Feuilleton des Unbekannten – russ. Neznakomec, Pseudonym des auch unter eigenem Namen publizierenden Herausgebers und Verlegers A. S. Suvorin.
Kurgan – Grabhügel aus skythischer Vorzeit Südrußlands, die das Landschaftsbild prägten, als Einzel- oder Mehrfachgräber oft von beträchtlicher Ausdehnung, vgl. Čechovs Roman *Steppe*.
Bankwagen – russ. šaraban, aus dem Franz. (char-à-bancs), exemplarisch beschrieben im Roman *Das Drama auf der Jagd*, 1885.
Šči – russ. Gemüsesuppe, im Russ. pluraletantum.
Chalat – turkotatar. für Schlafrock, nicht zu verwechseln mit dem europäischen Morgenrock oder Negligé. Flaubert, dem van Turgenev einen Chalat aus Rußland mitgebracht hatte: »Dieses königliche Gewand versetzt mich in absolutistische & wollüstige Träume. Ich möchte ganz nackt darunter sein, & Tscherkessinnen darin beherbergen! – Obwohl es im Augenblick gewittrig ist, trage ich besagte Bekleidung und denke dabei, wie nützlich sie mir in diesem Winter sein wird« usw. (Gustave Flaubert an Ivan Turgenev, 27. Juli 1877)
Michel – im russ. Original transkribiert, franz. zu sprechen: Mišel'.
noch vor sieben Jahren Vànjka – Vanjka, Vanjùška, von Ivan abgeleitet, abfällige Diminutiva: der böse, freche, nichtsnutzige Vanja.

Piquéweste – Piqué, von franz. steppen: gesteppter, gemusterter feiner Baumwollstoff.
Gríša – Koseform von Grigorij; von griech. gregoreo: munter, rüstig, gesund sein.
Nikífor – von griech. nikephoros: der Sieger, Siegreiche.
Ter-Gajmazov – armenisch gebildeter Name, Ter- zeigt den Adelstitel an; vgl. hierzu über die kaukasischen Fürsten in dem Roman *Zelënaja Kosa.*
Leichte Kavallerie – Titel einer Operette von Franz von Suppé, 1820–1895, aus dem Jahre 1866. Im übertragenen Sinn: Prostituierte, vgl. Kapitel III des Romans *Späte Blumen,* in dem der Diener Kalerija Ivanovna als »Leichte Kavallerie« bezeichnet.

III

Kleider aus Segeltuch – bescheiden, im Vergleich zur Piquéweste: Bugrov hat alles Geld verbraucht.
Sprichwort: Fürchte den Hund nicht – vgl. das deutsche: Hunde, die bellen, beißen nicht.
Andrjùška – abschätzig familiäre Form für Andrej, von griech. andreios: tapfer.
Markùzin – vom Vornamen Mark abgeleitet.
Gouvernement Černígov – eines der reichsten, fruchtbarsten und landschaftlich schönsten in »Kleinrußland«, der Ukraine.
wird nicht kommen; ist abgereist – vgl. das gleiche Manöver im letzten Akt von Čechovs Theaterstück *Die Vaterlosen.*
Grocholevka, das Gut Bugrovs – Grocholevka, benannt nach dem alten Besitzer Grocholskij, behielt, obwohl nun Bugrov gehörend, in aller Regel seinen alten Namen, vgl. Platonovka im Stück *Die Vaterlosen.*

Späte Blumen – *Cvety zapozdalye,* wörtlich: Verspätete Blumen; erstmals in der Zeitschrift *Mirskoj tolk,* 1882, Nrr. 37–41 vom 10. Oktober bis 11. November 1882. Gezeichnet »A. Čechonte«. Nicht bei Marks. In der Akademie-Ausgabe gedruckt nach dem Text der Zeitschriftenpublikation.
Deutsche Erstveröffentlichung, übersetzt von Beate Rausch und Peter Urban.

Im Gegensatz zu den anderen in diesem Band versammelten Texten existieren zu diesem einige frühere Textvarianten. Eines dieser Fragmente betrifft den Beginn des Kapitels 1, ein anderes entspricht dem Verlauf der Erzählung von Kapitel 1. In diesen Manuskript-Fragmenten hießen die Fürsten Priklonskij noch die Fürsten Zebrov.
Zu Lebzeiten Čechovs wurde dieser Roman von den *Beogradske novine* 1901 ins Serbokroatische übersetzt.
N. I. Korobov – s. Anm. zu *Zelënaja Kosa,* Kapitel 1.

1

herbstliches »Nach dem Essen« – d. h.: in der Dämmerung, am Spätnachmittag; Essenszeit für das russ. obed, »Mittagessen«, war in den Hauptstädten zwischen 16 und 17 Uhr.
Priklònskij – von russ. priklonit', priklonit'sja: sich beugen, neigen, biegen; also etwa: die Gebeugten.
Marùsja – Koseform des Vornamens Marija, vgl. oben.
Fùrov – von deutsch Fuhre.
Toporkòv – von russ. topòr: die Axt.
Sénjka – Semën, vgl. Anm. zu *Die Herrin.*
Nikífor – von griech. nikephoros: der Sieger, Siegreiche.
Egòruška – abfällig, dennoch als Koseform gebraucht für Egor, volkstümlich für Georgij, von griech. georgos: Landmann, Landwirt, Bauer. »Georges«, wie ihn seine Angehörigen anreden, durchwegs franz. zu sprechen, bei Čechov: Žorž.
Turgenevs Rudin – Romanfigur, Titelheld Ivan Turgenevs, 1818–1883. *Rudin,* erschienen 1856, wurde rasch der Held der Mädchenherzen: Intellektueller und Idealist nichtadeliger Herkunft, verliebt sich in die Aristokratin Nataša, ihre Hochzeit verhindert aber die Mutter, die auf einem reichen, standesgemäßen Schwiegersohn für ihre Tochter besteht. Mit seinen schönen Phrasen von »Freiheit und Opfer« gescheitert, galt Rudin viele Jahre als erster Ansatz eines Typus, der »positiv« dachte und den des »überflüssigen Menschen« bei Puškin und Lermontov überwand.
Juden, die die Erneuerung Jerusalems feiern – vgl. im Talmud wie im Midrasch die Freude auf eine bessere, glanzvolle Zukunft; Jerusalem werde, einer alten Überlieferung zufolge, nicht eher wiederaufgebaut, als bis das zerstreute Israel aus allen Ländern wiedervereint sei. Und es werde an Pracht alles übertreffen, was bislang an Schönheit zu sehen war.

bébé – im russ. Original franz.
Château des fleurs – im russ. Original franz.
Mnschn – vernuschelt für: Mensch, russ. čelovek; im XIX. Jh. Bezeichnung und Anrede für herrschaftliche Diener und Kellner.
maman – im russ. Original durchgehend franz.
Ivan Adolfovič – spricht gebrochen Russisch; wie dem Patronym zu entnehmen, ist er Sohn eines Rußlanddeutschen.
švach – deutsch, russ. transkribiert.

II

Merci – im russ. Original franz.
Košéčkin – von russ. koška: die Katze; košečka: das Kätzchen.
Pròchorova – vom russ. Vornamen Prochor, griech. prochoreno: voraustanzen, den Reigen führen.
Groschen – russ. Münze, Kupfergroschen, das Zweikopekenstück.
Baumöl – älter für: Olivenöl.
Aboltùchov – fiktiver Name, erinnert an aristokratische Namen, die z. B. Dostoevskij erfand: die Fürsten Oboldùj-Tarakanov, oder Saltykov-Ščedrin: Oboldùj-Ščetina-Ferlakur (faire la cour).
Zakuski – hier am ehesten Kaviar, Stör.
Korčátov – vgl. den Namen Korčak, von russ. korenastyj: stämmig, untersetzt, vierschrötig; korča: der Krampf.

III

Kalérija – seltener Vorname, von latein: calesco: sich aufwärmen. Vgl. weiter unten Nikifors Kalauer.
Noski – Kartenspiel, harmloses Glücksspiel, bei dem der Verlierer den beschriebenen Nasenstüber erhält, von russ. nos: die Nase.
Kavallerija – vgl. Grocholskij über die beiden Französinnen in *Lebende Ware,* auch den Titel der Operette von Franz von Suppé *Leichte Kavallerie:* leichte Frauen, Prostituierte.
Marqueur – im Billardspiel der Bediente, der die Punkte zählt und anschreibt.
vis-à-vis – im russ. Original franz.
c'est impossible – im russ. Original franz.
Samára – Schwarzerde-Gouvernement am Unterlauf der Volga und den südlichen Ausläufern des Uralgebirges, bekannt für seine Pferdezucht. Ein Aufenthalt dort, verbunden mit einer Kumyskur, wurde Tbc-Patienten empfohlen.

Kumys – traditionelles Getränk der Baschkiren und Kirgisen, aus gegorener Stutenmilch, reich an Milchzucker, dem in Rußland Heilkraft, besonders bei Lungenleiden, zugeschrieben wurde. Die Empfehlung, eine Kumyskur zu machen, bedeutete in den meisten Fällen: die Lage des Tbc-Kranken ist hoffnungslos.
crescendo – ansteigend, im russ. Original italien.
in Sevastòpol verwundet – im Krimkrieg 1853–1855 unter Nikolaus I.
Saloppe – mantelähnlicher, leichter Umhang.
Kaša – russ. Nationalgericht, dicke breiige Grütze aus Buchweizen.

Standhafte Liebe – Ljubov' bez zybi, zu Lebzeiten Čechovs nicht veröffentlicht, erstmals in der von Čechovs Schwester Marija Pavlovna edierten Brief-Ausgabe, Moskau 1912, Band I, dort versehen mit dem redaktionellen Vermerk: »Parodie auf Frauenromane«. Gezeichnet: »N. Zacharjeva«, geschrieben 1886.
Deutsche Erstveröffentlichung, übersetzt von Peter Urban.
Der Scherz, Beilage zu einem Brief 1886, ist gerichtet an Marija Kiselëva, Besitzerin des Gutes Babkino, auf dem Čechov und Familie drei Jahre nacheinander den Sommer verbracht hatten. M. V. Kiselëva hatte Mitte der 80er Jahre beschlossen, ebenfalls zu schreiben, und Čechov verfolgte ihre Anfänge mit wohlwollender Aufmerksamkeit. Čechov parodiert den Stil der zeitgenössischen Frauenromane, insbesondere – und so erklärt sich die Unterschrift – den der Autorin N. V. Nazarjeva, 1847–1900. Diese Dame mit dem schönen Vornamen Kapitolina Valerianovna hatte bis 1886 erfolgreich diese Romane publiziert: *In den Klauen der Bettelarmut* 1884, *Aus dem Regen in die Traufe* 1884, ²1885, *Ein betrüblicher Weg* 1885, ²1889; unter dem Titel *Im Namen der Pflicht* erreichte dieser Roman 1892 eine dritte Auflage. Weitere Titel: *Liebe* und *Ohne Liebe.* Theaterstücke: *Sorgenvolles Glück, Das Rabennest, Der Schatz, Die Wahrheit* u.a.

Nachwort

I

Als Anton Čechov 20 Jahre alt war und seine ersten Humoresken veröffentlichte, waren Tolstoj und Dostoevskij noch am Leben, ebenso wie Ivan Turgenev, der, aus Paris gekommen, anläßlich der Enthüllung des Puškin-Denkmals 1880 in Moskau seine berühmte Puškinrede hielt. Noch lebte und regierte Alexander II., der Befreier-Zar, der 1861 die Leibeigenschaft aufgehoben und eine Reihe liberaler Reformen durchgesetzt hatte.

Noch in Erinnerung waren der Russisch-Türkische Krieg und der Berliner Kongreß, der Rußland, aus Sicht russischer Patrioten, um die Früchte eines verlustreichen Sieges gebracht hatte und eine neue Welle panslavistischer und antideutscher Exzesse auslöste. »Hosen bekommt man für 10 Kopeken in Silber«, schrieb der junge Čechov 1881 an einen Freund, »und Patriotismus ... soviel man will!!!! (ich ersticke ...)«

Nicht öffentlich diskutiert werden durfte der Freispruch für Vera Zasulič, Angehörige der Terrororganisation ›Narodnaja volja‹ [Volkes Wille], die 1878 auf den Petersburger Polizeichef Trepov ein Attentat verübt hatte. 1879 hatte die ›Narodnaja volja‹, 13 Jahre nach den Schüssen Karakozovs, erstmals wieder einen Anschlag auf die Person des Zaren gewagt.

Ob damit in Zusammenhang stehend oder nicht, 1880 war auch das Jahr der Ernennung Konstantin Pobedonoscevs zum Oberprokuror des Heiligen Synod. Pobedonoscev, bereits Senator und Mitglied des Reichsrates, war als Erzieher der Zarensöhne der einflußreichste und mächtigste Politiker. Er war erklärter Gegner jedweder liberalen Bestrebung, der die Öffentlichkeit von Gerichtsverfahren für schädlich hielt, Bildungsinstitutionen, vor allem die Universitäten, unter Kuratel stellte, von Pressefreiheit nichts hielt und der die Einführung einer Konstitution, auf welche die Gesellschaft Rußlands wartete, mit dem »Untergange Rußlands« gleichsetzte.

Das Attentat vom 1. März 1881 auf Alexander II. schien Pobedonoscev in seiner Politik zu bestätigen, die Reaktion schlug nun gnadenlos zurück. Tolstojs Brief an den jungen Zaren Alexander III., in dem er bat, die Todesstrafe gegen die Attentäter nicht anzuwenden, erreichte seinen Adressaten nie: Pobedonoscev weigerte sich, ihn dem Zaren vorzulegen.

Anton Čechov gehörte damit – schreibt der Anarchist Fürst Pëtr Kropotkin in seiner immer wieder lesenswerten Geistesgeschichte *Ideale und Wirklichkeit in der russischen Literatur** – »zu der Generation, die in ihren besten Jahren die schlimmsten Zeiten zu durchleben hatte, die Rußland in der zweiten Hälfte des XIX. Jahrhunderts durchmachte. Mit dem tragischen Ende Alexanders II. und der Thronbesteigung seines Sohnes Alexanders III. war eine ganze Epoche fortschreitender Arbeit und glänzender Hoffnungen zu einem definitiven Ende gekommen. Alle ungeheuren Anstrengungen jener jüngeren Generation, die in den siebziger Jahren in die politische Arena eingetreten war und sich als Losungswort das Symbol: ›Seid mit dem Volke!‹ gewählt hatte, alle diese Anstrengungen hatten mit einer vernichtenden Niederlage geendet, deren Opfer jetzt in den Festungen und auf den Schneefeldern Sibiriens stöhnen. Ja, noch mehr als das! Alle großen Reformen, einschließlich der Aufhebung der Leibeigenschaft, begann man jetzt seitens der reaktionären Elemente, die sich um Alexander III. geschart hatten, als Fehlgriffe zu behandeln.«

Nie, so Kropotkin weiter, werde ein Westeuropäer die »Tiefe der Verzweiflung und die hoffnungslose Traurigkeit« russischer Intellektueller begreifen »nach dieser doppelten Niederlage«, die ihnen zu Bewußtsein brachte, »daß sie unfähig seien, die Trägheit der Massen zu brechen oder den Gang der Geschichte zu beeinflussen und den Abgrund zwischen ihren hohen Idealen und der herzzerreißenden Wirklichkeit auszufüllen. In dieser Hinsicht waren die achtziger Jahre vielleicht die düsterste Periode, die Rußland in den letzten hundert Jahren durchlebt hat. In den fünfziger Jahren hatten die ›Intellektuellen‹ wenigstens vollen Glauben an die eigene Kraft; jetzt hatten sie selbst diese verloren.«

Kropotkin übertreibt mit dieser Charakteristik der 80er Jahre, in die Čechovs schriftstellerische Anfänge fielen, mitnichten. Daß er

* Peter Kropotkin, *Ideale und Wirklichkeit in der russischen Literatur.* Hrsg. von Peter Urban. Frankfurt/M. ²1975 (erstmals deutsch 1906, englisch 1905).

Pobedonoscev, den allgewaltigen Herrscher auch über die Pressezensur, von der Čechov argwöhnisch verfolgt wurde bis hin zum *Kirschgarten,* namentlich nicht nennt, mag einer persönlichen Aversion zu schulden sein, doch er, das finstere Genie der Reaktion, wie er genannt wurde, hielt sich volle 25 Jahre im Amt, über Čechovs Tod hinaus. Und daß Čechov die hoffnungslose Lage der Intellektuellen ähnlich wie Kropotkin beurteilte, beweist nicht nur die Gesamtheit seines reifen Werkes, sondern zeigt auch ein Brief, den er in bedrückter Stimmung 1896 an seinen Freund V. I. Nemirovič-Dančenko richtete, den späteren Direktor des Moskauer Künstlertheaters:

»Worüber sollen wir sprechen? Wir haben keine Politik, wir haben kein gesellschaftliches Leben, weder in Zirkeln noch auf der Straße, unser städtisches Leben ist armselig, eintönig, schleppend, uninteressant – darüber zu sprechen ist genauso langweilig, wie mit Lugovoj Briefe zu wechseln... Gespräche über allgemeinere, weitergreifende Themen kommen nie zustande, weil rund um dich her Tundra und Eskimos sind, da verflüchtigen sich die allgemeinen Gedanken als auf die Gegenwart nicht anwendbar und entschlüpfen einem ebenso schnell wie Gedanken an die ewige Seligkeit... Kurz, gib an unserem Schweigen, an der Unernsthaftigkeit und Langweiligkeit unserer Unterhaltungen nicht dir, nicht mir die Schuld, sondern, wie die Kritik sagt, der ›Epoche‹, dem Klima, dem Raum, wem du willst, und überlaß die Umstände ihrem eigenen, schicksalhaften, unerbittlichen Fluß, in der Hoffnung auf eine bessere Zukunft.«

II

Dem entgegen waren Čechovs Anfänge überaus heiterer Natur. In den Hauptstädten Moskau und St. Petersburg war Ende der 70er Jahre eine reichhaltige Spaßkultur entstanden* in Gestalt einer humoristischen Presse, die Čechov schon von seiner Geburtsstadt Taganrog aus beobachtete und die seinem jugendlichen Temperament

* »Die italienische Oper, früher Schauplatz radikaler Demonstrationen, war nun verödet... Die feine Petersburger Gesellschaft drängte in die Variétés, wo die Sterne zweiten Ranges der kleinen Pariser Theater von ihren der jeunesse dorée angehörenden Bewunderern leicht Lorbeeren gewannen, oder man klatschte der ›Schönen Helena‹ Beifall, die auf der russischen Bühne gespielt wurde, während unsere großen Dramatiker vergessen waren. Offenbachs Musik herrschte im Reich der Töne.« Peter Kropotkin, *Memoiren eines russischen Revolutionärs,* Teil II, S. 26. Stuttgart [4]1913

entsprach. In diesen humoristischen Wochenzeitungen, dem *Simplicissimus* nachgebildet, waren politische Themen tabu, und die Zensurbedingungen, unter denen diese Journale arbeiteten, waren derart, daß ein »komischer Schriftsteller der 80er Jahre«, wie A. A. Izmajlov, ein früher Biograph Čechovs, anmerkt, nur »mit großem Neid« auf die satirischen Zeitschriften der 60er Jahre blicken konnte.

Kropotkin beschreibt Čechovs Anfänge:

»Wenn man Čechovs Geschichten und Skizzen in chronologischer Reihenfolge liest, so sieht man in ihm einen Autor voll überschäumender Lebenskraft und jugendlichem Humor. Die Geschichten sind in der Regel sehr kurz, viele von ihnen nicht länger als drei bis vier Seiten, aber sie sind von ansteckender Heiterkeit. Einige von ihnen sind nur Possen, aber man kann sich des herzlichsten Lachens nicht enthalten, weil sogar die albernsten und unmöglichsten Dinge mit einem unnachahmlichen Reiz geschrieben sind. Und dann allmählich, mitten in jenem Scherz, findet sich ein Ton herzloser Niedrigkeit von seiten einiger der handelnden Personen, und man fühlt des Autors Herz schmerzvoll zucken.«

Čechov in chronologischer Reihenfolge lesen können nur Russen, die die historisch-kritische, die sogenannte Akademie-Ausgabe* oder die ältere 20bändige Gesamtausgabe** besitzen – uns Deutschen fehlen die Anfänge völlig. Die zehnbändige Prosa-Kassette, einschließlich der *Insel Sachalin****, war und ist zwar die bislang umfangreichste deutsche Ausgabe des erzählerischen Werks, vollständig ist sie keineswegs. Die Auswahl dieser Ausgabe setzt ein mit Texten aus dem Jahre 1883, in dem Čechov bereits Meisterstücke der Kurzgeschichte wie *Tod des Beamten* und *Der Dicke und der Dünne* verfaßte. Zu publizieren begonnen hatte Čechov aber bekanntlich schon 1880, zu schreiben begonnen noch bei weitem früher in Taganrog, als Gym-

* Anton Čechov, *Polnoe sobranie sočinenij i pisem,* 30 Bände, Moskau, Nauka, 1974–1983.
** Anton Čechov, *Polnoe sobranie sočinenij i pisem,* 20 Bände, OGIZ, d. i. Staatsverlag für künstlerische Literatur, 1944–1951.
*** Diese Ausgabe beruht auf der 1968–1971 bei Winkler erschienenen Werkausgabe, genauer den drei Bänden *Erzählungen* 1968; diese wiederum geht, als einer der ersten deutsch-deutschen Literatur-Transfers nach dem Mauerbau, zurück auf die Ausgabe: Anton Tschechow, *Gesammelte Werke in (acht) Einzelbänden,* Rütten & Loening, Berlin 1964–1968.
Alle drei deutschen Ausgaben sind in der Auswahl und im Wortlaut der Übersetzungen identisch.

nasiast, an dessen glänzende Fähigkeiten als Komiker, Schauspieler und Improvisator sich seine Geschwister und Schulkameraden erinnern.

Das früheste vom jungen Čechov überlieferte Werk, das Theaterstück *Die Vaterlosen,* ist, wie die Briefe des ältesten Bruders Aleksandr an Anton belegen, in das Jahr 1878 zu datieren – und ist durchaus nicht Čechovs erster literarischer Versuch. Die Akademie-Ausgabe listet in ihrem ersten Band die verlorengegangenen Jugendwerke auf, soweit deren Titel aus Briefwechseln, Erinnerungen oder anderen Quellen bekannt oder ihre Existenz dokumentiert sind. Diese Liste, von der die Herausgeber vermuten, daß sie unvollständig sei, enthält insgesamt 24 Positionen und umfaßt einen Zeitraum von zehn Jahren: 1873/1874 bis 1882.

An erster Stelle dieser Liste steht das Versdrama *Taras Bulba,* von dem aber nicht sicher ist, ob es tatsächlich geschrieben vorgelegen hat oder, als Verneigung vor Nikolaj Gogol, nur als Plan bestanden hat. Die Komödie *Die Sense traf auf einen Stein* hat existiert, Aleksandr lobt sie in einem Brief 1878 als »in blendender Sprache geschrieben«. Die Liste enthält ferner satirische Gedichte, die Čechov schon 1877 unter dem Pseudonym »Brennessel« an ein Moskauer Satirejournal geschickt hatte und die von der Redaktion im »Briefkasten« – einer ständigen Rubrik zur öffentlichen Kommunikation mit Autoren unverlangter Einsendungen – lapidar und ohne Begründung abgelehnt wurden: »Nicht gedruckt werden die Gedichte von Brennessel.« Schließlich enthält die Liste Erzählungen, die Čechov – man weiß nicht, wie viele – Ende 1882, bereits bekannt unter dem Pseudonym »Antoša Čechonte«, bei der Petersburger humoristischen Wochenzeitung *Oskolki* einreichte – für die er ab 1883 als ständiger Mitarbeiter viel geschrieben hat. Zu diesen Erzählungen schrieb ihm der Redakteur und Herausgeber, Nikolaj Lejkin, ebenfalls im »Briefkasten«, Entscheidendes:

»Moskau, Hrn. A. P. Č., Sretenka. – Haben sie erhalten, aber all das ist, leider, zu lang. Die Form ist sehr schön. Ihre Mitarbeit ist uns seit langem erwünscht. Schreiben Sie kürzer, und wir werden großzügiger zahlen.«

Schon diese, vermutlich erste Mitteilung Lejkins an Čechov, die für beider Zusammenarbeit bestimmend werden sollte, widerlegt eine liebgewordene Legende vieler Čechov-Kenner, derzufolge der junge Čechov als Schriftsteller mit der Kurzgeschichte begonnen habe.

Čechov hat die Kurzgeschichte berühmt gemacht – und sie ihn. Er hat sie in der russischen Literatur als Kunstform durchgesetzt, sie hoffähig gemacht in den »dicken Zeitschriften« als dem Hort der ernstzunehmenden Literatur – begonnen hat er mit ihr nicht. Über die Schwierigkeiten, mit der von N. A. Lejkin festgelegten Obergrenze von 100 Zeilen auszukommen, schreibt er seinem künftigen Redakteur im Januar 1883:

»Auch ich verteidige mit Macht die kleinen Sachen, und wenn ich eine humoristische Zeitschrift herausgeben würde, würde ich alles, was zu lang ist, streichen. In den Moskauer Redaktionen bin ich der einzige, der sich gegen Längen empört (was mich, im übrigen, nicht daran hindert, hier und da auch jemanden damit zu beglücken... Wer kann schon wider den Stachel löcken!), aber gleichzeitig muß man zugeben, daß mir die Rahmen ›von hier bis dort‹ nicht wenig Kummer bereiten. Sich mit diesen Beschränkungen abzufinden, ist manchmal ziemlich schwierig. Zum Beispiel... Ich habe ein Thema. Ich setze mich hin, um zu schreiben. Der Gedanke an die ›100‹ und ›nicht mehr‹ versetzt meiner Hand einen Schlag schon von der ersten Zeile an. Ich komprimiere soweit wie möglich, siebe, streiche – und manchmal (wie mir mein Gefühl als Autor sagt) auf Kosten des Themas wie (vor allem) der Form... Meistens muß ich in aller Eile den Schluß durchkauen und kann nicht das abschicken, was ich eigentlich wollte... Daraus folgt meine Bitte: erweitern Sie meine Rechte auf 120 Zeilen... ich bin überzeugt, daß ich von diesem Recht nur selten Gebrauch machen werde, aber das Bewußtsein, es zu haben, würde mich erlösen von den Schlägen gegen meine Hand.«

Die hier erstmals in deutscher Übersetzung vorgelegten Kurzromane stammen sämtlich aus dem Jahre 1882, also der Zeit *vor* Čechovs Mitarbeit an den *Oskolki.* Sie zeigen zumindest zweierlei: zum einen, daß Čechov auch in seiner frühen, experimentellen Phase die große Form durchaus im Blick hatte, gleichgültig, ob im dramatischen Fach oder im erzählerischen. Der Roman *Das Drama auf der Jagd,* geschrieben 1884–1885, ist sein längster erzählerischer Text geblieben. Sie zeigen zweitens, daß wir über Čechovs Frühwerk bis heute höchst unzureichend informiert sind.

Von einer vollständigen, chronologisch angeordneten Ausgabe, anhand deren man Kropotkins Empfehlung folgen könnte, trennt uns – nicht gerechnet die Publizistik, Čechovs 14tägige Kolumne *Splitter des Moskauer Lebens* (insgesamt ca. 220 Seiten), nicht gerechnet die

Bildunterschriften zu zahlreichen Karikaturen – rund ein Vierteltausend Texte, auch längere, vorwiegend aus den Jahren 1880 bis 1885, die noch nie ins Deutsche übersetzt worden sind. Unter diesen 250 Titeln befinden sich in größerer Anzahl aber auch Erzählungen aus reiferer Zeit, nämlich aus den Jahren 1886 und 1887. Damals, als Čechov bereits zum Hausautor der einflußreichen Petersburger Tageszeitung *Novoe vremja* aufgestiegen war und sorgsam zu trennen begann zwischen »humoristischem Kleinkram« und Anspruchsvollem, hatte er geradezu eine Schaffensexplosion erlebt. Von den 1886 geschriebenen Erzählungen, 107 Texten (i.W.: einhundertundsieben), mit denen Čechov gleichzeitig *Oskolki, Peterburgskaja gazeta* und *Novoe vremja* belieferte, fehlen in der deutschen Ausgabe 47 Stücke, von denen Čechov 1899 immerhin 9 in die Ausgabe letzter Hand aufgenommen hat; aus dem Jahr 1887 sind es von 63 veröffentlichten Prosatexten über ein Drittel, davon 15 Erzählungen, die Čechov für so gelungen hielt, um sie der Nachwelt mitzuteilen. Noch nie ins Deutsche übersetzt wurden sogar vier Humoresken aus dem Jahre 1892, als könnten diese Scherze das Bild des Puškin-Preisträgers und Autors von *Steppe, Langweilige Geschichte, Duell* und *Krankensaal Nr. 6* beschädigen.

Im März 1892 war Čechov auf den eben erworbenen Landsitz Melichovo bei Moskau übersiedelt und fühlte sich dort wie ein pensionierter Beamter, dem Stadtleben entrissen, und an Cincinnatus erinnert. In einer dieser Humoresken, die er für die *Oskolki* schrieb, macht er sich über das ungewohnte Landleben lustig, indem er das fiktive Tagebuch – Lieblingskunstgriff des Parodisten – eines Pensionierten persifliert: »Heute fragte ich Marfa Evlampievna: ›Warum kräht der Hahn so oft?‹ Ihre Antwort: ›Weil er eine Kehle hat.‹ Ich zu ihr: ›Ich habe auch eine Kehle und krähe nicht!‹ Wie viele Geheimnisse die Natur doch birgt! Während meiner Dienstjahre in Petersburg habe ich mehrfach Truthahn gegessen, aber leben sah ich ihn gestern zum ersten Mal. Wirklich ein wunderschöner Vogel.«

Lachen als Lebensform, lachen auch über sich selbst. Seinem alten Gastgeber, dem Besitzer des Gutes Babkino, auf dem Čechov Mitte der 80er Jahre mehrmals den Sommer verbracht hatte, schildert er 1892 das neue Ambiente in komischen Tönen und fügt hinzu:

»Sie wissen ja, wir können nicht leben, ohne irgendeine Zielscheibe für unsere humoristischen Pfeile zu haben. Wir können das Witzeln einfach nicht lassen.«

Aller dieser Witze, Scherze, Bonmots und frechen Köstlichkeiten vor allem des jungen Čechov haben wir uns bisher begeben. Der Autor, von dem Majakovskij in seinem Nachruf *Zwei Čechovs* spricht, der Autor »futuristischer« Wortspiele – er ist in Deutschland unbekannt.

III

Das Problem noch jedes Herausgebers einer Čechov-Edition, der nicht das Glück hat, eine historisch-kritische Ausgabe zu verantworten, war und ist der geradezu gigantische Umfang dessen, was Čechov in knapp 25 Jahren verfaßt hat.

Čechovs literarische Hinterlassenschaft, und zwar nur die künstlerische Prosa, beläuft sich in der Akademie-Ausgabe auf rund 4000 Seiten reinen Erzähltexts; in deutsche Buchseiten übersetzt, ergäbe sich ein Umfang, der diese Ziffer um genau ein Drittel übersteigt. Jeder Herausgeber war also gezwungen, zu wählen und sich auf das seines Erachtens Bedeutsame zu beschränken – auf der Strecke blieb in aller Regel das Frühwerk zugunsten der späteren Meisterwerke. Das gehorcht der Logik, blendet aber notgedrungen ein höchst spannendes Kapitel aus, nämlich Čechovs rasante künstlerische Entwicklung. Diese Entwicklung skizziert Kropotkin:

»Und dann allmählich, mitten in jenem Scherz, findet sich ein Ton herzloser Niedrigkeit von seiten einiger der handelnden Personen, und man fühlt des Autors Herz schmerzvoll zucken. Langsam, allmählich wird die Note häufiger, sie tritt immer deutlicher hervor, sie hört auf zufällig zu sein und wird organisch – bis sie zuletzt in jeder Geschichte, in jeder Novelle alles andere erstickt. Sei es die rücksichtslose Herzlosigkeit eines jungen Mannes, der einem Mädchen einreden will, daß er sie liebe, sei es die Herzlosigkeit und der Mangel des allergewöhnlichsten menschlichen Gefühles in der Familie eines alten Professors – immer kehrt dieselbe Note der Herzlosigkeit und Niedrigkeit, derselbe Mangel verfeinerter menschlicher Gefühle wieder oder – mehr als das – der vollständige intellektuelle und moralische Bankrott des ›Intellektuellen‹.«

Doch diese Töne sind schon in Čechovs frühesten Erzählungen und Romanen unüberhörbar, man lese nur die meisterhafte Erzählung *Die Herrin* oder vergleiche das spröde egoistische Verhalten des Arztes Toporkov in den *Späten Blumen* mit Kropotkins Darstellung.

Von der *Herrin* bis hin zur Erzählung *Bauern* und von den *Späten Blumen* hin zur Erzählung *Ionyč* war es ein weiter Weg, ein Weg der äußersten Reduktion, auch verschiedener Blickwechsel, und vor allem der Objektivierung des Erzählten – sein frühes Erzählen empfand Čechov als zu »subjektiv«, ein Vorwurf, den er auch seinem Bruder Aleksandr macht, als er ihm 1883 schreibt:

»Du hast eine Erzählung, in der sich die jungen Ehegatten während des ganzen Essens küssen, jammern, Blödsinn reden… Kein einziges vernünftiges Wort, sondern dauernd *Gutmütigkeit*! Du hast nicht für den Leser geschrieben… Du hast geschrieben, weil *dir* dieses Geschwätz angenehm ist. Beschreib das Essen: wie haben sie gegessen, was haben sie gegessen, wie war die Köchin, beschreib, wie abgeschmackt dein Held ist, zufrieden mit seinem trägen Glück, wie abgeschmackt deine Heldin, wie lächerlich in ihrer Liebe zu diesem satten, vollgefressenen Ganter mit seiner Serviette um den Hals…«

Das ist beinahe schon der Čechov der reifen Jahre. Aber es ist nicht zu übersehen: So wie das frühe Theaterstück *Die Vaterlosen* zahlreiche Typen, Themen und Fragen der späteren großen Stücke vorwegnimmt (bis hin zum Plot des *Kirschgarten*), so enthalten schon Čechovs frühe Humoresken und Erzählungen die Wesensmerkmale der reifen Prosa, seinen schonungslosen Blick, dem nichts Wesentliches entgeht, sein Gerechtigkeitsgefühl und das absolute Gehör für das Falsche, das Gespür für das treffende Detail. Die schmucklose Schlichtheit der Sprache, ihre Genauigkeit. Der unverkennbar an Aleksandr Puškins Prosa orientierte Erzählstil. Das Tempo der Erzählung. Ihre Schnitt-Technik. Der Rhythmus und die Musikalität des Čechovschen Satzes, im Dialog wie im Erzähltext.

IV

Als Čechov 1899 daranging, sein bisheriges Gesamtwerk zu ordnen, verfuhr er wie der kritischste Herausgeber, den man sich nur vorstellen kann, und verwarf zu großen Teilen die frühen Sachen.

Im Januar 1899, nach dem schweren Blutsturz knapp zwei Jahre zuvor, zum andern nach dem permanenten Ärger über das Durcheinander in der Buchhaltung seines »Entdeckers« und Verlegers Aleksej Suvorin, hatte Čechov beschlossen, den Verlag zu wechseln und die Nutzungsrechte an seinem Gesamtwerk an den Petersburger Verleger Adolf Marks zu verkaufen. Marks, Verleger einer Art russischer

Gartenlaube, der Familienzeitschrift *Niva,* war seit Jahren dafür bekannt, Gesamtwerke russischer Klassiker zu edieren und diese, in zweiter Auflage, als kostenlose Treueprämie an die über 100 000 Abonnenten der *Niva* zu versenden, ohne daß der Autor, der mit einer Pauschalsumme abgegolten wurde, an dieser Art Nutzung oder Entwertung finanziell beteiligt worden wäre.

Für die vergleichsweise bescheidene Summe von 75 000 Rubel konnte Čechov das Grundstück bei Jalta erwerben und dort bauen, um, wie von den Ärzten empfohlen, dort zu leben. Doch dieser Ausverkauf der Rechte hatte für ihn ungeahnte Folgen. Der Ende Januar geschlossene Vertrag mit Marks legte unter Ziffer 7 fest:

»Da Anton Pavlovič Čechov seine Werke in verschiedenen Periodika unter zahlreichen Pseudonymen veröffentlicht hat, die ihm als Autor am nächsten sind, verpflichtet sich Čechov, um Adolf Fëdorovič Marks zu ermöglichen, das von ihm erworbene Recht auch faktisch zu nutzen, binnen kürzester Frist, spätestens jedoch innerhalb von sechs Monaten ab dem Tage der Unterzeichnung dieses Vertrages, ausnahmslos alle seine Werke, die in frühen Periodika veröffentlicht sind, zusammenzustellen und Marks ihren vollständigen Text zu übergeben, möglichst mit der Angabe, wo, wann und unter welchem Pseudonym jedes dieser Werke veröffentlicht wurde. Außerdem verpflichtet sich Čechov, im Verlauf der nämlichen Frist, alle seine Werke zu redigieren, nachdem er aus ihnen die ›Vollständigen Werke‹ in der nach Übereinkunft mit Marks genannten Anzahl von Bänden zusammengestellt hat, und Marks das gesamte Material in vollkommen fertigem Zustand bis spätestens am 26. Juli dieses Jahres 1899 zuzustellen.«

Da er bereits in Jalta lebte, war Čechov, um diesen Vertrag erfüllen zu können, auf Hilfe Dritter angewiesen. Zwar lag der größere Teil des Werks in Büchern gedruckt vor, aber es fehlten die frühen Humoresken und Satiren. So mußte er Geschwister, Freunde und Bekannte bitten, ihm die fehlenden Texte, deren er sich erinnerte, in den Archiven der betreffenden Zeitschriften kopieren zu lassen und ihm nach Jalta zu schicken. So bat er schon am 5. Februar 1900 Lidija Avilova, Schwägerin des Verlegers der *Petersburgskaja gazeta:*

»Die Erzählungen brauche ich; ich muß sie Marks aushändigen aufgrund eines zwischen uns geschlossenen Vertrages, und was das Schlimmste ist – ich muß sie alle wieder lesen, redigieren und, wie Puškin sagt, ›mein Leben lesen voller Scham und Abscheu‹...«

Dies war – in dem Jahr, in dem die *Dame mit dem Hündchen* und die Erzählung *In der Schlucht* entstanden! – fürs nächste und weit über den festgelegten Termin 26. Juli hinausgehend Čechovs Hauptbeschäftigung: die Redaktion des Gesamtwerks. Im Juni 1899, ein letztes Mal zu Gast in Melichovo, schildert er einem Kollegen die Lage:

»Ich sitze hier in meinem geliebten Melichovo, friere und lese wie wild Korrekturen, die Marks mir pudweise schickt. Beim Redigieren all dessen, was ich bisher geschrieben habe, habe ich bereits über 200 Erzählungen und alles, was nicht Belletristik ist, rausgeworfen, und trotzdem sind es noch über 200 Druckbogen* – es wird also auf 12–13 Bände hinauslaufen. Alles, was den Inhalt der bisherigen, Ihnen bekannten Erzählungsbände ausmachte, versinkt in der Masse des Materials, das der Welt noch unbekannt ist. Als ich diese ganze Masse zusammenstellte, habe ich vor Staunen die Hände zusammengeschlagen.«

Band I der insgesamt zehn Bände umfassenden ersten Werkausgabe erschien im November 1899, abgeschlossen wurde sie vorläufig im April des Jahres 1902 mit dem Band *Die Insel Sachalin.* Die ersten vier Bände enthielten die frühen Humoresken und Erzählungen bis zum Jahr 1886, Band I insgesamt 72 Stücke**. Band IX als letzter Band mit den Erzählungen endete mit den Texten *Auf der Dienstreise* 1899 und *Ionyč* 1898, Nachtragsbände wurden notwendig. Auf das Jahr 1903 erschien, in neuer Anordnung und aufgeteilt auf zwölf Bände, die 2. Auflage, die als Abonnentenprämie verschleudert wurde, auch sie alles andere als in der vom Autor gewünschten und mit dem Verlag vereinbarten chronologischen Reihenfolge – Čechov hatte auch mit dem Verleger Marks, in den er so große Hoffnungen gesetzt hatte, kein Glück.

V

Vollends zum ungeordneten »work in progress« wurde die 2. Auflage der Werkausgabe bei Marks erst nach Čechovs Tod.

Der Petersburger Publizist und Bibliograph V. P. Bykov (1843–1930) machte sich nach 1904 anhand der Liste von Čechovs Pseud-

* In russischer Zählung: ein Druckbogen = 24 Seiten.

** Davon weit über zwanzig nicht enthalten in der deutschen Ausgabe.

onymen und im Auftrag des Verlages auf Spurensuche und fand in den alten Jahrgängen der Humorjournale »350 Erzählungen«, die Čechov verworfen hatte, und veröffentlichte sie in insgesamt 12 Ergänzungsbänden, der letzte erschien im Kriegsjahr 1916. Die Anordnung der Texte geht quer durch alle Gattungen, die Chronologie ist aufgehoben, vor allem aber reproduzierte Bykov, der mit Čechovs Schwester Marija Pavlovna zwar in Briefwechsel stand, zum Archiv Čechovs aber offenbar nur begrenzten Zugang hatte, alle Texte im Wortlaut der Erstveröffentlichung – obwohl Čechov 1899–1901 viel Mühe darauf verwandt hatte, diesen Wortlaut zu redigieren, d. h. vor allem: zu kürzen. So lautet z. B. der Titel des Texts, der gemeinhin als Čechovs erste Publikation angesehen wird, in der redigierten, dann aber verworfenen Fassung nur mehr *Brief an einen gelehrten Nachbarn* – für »Brief des Don'schen Gutsbesitzers Stepan Vladimirovič N. an seinen gelehrten Nachbarn Dr. Friedrich«.

Ein anderes Beispiel für Čechovs ständige Arbeit an seinen Texten vor der Drucklegung: 1882 hatte er in der Wochenzeitung *Mirskoj tolk* die Erzählung *Rache* publiziert; er übernahm diese Geschichte aus dem Leben eines Provinztheaters nicht in die Ausgabe letzter Hand, Bykov setzte sie in Band XVIII der Nachträge, im Wortlaut des Erstdrucks; Čechov dagegen, der 1884 auf diesen Text für den Erzählband *Märchen der Melpomene* nicht verzichten wollte, hatte den Text 1884 durchgesehen und verknappt, vor allem den Schluß. Im Erstdruck hatte er gelautet:

»Am Abend saß der Komiker in der Bierhalle und trank Bier. Er hatte sich herrlich gerächt und war mit sich zufrieden. Sie hätte ihm nicht nein sagen sollen! Er hat doch recht, zum Teufel noch einmal!«*

Lakonischer, beinahe schon im Stil von Daniil Charms, der Schluß in der Version von 1884:

* Hier zitiert nach dem bisher einzigen Versuch in deutscher Sprache, ausgewählte Texte des Frühwerks zu heben: Anton Tschechow, *Bunte Geschichten.* Zum ersten Male ins Deutsche übertragen von Dr. Hans Halm, Professor an der Universität Irkutsk (Ostsibirien) und Dr. Richard Hoffmann, Wien, im Rhombus Verlag, Wien 1924 – von der *Frankfurter Zeitung* beurteilt als »Überraschung: grotesk und zartgetönte Humoresken und Satiren, die sonderbarerweise bis jetzt in Deutschland unbekannt geblieben sind«.
Diesem Bändchen folgten 1925, im selben Verlag, *Heitere Erzählungen und Satiren.*
Beide Bände, im deutschsprachigen Raum ohne Folgen, sind gearbeitet nach den Bykovschen Nachtragsbänden.

»Am Abend saß der Komiker in der Kneipe und trank Bier. Trank Bier und – nichts weiter.«

Denn: Daß dem Komiker die Rache an der Naiven »herrlich« geglückt war, steht bereits ausführlich im Text. Čechov verfügte, wie Aleksej Suvorin in seinem Nachruf 1904 bemerkt, »über ein sehr feines künstlerisches Gespür. Er arbeitete an seinen Werken so, daß ›kein überflüssiges Wort‹ mehr stehenblieb«.

Mit diesem Gespür und seiner Arbeit am Text hat Čechov eine Art persönlicher Wertehierarchie hinterlassen, die beachtet werden muß und die jedem Herausgeber auferlegt, unbedingt die jeweils letzte Textfassung zugrunde zu legen (die Akademie-Ausgabe folgt diesem Prinzip). Danach ergeben sich nachstehende Kategorien:

1. Texte, auf die Čechov nach der Erstveröffentlichung nie wieder zurückgekommen ist;

2. Texte, die er nach dem Erstdruck zwar in frühe Sammelbände wie *Märchen der Melpomene* 1884, *Bunte Erzählungen* 1886 u. a. aufgenommen, 1899 für die Gesamtausgabe aber unbearbeitet verworfen hat;

3. Texte, die 1899 zwar überarbeitet, nach einigem Schwanken aber mit dem Zeichen NB versehen wurden, das bedeutete: »Wird nicht in die ›Gesammelten Werke‹ aufgenommen«, und

4. die Texte der 1. Auflage der Gesamtausgabe.

Zumindest die Texte der letzten Kategorie müssen dem deutschen Čechov-Leser vollständig vorgelegt werden, ohne daß er auf die besten Stücke der ersten drei verzichten sollte, die Čechov zeigen als denjenigen Autor, von dem Kropotkin spricht, von dem Čechov aber auch selber spricht, wenn er sich im Gespräch mit dem Geistlichen G. S. Petrov seiner Anfänge erinnert:

»Früher habe ich geschrieben, wie mir der Schnabel gewachsen war. Ich setze mich hin und schreibe. Ich überlege nicht, wie und worüber. Es schrieb sich von selbst. Ich konnte schreiben, wann auch immer. Eine Skizze, Erzählung oder kleine Szene zu schreiben, kostete mich keine Mühe. Ich hüpfte wie ein junges Kalb oder Fohlen, das man hinausgelassen hatte in den freien und hellen Raum, sprang, schlug aus, wedelte mit dem Schwanz, schüttelte komisch den Kopf. Ich lachte und brachte die Umwelt zum Lachen. Ich nahm das Leben und zauste es, ohne darüber nachzudenken. Ich kniff es, kitzelte es, faßte es um die Hüften, bohrte ihm den Finger in die Hüften, unter die Brust, tätschelte ihm den Bauch. Mir war heiter zumute, und was herauskam, muß für andere sehr komisch gewesen sein. Ich greife heute manchmal zu den früheren Erzählungen, lese sie und muß sehr lachen. Dann denke ich: ›So hast du mal geschrieben!‹«

VI

Diese Erinnerung an die Anfangszeiten widerspricht den Biographen, die dazu neigen, die Kindheit des kleinen »Antoša Čechonte« (sein Spitzname auf dem Gymnasium in Taganrog, ihm verpaßt vom Religionslehrer) und die schriftstellerischen Anfänge in allzu düsteren Farben darzustellen.

Čechov hat gewiß zuweilen empfunden wie der junge Mensch, den er in seinem Brief vom 7. Januar 1889 an Aleksej Suvorin beschreibt:

»Sohn eines Leibeigenen, seinerzeit Ladenschwengel, Kirchensänger, Gymnasiast und Student, erzogen zur Ehrfurcht vor Ranghöheren, zum Küssen von Popenhänden, zur Verbeugung vor fremden Gedanken, zur Dankbarkeit für jedes Stückchen Brot, oft verprügelt, ohne Galoschen zum Unterricht gegangen, der sich geprügelt hat, Tiere gequält, gern bei reichen Verwandten gegessen, ohne Notwendigkeit geheuchelt vor Gott und den Menschen, nur aus dem Bewußtsein seiner Minderwertigkeit – schreiben Sie, wie dieser junge Mensch tropfenweise den Sklaven aus sich herauspreßt und wie er eines schönen Morgens aufwacht und spürt, in seinen Adern fließt kein Sklavenblut mehr, sondern echtes, menschliches ...«

Für Čechov ist dieser »schöne Morgen« möglicherweise erst 1889 eingetreten, vermutlich mit der Verleihung des Puškin-Preises und dem Verspüren »persönlicher Freiheit«, die er in dem Brief an Suvorin die Voraussetzung literarischer Arbeit nennt. Zahlreiche autobiographische Reflexe finden sich auch in den frühen Kurzromanen wieder.*

Čechov hat das Klinkenputzen in den Redaktionen während seiner Anfänge gewiß zuweilen als entwürdigend empfunden (weshalb er, 1880 bereits pater familias, für Botengänge seinen jüngsten Bruder

* Beispiele hierfür und Parallelen zu diesem Gefühl: der »ehemalige Leibeigene« und »verdreckte kleine Kolja« Toporkov in der Reminiszenz des Arztes (*Späte Blumen*), sein Weg in die Medizin; der »Sohn des Dorfküsters« Bugrov, der seine Kindheit memoriert (*Lebende Ware*); die immer wiederkehrenden Prügel: »Ich habe verlernt zu heulen, als ich an die Rutenhiebe meines Vaters gewöhnt wurde« (*Ein unnötiger Sieg*) usw.

Michail einsetzte), und der Ton, in dem etablierte Redakteure mit jungen, namenlosen Autoren umsprangen, war oft ruppig: In derselben Ausgabe der *Strekoza,* in der im März 1880 die ersten beiden Texte Čechovs publiziert wurden, stand im »Briefkasten« folgende Adresse an »A. Č.«: »Der *Schreckliche Traum* ist schrecklich nur darin, daß er unerschütterlich auf Themen herumreitet, die allen längst auf die Nerven fallen.«

Čechov mag oft empfunden haben wie Trigorin, der in der *Möwe* seine Jahre als Anfänger schildert:

»In früheren Jahren, als ich anfing, war mein Schriftstellerdasein eine einzige Qual. Ein kleiner Schriftsteller, besonders wenn ihm nichts glückt, kommt sich linkisch, unbeholfen, überflüssig vor, seine Nerven sind zum Zerreißen gespannt; unablässig sucht er die Nähe von Leuten, die mit Literatur und Kunst zu tun haben, unbekannt, von niemandem beachtet, in Angst, anderen gerade und kühn in die Augen zu sehen, so wie ein leidenschaftlicher Spieler, der kein Geld hat.«

Dem Lebensgefühl des jungen Čechov, der 1879 aus der Provinz zum Studium nach Moskau kam, entspricht Trigorins Darstellung nur bedingt, und kaum seinen frühen Texten, die vor Lebensfreude, Humor und Angriffslust nur so sprühen. Von eminenter Wichtigkeit für Čechovs Selbstbewußtsein scheint der Brief, den er 1879, als Abiturient, aus Taganrog an seinen jüngsten Bruder Michail schrieb:

»Warum bezeichnest du deine Person als den ›nichtswürdigen und unbedeutenden kleinen Bruder‹? Bist du dir deiner Nichtigkeit bewußt? Deiner Nichtigkeit werde dir bewußt, aber weißt du wo? Vor Gott meinetwegen, vor dem Geist, der Schönheit, der Natur, aber nicht vor den Menschen. Unter den Menschen muß man sich seiner Würde bewußt sein. Du bist doch kein Gauner, sondern ein ehrlicher Mensch? Dann achte in dir den ehrlichen Kerl und nimm zur Kenntnis, daß ein ehrlicher Kerl keine Nichtigkeit ist.«

Nach Moskau kam 1879 kein schüchterner, geduckter, verprügelter Sohn eines Leibeigenen, Ladenschwengel und Kirchensänger, sondern ein selbstbewußter, früh gereifter und sehr belesener junger Mann, der im Schreiben bereits Erfahrungen gesammelt hatte und sich seines selbständigen Urteils sicher war, einer, der mit seinen Satiren und Parodien auftrat, als wolle er sagen: was kostet die Welt?! Ein junger Mann, der, wie aus diesen Texten unzweideutig hervorgeht, mit wachem Blick auch die große Politik verfolgte und in Anspielungen kommentierte und der sich lustig machte über Phrase und

Lüge, wo er sie sah, über hohles Gehabe, Dünkel und menschliche Gemeinheit, über Falschheit und Gewalttätigkeit in allen ihren Erscheinungsformen.

Das künstlerische und weltanschauliche Credo, das Čechov 1888 formulierte, als man ihm gesellschaftskritisch-politische »Richtung«, Tendenz abverlangte, ist in seinem Frühwerk in wesentlichen Punkten bereits enthalten. 1888 schrieb er an A. N. Pleščeev:

»Pharisäertum, Stumpfsinn und Willkür herrschen nicht allein in Kaufmannshäusern und Gefängnissen; ich sehe sie in der Wissenschaft, in der Literatur, unter der Jugend... Darum hege ich gleichermaßen geringe Vorliebe für Gendarmen, für Fleischer, für Gelehrte, für Schriftsteller, für die Jugend. Firma und Etikett halte ich für ein Vorurteil. Mein Allerheiligstes sind – der menschliche Körper, Gesundheit, Geist, Talent, Begeisterung, Liebe und absolute Freiheit, Freiheit von Gewalt und Lüge, worin sich die beiden letzteren auch äußern mögen. Das ist das Programm, an das ich mich halten würde, wenn ich ein großer Künstler wäre« – und an das Čechov sich von allem Anfang an gehalten hat.

VII

Als Čechovs erste Veröffentlichung wird allgemein der *Brief an einen gelehrten Nachbarn* angesehen, die Parodie auf den Stil eines bornierten, verfetteten und auf Väterart despotischen Gutsbesitzers, den es reizt, mit seinem zugezogenen Nachbarn Dr. Friedrich über gelehrte Themen zu parlieren. In derselben Ausgabe der *Strekoza* vom 9. März 1880 findet sich aber noch ein zweiter kurzer Text Čechovs, gezeichnet mit »Antoša«, der eine Art Poetik des jungen Parodisten darstellt und seine ironische Sicht auf die Trivialliteratur der Gründerzeit enthält, die Unterhaltungsromane mit ihren »starken Effekten«. Dieser Text, *Was begegnet einem am häufigsten in Romanen, Novellen etc.?*, enthält in Form der bloßen Reihung das ganze Arsenal der Klischees, in denen sich der Publikumsgeschmack gefiel und deren sich die Autoren, deren Namen und Werke heute vergessen sind, bedienten. Dieser Text, auch er noch nie ins Deutsche übersetzt, beginnt:

»Der Graf, die Gräfin mit den Spuren verblichener Schönheit, der Baron als Nachbar, der liberale Literat, der verarmte Aristokrat, der Musiker aus dem Ausland, stumpfköpfige Lakaien, Kinderfrauen, Gouvernanten, der deutsche Verwalter, der Esquire und Erbe aus

Amerika. Häßliche, aber sympathische und anziehende Gesichter. Der Held – die Heldin rettend vor dem durchgehenden Pferd, stark im Geiste und imstande, bei jeder sich bietenden Gelegenheit die Kraft seiner Fäuste zu beweisen. – Die Höhe des Himmels, unabsehbare Weite, unermeßlich… unbegreiflich, mit einem Wort: die Natur!!! – Blondgelockte Freunde und rothaarige Feinde. – Der reiche Onkel, liberal oder konservativ, je nachdem. Für den Helden sind seine Belehrungen so nutzlos wie der Tod. Das Tantchen in Tambov. – Der Doktor mit besorgter Miene, setzt Hoffnung in die Krisis; hat oft einen Gehstock mit Knauf und eine Glatze. Und wo ein Doktor ist, da ist auch Rheumatismus von den Mühen der Gerechten, Migräne, Hirnhautentzündung, die Pflege des im Duell Verwundeten und der unvermeidliche Rat, zur Kur zu fahren.« usw.

Dieses Feuerwerk der Klischees ruft Legionen von Trivialromanen wach, die auch Čechov in Mengen gelesen haben muß und die das Material bildeten, das der Parodist und Satiriker geradezu genießerisch benutzte. Zu den ungehobenen Schätzen gehören Parodien auf Victor Hugo und Jules Verne, Čechov parodiert die Romane und Erzählungen der Familienzeitschriften im Stile von *Gartenlaube* und *Niva*, zeitgenössische russische Autoren. Aus seinem Werk weiß man aber auch von manchem fremdsprachigen Autor, den er aus Übersetzungen kannte, so z. B. wird Leopold von Sacher-Masochs Roman *Die Ideale unserer Zeit* im Theaterstück *Die Vaterlosen* zitiert, Berthold Auerbach wird genannt, der vielgelesene Mayne Reid; Bret Harte gehört in diese Reihe, und über *Onkel Toms Hütte* schrieb Čechov noch aus Taganrog an Bruder Michail:

»Madame Beecher-Stowe hat dir die Tränen in die Augen getrieben? Ich habe sie früher einmal gelesen, und ein halbes Jahr später noch einmal zu wissenschaftlichen Zwecken gelesen und hatte nach der Lektüre das unangenehme Gefühl, das Sterbliche verspüren, wenn sie zu viele Rosinen und Korinthen gegessen haben.«

Hierher gehören auch die Romane Friedrich Spielhagens, z. B. dessen schwulstvolles Werk *Was die Schwalbe sang**, das der Professor

* Stilprobe: »Jetzt waren die Lippen fest geschlossen – das schöne Antlitz wie versteinert, und wenn, was selten genug geschah, über das schöne starre Antlitz ein Lächeln flog, so war es nicht mehr das alte, träumerisch-schalkhafte Lächeln der Prinzessin aus dem Märchen, trotzdem es noch immer süß war, süß und sanft – und furchtbar, wie das Lächeln der Medusa. Ja, der Medusa!« Fr. Spielhagen, *Was die Schwalbe sang*, 11. Kap.

der *Langweiligen Geschichte* binnen einer schlaflosen Nacht durchgelesen hat, hierher gehören auch die Erzählungen und Romane des ungarischen Erfolgsschriftstellers Maurus Jokai, 1825–1902, dessen 300 Bände umfassendes Werk ab den 80er Jahren massenhaft auch ins Russische übersetzt wurde. »Vielseitigkeit, Originalität, Fruchtbarkeit, überaus reiche Phantasie, fesselndes Erzähltalent und Humor sind glänzende Vorzüge J.s, die nur zuweilen durch Mangel an Wahrheit und Wahrscheinlichkeit in der Zeichnung der Charaktere und der Führung der Handlung beeinträchtigt werden«, urteilte der Brockhaus 1902.**

Čechov war in seiner Beurteilung radikaler, er schrieb den Roman *Ein unnötiger Sieg;* der Kritiker A. V. Amfiteatrov erinnert sich:

»Einmal hielt er in meinem Beisein die Wette mit dem Redakteur des *Budilnik,* A. D. Kurepin, er werde einen Roman schreiben, den alle Leser für einen von Maurus Jokai halten würden – und er gewann die Wette, obwohl er von Ungarn nicht die leiseste Vorstellung besaß, nie dort gewesen war.«

Der Satz, den Amfiteatrov dieser Mitteilung nachschickt, könnte das Motto für den hier vorgelegten Band abgeben, das Motto für das gesamte Frühwerk Anton Čechovs:

»Sein junges Talent spielte, wie Champagner, in tausend Funken.«

** Stilprobe: »Timeas Antlitz erglänzte bei diesen Worten in jungfräulicher Verklärung. Unsagbarer Schmerz, jungfräuliche Scham, edles Dankgefühl, Bereitwilligkeit für das heilige Opfer, all' diese schönen Strahlen vereinigten sich in ihrem Antlitze. – Dreimal ... dreimal! stammelten ihre Lippen, doch tonlos; bloß im Innern verstanden die widerhallenden Nerven, was sie zu sich selbst sagte.« M. Jokai, *Der Goldmensch,* 2. Buch.

Bitte beachten Sie auch die folgenden Seiten

Anton Čechov
im Diogenes Verlag

»Er hat seine Erzählungen mit vollkommener Kunstfertigkeit gestaltet: *Die Bauern* zum Beispiel sind ebenso vollkommen wie Flauberts *Madame Bovary*. Er bemühte sich, einfach, klar und knapp zu schreiben. Seine drastischste Forderung war, daß der Schriftsteller Anfang und Ende seiner Erzählung weglassen sollte. Er selbst hat das getan, und zwar so rigoros, daß seine Freunde sagten, man solle ihm die Manuskripte wegschnappen, bevor er die Möglichkeit habe, sie zu verstümmeln: ›Sonst beschränken sich am Ende die Erzählungen darauf, daß sie jung waren, sich verliebten, heirateten und unglücklich wurden.‹ Als man das Čechov erzählte, sagte er: ›Aber so ist es doch tatsächlich.‹« *W. Somerset Maugham*

»Ein Poet wie Whitman? ein Dramatiker wie Shakespeare? ein großer Mann wie sie alle? – all das vereinigt er ja in sich. Aber Čechov ist noch mehr. Er ist mein Freund.« *Sean O'Casey*

»Welche Schriftsteller mich als jungen Menschen beeinflußt haben? Čechov! Als Dramatiker? Čechov! Als Erzähler? Čechov!« *Tennessee Williams*

● **Das dramatische Werk**
Neu übersetzt, transkribiert und herausgegeben von Peter Urban. Jeder Band bringt den unzensurierten Text mit sämtlichen Varianten und Lesearten, Auszüge aus Čechovs Notizbüchern, Anmerkungen und einen editorischen Bericht

Der Kirschgarten
Komödie in vier Akten

Der Waldschrat
Komödie in vier Akten

Die Möwe
Komödie in vier Akten

Onkel Vanja
Szenen aus dem Landleben in vier Akten

Ivanov
Drama in vier Akten

Drei Schwestern
Drama in vier Akten

Die Vaterlosen
[Platonov]. Das ›Stück ohne Titel‹

Sämtliche Einakter

● Das erzählende Werk
Deutsch von Gerhard Dick, Wolf Düwel, Ada Knipper, Georg Schwarz, Hertha von Schulz und Michael Pfeiffer. Gesamtredaktion, Anmerkungen und Nachweise von Peter Urban

Ein unbedeutender Mensch
Erzählungen 1883–1885

Gespräch eines Betrunkenen mit einem nüchternen Teufel
Erzählungen 1886

Die Steppe
Erzählungen 1887–1888

Flattergeist
Erzählungen 1888–1892

Rothschilds Geige
Erzählungen 1893–1896

Die Dame mit dem Hündchen
Erzählungen 1897–1903

Eine langweilige Geschichte / Das Duell
Kleine Romane I

Krankenzimmer Nr. 6 / Erzählung eines Unbekannten
Kleine Romane II

Drei Jahre / Mein Leben
Kleine Romane III

Die Insel Sachalin
Reisebericht

Ein unnötiger Sieg
Frühe Novellen und Kleine Romane. Deutsch von Beate Rausch und Peter Urban. Herausgegeben, mit Anmerkungen und einem Nachwort von Peter Urban

Das Drama auf der Jagd
Eine wahre Begebenheit. Neu übersetzt von Peter Urban

Die Dame mit dem Hündchen / Herzchen
Zwei Erzählungen

Meistererzählungen
Ausgewählt von Franz Sutter

● Briefe
in 5 Bänden. Die größte nicht-russische Briefausgabe in der Neuübersetzung und -edition von Peter Urban. Jeder Band enthält Faksimiles, einen umfangreichen Anhang mit editorischem Bericht, Anmerkungen und einer Chronik; im letzten Band zusätzlich ein Personen- und Werkregister

● Tagebücher Notizbücher
Herausgegeben und vollständig neu übersetzt von Peter Urban. Mit Vorwort, editorischem Bericht, ausführlichen Anmerkungen und Personenregister

● Čechov-Chronik
Leben und Werk von Anton Čechov Herausgegeben von Peter Urban. Der Anhang bringt ein Nachwort, das Inhaltsverzeichnis der ersten russischen Gesamtausgabe und eine Bibliographie aller deutschen Übersetzungen

● Anton Čechov Sein Leben in Bildern
Herausgegeben von Peter Urban. Mit 739 Abbildungen, einem Anhang mit Daten zu Leben und Werk und einem Personenregister

● Freiheit von Gewalt und Lüge
Gedanken über Aufklärung, Fortschritt, Kunst, Liebe, Müßiggang und Politik. Zusammengestellt von Peter Urban. Mit fünf Porträts und einer Selbstkarikatur von Doktor Čechov

● Das Čechov Lesebuch
Herausgegeben, kommentiert und mit einem Vorwort von Peter Urban

● Über Čechov
Herausgegeben von Peter Urban

● Wie soll man leben?
Anton Čechov liest Marc Aurel
Herausgegeben, übersetzt und mit einem Vorwort von Peter Urban

Peter Urban

Anton Čechov – Sein Leben in Bildern

Mit 739 Abbildungen,
einem Anhang mit Daten zu Leben und Werk
und einem Personenregister

»Ein prächtiger Bildband breitet das Leben des russischen Dichters Anton Čechov in Fotos und Dokumenten aus: Ein Jahrhundertbuch! Ein Meisterwerk, Lieblingsbuch, Kultbuch! Am liebsten würde ich es einfach betrachten, studieren, genießen.
Dieses Buch muß von nun an immer, egal auf welchen Seiten aufgeschlagen, bei mir in Reichweite liegen.
Diskreter und gleichzeitig doch ergiebiger läßt sich eine derartige Biographie in Bildern und Selbstzeugnissen nicht arrangieren – wirklich, ein Wunder.
Nochmals: ein Jahrhundertbuch. Der für die Vollkommenheit der Umsetzung von Urbans Präzisionsarbeit verantwortliche Diogenes Verlag muß mitgewürdigt werden.« *Gabriele Wohmann/Die Welt, Bonn*

»Sicher kein ganz billiger Band, aber eine Anschaffung fürs ganze Leben. Denn Čechov liest man nicht nur einmal. Was nicht nur Marc Chagall bekannte, dessen Bilder an Čechov erinnern und der als seine Lieblingslektüre nannte: die Bibel und Čechov.«
Armin Halstenberg, Norddeutscher Rundfunk

»Dies Buch hält mehr bereit als nur die lebenspiegelnde Porträt-Galerie eines außergewöhnlichen Schriftstellers. Den Wegen Čechovs folgend, macht uns Peter Urban mit aus der Zeit genommenen Stadtansichten und Landschaftspanoramen bekannt. Wir sind eingeladen, uns zu versetzen und mit Čechovs Augen auf Taganrog zu sehen oder auf den Lubjankaplatz von einst, wir blicken auf das Sträflingselend von Sachalin, auf birkenhelle Flußidylle und rührende Bahnhöfe, die in ihrer Verlorenheit die Weite des Landes bezeugen. Eine unerwartete Dimension des Ver-

stehens öffnet sich beim Anblick einer Steppenstraße, eines Anlegeplatzes der Fähre oder eines ausgestorben wirkenden Herrenhauses. Große Lese-Eindrücke bringen sich da wie von selbst in Erinnerung.
Es ist ein reiches, ein aus großer Kenntnis und mit Liebe hergestelltes Buch, das Čechovs Leben und seine Zeit überzeugend vergegenwärtigt.«
Siegfried Lenz/Frankfurter Allgemeine Zeitung

»Spannend war Urbans zum Teil abenteuerliche Suche nach Bildmaterial. Nicht weniger als 17 Jahre lang hat er das Projekt einer Bildchronik verfolgt, hat sämtliche Schauplätze von Čechovs Leben in Europa und Rußland bereist, hat Archive, Bibliotheken, Photothеken und Antiquariate durchforscht. Einzig nach Melichovo, das heute in einem militärischen Sperrgebiet liegt, ließ man ihn nicht reisen. Am Anfang der Idee, Čechovs Leben photographisch zu dokumentieren, standen Originalaufnahmen von den Uraufführungen seiner Stücke am Moskauer Künstlertheater. Porträts, Familienbilder, Aufnahmen von seinem kulturellen Umfeld, von seinen Lebensräumen kamen dazu.«
Regula Heusser/Neue Zürcher Zeitung

»Anton Čechovs Leben in Bildern nachzuvollziehen – das ist eine einzige Freude für den Betrachter dieses Bildbandes.« *Elsbeth Wolffheim/*
Deutsches Allgemeines Sonntagsblatt, Hamburg

Wie soll man leben?

Anton Čechov liest Marc Aurel

Herausgegeben, aus dem Russischen übersetzt
und mit einem Vorwort von Peter Urban

Die *Selbstbetrachtungen* Marc Aurels – des römischen Kaisers und Stoikers – gehören seit annähernd zwei Jahrtausenden zu den meistgelesenen Werken der Menschheit. Philosophen, Staatsmänner und Literaten aller Zeiten fanden durch die Lektüre dieser Maximen zu mehr Gelassenheit und Seelenfrieden.
Bis heute wurde kaum erkannt, von welcher Wichtigkeit Marc Aurels *Selbstbetrachtungen* für das Werk von Anton Čechov sind: Das Buch machte sämtliche Umzüge mit und mußte jederzeit zur Hand sein. Peter Urban, Herausgeber und Übersetzer, hat in Jalta Čechovs Handexemplar der *Selbstbetrachtungen* studiert, das zahlreiche Randbemerkungen und Anstreichungen enthält, und stieß dabei auf Stellen, die Čechov mehr oder weniger wörtlich in sein Werk – seine Erzählungen, Theaterstücke und Briefe – integriert hat. Dieser Band bringt den Teil der *Selbstbetrachtungen*, den Anton Čechov für sich als Künstler wie als Mensch für wichtig hielt, den er, wäre er Herausgeber einer Marc-Aurel-Edition gewesen, ausgewählt hätte.

»Čechov hat sich in einer Phase der Krise die *Selbstbetrachtungen* regelrecht erarbeitet und zu eigen gemacht. Als für ihn die Frage nach dem Sinn seiner Existenz immer bedrängender wurde, suchte er bei Marc Aurel Rat – und fand ihn.« *Peter Urban*

»Ich wünsche Dir reinen Himmel, heiteres Gemüt und empfehle als mein Stärkungsmittel den Marc Aurel. Man wird so ruhig dabei.«
Friedrich Nietzsche an seinen Freund Erwin Rohde

Meistererzählungen der Weltliteratur im Diogenes Verlag

- **Alfred Andersch**
Mit einem Nachwort von Lothar Baier

- **Honoré de Balzac**
Ausgewählt von Auguste Amédée de Saint-Gall. Mit einem Nachwort versehen von Georges Simenon

- **Giovanni Boccaccio**
Meistererzählungen aus dem Decamerone. Ausgewählt von Silvia Sager. Aus dem Italienischen von Heinrich Conrad

- **Anton Čechov**
Ausgewählt von Franz Sutter. Aus dem Russischen von Ada Knipper, Herta von Schulz und Gerhard Dick

- **Miguel de Cervantes Saavedra**
Aus dem Spanischen von Gerda von Uslar. Mit einem Nachwort von Fritz R. Fries

- **Raymond Chandler**
Aus dem Amerikanischen von Hans Wollschläger

- **Agatha Christie**
Aus dem Englischen von Maria Meinert, Maria Berger und Ingrid Jacob

- **Stephen Crane**
Herausgegeben, aus dem Amerikanischen und mit einem Nachwort von Walter E. Richartz

- **Fjodor Dostojewskij**
Herausgegeben, aus dem Russischen und mit einem Nachwort von Johannes von Guenther

- **Friedrich Dürrenmatt**
Ausgewählt von Daniel Keel. Mit einem Nachwort von Reinhardt Stumm

- **Joseph von Eichendorff**
Mit einem Nachwort von Hermann Hesse

- **William Faulkner**
Ausgewählt, aus dem Amerikanischen und mit einem Nachwort von Elisabeth Schnack

- **F. Scott Fitzgerald**
Ausgewählt und mit einem Nachwort von Elisabeth Schnack. Aus dem Amerikanischen von Walter Schürenberg, Anna von Cramer-Klett, Elga Abramowitz und Walter E. Richartz

- **Nikolai Gogol**
Ausgewählt, aus dem Russischen und mit einem Vorwort von Sigismund von Radecki

- **Jeremias Gotthelf**
Mit einem Essay von Gottfried Keller

- **Dashiell Hammett**
Ausgewählt von William Matheson. Aus dem Amerikanischen von Wulf Teichmann, Walter E. Richartz, Hellmuth Karasek und Elizabeth Gilbert

- **O. Henry**
Aus dem Amerikanischen von Christine Hoeppner, Wolfgang Kreiter, Rudolf Löwe und Charlotte Schulze. Nachwort von Heinrich Böll

- **Hermann Hesse**
Zusammengestellt, mit bio-bibliographischen Daten und Nachwort von Volker Michels

- **Patricia Highsmith**
Ausgewählt von Patricia Highsmith. Aus dem Amerikanischen von Anne Uhde, Walter E. Richartz und Wulf Teichmann

- **E.T.A. Hoffmann**
Herausgegeben von Christian Strich. Mit einem Nachwort von Stefan Zweig

- **Franz Kafka**
Mit einem Essay von Walter Muschg sowie einer Erinnerung an Franz Kafka von Kurt Wolff

- **Gottfried Keller**
Mit einem Nachwort von Walter Muschg

- **D.H. Lawrence**
Ausgewählt, aus dem Englischen und mit einem Nachwort von Elisabeth Schnack

● Jack London
Aus dem Amerikanischen von Erwin Magnus. Mit einem Vorwort von Herbert Eisenreich

● Carson McCullers
Ausgewählt von Anton Friedrich. Aus dem Amerikanischen von Elisabeth Schnack

● Katherine Mansfield
Ausgewählt, aus dem Englischen und mit einem Nachwort von Elisabeth Schnack

● W. Somerset Maugham
Ausgewählt von Gerd Haffmans. Aus dem Englischen von Kurt Wagenseil, Tina Haffmans und Mimi Zoff

● Guy de Maupassant
Ausgewählt, aus dem Französischen und mit einem Nachwort von Walter Widmer

● Meistererzählungen aus Amerika
Geschichten von Edgar Allan Poe bis John Irving. Herausgegeben von Gerd Haffmans. Mit einleitenden Essays von Edgar Allan Poe und Ring Lardner, Zeittafel, bio-bibliographischen Notizen und Literaturhinweisen. Erweiterte Neuausgabe 1995

● Meistererzählungen aus Irland
Geschichten von Frank O'Connor bis Bernard Mac Laverty. Herausgegeben von Gerd Haffmans. Mit einem Essay von Frank O'Connor, bio-bibliographischen Notizen und Literaturhinweisen. Erweiterte Neuausgabe 1995

● Herman Melville
Aus dem Amerikanischen von Günther Steinig. Nachwort von Hans-Rüdiger Schwab

● Frank O'Connor
Aus dem Englischen und mit einem Nachwort von Elisabeth Schnack

● Liam O'Flaherty
Aus dem Englischen und mit einem Nachwort von Elisabeth Schnack

● George Orwell
Ausgewählt von Christian Strich. Aus dem Englischen von Felix Gasbarra, Peter Naujack, Alexander Schmitz, Nikolaus Stingl u.a.

● Konstantin Paustowski
Aus dem Russischen von Rebecca Candreia und Hans Luchsinger

● Luigi Pirandello
Ausgewählt und mit einem Nachwort von Lisa Rüdiger. Aus dem Italienischen von Percy Eckstein, Hans Hinterhäuser und Lisa Rüdiger

● Edgar Allan Poe
Ausgewählt und mit einem Vorwort von Mary Hottinger. Aus dem Amerikanischen von Gisela Etzel.

● Alexander Puschkin
Aus dem Russischen von André Villard. Mit einem Fragment ›Über Puschkin‹ von Maxim Gorki

● Joachim Ringelnatz
Ausgewählt von Winfried Stephan

● Joseph Roth
Ausgewählt von Daniel Keel. Mit einem Nachwort von Stefan Zweig

● Saki
Aus dem Englischen von Günter Eichel. Mit einem Nachwort von Thomas Bodmer und Zeichnungen von Edward Gorey

● Alan Sillitoe
Aus dem Englischen von Hedwig Jolenberg und Wulf Teichmann

● Georges Simenon
Aus dem Französischen von Wolfram Schäfer, Angelika Hildebrandt-Essig, Gisela Stadelmann, Linde Birk und Lislott Pfaff

● Henry Slesar
Aus dem Amerikanischen von Thomas Schlück und Günter Eichel

● Muriel Spark
Aus dem Englischen von Peter Naujack und Elisabeth Schnack

● Stendhal
Aus dem Französischen von Franz Hessel, M. von Musil und Arthur Schurig. Mit einem Nachwort von Maurice Bardèche

• Robert Louis Stevenson
Aus dem Englischen von Marguerite und Curt Thesing. Mit einem Nachwort von Lucien Deprijck

• Adalbert Stifter
Mit einem Nachwort von Julius Stöcker

• Leo Tolstoi
Ausgewählt von Christian Strich. Aus dem Russischen von Arthur Luther, Erich Müller und August Scholz

• B. Traven
Ausgewählt von William Matheson

• Iwan Turgenjew
Herausgegeben, aus dem Russischen übersetzt und mit einem Nachwort versehen von Johannes von Guenther

• Mark Twain
Mit einem Vorwort von N.O. Scarpi

• Jules Verne
Aus dem Französischen von Erich Fivian

• H. G. Wells
Ausgewählt von Antje Stählin. Aus dem Englischen von Gertrud J. Klett, Lena Neumann und Ursula Spinner